Buch

Das Leben in den Rocky Mountains ist hart. Aber die junge Shannon Conner sieht sich lieber ganz allein den Gefahren der Natur und den wüsten Drohungen der Culpepper-Brüder ausgesetzt, als zurück in die Zivilisation zu gehen – nach Virginia, wo ein Frauenleben keinen Wert zu haben scheint. Diesen Mut und Überlebenswillen strahlt sie auch aus, als ihr Whip Moran zum ersten Mal begegnet. Und der Gentleman und Abenteurer beschließt, dieser unzugänglichen Amazone mit dem herbstlaubfarbenen Haar ein wenig in ihrem Kampf zur Seite zu stehen. Langsam gewinnt er Shannons Vertrauen, doch sie weiß genau, daß ihnen nur eine begrenzte Zeit der Zweisamkeit gegönnt ist, denn Whip Moran war stets ehrlich zu ihr: Ihm liegt eine unstillbare Wanderlust im Blut. Wenn da nur nicht der Lockruf seines Herzens wäre, der ihn stets zurück an Shannons Seite treibt…

Autorin

Elizabeth Lowell ist das Pseudonym der amerikanischen Erfolgsschriftstellerin Ann Maxwell, einem wahren Multitalent, die zu den besten und erfolgreichsten Autorinnen ebenso spannender wie leidenschaftlicher Liebesromane zählt. Sie hat in den USA bisher weit über vierzig Romane veröffentlicht und wurde mehrfach mit Preisen ausgezeichnet.

Von Elizabeth Lowell liegt bei Goldmann bereits vor:

Brandung des Herzens. Roman 4282
Fesseln aus Seide. Roman 42867
Im Strudel der Gefühle. Roman 42792
Roulette der Liebe. Roman 42697

Von Ann Maxwell sind bei Goldmann erschienen:

Flammender Diamant. Roman 42427
Lockende Wildnis. Roman 42428
Schimmernder Rubin. Roman 43406

ELIZABETH LOWELL

Abenteurer meiner Träume

Roman

Aus dem Amerikanischen
von Sabine Ivanovas

GOLDMANN

Originaltitel: Only Love
Originalverlag: Avon Books, New York

Umwelthinweis:
Alle bedruckten Materialien dieses Taschenbuches
sind chlorfrei und umweltschonend.
Das Papier enthält Recycling-Anteile.

Der Goldmann Verlag
ist ein Unternehmen der Verlagsgruppe Bertelsmann

Deutsche Erstveröffentlichung Februar 1997

Umschlaggestaltung: Design Team München
Umschlagillustration: Daeni/Schlück, Garbsen
Satz: Uhl + Massopust, Aalen
Druck: Elsnerdruck, Berlin
Verlagsnummer: 43484
Lektorat: SK
Redaktion: Elke Bartels
Herstellung: Heidrun Nawrot
Made in Germany
ISBN 3-442-43484-X

3 5 7 9 10 8 6 4 2

1. KAPITEL

Sommer 1868
Echo Basin, Colorado

Sie hat Angst.

Ihr Gang ist geschmeidig wie Honig.

Rafael Moran, genannt »Whip«, »die Peitsche«, hatte diese beiden Gedanken gleichzeitig. Whip wußte nicht, was ihn mehr zu dem jungen Mädchen hinzog, die Angst oder der Honig.

Er hoffte, daß es die Angst war.

Doch die Hitze in seinem Blut ließ ihm bewußt werden, daß die Hoffnung vergeblich war. Unter der fadenscheinigen Wolljacke und den Männerhosen, die die junge Frau trug, war ein sehr weiblicher Körper verborgen. Und hinter der aufrechten Haltung, dem erhobenen Kinn und der Entschlossenheit, mit der sie auftrat, verbarg sich eindeutig Angst.

Whip wußte nicht, wovor sie Angst hatte oder warum ihm das so wichtig vorkam. Aber er wußte, daß er der Sache auf den Grund gehen würde.

Einen Augenblick lang blieb er noch in dem kalten Schlamm vor dem einzigen Gemischtwarenladen von Holler Creek stehen. Die Kälte des Bergwindes schnitt durch seine dicke Wolljacke. Die junge Frau empfand es wohl ähnlich, denn sie fröstelte, als sie durch die schäbige Tür in den Laden ging.

Mit den elastischen Bewegungen eines Mannes, der voller gesunder Kraft steckt und seinen Körper beherrscht, folgte Whip dem jungen Mädchen. Der Wind schlug mit einem lauten Knall die Tür hinter ihm zu. Er bemerkte es kaum. Seine Aufmerksamkeit war ganz auf die Frau mit dem schwingenden, verführerischen Gang konzentriert.

Sie blieb in dem Lichtschein stehen, der durch das einzige Fenster fiel, das nicht zerbrochen und mit Brettern vernagelt war. Hungrig schweifte ihr Blick über die verstreuten Stapel von Gemischtwaren, Werkzeug und Kleidung. Die Finger einer ihrer schlanken Hände waren fest um etwas in ihrer Handfläche geschlossen.

Als spürte es Whips eindringliches Interesse, drehte sich das junge Mädchen plötzlich zu ihm um. Er bekam einen lebhaften Eindruck von ihren Augen, die die Farbe des Herbsthimmels in den Bergen hatten, ein so klares und tiefes Blau, daß man bis in alle Ewigkeit hineinschauen und sich dennoch niemals an ihrer Schönheit satt sehen konnte. Was er von ihrem Haar unter dem Hut hervorschauen sah, war wie die Farbe des Herbstes in Reinform – glänzendes Kastanienbraun mit rötlichen und goldenen Lichtern darin wie von Flammen.

Ich habe sie irgendwo schon einmal gesehen, dachte er verwirrt. *Aber wo?*

Beim nächsten Atemzug traf ihn die Erkenntnis wie ein Blitzschlag.

Mein Traum. Sie ist die junge Frau in der Tür der Hütte, die wartet, immer wartet...

Auf mich.

Regungslos starrte Whip die Frau an. Eine gelockte Haarsträhne war unter der Krempe ihres abgewetzten Stetson hervorgerutscht. Sie glänzte wie Seide vor ihrer blassen Wange.

Ohne nachzudenken trat Whip näher und hob die Hand, um die Strähne wieder hinter ihr Ohr zu streichen. Als ihm klar wurde, was er tat, hielt er abrupt inne, trat einen Schritt zurück und faßte sich statt dessen an den Hut.

»Guten Morgen, Ma'am«, sagte er und nickte ihr zu.

Das junge Mädchen blinzelte und betrachtete seine große Hand. Whip wußte, warum. Er hatte sich so schnell bewegt, daß sie nicht sicher sein konnte, ob er sie hatte berühren wollen, anstatt höflich an seine Hutkrempe zu tippen.

Ihr Blick wanderte von seinen schlanken Fingern zu der langen Rindlederpeitsche, die zusammengerollt über seiner rechten Schulter hing. Ihre Augen weiteten sich.

Männer mit Peitschen waren in Colorado kein allzu ungewöhnlicher Anblick, ganz sicher nicht so sehr, daß jemand davor erschrecken würde. Die unfreiwillige Reaktion des jungen Mädchens zeigte ihm, daß es ihn wahrscheinlich kannte.

Oder von ihm gehört hatte, um genauer zu sein.

Mit einer kurzen, etwas verkrampften Bewegung des Kopfes erwiderte sie Whips höflichen Gruß. Dann wandte sie sich mit kühler Endgültigkeit von ihm ab.

»Mr. Murphy?« rief sie mit rauchiger Stimme.

Whip spürte, wie sich sein Körper anspannte, als hätte sie ihn von der Stirn bis zu den Füßen gestreichelt. Ihre Stimme war wie ihr Gang: reiner Sommerhonig.

Ich hab' schon lang keine Frau mehr gehabt.

Doch schon als er den Gedanken dachte, wußte Whip, daß das nicht stimmte. Er hatte sich noch nie von seinen sexuellen Bedürfnissen beherrschen lassen. Er hatte zu viele Jahre in verschiedenen Kulturbereichen verbracht, wo Frauen für ausländische Männer tabu waren; auch für höfliche, sanfte Ausländer mit breiten Schultern und rauchgrauen Augen, deren Haar die Farbe des Sonnenlichts hat.

»Mr. Murphy?«

Es ertönte ein Klappern und Murmeln, dann hörte man widerstrebende Schritte aus dem Hinterzimmer. Der Ladenbesitzer mußte seinen warmen Sitz am Ofen aufgeben, um in den scheunenähnlichen, kalten Raum mit den unordentlich gestapelten Waren zu gehen. Die Tatsache, daß er den einzigen Laden in der abgelegenen Goldgräbergegend Echo Basin besaß, hatte Murphy verdorben. Er gab seinen Kunden das Gefühl, ihnen einen Gefallen zu tun, indem er ihnen seine überteuerten Waren verkaufte.

Hinter Whip öffnete sich die Ladentür. Er drehte sich automatisch um und trat zur Seite, faßte gleichzeitig mit der linken Hand nach dem Griff der Peitsche, die auf seiner rechten Schulter ruhte. Trotzdem wirkte seine schnelle Bewegung nicht bedrohlich. Sie war nur die Reaktion eines Mannes, der es gewohnt war, in gefährlichen Gegenden unter dem gefährlichsten aller Tiere zu leben – dem Menschen.

Die vier Männer, die durch die Tür hereindrängten, waren ein gutes Beispiel dafür, warum Whip sich bemühte, niemandem in Echo Valley den Rücken zuzukehren. Die Culpeppers waren schlimmer als die gewöhnlichen Goldsucher, laut, liederlich, ungewaschen und faul, so daß sie niemand sonderlich mochte. Falls man den Gerüchten glauben durfte, nicht einmal ihre Mutter, die in Arkansas lebte.

Keiner wußte so recht, welcher der Brüder Beau war oder Clim oder Darcy oder Floyd. Es interessierte auch niemanden. Es war im Prinzip völlig unwichtig, weil sie alle vom selben üblen Schlag waren. Braune Haare, blaßblaue Augen, grobknochige Gestalt, jähzornig. Sie waren wie ein Rudel, suchten zusammen Gold, jagten, kämpften und hurten zusammen.

Es ging das Gerücht um, daß die Culpeppers auch gemeinsame Sache machten, wenn sie Minenbesitzer ausraubten, die ihr Gold aus Echo Basin nach Canyon City brachten; es hatte sie jedoch noch nie jemand dabei erwischt. Es hatte sich auch noch nie jemand darum bemüht, weder privat noch öffentlich. Bei Männern, die den Culpeppers in die Quere kamen, gab es zu oft ein unerwartetes, unangenehmes Erwachen mit schweren Prellungen und Blutungen, so daß sie möglichst schnell ihre Zelte abbrachen und woanders in den Rocky Mountains ihr Glück suchten.

Durchaus möglich, daß die Culpeppers faul waren, wenn es darum ging, Gold aus hartem Felsen zu schlagen, aber sie kämpften wild mit Fäusten, Messern, Schußwaffen und Stiefeln.

Beiläufig trat Whip ein paar Schritte zurück zur Wand, so

daß er viel Platz vor sich hatte. Er erwartete keine Gewalttätigkeiten, aber ein vorsichtiger Mann war immer bereit.

Und Whip war ein vorsichtiger Mann. Von seinem jetzigen Standort aus konnte er die junge Frau und die Culpeppers im Auge behalten.

Ob die Männer Whips Bewegung bemerkt hatten, war nicht zu erkennen. Ihre blaßblauen Augen verfolgten genau jeden Atemzug des jungen Mädchens, als wäre sie das Lamm, das nur für ihre Fänge auf der Welt war.

»Was soll's denn sein, Shannon?« fragte Murphy dringlich. »Mach's kurz, meine Frostbeulen tun mir verdammt weh.«

»Mehl. Salz.« Shannon holte kurz Atem. »Und eine Handvoll Schmalz und ein bißchen Soda zum Backen.«

Murphy grunzte. »Und wie zahlst du?«

Das war eine Forderung, keine Frage.

Shannon öffnete die geballte Faust. Ein Goldreif glänzte auf ihrer Handfläche.

»Mein Ehering.«

Enttäuschung überspülte Whip kalt, als ihm klar wurde, daß die junge Frau verheiratet war.

Ist doch logisch, sagte er sich spöttisch. *Eine Frau mit einem solchen Gang würde wohl kaum allein in Echo Basin wohnen.*

Ihr Mann muß ein ziemlicher Dummkopf sein, daß er sie allein nach Holler Creek gehen läßt.

»Gold?« fragte Murphy und betrachtete den Ring.

»Jawohl.«

Dieses einfache Wort ließ eine Menge von Shannons Gefühlen erkennen, ähnlich wie das feine Zittern der Hand, die sie Murphy hinhielt.

Whip blinzelte voller Sympathie für das junge Mädchen. Der vergangene Winter mußte für Shannon und ihren Mann sehr hart gewesen sein, wenn sie gezwungen war, ihren Ehering für die allernotwendigsten Vorräte wegzugeben. Und noch nicht einmal für eine größere Menge.

Murphy griff nach dem Ring, wobei er mit seinen schmutzigen Fingern bewußt langsam über Shannons Handfläche streifte.

Während er prüfend auf den Ring biß, ließ Shannon ihre Hand sinken. Ihre Kleider waren wie ihre Hände außerordentlich sauber. Sie rieb ihre Handfläche an der Seite ihres Hosenbeins, als wolle sie das Gefühl von Murphys Berührung abwischen.

Die Culpeppers sahen ihre angewiderte Geste und lachten.

»He, Alter, die will deine dreckigen Griffel nicht«, sagte der eine. »Wie wär's mit meinen, Süße? Ich hab' sie erst letzte Woche gewaschen.«

»Deine Hände sin' auch nich' sauberer als meine, Beau«, meinte ein zweiter Culpepper.

»Halt's Maul, Clim«, sagte Beau. »Sieh zu, daß du selber 'ne Pumpe findest, die du betatschen kannst. Ich hab' meine schon, stimmt's nich', Süße?«

Shannon tat, als gäbe es die Culpeppers gar nicht.

Aber Whip wurde klar, daß ihr kein Wort entgangen war. Sie straffte die Schultern noch ein wenig mehr, und die großzügigen Linien ihres Mundes waren voller Abscheu oder Angst schmal geworden.

Ich hoffe, die Jungs haben bessere Manieren, als ich glaube, sagte sich Whip finster. *Ich würde mich wirklich verdammt ungern mit allen vieren gleichzeitig anlegen mit nichts als einer Peitsche und einem Gebet.*

Murphy biß noch einmal auf den Ring, grunzte und steckte ihn in die Tasche seines schmierigen Flanellhemdes.

»Dein Mann muß ziemlich abgebrannt sein, wenn das alles Gold ist, was ihr übrig habt«, sagte Murphy.

»Frag ihn doch«, sagte Shannon. »Wenn du ihn finden kannst, bevor er dich findet.«

Murphy grunzte und die Culpeppers grölten.

»Mit den paar Vorräten, die ihr für den Ring kriegt, kommt

ihr kaum zwei Wochen aus, geschweige denn einen ganzen Sommer«, sagte Murphy.

»Mein Mann ist ein erstklassiger Schütze, egal, um welches Wild es geht.«

Mehr sagte Shannon nicht.

Das war auch nicht nötig. Die Culpeppers sahen einander unbehaglich an. Dann lächelte Beau wie ein Commanchero.

»Ja, ich hab' auch schon öfters gehört, daß dein Mann ein prima Schütze ist«, sagte Beau. »Aber ich hab' ihn noch nie schießen *sehen*. Wenn ich's mir genau überlege, hab' ich Silent John überhaupt noch nie geseh'n, und wir sind jetzt schon seit fast zwei Jahren hier.«

Als Whip erkannte, daß von Silent John die Rede war, wurde ihm klar, warum Shannon so mutig sein konnte, allein in die Stadt zu gehen. Silent Johns Rufs als Kopfgeldjäger war von der Art, die einen Mann veranlaßte, seinen Namen nur zu flüstern – und seine Frau in Ruhe zu lassen, egal, wie verführerisch ihr Gang sein mochte.

»Silent John ist nicht sehr gesellig«, sagte Shannon. »Die meisten bekommen keine Gelegenheit, ihn zu sehen und dann auch noch darüber zu reden.«

Ihre Stimme klang beinahe hart. Sie hatte sich nicht einmal zu den Culpeppers umgedreht. Es war, als wüßte sie bereits, wer sie waren. Und was.

»Mehl und Salz«, sagte sie noch einmal zu Murphy. »Es wäre mir sehr recht, wenn du die Sachen jetzt holen würdest, nachdem ich sie schon bezahlt habe. Es ist ein weiter Ritt zurück bis zur Hütte.«

»Das allerdings, besonders wenn man das alte Maultier reitet, das dein Mann so mag«, sagte Murphy beiläufig. »Sobald ich mich um den starken Fremden da und um die Culpeppers gekümmert habe, hole ich dir die Sachen.«

»Ich hab's nicht eilig«, erklärte Whip. »Bedienen Sie die Dame zuerst, sie war auch zuerst da.«

Murphy grunzte, denn die Logik des Fremden beeindruckte ihn nicht besonders. Der Ladenbesitzer betrachtete Shannons rechte Hand, die sie am Hosenbein abgewischt hatte. Er lächelte und ließ dabei vom Tabakkauen vergilbte Zähne sehen.

»Vielleicht willst du ja noch ein bißchen was dazugeben«, sagte Murphy zu Shannon, »dann kann ich mich vielleicht auch entschließen, dir deine Sachen vor der Abenddämmerung zu bringen.«

»Mein Mann wäre dann allerdings sehr enttäuscht von dir.«

»Und ich auch«, sagte Whip.

Murphy verstand die Warnung durchaus. Er bückte sich hinter seine Ladentheke, holte ein Gewehr hervor und legte es hart auf die verkratzte Holzplatte. Der Lauf zeigte zwar nicht auf einen der Anwesenden, aber Murphys Finger entfernte sich nicht allzuweit vom Abzug.

Whip grinste grimmig. Murphy war nicht der erste, der ihn für einen wandernden Fuhrmann hielt und glaubte, eine Schußwaffe wäre schneller als eine Peitsche. Doch mit dieser Art von Mißverständnis hatte Whip kein Problem. Die Überraschung auf seiten der anderen würde das Ungleichgewicht auf jeden Fall wettmachen.

Dennoch hoffte Whip, daß es nicht zu einem Kampf kommen würde. Vier gegen einen waren entschieden drei Männer zuviel für jeden vorsichtigen Menschen.

»Besorgen Sie nur einfach die Sachen der Dame«, sagte Whip ruhig. »Wenn die Jungs da es so eilig haben, lasse ich ihnen den Vortritt.«

Mit einem flüchtigen Aufblitzen von Saphirblau blickte Shannon erneut zu Whip hinüber.

»Danke sehr«, sagte sie.

»Gern geschehen, Ma'am«, erwiderte Whip und tippte mit einer geschmeidigen Bewegung an seine Hutkrempe.

Trotz Whips Höflichkeit wandte sich Shannon wieder ab, bevor Whip das Gespräch fortsetzen konnte.

Whip war erstaunt, wieviel Enttäuschung er darüber empfand. Shannons Stimme zu hören war ein ebenso großes Vergnügen gewesen, wie ihren Gang zu beobachten, oder wie der Versuch, den Blick bis auf den Grund ihrer unglaublich blauen Augen dringen zu lassen.

»He, Süße«, sagte Beau.

Shannon blieb von den Culpeppers abgewandt stehen.

»Nett, daß sie die Form von ihr'm Hintern zeigt«, sagte Beau zu niemand besonderem. »'n bißchen schmal, aber immer noch genug, sich dran festzuhalten, wenn es etwas heftiger zur Sache geht.«

Die Culpeppers lachten, als hätte Beau etwas Komisches gesagt.

Shannon rührte sich nicht.

»Macht Silent John es auch manchmal so mit dir, Süße?« fragte Beau. »Oder beugt er dich nur über eine Stuhllehne und treibt es mit dir wie ein geiler alter Ziegenbock, denn so was ist er ja wohl.«

Shannon wurde bleich, aber sie sagte nichts.

Whip auch nicht. Er beobachtete nur Beau und schätzte die Entfernung zwischen Shannon und den vier Culpeppers ab. Zwei von ihnen schienen sich leicht schwankend aneinanderzulehnen. Sie dünsteten einen Geruch nach Schweiß und abgestandenem Whiskey aus.

Vielleicht taugen die beiden da im Kampf nicht mehr als sonst ein einzelner, dachte Whip hoffnungsvoll. *In jedem Fall fange ich besser mit den beiden anderen an und heb' mir diese zwei für den Schluß auf.*

Murphy bewegte sich, als wate er durch brusttiefen Schlamm und stellte ganz langsam Shannons kleine Bestellung zusammen.

»Also, wenn ich an seiner Stelle wäre«, verkündete Beau, »dann würd' ich ihr als erstes die abgewetzten Hosen da runterziehen und mir 'ne ordentliche Handvoll –«

»Murphy!« sagte Whip deutlich und übertönte dabei Beaus Worte. »Ich glaube, es ist nicht nötig, das Salz körnchenweise abzuwiegen. Ich will noch vor Sonnenuntergang hier wieder raus.«

Beau warf Whip einen scharfen Blick zu.

Whip lächelte. Sein Lächeln unter dem goldblonden Schnurrbart wirkte eher kalt als beruhigend, aber Murphy war zu weit entfernt, um das zu bemerken, und die Culpeppers hatten nur Augen für Shannon.

»Nur keine Aufregung«, sagte Murphy vom anderen Ende des Raums aus, »ich arbeite, so schnell ich kann.«

»Dann machen Sie schneller. Die Dame hat's eilig.«

Irgend etwas an Whips Stimme brachte die Culpeppers auf die Idee, sich zu Whip umzudrehen und den blonden Fremden zu betrachten.

Nichts hatte sich verändert. Er war nach wie vor ein großer, kräftiger, lässiger Mann mit einer Peitsche auf der rechten Schulter und einem geduldigen Lächeln, der offenbar nicht mit Gewehr oder Revolver bewaffnet war. Jeder der Culpeppers trug einen Waffengurt um die Hüften und hatte nicht die geringsten Hemmungen, die Revolver auch zu benutzen.

»Du solltest besser Murphys Rat beherzigen, Freundchen«, sagte Beau gedehnt zu Whip, »und dich nicht ohne Grund aufregen.«

Während Beau redete, legte er seine Hand an den Gurt, direkt über den verkratzten Griff seines Revolvers.

»Du bist groß genug für zwei«, sagte Clim, »aber wir sind vier gegen einen, und wir sind auch nicht grade winzig, und außerdem haben wir Knarren.«

»Das sehe ich«, sagte Whip.

Mehr sagte er nicht.

Die Culpeppers murmelten untereinander. Wahrscheinlich beschlossen sie, daß sie den Fremden genug eingeschüchtert hatten, denn sie begannen wieder, Shannon anzupöbeln.

»Warum drehs' du dich nich' mal um, Süße?« sagte Beau. »So hübsch dein Hintern ja sein mag, aber deine Titten würd' ich mir doch glatt noch lieber anseh'n.«

»Jawoll«, sagte Clim. »Wir haben uns schon den ganzen Winter gefragt, wie du wohl ohne deine Männerlumpen ausseh'n würdest. Sind deine Titten dunkel wie die von der alten Betsy oder rot wie die von Clementine?«

»Clementine tut Rouge auf ihre«, murmelte einer der Culpeppers. »Und an anderen Stellen hilft sie auch noch 'n bißchen mit Fett nach.«

»Quatsch doch nich', Darcy«, gab Clim zurück. »Ich hab' wirklich schon genug Knutschflecken auf ihre Titten gemacht, um zu wissen, wo Rouge is' und wo nich'.«

Ein Schaudern überlief Shannon.

Nur Whip bemerkte das, denn nur er beobachtete die Reaktion des stillen jungen Mädchens.

Beau kriegt zuerst was ab, das steht fest. Die Manieren des Jungen brauchen unbedingt eine Aufbesserung.

Whip trat einen Schritt vor.

»Nein«, sagte Shannon ruhig, indem sie den Kopf umwandte und Whip direkt ansah. »Kümmern Sie sich nicht um die. Ihr Gerede bedeutet nicht mehr als ein Hund, der Blähungen hat.«

Die Culpeppers hörten Shannon nicht. Sie waren zu sehr damit beschäftigt, darüber zu diskutieren, was Clementine sonst noch mit Rouge bearbeitete.

Whip warf den Culpeppers einen kurzen, eisigen Blick zu und fragte sich, wie oft Shannon schon gezwungen gewesen war, ihre Pöbeleien mitanzuhören. Wahrscheinlich jedesmal, wenn sie in der Stadt Vorräte kaufte.

Verdammter Ehemann, der so was zuläßt, sagte sich Whip wütend im stillen. *Wenn der nur halb so gefährlich ist wie sein Ruf, sollte er ihnen ihre schmutzigen Zungen aus dem Mund schneiden und damit seinen Gewehrlauf putzen.*

Hat er aber bisher nicht gemacht. Und jetzt bleibt es mir überlassen.

Eine Bewegung im Hintergrund des Ladens zog Whips Aufmerksamkeit auf sich. Murphy hob langsam den Deckel eines Mehlfasses. Er ging mit dem Deckel um, als wäre er schwerer als ein halbes Rind, blickte dabei jedoch zu Shannon hinüber.

»Was denkst du, Floyd?« fragte Beau über das Gezanke der anderen Culpeppers hinweg. »Ob die Titten von der Kleinen groß genug sind, daß man sie drücken kann, bis sie rot und weiß und blau werden wie eine Yankee-Fahne?«

Whip versuchte, den Ärger zu unterdrücken, der in ihm aufwallte. Vergeblich. Er stellte sich vor, wie ihm zumute wäre, wenn Shannon *seine* Frau wäre, die allein einkaufte, während irgendwelche Männer sich laut darüber unterhielten, wie sie nackt aussähe und wie groß ihre Brüste wohl wären.

Wenn Shannon meine Frau wäre und ich käme von meinem nächsten Streifzug wieder, dann würde ich die Culpeppers jagen wie Kojoten, denn das sind sie schließlich auch.

Der Gedanke machte Whip nicht zufriedener. Manchmal kehrten Männer von solchen Streifzügen nicht mehr zurück. Und selbst wenn, so konnte doch nichts den furchtbaren Ausdruck der Demütigung aus den Augen einer Frau vertreiben.

Zur Hölle mit Silent John! Wenn er sich um eine Frau wie Shannon nicht richtig kümmern kann, hätte er sie gar nicht erst heiraten und in eine so rauhe Gegend bringen sollen.

»Also, Floyd«, sagte Beau beharrlich, »was meinst du zu ihren Titten?«

Floyd rülpste, kratzte sich nachdenklich im Schritt und erklärte: »Ich glaube, Silent John ist wirklich ein verdammt guter Schütze.«

»Na und?« gab Beau zurück. »Wir fassen sie ja nicht an. Das war das einzige, wovor er uns gewarnt hat, sie anzufassen.«

»Und ihr nachzusteigen«, fügte Clim hinzu.

»Haben wir auch noch nie gemacht«, sagte Beau.

»Nur das eine Mal«, stimmte ihm Floyd zu.

Er zog sich den Hut vom Kopf und streckte zwei Finger durch die beiden Schußlöcher in der Krempe.

»Verdammt gute Schüsse«, sagte Floyd. »Und das waren mindestens fünfhundert Meter. Außerdem hab' ich nicht mal 'n Schatten von ihm zu sehen bekommen.«

»Wir haben doch nicht mehr versucht, als zu seiner Frau 'n bißchen freundlich zu sein«, sagte Clim. »Sind ihr nachgegangen, um dafür zu sorgen, daß sie auch sicher nach Hause kommt.«

»Jawoll. Genau wie gute Nachbarn.« Beau lächelte und zeigte eine Reihe scharfer, ungleichmäßiger Zähne. »So wie jetzt. Richtig wie gute Nachbarn. Und mit warmen Gedanken an Vögelchen und enge kleine Nestchen.«

»Ich schätze, sogar 'n richtiges heißes Nest«, murmelte Darcy.

»Verklemmte Ziege«, murrte Clim.

»*Murphy*«, sagte Whip scharf. »Fang an, das Mehl abzuwiegen, anstatt es nur anzustarren. Ich habe es langsam satt, den Hunden beim Furzen zuzuhören.«

»Häh?« meinte Clim.

Ein paar Sekunden lang herrschte Schweigen, während die Culpeppers darüber nachdachten, ob sie beleidigt worden waren, und wenn ja, dann wodurch.

Murphy knallte den Deckel wieder auf das Mehlfaß und kam langsam in die vordere Hälfte des Ladens zurück. Er hatte einen kleinen Mehlsack über seine Schulter gelegt und trug einen noch kleineren Sack in der anderen Hand.

»Glaubst du, daß sie dabei schreit?« fragte Darcy niemand Bestimmten.

»Was motzt du jetzt schon wieder?« wollte Beau wissen.

»Na, ich mein' doch *die*, Mann«, sagte Darcy ungeduldig. »Wenn der alte Furzer sie über die Stuhllehne beugt und sich dranmacht, sie zu reiten, wehrt sie sich dann und jault und fleht um Gnade oder läßt sie ihn einfach machen, was er will, und wimmert um mehr wie eine läufige Hündin?«

Darcy kommt als zweiter dran, beschloß Whip.

Eine winzige Bewegung von Whips rechter Schulter lockerte die Schlingen der Peitsche. Seine linke Hand schloß sich um den Griff der langen Rindlederpeitsche, und die Peitschenschnur fiel zu Boden.

Die Peitsche wurde lebendig.

Mit jeder kleinen Bewegung von Whips linker Hand schienen Energiewellen durch die lange, lederne Peitsche zu strömen, so daß die ganze geschmeidige Länge sich wand und zischelte wie eine Schlange im trockenen Gras.

Whip fing an, leise durch die Zähne zu pfeifen, ohne in eine bestimmte Richtung zu schauen, wobei er jedoch jede Bewegung der Culpeppers sah. Keiner von ihnen bemerkte etwas. Sie hatten schon entschieden, daß Whip keine Bedrohung war.

Letzte Chance, Jungs. Wenn ihr nicht sofort mit dem schmutzigen Gerede aufhört, werde ich euch das Maul stopfen.

Murphy ging an Shannon vorbei, grinste sie höhnisch an und ließ das Mehl und das Salz auf die Theke fallen.

»Bin gleich mit dem Schmalz wieder da«, sagte Murphy. »Paßt gut auf sie auf, Jungs.«

Die Culpeppers lachten und rückten etwas näher an Shannon heran. Beau betrachtete Shannon mit einem lüsternen, wässrigen Blick, als zöge er sie Stück für Stück aus, denn seine Augen folgten jeder Rundung und jedem Schatten, um den verletzlichen weiblichen Körper unter dem Stoff zu erkennen.

Shannon stand da wie ein wildes Tier, das erstarrt, wenn es sich dem Jäger plötzlich gegenüber sieht, und es war kurz davor, Hals über Kopf zu fliehen. Ihr Gesicht wurde abwechselnd rot und weiß, was bewies, wie sehr sie um Fassung ringen mußte.

»Keine Ahnung, wie sie's gern hat, Darcy, oder ob überhaupt«, sagte Beau gedehnt.

Shannon zuckte zusammen, obwohl sie sich die größte Mühe gab, so zu tun, als hätte sie Beaus Worte nicht gehört.

»Aber ich weiß genau, wie ich's gern hab'«, fuhr Beau fort. »Ich würde ihr mit 'nem Messer die Hosen aufschneiden, ihr die kleinen Füßchen hinter die Ohren legen und – *auu*!«

Beaus Schrei übertönte das Knallen der Peitsche, doch der rote Schwall von Blut, der aus seinem Mund floß, war nicht zu übersehen.

Blitzschnell zuckte Whips Hand noch einmal vor.

Die lange Peitsche wand sich und knallte, schlug zu schnell zu, als daß das Auge hätte folgen können. Darcy krümmte sich und griff sich an den Schritt, während er zu schreien versuchte, obwohl ihm der Schmerz die Kehle zudrückte.

Whip zögerte keinen Augenblick. Die Überraschung war auf seiner Seite, aber nur noch für einige weitere Sekunden.

Klatsch.

Clim griff sich ans Hemd, das plötzlich vom Kragen bis zur Taille aufgerissen war.

Klatsch.

Floyds Hut wurde in zwei Teile zerlegt.

Klatsch. Klatsch. Klatsch.

Beau griff nach seinen Hosen. Die Stahlknöpfe, die den Hosenbund eben noch gehalten hatten, sprangen ab und rollten über den Boden aus unregelmäßigen Holzdielen.

Der Rest der Culpeppers hüpfte immer noch hektisch auf der Stelle und suchte nach dem Hornissennest, auf das sie wohl getreten sein mußten.

»Ich wüßte nur zu gern, wie ihr Jungs wohl ohne eure Kleider aussehen würdet«, meinte Whip sardonisch.

Knall. Knall.

»Grobknochig und dreckig, da mach' ich jede Wette«, fuhr Whip fort. »Und Schniedelchen kleiner als bei einer Ratte.«

Die Peitsche zischte und knallte in wildem Stakkato zwischen Whips Worten und löste Knöpfe von Stoff und Stoff von Haut.

Während die Culpeppers hopsten und kreischten und ihre Kleider, schneller als das Auge folgen konnte, in Fetzen zerrissen, gab Whip ihnen immer wieder die Worte zurück, mit denen sie Shannon belästigt hatten.

»Werdet ihr schreien und um Gnade bitten?« fragte Whip. »Oder gefällt euch das Auspeitschen so gut, daß ihr gleich noch um mehr wimmern werdet? Was darf's sein, Jungs? Macht den Mund auf. Gewöhnlich bin ich ein geduldiger Mann, aber ihr habt es geschafft, mir die Laune total zu verderben.«

Inzwischen waren die Culpeppers krampfhaft vorgebeugt und hielten sich die Reste ihrer Hosen vor den Schritt.

Der vierte Culpepper versuchte, nach seiner Waffe zu greifen.

Die Rindlederpeitsche streckte sich mit unglaublicher Geschwindigkeit; die Lederschnur wand sich wie hungrig um Floyds Handgelenk. Mit einem schnellen, kräftigen Ruck löste Whip die Peitsche, zog sie zurück und schlug noch einmal zu. Floyd kreischte, schlug um sich und fiel auf die Knie. Blut strömte aus einem langen Schnitt dicht unterhalb der Augenbrauen.

»Den nächsten, der nach der Waffe greift, werde ich töten«, sagte Whip. »Einschließlich dir, Murphy.«

»Ich greif' doch nach gar nichts«, sagte Murphy ruhig.

»Dann bleib besser dabei.«

Die Peitsche verstummte.

Die Stille lag wie eine Gewitterwolke im Raum, während Whip die Culpeppers betrachtete. Außer bei Beau und Floyd war kein Blut zu sehen, nur brennende Striemen. Trotzdem wußten alle im Raum, daß Whip die Culpeppers ohne weiteres hätte in Streifen zerlegen können, wie er auch Floyd entwaffnet hatte. Der Angriff war so unerwartet und so schnell gekommen, daß ihnen keine Gelegenheit geblieben war, einen klaren Gedanken zu fassen, geschweige denn sich wirksam zu wehren.

»Jungs, ich hab' schon Abtritte gesehen, deren Löcher sauberer waren als eure Münder«, sagte Whip. »Von eurem schmutzigen Gerede kann einem richtig übel werden. Solltet ihr also Wert darauf legen, eure Zungen im Mund zu behalten, dann beherrscht euch nächstes Mal in Gegenwart einer Frau, ist das klar?«

Langsam nickten die Culpeppers.

»Gut«, sagte Whip. »Und jetzt runter mit den Schießeisen.«

Vier Revolver landeten auf dem Boden.

»Von jetzt an laßt ihr das Mädchen in Ruhe«, befahl Whip. »Verstanden?«

Einer nach dem anderen nickten die Culpeppers widerstrebend.

»Ich habe euch klar gewarnt«, fuhr Whip fort. »Obwohl solche Typen wie ihr das eigentlich nicht verdienen. Jetzt geht mir aus den Augen.«

Benommen und wankend ließ sich Beau von Darcy hochziehen. Clim half Floyd auf die Beine.

Die Vordertür wurde mit Karacho aufgerissen, und die vier Culpeppers stolperten hinaus in den kalten Wind. Keiner von ihnen drehte sich noch einmal um. Sie hatten offensichtlich genug von dem kräftigen Fremden gesehen.

Die Tür schloß sich mit einem Knall. Nur noch Whip und der Ladenbesitzer waren im Raum. Whip betrachtete die Theke. Mehl und Salz waren verschwunden.

»Du bist wohl der, den sie Whip nennen«, sagte Murphy.

Whip sagte nichts. Er schaute durch das schmutzige Fenster des Ladens nach draußen. Die Culpeppers saßen auf ihren schlanken Rennmaultieren und ritten davon.

Shannon war nirgends zu sehen.

»Wenigstens«, sagte Murphy, »nennen sie dich Whip, seit du den Canyon City Jungs das Fell abgezogen hast, weil sie mit ihrem schmutzigen Gerede der weißen Frau des Halbbluts Wolfe Lonetree auf die Pelle gerückt sind.«

Whip drehte sich um und sah Murphy mit frostigem Blick an.

»Wo ist Shannon?« fragte er ihn.

»Sie ist verschwunden, als du Beau aufs Maul geklatscht hast.«

Die Rinderpeitsche wand sich ruhelos. Murphy betrachtete sie vorsichtig aus dem Augenwinkel, als wäre sie eine Klapperschlange.

»Wohin?« wollte Whip wissen.

»Da rüber«, sagte Murphy und deutete mit einem dreckigen Daumen Richtung Norden. »Silent John hat ein paar Claims oben in einer Abzweigung von Avalanche Creek.«

»Kommt sie oft nach Holler Creek?«

Murphy schüttelte den Kopf.

Die Peitsche schauderte und machte einen kleinen Satz, wobei sie leise vor sich hin flüsterte.

Murphy schluckte. Im Augenblick hatte Whip eine unangenehme Ähnlichkeit mit einem Racheengel.

Oder mit Luzifer persönlich.

»Wie oft kommt sie her?« fragte Whip.

Die leise Stimme täuschte Murphy nicht. Er hatte Whips Blick klar erkannt. Der Ausdruck seiner Augen schien wie ein Vorgeschmack der Hölle.

»Einmal im Jahr«, sagte Murphy hastig.

»Im Sommer?«

»Nö. Nur im Herbst. Die letzten vier oder fünf Jahre hat sie immer die Wintervorräte für Silent John geholt.«

Whips Augen wurden schmal.

»Und jetzt sitzt sie wirklich in der Klemme«, fügte Murphy hinzu. »Der giftige alte Mann ist das einzige, was ihr die Culpeppers vom Leib hält. Und man hört in letzter Zeit häufiger, er wäre tot.«

Hoffnung flackerte in Whips Herz auf.

Vielleicht ist Shannon frei.

Eine junge Witwe.

Verdammt, ein Streuner wie ich kann sich gar nichts Besseres wünschen als eine Witwe wie Shannon. Bis der Tag kommt, wann immer das sein mag, wenn es mich wieder in die Ferne zieht.

Als Whip das erste Mal in den Rocky Mountains gewesen war, hatte er die smaragdgrünen und granitgrauen Höhen betrachtet und das Gefühl gehabt, daß dort irgendwo eine Hütte stand, die er noch nie gesehen hatte, und daß es dort eine Frau gab, die er nicht kannte, und daß sie beide voller Wärme auf ihn warteten. Die Gewißheit war so tief in ihm verwurzelt gewesen, daß er das Bild sogar in seinen Träumen sah, die offene Tür mit goldenem Licht dahinter, ringsherum Schnee und Gipfel, die in die Morgenröte hinaufragten...

Doch in den letzten Jahren hatte Whip das atemberaubende tödliche Gebirge von Norden nach Süden und von Osten nach Westen durchquert und nichts anders gefunden als seinen eigenen Schatten, der vor ihm herritt, von der aufgehenden Sonne vorwärtsgetrieben.

»Glaubst du, daß Silent John tot ist?« fragte Whip.

Murphy zuckte mit den Schultern und sah Whip von der Seite an. Daraufhin beschloß er, doch weiterzureden.

»Er ist nich' mehr gesehen worden, seit der Paß offen ist«, erklärte der Ladenbesitzer. »Ein paar Tage später hat es ziemlich stark geschneit. Der Paß war danach wochenlang zu.«

»Wo ist Silent John zuletzt gesehen worden?«

»Auf dem Weg raus zu seinen Claims am Avalanche Creek, auf dem alten Maultier, das er am liebsten reitet.«

»Wer hat ihn gesehen?«

»Einer von den Culpeppers.«

»Wann war das?« fragte Whip.

»Vor fünf, sechs Wochen. Wir achten hier nich' so genau darauf, wie die Zeit vergeht. Entweder schneit's, oder es schneit nich'. Das ist die einzige Uhr, die bei uns zählt.«

»Seit sechs Wochen hat niemand mehr Silent John gesehen?«

»So in etwa, Mister.«

»Ist das ungewöhnlich?«

»An dem heimtückischen alten Kerl is' nix gewöhnlich. Ist wie 'n Schwein auf'm Eis. Kommt immer dann, wenn man ihn am wenigsten erwartet, und verschwindet genauso. Ein harter Mann, Silent John. Wirklich hart.«

»Das sind die meisten Kopfgeldjäger«, sagte Whip trocken. »War er früher schon öfter länger als sechs Wochen weg?«

Blinzelnd kratzte sich Murphy zwischen den wirren Haaren, die sein Kinn bedeckten.

»Kann ich nich' genau sagen. Einmal vielleicht, damals, sechsundsechzig«, sagte Murphy langsam. »Und einundsechzig, als er das Mädchen von drüben aus dem Osten geholt hat.«

»Vor sieben Jahren«, meinte Whip nachdenklich, »als noch Krieg war.«

»Ja, genau. Damals sind 'ne Menge Leute hier in den Westen gekommen.«

Der Gedanke, daß Shannon seit sieben Jahren mit einem alten Mann verheiratet war, der heimtückisch wie eine Schlange war, bereitete Whip Unbehagen. Er war während des Krieges fast ständig in Australien gewesen, doch er wußte, wie brutal jene Zeit besonders für jene Menschen gewesen war, die zwischen die Nord- und die Südstaaten gerieten. Seine Schwester Willow hatte damals nur knapp überlebt.

Das hätte auch Willy sein können, die gezwungen war, sich an einen alten Mann zu verkaufen, um zu überleben, sagte er sich im stillen. *Aber Willy hatte Glück. Ihr ist es gelungen, le-*

dig und am Leben zu bleiben, bis sie einen Mann fand, den sie liebte. Caleb Black ist ein harter Mann und ein verdammt guter obendrein.

»Also«, sagte Murphy, »ich schätze, das Mädchen ist inzwischen Witwe. Diesen Frühling hat es eine Menge Lawinen gegeben. Silent John ist wahrscheinlich steinhart gefroren, irgendwo oben am Avalanche Creek. Die Culpeppers denken das sicher auch, sonst würden sie nicht so frei rumreden.«

Whip sagte nichts. Er stand nur da und hörte zu. Die Peitsche zischelte an seinen Füßen wie eine lange, ruhelose Schlange.

»Und das Mädchen wird auch steinhart gefrieren, wenn es erst Herbst ist«, sagte Murphy mit einem Anflug von Befriedigung. »Mit den Vorräten, die sie gekauft hat, könnte nicht mal ein Vogel überleben. Wenn sie nich' immer so schnippisch wäre und 'n bißchen zugänglicher ...«

Die Stimme des Ladenbesitzers verstummte, als Whip ihn ansah.

»Ich habe direkt vor der Stadt einen klapprigen Schwarzen angebunden gesehen«, sagte Whip. »Kann man den wohl als Packpferd kaufen?«

»Wenn man Gold hat, gibt es nichts in Holler Creek, das man nich' kaufen kann.«

Whip holte ein paar Münzen aus seiner Hosentasche. Goldmünzen. Sie klingelten, als sie auf die Theke fielen.

»Dann fang mal an, Vorräte zusammenzustellen«, sagte Whip.

Murphys Hand schoß vor und sammelte die Münzen mit erstaunlicher Geschwindigkeit ein.

»Und laß deine schmutzigen Finger von der Waage, wenn du die Lebensmittel wiegst«, fügte Whip sanft hinzu.

Überraschenderweise grinste Murphy. »Es gibt kaum Leute, die schnell genug sind, mich dabei zu erwischen.«

»Außer mir.«

Murphy lachte und begann, Whips Vorräte zusammenzustellen.

Als Whip mit dem mageren schwarzen Packpferd zum Laden zurückkehrte, warteten seine Vorräte auf ihn. Innerhalb einer Stunde hatte er alles aufgeladen und war bereit zum Aufbruch.

Whip schwang sich in den Sattel seines hochbeinigen, rauchfarbenen Pferdes und griff nach dem Zügel des Packpferdes. Als er losritt, schien sich ein Wetter um ihn zusammenzubrauen; er machte sich auf die Suche nach der jungen Frau mit den ängstlichen Augen und dem Gang wie Honig.

Bei Sonnenuntergang ritt er durch eine waldige Schneise und auf eine Lichtung. Am anderen Ende der Lichtung stand eine Hütte, die Hütte, die er in seinen Träumen gesehen hatte.

Und die Frau, von der er geträumt hatte, war ebenfalls da.

Doch Shannon hatte einen gigantischen Hund neben sich, ein Gewehr in den Händen und einen Ausdruck auf dem Gesicht, der deutlich erkennen ließ, daß sie mit dem Mann namens Whip Moran nicht das geringste zu tun haben wollte.

2. KAPITEL

Shannon stand in der Tür der Hütte und schaute in das unheimliche Licht hinaus, das vor einem Gewitter in den Bergen den Sonnenuntergang begleitet. Aus allen Richtungen grollte und hallte der Donner wie ferne Lawinen. Sie konnte riechen, wie das Gewitter den Berghang herunterkam. Sie konnte es schmecken. Sie konnte den auffrischenden Wind spüren.

Doch das wilde Gewitter beunruhigte sie längst nicht so sehr wie der einsame Mann, der aus dem Sonnenuntergang geritten kam.

Herrgott, ist das ein mächtiger Kerl, den mir das Gewitter da zuschiebt.

Der Reiter saß auf einem silbergrauen Pferd, das genau dieselbe Farbe hatte wie die Augen des Fremden in Holler Creek. Als der Reiter sich umdrehte, um nach seinem Packpferd zu sehen, glänzte die Rindlederpeitsche, die er über der rechten Schulter zusammengerollt trug, im letzten Sonnenlicht.

Whip.

Ist er das wirklich? Cherokee hat gesagt, nicht ein Mensch kann mit einer langen Peitsche so umgehen wie der Mann, den sie Whip nennen.

Doch was führt ihn hierher?

Die Antwort war ihre Erinnerung an Whips klare quecksilberfarbene Augen, die ihr folgten und sie zu liebkosen schienen wie geisterhafte Zärtlichkeiten.

Auch andere Männer hatten Shannon schon angestarrt, waren ihr gefolgt, hatten sie begehrt… doch keiner von ihnen hatte sie angeblickt wie Whip. Der Ausdruck seiner Augen war eine Mischung aus ursprünglichem, maskulinem Hunger und einer tiefgreifenden menschlichen Sehnsucht gewesen, als hätte er sein ganzes Leben in Dunkelheit verbracht und sie wäre der Sonnenaufgang, der knapp außerhalb seiner Reichweite lag.

Shannons Herz hämmerte wie wild in ihrer Brust, während Whip langsam näherkam. Die doppelläufige Flinte lag kalt und schwer in ihren Händen. Sie war geladen, entsichert, und Shannons Finger lagen auf beiden Abzügen.

Der große, scheckige Hund neben ihr knurrte leise, als er die Unruhe seiner Herrin spürte. Er war massiger als eine Dogge, langbeiniger als ein großer Wolf, hatte eine Brust so breit wie ein Pony und war sicher schwerer als Shannon. Genauso sicher war zu erkennen, daß der Hund sie beschützte. Reißzähne, lang wie Shannons Daumen, schimmerten weiß unter der hochgezogenen Lefze des Tiers.

»Ruhig, Prettyface«, sagte Shannon leise zu dem Hund.

Prettyface gehorchte, doch sein dichtes Nackenfell war immer noch gesträubt, und seine Ohren lagen flach an seinem massigen Schädel an.

Whip kam noch näher geritten, bis Shannon das klare Silber seiner Augen erkennen konnte. Sein Begehren war ebenso klar erkennbar, eine Sehnsucht, direkt und vielschichtig zugleich. Diese Sehnsucht hatte Shannon den ganzen Weg zurück zur Hütte verfolgt.

Und verfolgte sie noch.

»Das ist jetzt nah genug, Mister«, sagte Shannon fest. »Was wollen Sie?«

Zu ihrer Erleichterung zügelte Whip sein Pferd und tippte höflich an seine Hutkrempe.

»N'Abend, Ma'm«, sagte er. »Sie sind so schnell aus Murphys Laden verschwunden, daß Sie fast Ihre gesamten Vorräte vergessen haben.«

Shannon betrachtete prüfend die quecksilbrigen Schatten in Whips Augen.

Sie hatte sich nicht getäuscht. Sie träumte nicht. Der Fremde, den sie Whip nannten, war hier, auf ihrer Lichtung.

Und er begehrte sie.

»Sie sind es wirklich«, sagte sie mit dunkler Stimme. »Whip. So nennt man Sie doch, oder?«

»Hier draußen, ja.«

Shannon verzichtete darauf nachzufragen, ob er nicht noch einen anderen Namen, einen Nachnamen, ein Heim und eine Familie habe. Westlich des Mississippi sagte man zu einem Mann nur Mister, Sir, oder was immer sonst als Anrede geeignet war. Wenn er wollte, daß man ihn anders nannte, würde er es einem dann schon sagen.

Shannon musterte Whip mit einem eigenartigen Sehnen. Der Rhythmus seiner Worte und seine leise, gedehnte Sprechweise gehörten nicht zu einem Mann, der in den Slums im

Osten oder in irgendwelchen rauhen Goldgräberlagern des Westens aufgewachsen war. Er stammte aus dem Süden, aber nicht aus dem tiefen Süden. Vielleicht nicht einmal aus den Südstaaten.

»Sind Sie... Haben Sie...?« Shannon holte hastig Atem. »Haben Ihnen diese Culpeppers irgendwie etwas getan?«

Whips Lippen verzogen sich zu einem Lächeln.

Shannon stockte der Atem, daß es fast weh tat. Whip hatte das Lächeln eines gerade gefallenen Engels, sanft und wehmütig und von so dunkler Schönheit, daß es sie beinah in die Knie zwang.

»Nein, Shannon«, sagte Whip. »Sie haben mir nichts getan.«

»Bestimmt nicht?«

»Nein.«

Shannon stieß in einem schweren Seufzer den angehaltenen Atem aus.

Blitze erhellten die Berggipfel, die sich um die Lichtung herum erhoben. Wind kam auf und beugte die zarten Eschenzweige, die noch kahl waren. Der Wind brachte auch das langgezogene Grollen des Donners und den quecksilbrigen Geschmack von Regen.

»Sie hätten sich nicht einmischen dürfen«, sagte Shannon ernsthaft. »Den letzten Mann, der sich meinetwegen mit den Culpeppers angelegt hat, haben sie so schlimm zusammengeschlagen, daß er gestorben ist.«

Graue Augen wurden schmal.

»Diese Jungs haben Manieren wie Vielfraße«, sagte Whip.

»Ich habe ja versucht, Sie zu warnen.«

»Und ich habe versucht, sie zu warnen. Sie haben mir aber nicht zugehört. Caleb würde sagen, ich habe ihnen die Leviten gelesen. Vielleicht werden sie in Zukunft besser zuhören.«

Shannons dunkle Augen huschten zu den geflochtenen Lederwindungen, die so locker auf Whips kräftiger Schulter ruhten. Sie hatte nicht gesehen, wie die Peitsche Beau traf, aber sie hatte gewußt, daß sie ihn traf. Beim ersten Anzeichen von Blut auf dem Mund eines Culpeppers hatte sie hastig ihre Vorräte geschnappt und war hinausgelaufen zu ihrem alten kantigen Maultier Razorback.

»Caleb?« fragte Shannon.

Es fiel ihr im Augenblick nichts anders ein, was sie hätte sagen können, denn das Lächeln war von Whips Gesicht verschwunden. Jetzt sah er sie an, als wäre sie etwas zu essen und er ein Mann, der schon allzu lange hatte hungern müssen.

Was Shannon dabei vor allem beunruhigte, war, wie sehr etwas in ihrem Inneren danach drängte, den Hunger genau dieses Mannes zu stillen.

Ich habe Angst nach dem, was in der Stadt passiert ist, sagte sie sich eisern. *Morgen gehe ich Cherokee besuchen. Dann fühle ich mich nicht mehr so allein, daß schon das Lächeln eines Fremden mir das Herz umdreht und meine Knie weich werden läßt.*

»Caleb Black«, erklärte Whip sanft, »ist der Mann meiner Schwester Willow. Sie haben eine Ranch westlich von hier. Nicht weit davon ist auch die Ranch meines Bruders Reno und seiner Frau Eve.«

»Ach so.«

Shannon zwang sich, normal zu atmen. Ihr taten die Hände weh, weil sie das schwere Gewehr so fest umklammert hielt, doch sie hatte nicht vor, die Waffe zu senken. Sie hatte gesehen, wie erschreckend schnell diese Peitsche sich bewegen konnte.

»Ich bin Shannon Conner, äh, Smith«, sagte sie. Und fügte noch hastig hinzu: »Smith ist der Name meines Mannes.«

Whip runzelte die Stirn, als wolle er nicht gern daran erinnert werden, daß sie verheiratet war.

»Haben Sie etwas dagegen, wenn ich absitze und Ihnen die Vorräte gebe, die Sie zurückgelassen haben?«

»Etwas dagegen?« sagte sie verwirrt.

»Das Gewehr«, sagte Whip sanft.

»Ach so. Das.«

Whip versuchte nicht zu verbergen, wie sehr ihn seine Wirkung auf Shannon Conner Smith amüsierte.

»Ja genau«, sagte er mit tiefer Stimme. »Das.«

Shannon wurde rot.

Und sie hielt den Lauf des Gewehrs genau wie vorher, gerade auf Whips Pferd gerichet.

»Lassen Sie sich nicht abhalten«, sagte sie. »Und holen Sie um was immer Murphy geglaubt hat, mich nicht betrügen zu können.«

Whip stieg mit einer muskulösen Gewandtheit vom Pferd, die Shannons Seelenzustand nicht gerade erleichterte.

Oh, Herr im Himmel, ist das ein gefährlicher Mann.

Und schön ist er auch.

Dieser zweite Gedanke kam so überraschend, daß Shannon beinah laut gelacht hätte.

Die Einsamkeit muß mir wohl doch ziemlich zusetzen. Blumen sind schön und Schmetterlinge und das Lächeln eines Babys.

Whip ist absolut nicht so.

Ein Blitz zuckte grell über den indigoblauen unteren Rand der Wolken, deren turmhohe Gipfel noch in rosa Licht getaucht waren. Der Berg trug das Gewitter mit der muskulösen Leichtigkeit eines Mannes, der eine zusammengerollte Rindlederpeitsche auf der Schulter trägt.

Aber Berge sind auch schön. Und Gewitterwolken. Und Blitze, die sich hindurchbrennen.

Whip ist alles das. Blitz und Donner und von der unbezwingbaren Kraft eines Berges.

Prettyfaces Knurren unterbrach Shannons Gedanken.

Whip kam jetzt auf sie zu.

Doch statt der kleinen Päckchen Backsoda und Schmalz, die sie erwartet hatte, waren seine kräftigen Arme bis oben hin gefüllt mit Vorräten.

»Halt, Mr. Whip.«

Jetzt zeigte der Lauf des Gewehrs nicht mehr auf Whips Pferd.

Whip blieb auf der Stelle stehen.

»Mein Name ist Rafael Moran«, sagte er ruhig, »aber Sie können mich auch Whip nennen, wenn Ihnen das lieber ist.«

»So habe ich Sie genannt, als ich an Sie gedacht habe«, sagte sie.

»Haben Sie das?«

»Was?«

»An mich gedacht?«

Shannon wurde rot, als ihr klar wurde, was sie da zugegeben hatte.

Whip lächelte und wollte weitergehen.

»Ich sagte, halten Sie!« erklärte sie im Befehlston.

»Ich halte schon so viel ich kann«, meinte Whip vernünftig. »Aber ich will's versuchen.«

Shannon biß sich auf die Lippen, um nicht zu lächeln, zu lachen, das Gewehr wegzulegen und dem mächtigen Fremden zu vertrauen, der ihr schon so vertraut zu sein schien wie ihr eigener Atem.

Warum hat mir Cherokee nie gesagt, daß ich so auf einen Mann reagieren würde? Herrgott noch mal, kein Wunder, daß Frauen die dümmsten Dinge für Männer tun.

Zumindest für Männer wie Whip.

»Kommen Sie nicht noch näher«, sagte sie grimmig. »Prettyface mag Fremde nicht.«

Whip blinzelte. »›Prettyface‹? Wo ist hier ein ›hübsches Gesicht‹?«

»Mein Hund.«

Whip warf einen Blick auf das riesige, zähnefletschende Vieh, dessen Kopf auf der Höhe von Shannons Brüsten war.

»Ist das Prettyface?«

»Natürlich. Oder möchten Sie vielleicht der erste sein, der ihm sagt, daß er häßlich ist?«

Einen Augenblick herrschte Schweigen. Dann warf Whip den Kopf zurück und lachte vor Überraschung und Vergnügen.

Bei diesem Klang spürte Shannon in ihrem Innern ein freudiges Prickeln. Whips Lachen war noch schöner als sein Lächeln.

»Nein, er ist wirklich ein Prettyface«, stimmte er zu. »Man müßte schon so dumm sein wie ein Haufen Culpeppers, um diesen Riesenkerl anders zu nennen.«

Diesmal mußte Shannon doch lächeln.

»Wohin soll ich die Vorräte bringen?« fragte Whip.

Ihr Lächeln erlosch.

»Das sind nicht meine«, sagte Shannon knapp.

»Murphy hat mir das anders erklärt.«

»Murphy würde die Wahrheit nicht mal erkennen, wenn man ein Schildchen dranhängen könnte.«

Whip lächelte erneut. »Da möchte ich nicht widersprechen. Also nehmen Sie diese Lieferung als Entschädigung für all die anderen Male, als er seinen schmutzigen Daumen mit auf die Waage gelegt hat, während er Ihre Vorräte abwog.«

Mit einem Hunger, den Shannon nicht ganz verbergen konnte, betrachtete sie die Säcke mit Bohnen und Mehl, mit Speck und getrockneten Äpfeln, Salz, Gewürzen und anderen Dingen, ohne die sie schon lange hatte auskommen müssen, daß sie sich kaum noch daran erinnerte, wie sie hießen.

Plötzlich wandte sie den Blick ab von der Fülle der Dinge, die ihr hier präsentiert wurden. Sie schluckte schwer, weil schon der Gedanke an die guten Sachen ausreichte, ihr das Wasser im Mund zusammenlaufen zu lassen.

»Ich nehme das Backpulver und das Schmalz, für das ich bezahlt habe, und vielen Dank für die Mühe«, sagte sie angespannt. »Den Rest können Sie mit zurücknehmen.«

Gerade als Whip etwas erwidern wollte, zischte ein Blitz durch die sich immer stärker verdichtende Nacht. Der Donner grollte, schon viel näher. Die Luft schmeckte regelrecht nach Hagel. Das Gewitter umzingelte Shannons Lichtung und brachte den eisigen Regen des Hochlandsommers mit sich.

»Wenn Sie glauben, daß ich bei diesem Wetter den ganzen Weg zurück nach Holler Creek reite«, sagte Whip, »dann müssen Sie verrückt sein.«

»Wohin Sie gehen, ist Ihre Sache. Was Sie mitnehmen, ist meine.«

Eine ganze Weile war nichts zu hören als das Brausen des Windes in den Bäumen, die sich bogen, der grollende Donner, das gedämpfte Murmeln des Regens, der mit kleinen Silberhämmern gegen den Berg schlug.

»Sie brauchen die Lebensmittel«, sagte Whip unverblümt. »Sie sind zu dünn.«

Shannon versuchte, das zu bestreiten. Sie hatte im vergangenen Winter so viel Gewicht verloren, daß ihr Silent Johns alte Kleider am Körper schlotterten. Wenn ihre Hüften weniger breit gewesen wären, hätte ihr die Hose bei jeder Bewegung wieder unten um die Knie gehangen.

Aber Whip hat nicht das Recht, etwas so Persönliches zu bemerken, und schon gar nicht, mich ernähren zu wollen.

Sowohl Cherokee als auch Silent John hatten Shannon immer wieder vor den Schwierigkeiten gewarnt, in die sie zwangsläufig geraten würde, wenn sie sich während Silent Johns häufiger Abwesenheit mit einem Mann einließ. Shannon konnte es sich nicht leisten, irgendeinem Mann etwas schuldig zu bleiben. Auch nicht einem Mann mit einem Lächeln wie ein gefallener Engel.

Vielleicht ganz besonders nicht einem solchen Mann.

Als Whip die Entschlossenheit um Shannons Mund sah, wußte er schon im voraus, daß sie die Vorräte zurückweisen würde. Das ärgerte ihn, aber was ihn besonders wütend machte, war, daß er Shannon nicht zwingen konnte, auch nur einen Bissen von den Sachen anzunehmen, die er ihr gebracht hatte.

Er hatte kein Recht, sich um Shannon zu kümmern. Nur ihr Mann hatte dieses Privileg, und ganz offensichtlich war der Mann nicht besonders gut darin.

»Betrachten Sie es als Darlehen«, stieß Whip zwischen zusammengebissenen Zähnen hervor.

»Nein.«

»Teufel auch«, knurrte Whip. »Sie sind so schwach, daß Sie kaum das Gewehr auf mich richten können!«

»Ich bin nicht zu schwach, um den Abzug zu betätigen.«

Das Geräusch, das Prettyface jetzt machte, paßte gut zu Whips Ärger, ein tiefes Grollen, wie ein herannahendes Gewitter.

Whip riß sich zusammen. Das letzte, was er wollte, war, sich jetzt mit Shannons Hund anzulegen. Als Methode, sich bei dem jungen Mädchen beliebt zu machen, war ein Kampf mit dem Hund bestimmt nicht geeignet.

Außerdem war das verdammte Vieh groß wie ein Heuschober.

Doch obwohl er sich dessen bewußt war, hatte er Mühe, sein Bedürfnis zu unterdrücken, Shannon das Gewehr aus der Hand zu reißen, dem Hund damit ordentlich eins überzubraten und ihr dann erst mal etwas Vernünftiges zu essen zu machen.

Whip war schockiert, als er merkte, wie reizbar er plötzlich war. Normalerweise war er der lässige Moran und sein Bruder Reno der explosive. Aber Shannons schreckliche Dickköpfigkeit hatte etwas an sich, was ihn an den Rand der Verzweiflung brachte.

»Es kann doch keinem schaden, wenn er sich hier und da mal helfen läßt«, sagte Whip, indem er sich zwang, ruhig zu sprechen.

»Cherokee, der Schamane, hat mir gesagt, daß die Menschen Mustangs zähmen, indem sie ihnen Futter anbieten, wenn sie Hunger haben, und Wasser, wenn sie durstig sind. Natürlich treiben die Menschen die Mustangs zuerst bis zur Erschöpfung. Dann tun sie so, als würden sie den Mustangs helfen wollen – mit einem Lasso in der Hand.«

Das kurze Aufflackern eines Lächelns machte Whips Gesicht weicher.

»Das ist eine Methode«, gab er ihr recht.

Aber Wolfe Lonetree hat mir noch eine bessere Methode beigebracht, erinnerte sich Whip. *Man bleibt immer genau am Rand des Wahrnehmungsbereichs des Mustangs, ohne ihn zu bedrängen oder etwas zu übereilen, bis sich das wilde Tier daran gewöhnt hat, daß man in seiner Nähe ist. Dann kommt man noch etwas näher, und der Mustang wird nervös, und man bleibt auf dem neuen Abstand, bis er sich auch daran gwöhnt hat.*

Und dann geht man noch ein Stück näher heran und wartet und noch näher und wartet wieder, bis einem das schöne Wesen regelrecht aus der Hand frißt.

Natürlich gibt es nur wenige Mustangs, die einer solchen Mühe wert sind.

Der Wind fegte herab und blähte Shannons lose Kleider auf, dann drückte er sie eng an ihren Körper.

Whip stockte der Atem. Shannon hatte vielleicht mager gewirkt, aber unter den fadenscheinigen Kleidern steckten Rundungen von der Art, die einen Mann nachts nicht schlafen lassen, weil er darüber nachdenkt, was es noch für Möglichkeiten gäbe, ihnen näher zu kommen.

Ganz nah.

Verdammt. Wenn sie mir gehörte, würde ich ganz bestimmt nirgendwo hingehen und Gold suchen oder Verbrecher jagen. Ich wäre ganz dicht bei ihr und würde mir immer wieder neue Möglichkeiten ausdenken, wie wir einander Lust bereiten könnten.

Und zwar so lange, bis wir beide zu erschöpft wären, um uns auch nur die Lippen zu lecken.

»Shannon ...«

Als Whip sprach, zuckte ein grellweißer Blitz über den halben Himmel. Donner hallte mit solcher Heftigkeit von den Bergen wider, daß der Boden vibrierte. In der darauffolgenden Stille ertönte ein heftiges Rauschen, das sich über die Lichtung der Hütte näherte, und dichter Regen strömte in weißen Schleiern vom Himmel.

Whip war fasziniert von der Schönheit des Gewitters, doch er ließ sich nicht täuschen. Er kannte sich aus mit den Wetterverhältnissen in den Rocky Mountains, deren verführerische, tödliche Schönheit das Hochland gefährlich machte. Obwohl es schon Frühsommer war, kühlte bei Sonnenuntergang die Luft in dieser Höhe recht plötzlich ab. Bis zum Aufgang des Mondes würde es frieren. Bis zum Morgen konnte Schnee liegen, der seinem Pferd bis zur Brust reichte. Und am nächsten Tag konnte der Schnee schon wieder geschmolzen sein.

Oder auch einen Monat liegenbleiben, wie es in diesem Spätfrühling geschehen war.

Der kümmerliche Vorrat, den Shannon hatte, würde sie kaum für zwei Wochen am Leben halten.

»Wo zum Teufel ist Ihr Mann?« fragte Whip entnervt. »Sie brauchen ihn!«

Shannon hoffte, daß es schon zu dunkel war und Whip den Schrecken in ihrem Blick nicht erkennen konnte. Cherokee hatte recht: Was immer auch passiert war, um Silent John verschwinden zu lassen, die Leute mußten glauben, daß er noch lebte, daß er jederzeit ohne Vorwarnung auftauchen, daß er immer noch einen Hirsch oder einen Mann auf tausend Meter Distanz mit dem Gewehr niederstrecken konnte.

»Silent John ist, wo immer er sein möchte«, sagte Shannon kurz angebunden.

»In Holler Creek heißt es, Sie wären Witwe«, gab Whip

zurück. »Es heißt, Silent John wäre tot und Sie auf dem besten Weg, hier allein auf dieser elenden, gottverlassenen Lichtung zu verhungern!«

Prettyface knurrte.

Whip hätte am liebsten das Knurren erwidert.

Shannon sagte kein Wort. Sie stand nur breitbeinig da und hielt das Gewehr fest in den schmerzenden Händen.

Der abrupt niederpasselnde, heftige Regen weichte die Lichtung auf und brachte alle Farben des Sonnenuntergangs zum Erlöschen. Innerhalb weniger Augenblicke tropfte Wasser von Whips dunklem Stetson und sammelte sich in großen Tropfen auf dem Wollstoff seiner Jacke.

Shannon stand zwar unter dem Schutz des Hüttenvordachs, doch der schneidende Wind wurde dadurch nicht gebremst. Sie schauderte, als sie vom ersten kräftigen Windstoß mit eisigem Regen besprüht wurde.

»Seien Sie doch vernünftig«, sagte Whip und zwang seine Stimme, ruhig zu klingen.

»Bin ich. Sie sind derjenige, der sich hier Illusionen macht.«

»Murphy hat Sie jahrelang betrogen«, sagte Whip, ohne sich um Shannons Antwort zu kümmern. »Als ich ihm das vor Augen hielt, entschloß er sich, Ihre Vorräte noch etwas zu ergänzen. Das ist alles. Sie sind dadurch in keiner Weise verpflichtet.«

Shannon öffnete den Mund.

Whip redete einfach weiter. »Sie brauchen sich auch mir gegenüber nicht verpflichtet zu fühlen, weil ich die Vorräte hierhergebracht habe. Ich wollte mir mal die Goldfelder am Avalanche Creek ansehen, und da liegt Ihre Hütte am Weg.«

»Nette Geschichte«, sagte Shannon und wünschte, sie könnte sie glauben. »Aber solche habe ich schon gehört. Ich brauche keine Hilfe von Männern, die nach einer Frau hungern.«

Whip konnte sich nicht länger zurückhalten, als der eisige

Regen ihm von einer Seite ins Gesicht schlug und die Wahrheit von der anderen.

»Ich bin nicht wie andere Männer«, stieß er zwischen zusammengebissenen Zähnen hervor.

»Ach ja?« meinte Shannon kühl. »Wollen Sie damit sagen, daß Sie mich nicht begehren?«

Whip öffnete den Mund und machte ihn dann wieder zu. Lügen waren einfach nicht sein Stil.

»Doch, ich begehre Sie«, erwiderte er unverblümt.

Shannon konnte das Schaudern nicht unterdrücken, das sie bei diesen offenen Worten durchlief.

»Aber ich würde Sie nie zu irgend etwas zwingen, Shannon«, sagte er sanft. »Und das ist ein Versprechen.«

»Ich werde es Ihnen leicht machen, Ihr Versprechen zu halten. Setzen Sie sich aufs Pferd und reiten Sie fort.«

»Hören Sie mir zu«, begann Whip.

»Nein, Sie hören mir zu«, gab sie angespannt zurück. »Sie sind genau wie alle anderen. Sie wollen meinen Körper und sonst gar nichts. Keine Angebote in bezug auf Heirat und Kinder und eine gemeinsame Zukunft in guten und in schlechten Zeiten bis zum Ende unseres Lebens. Das einzige, was Sie wollen, sind ein paar Minuten im Dunkeln mit der ›armen Kleinen‹, die vielleicht Witwe ist, vielleicht aber auch nicht.«

»Nein, ich will nicht nur das«, erwiderte Whip ärgerlich.

»Oh, soll das heißen, Sie wollen nicht nur mit mir bumsen, sondern mir auch einen Heiratsantrag machen?«

Der Ausdruck auf Whips Gesicht sagte Shannon mehr, als sie hatte wissen wollen. Ihr kurzes Lachen war genauso bitterkalt wie der Regen.

»Das dachte ich mir«, sagte sie. »Vielen Dank, aber nein, danke. Ich habe alles, was ich brauche, bis Silent John zurückkommt.«

»Und wenn er nie mehr zurückkommt? Verdammt, was ist, wenn er tot ist? Was geschieht dann?«

Shannon legte den Finger fester um den doppelten Abzug des Gewehrs. Es verstärkte ihre Ängste nur noch mehr, als sie sie so unverblümt von Whips rauher, verärgerter Stimme ausgesprochen hörte.

Und es ließ ihren Widerstand erlahmen.

Leg dich nicht mit ihm an, warnte sie eine innere Stimme. *Du wirst verlieren. Und dann endest du wie die traurigen Huren in Whiskey Flat, bei denen jeder Mann im Gebiet von Colorado weiß, welche Farbe ihre Brustwarzen haben.*

»Sie haben sich den Namen Whip, die Peitsche, verdient«, sagte Shannon rauh. »Aber auch Sie sind nicht schneller als die Kugel aus einem Gewehr. Also nehmen Sie Ihre Vorräte und Ihre hungrigen silbernen Augen und gehen Sie!«

Shannon kam es vor, als dauerte es eine Ewigkeit, bis Whip sich schließlich umdrehte und die Vorräte wieder auf das dünne schwarze Packpferd zu laden begann.

Ein Blitz schnitt durch das verregnete Zwielicht und verwandelte die Welt in brennendes Silber. Der Donner folgte direkt danach, so laut, daß kein anderes Geräusch mehr zu hören war. Der Regen fiel dichter und noch heftiger, ein Strom, der ausgereicht hätte, um alle Feuer der Hölle zu löschen.

Obwohl Whip nur vier Meter entfernt war, hatte Shannon Mühe, ihn noch zu erkennen. Sie blinzelte mehrmals heftig in dem Versuch, durch den Schleier von Tränen und Regen hindurchzusehen.

Als der nächste Blitz am Himmel zuckte und alles in grellweißes Licht tauchte, war die Lichtung leer.

Whip war fort.

Shannon biß sich auf die Lippen, um nicht Whips Namen in die Fänge des Regens hinauszuschreien, ihn zurückzurufen, ihm anzubieten, was immer er wollte, als Gegenleistung für Nahrung und Sicherheit.

Und sie wußte genau, was er wollte.

Die Culpeppers hatten Shannon mehr als einmal deutlich

gemacht, worauf Männer aus waren. Männer wollten sie über einen Stuhl beugen und sich erniedrigend an ihr abreagieren, bis sie bettelte und blutete und sie anflehte aufzuhören.

Bei dem Gedanken zog sich ihr Magen zusammen, und bittere Galle stieg in ihrer Kehle auf.

Vielleicht würde Whip nicht so etwas von mir verlangen. Vielleicht wollte er mir tatsächlich nur helfen und hätte nicht mehr verlangt als ein Dankeschön und ein warmes Essen.

Dann erinnerte sich Shannon an Whips Worte und die Hitze in seinem silbernen Blick. Und sie gab es auf, sich selbst etwas vorzumachen.

Whip will mich ganz eindeutig. Ganz genau wie die Culpeppers.

Shannon schauderte, und es wurde ihr kalt bis ins Innerste ihrer Seele. Ihrer Erfahrung nach war Frauen nur das eine Los beschieden: die brutalen Umarmungen der Männer zu ertragen, um im Austausch dafür Schutz und Nahrung und Sicherheit zu bekommen.

Und Kinder. Süße kleine Menschlein, denen man etwas vorsingen konnte, die man knuddeln und lieben konnte.

Prettyface winselte und grub seine Zähne sanft in Shannons Hand, um sie an seine Anwesenheit zu erinnern. Es erinnerte Shannon auch wieder daran, daß sie nach wie vor im eisigen Abendregen stand und sich so leer fühlte, wie die Lichtung geworden war, als Whip sie verließ.

Hör auf zu träumen, sagte sich Shannon heftig. *Mutter hat auch immer geträumt, und was hat sie dafür bekommen? Einen unnützen Mann, der ständig unterwegs war und sie einfach sitzengelassen hat.*

Und sie hat mich bekommen. Ich habe sie geliebt, doch sie liebte nur ihr Laudanum.

Cherokee hat recht. Liebe ist ein Märchen, das immer wieder erzählt wird, um Frauen davon abzuhalten, ihren eigenen Weg zu gehen und die Männer sich selbst zu überlassen.

Langsam drehte sich Shannon um und ging zurück in die Hütte, die kaum wärmer war als der Regen.

3. KAPITEL

Als Shannon noch vor Tagesanbruch aufwachte, hatte sich das Gewitter erschöpft. Die nächtliche Dunkelheit verblaßte langsam am Himmel und hinterließ ein transparentes Silber, das sie nur allzusehr an Whips hungrige Augen erinnerte.

Prettyface ließ ein leises Grollen hören und stupste Shannons Wange an.

»Brrr«, murmelte sie. »Deine Nase ist so kalt, so kalt ist bestimmt auch der Fußboden.«

Aber Shannon strich trotzdem sanft durch Prettyfaces Fell. Er war das einzige Lebewesen, das je ihre Liebe erwidert hatte, Wenn Prettyface nicht gewesen wäre, hätte sie überhaupt nicht mehr aus und ein gewußt, als Silent John damals im Winter '65 verschwand.

Nicht, daß ihr Großonkel je ein besonders unterhaltsamer Gefährte gewesen wäre. Er hatte seinen Spitznamen ›Silent John‹, ›Schweigsamer John‹, durchaus verdient. Aber Shannon war ihm trotzdem dankbar. Ganz gleich, wie einsam oder hart das Leben im Echo Basin sein mochte, es war ihr wesentlich lieber als das Leben, das sie in Virginia hinter sich gelassen hatte.

In Colorado war Shannon frei.

In Virginia war sie kaum mehr als eine Sklavin gewesen.

»Guten Morgen, mein schönes Monstrum«, sagte sie zu dem Hund und streckte sich. »Glaubst du, daß der Sommer überhaupt je wirklich kommen wird? Manchmal ist mir so kalt, daß mich selbst die heiße Quelle nicht aufwärmen kann.«

Bei den Worten ›heiße Quelle‹ stellte Prettyface die Ohren

auf. Er legte den Kopf schief, winselte und schaute zur Rückseite der Hütte, wo eine Tür mit einem Schrank davor den Weg in einen schmalen Tunnel freigab. Am Ende des Tunnels lag eine Höhle mit einer heißen Quelle, deren Wasser nicht schwefelig war, sondern süß.

Silent John hatte das heilende Wasser immer angewandt, wenn ihm seine Arthritis Probleme bereitete. Shannon liebte einfach nur die dampfende Wärme der versteckten Höhle. Das warme Wasser ersparte ihr das Holzhacken zum Wassererhitzen, wenn sie ihre Kleider – und sich selbst – waschen wollte. Die heiße Quelle bedeutete, daß ihre abgetragenen Kleider immer sauber sein konnten, genauso wie die Haut darunter. An einem so abgelegenen Ort, wo die einfachen Bequemlichkeiten der Zivilisation fast völlig fehlten, bedeutete die heiße Quelle einen herrlichen Luxus.

Und während Shannons erstem Winter hier allein, als sie weder die Kraft noch die Fähigkeit besessen hatte, Holz zu fällen, das ausgereicht hätte, ihre Hütte zu heizen, hatte ihr die heiße Quelle das Leben gerettet. Inzwischen konnte sie mit Axt, Beil und Säge besser umgehen, doch lange noch nicht gut genug. Im Augenblick reichte das Feuerholz, das vor der Hütte aufgestapelt war, kaum für mehr als ein paar Tage.

Ich danke dem Herrn für die heiße Quelle. Sonst wäre ich womöglich so schmutzig wie Murphy oder diese Culpeppers.

Prettyface, der sah, in welche Richtung der Blick seiner Herrin gewandt war, winselte hoffnungsfroh. Trotz seines rauhen Äußeren jagte der Hund gern die Schatten im warmen Wasser des Bächleins, das aus dem Becken der heißen Quelle floß, bevor es in einer Felsspalte verschwand.

»Heute morgen nicht«, erklärte Shannon. »Wir müssen das Salz zurückbringen, das wir uns bei Cherokee geliehen haben. Sie – verflixt noch mal, *er* – wird es brauchen.«

Shannon sah Prettyface, der sacht mit dem Schwanz wedelte, mit gerunzelter Stirn an.

»Nur gut, daß sonst niemand hier ist«, sagte sie bekümmert. »Ich habe mich ja daran gewöhnt, daß sie mich Silent Johns Frau nennen, aber es fällt mir immer noch elend schwer, von Cherokee als ›er‹ zu sprechen, obwohl ich inzwischen ganz genau weiß, daß sie kein Mann ist.«

Erinnerungen an die rauhen Kommentare der Culpeppers ließen Shannons Mund für einen Augenblick schmal werden.

»Nicht, daß ich Cherokee wegen des Theaters Vorwürfe machen würden. Je länger Silent John weg ist, desto besser verstehe ich, warum sie sich entschlossen hat, sich wie ein Mann zu kleiden, sich als Schamane auszugeben und ganz oben an der nördlichen Gabelung des Avalanche Creek zu leben.«

Mit einer entschlossenen Armbewegung schob Shannon die Decke aus Bärenfell beiseite, die während der Nacht die schlimmste Kälte von ihr fernhielt. Sie brauchte sich nicht anzuziehen, denn sie hatte damals schnell gelernt, sich abends zu waschen und dann in warmen Kleidern zu schlafen.

Morgens gab es in der Hütte nicht viele Hausarbeiten zu erledigen. Da Shannon nicht vorhatte, drinnen zu bleiben, war es sinnlos, Feuer zu machen. Es hatte auch keinen Sinn, eine Laterne anzuzünden und wertvolles Öl zu verschwenden, wenn schon bald die Sonne aufgehen würde.

Shannon goß sich eine Tasse Tee aus der kleinen silbernen Kanne ein, die früher ihrer Mutter gehört hatte. Das Wasser war so kalt, daß ihr die Zähne weh taten, trotzdem konnte sie die Stücke getrocknetes Hirschfleisch besser kauen, wenn sie sie in Wasser tauchte.

Sie kaute noch, als sie Silent Johns zweitbeste Jacke anzog und zur Tür ging. Im Gehen stopfte sie sich noch ein paar Stücke Dörrfleisch in die Tasche.

Das ist der Rest vom Trockenfleisch, dachte sie unglücklich. *Gott sei Dank kommen die Hirsche jetzt bald zurück ins Hochland.*

Bevor Shannon den Riegel an der Hüttentür aufmachte,

nahm sie die Flinte von dem Haken über der Tür. Sie öffnete die Munitionskammer, zog die beiden wertvollen Patronen heraus und machte sich daran, die Waffe mit einem weichen Tuch zu reinigen.

Selbst als Shannon noch nicht ganz fünfzehn war, hatte Silent John energisch darauf bestanden, daß sie lernte, seine Waffen zu reinigen und zu gebrauchen. Mit dem schweren Kaliber .50-er Büffelgewehr, seiner Lieblingswaffe, war sie nie besonders gut gewesen, doch mit den leichteren Waffen konnte sie ohne Schwierigkeiten umgehen, um sich zu verteidigen.

Etwas zu essen auf den Tisch zu bekommen war allerdings eine ganz andere Sache. Sie hatte kein Geld übrig, um zusätzliche Munition für mehr Schießübungen zu kaufen, also mußte sie sehr nah an ihre Beute herankommen, bevor sie es wagen konnte zu schießen. Entsprechend verriet sie sich fast jedesmal, bevor sie sich zu feuern getraute.

»Aber ich werde besser«, versicherte sie sich selbst. »Bis zum Winter wird Cherokee nicht mehr für zwei jagen müssen.«

Mit schnellen, effektiven Bewegungen wischte Shannon das Gewehr ab, um sicherzugehen, daß sich in der Nacht kein Kondenswasser in den Munitionskammern gesammelt hatte. Als sie zufrieden feststellte, daß alles sauber und trocken war, schob sie wieder eine Patrone in jede Kammer und schloß die Flinte. Sie steckte vier zusätzliche Patronen in die Tasche, so daß nur noch drei in der Schachtel zurückblieben.

So wie das Trockenfleisch ging auch Shannons Vorrat an Munition schnell zu Ende.

»Wenn ich das nächste Mal nach Holler Creek gehe, werde ich Munition kaufen müssen. Und beim nächsten Mal kommst du mit, Prettyface. Ich weiß, daß du Siedlungen und Fremde nicht besonders magst, aber es geht nun mal nicht anders. Ich brauche dich, um mir den Rücken freizuhalten.«

Prettyface stand mit kaum gezügeltem Eifer da und sah abwechselnd die Tür und seine Herrin an.

»Aber bevor ich irgendwas in Holler Creek kaufen kann, muß ich einem von Silent Johns Claims ein bißchen Gold abringen«, fuhr Shannon mit ihren laut ausgesprochenen Gedanken fort, wie sie es sich angewöhnt hatte. »Mutters Ehering war der letzte Gegenstand von einigem Wert, den ich noch hatte außer dem kleinen Goldsäckchen, das ich für die Wintervorräte aufheben will, falls ich wirklich Pech habe beim Jagen.«

Im stillen hoffte Shannon, daß sie jenen letzten Rest von Silent Johns Gold nicht würde angreifen müssen. Es war das einzige, das noch zwischen ihr und jener Art von Schicksal stand, das Frauen dazu zwang, ihren Körper an Fremde zu verkaufen.

»Wenn du mir doch bloß beibringen könntest, besser Spuren zu lesen und mich anzuschleichen«, sagte Shannon zu Prettyface. »Dann könnte ich nah genug herankommen an die verdammten Hirsche, um sie zu Fleisch zu verarbeiten.«

Prettyface beobachtete Shannon mit dunklem, bewunderndem Blick, ohne ihr jedoch weiter behilflich zu sein. Wenn er mit seiner Herrin jagen ging, spürte er allem nach, was in den Bereich seiner Nase geriet – in einem Tempo, bei dem er Shannon weit hinter sich ließ. Manchmal erlegte Prettyface einen Hirsch und teilte ihn mit seiner Herrin. Meistens gab er sich mit weniger schmackhaftem Wild zufrieden.

Silent John hatte Shannon die Grundlagen der Jagd und des Ausnehmens der Beute beigebracht, doch es war nie genug Zeit geblieben, um zu lernen, wie man Wild für den Winter einlagerte. Wenn es gute Jagdmöglichkeiten gegeben hatte, war Silent John auf die Jagd gegangen, und zwar allein.

Den Rest der Zeit hatte er sich damit beschäftigt, in den Bergen nach Gold zu schürfen. Auch das war eine Überlebenstechnik, die er seine Großnichte aus Virginia, die er bei sich aufgenommen hatte, nicht gelehrt hatte.

»Aber ich lerne noch«, sagte Shannon fest. »Letzten Herbst

habe ich einen Hirsch erlegt und ein paar dumme Rebhühner. Wenn das Wetter anhält, werde ich noch öfter auf die Jagd gehen, so lange bis ich genug zu essen habe, um den Ostarm des Avalanche Creek hochzugehen und dort nach Gold zu schürfen. Danach jage ich dann noch mehr Wild und trockne das Fleisch und nehme das Gold und kaufe mir Vorräte für den Winter und ...«

Shannons Stimme verstummte. Der Sommer war nicht besonders lang für all die Arbeiten, die sie zu tun hatte. Auf einer Höhe von etwa zweitausendfünfhundert Metern kam und ging der Sommer so schnell wie eine Eintagsfliege.

»Das Holz!«, rief sie, als sie sich plötzlich erinnerte.

»Wie konnte ich vergessen, daß noch Holz zu sägen, zu hacken, zu spalten und zu stapeln ist? Ich werde eine Menge Brennholz brauchen, auch wenn ich die heiße Quelle zum Waschen und für ähnliches habe, und ich muß es alles herschaffen, bevor der erste Schnee die Pässe blockiert und die umgestürzten Bäume zudeckt und das Wild weiter bergab zieht.«

Shannon holte tief Atem und versuchte die Angst zu dämpfen, die sie manchmal plötzlich übermannte, seit Silent John die Hütte verlassen hatte und nie mehr zurückgekommen war.

Ich hab' Angst, Prettyface. Ich hab' wirklich Angst.

Aber das waren Worte, die Shannon nie laut aussprechen würde. Sie hatte mit dreizehn gelernt, daß alles nur schlimmer wurde, wenn man der Angst nachgab. Daraus konnten die anderen erkennen, daß man reif zur Übernahme war.

»Ein jeder Tag hat seine Mühe«, sagte sich Shannon finster. »Und ich habe eine Menge Zeit, alles das zu tun, was ich tun will, wenn ich aufhöre, herumzustehen und die Hände zu ringen!«

Mit schnellen, leichten Schritten ging Shannon zu der Kiste mit den Lederscharnieren, in der sie die trockenen Nahrungsmittel aufbewahrte. Bis auf das Salz und das Mehl, die sie gestern gekauft hatte, war die Kiste leer. Am vergangenen Abend hatte sie das Salz in zwei Portionen geteilt. Die kleinere gehörte ihr. Die größere war dazu gedacht, Cherokee ihre Leihgabe von Weihnachten zurückzubezahlen.

»Ich hätte Whip sagen sollen, die Vorräte hierzulassen, für die ich bezahlt habe«, murmelte Shannon.

Ihre Lippen wurden schmal, als sie sich voller Abscheu und Angst an die Culpeppers erinnerte.

Doch dann kam die Erinnerung an einen großen Mann, der aus dem Gewitter auf sie zuritt, und eine Erregung überwältigte sie, wie sie es noch nie zuvor erlebt hatte.

»Komm, Prettyface. Es ist Zeit, daß wir Cherokee besuchen. Sie wird mich wieder zur Vernunft bringen.«

Prettyface sprang vor Shannon zur Tür hinaus. Sie beobachtete ihn eingehend, weil sie wußte, daß die Sinne des Hundes sehr viel schärfer waren als die ihren. Wenn irgend jemand herumschnüffelte, würde Prettyface den Eindringling entdecken, lange bevor sie ihm auf die Schliche kam.

Der Hund hob die Nase und sog prüfend die Luft ein. Dann stürmte er in großen Sätzen voraus, was Shannon klarmachte, daß der Wind keine Gefahr verkündete.

Dennoch war sie vorsichtig. Sie trat vor die Tür und blickte sich sorgsam um. In dem frostharten Gras rings um die Hütte waren keine Spuren zu erkennen. Sie seufzte erleichtert, sah sich aber sicherheitshalber doch noch einmal genau um.

Die Waffe lag in ihrer Armbeuge, und ihre Hand entfernte sich nie weit vom Abzug. Der Wind zerrte an ihrem Hut, aber sie hatte ihn sicher mit einem verblichenen, seidenen Schal festgebunden, einem der wenigen Luxusgegenstände, die aus ihrer Kindheit in Virginia übriggeblieben waren.

Shannon zog die Tür fest hinter sich zu und machte sich auf den Weg zu Cherokees Hütte. Sie hätte Razorback reiten können, doch er war noch erschöpft vom Ritt nach Holler Creek. Sie ließ den alten Maulesel an einem langen Seil angepflockt zurück, so daß er das zarte junge Gras abweiden konnte.

Es waren keine zwei Meilen bis zu Cherokees Hütte. Bei Shannons Aufbruch erhob sich die Morgenröte ringsumher in allen Schattierungen von Rosenrot, Gold und dunkelstem Rosa. Die Schönheit des Tages hob ihre Stimmung. Sie summte leise vor sich hin, während sie den Pfad entlangeilte.

Als Shannon die Lichtung vor Cherokees Hütte erreichte, blieb sie stehen und rief laut. Seit die Culpeppers in Echo Basin waren, sahen die Leute hier Besucher nicht mehr so gern. Jemand, der sich einem anderen unangekündigt näherte, lief Gefahr, beschossen zu werden. Selbst Cherokees Ruf als Schamane würde Leute vom Schlag der Culpeppers nicht in Schach halten.

Shannon ging nicht weiter, bis aus der Hütte eine freundliche Aufforderung ertönte.

»Komm schon her, Mädel«, rief Cherokee. »Da draußen ist es einfach zu kalt zum Rumstehen.«

»Na dann los, Prettyface«, sagte Shannon.

Der Hund stürmte voran. Gerade als er die Hütte erreichte, öffnete sich die Tür, und eine hochgewachsene schlanke Gestalt trat heraus.

Ein einziger Blick auf die Art, wie Cherokee dastand, ließ Shannon erkennen, daß mit dem rechten Fuß der alten Frau etwas nicht in Ordnung war.

»Wie geht's, Mädel?« sagte Cherokee. »Schöner Tag, nicht?«

»Ja, wirklich«, erwiderte Shannon. »Prettyface, geh aus dem Weg. Wenn du Hunger hast, lauf und jag dir was zum Frühstück.«

Die Hüttentür wurde geschlossen, Prettyface blieb draußen. Genaugenommen war kaum genug Platz für zwei Menschen in Cherokees winziger Hütte, schon gar nicht für zwei Leute und einen großen Hund.

»Ich hab' gehört, du hast in Holler Creek Vorräte geholt«, sagte Cherokee.

»Wie hast du denn davon erfahren?«

»Indianer, wie sonst? Der Neffe von Wunder Bär hat in Holler Creek Gold gegen Whiskey getauscht. Und hat davon gehört, wie diese Culpeppers endlich mal 'ne Abreibung bekommen haben.«

»Ach ja?«

»Ich wette dein nettes Lächeln drauf, daß sie die bekommen haben. Wo warst du denn, als sich der Staub gelegt hat? Immerhin ging es um dich bei dem Streit?«

»Als die Peitsche zu knallen anfing, hab' ich mir mein Mehl und mein Salz geschnappt und zugesehen, daß ich rauskam«, sagte Shannon trocken.

Cherokees heiseres, kicherndes Lachen erfüllte die winzige Hütte. Sie trug ihr graumeliertes Haar in zwei dicken Zöpfen wie die Indianer. Ihr ledriges, dunkles Gesicht, dazu die formlose Hose, das Wollhemd und die abgetragenen Mokkassins gaben ihr das Aussehen eines alten Halbbluts, das sich entschieden hatte, lieber allein zu leben als die Beleidigungen zu erdulden, denen man ausgesetzt war, wenn man weder weißer noch indianischer Abstammung war. Nur der Amulettbeutel um ihren Hals deutete auf die Weisheit hin, die hinter ihren ruhigen, dunklen Augen verborgen lag.

Falls noch jemand anderer außer Shannon wissen sollte, daß sich hinter dem alten Mann Cherokee eigentlich eine alte Frau verbarg, hatte doch niemand öffentlich darüber gesprochen. Ihr Geschick mit Kräutern und ihre Fähigkeit zu heilen, hatte ihr den Titel Schamane unter Weißen und Indianern gleichermaßen verschafft.

»Mach's dir bequem«, lud Cherokee sie ein.

Shannon setzte sich auf den Hocker vor dem uralten Holzofen. Cherokee hinkte langsam hinüber zu ihrer Pritsche und hockte sich darauf. Die Hütte war so klein, daß ihre Knie beinahe zusammenstießen beim Sitzen.

»Was hast du mit deinem Fuß gemacht?« fragte Shannon.

Cherokee wandte sich ab und begann, etwas Stinkendes in

eine Steinpfeife zu stopfen. Sie strich ein Streichholz an und entzündete damit die Mischung aus Tabak und Kräutern.

»Es war ein harter Winter«, erklärte sie, »aber der Stamm von Wunder Bär hat nur eine alte Squaw und ein totgeborenes Baby verloren. Alle anderen sind genauso lebhaft wie dein verfluchter Hund.«

Shannon hätte gern das Thema der Verletzung der alten Frau weiterverfolgt, tat es aber nicht. Cherokee sprach über das, was sie interessierte, und kümmerte sich nicht um irgend etwas anderes.

»Und wenn sie es nicht wären, würdest du sie mit einem deiner Frühlingstonika schon wieder hinbekommen«, sagte Shannon und verzog das Gesicht.

Cherokees Tonika schmeckten schrecklich, auch wenn sie schwor, daß das zu ihrer guten Wirkung dazugehörte.

»Das stimmt, bei Gott«, sagte Cherokee.

Diskret sah sich Shannon in der Hütte um. Normalerweise stand ein voller Wassereimer neben dem Ofen, war Holz in der Nähe aufgestapelt, und etwas Eßbares köchelte auf dem Feuer. Manchmal gab es sogar frische Brötchen.

Doch heute war der Eimer fast leer, ein paar abgekratzte Reste von Eintopf am Boden eines Kessels und sonst nichts Eßbares in Sicht. Es gab auch kein Holz, das größer gewesen wäre als Späne.

»Ich habe auf dem Weg hierher Durst bekommen«, sagte Shannon und griff nach dem leeren Eimer. »Macht's dir was aus, wenn ich etwas Wasser hole?«

Cherokee zögerte und zuckte dann mit den Schultern.

»Der Bach ist so kalt, daß man damit die Hölle zum Frieren bringen könnte«, murmelte die alte Frau. »Mir tun die Zähne weh bis runter zu den Ellenbogen, wenn ich das verdammte Wasser trinke.«

»Dann hole ich einfach noch Holz, und wir machen das Wasser etwas warm.«

Wieder zögerte Cherokee. Dann seufzte sie.

»Vielen Dank, Shannon. Ich fühle mich heute nicht so besonders.«

Schnell holte Shannon Wasser und Holz vom Stapel vor der Hütte. Als sie die Holzstücke zwischen Pritsche und Ofen aufgestapelt hatte, warf Shannon einen schnellen Seitenblick auf die andere Frau. Cherokee wirkte blaß und mitgenommen.

»Wenn ich schon dabei bin«, sagte Shannon fröhlich, »scheuere ich schnell auch noch den alten Kessel hier und mache etwas Suppe. Nichts hilft so gut wie Suppe, um düstere Stimmung zu vertreiben.«

Diesmal zögerte Cherokee nicht einmal. Sie legte sich einfach nur mit einem unterdrückten Fluch auf ihrer Pritsche zurück.

»Ich bin ausgerutscht, als ich Wasser geholt habe, vor ungefähr sechs Tagen«, sagte sie. »Dabei hab' ich mir den Knöchel verstaucht. Die Kräuterauflage hat geholfen, aber das verdammte Ding macht mir immer noch Probleme.«

»Dann belaste ihn besser nicht weiter«, sagte Shannon und scheuerte den Topf sauber. »Laß ihm Zeit zum Heilen.«

Cherokee lächelte kurz. »Genau den gleichen Rat hab' ich damals Silent John gegeben, als der alte Razorback ihm auf den Fuß getreten war.«

»Ich hoffe, du hältst dich besser dran als er damals.«

»Immer noch kein Lebenszeichen von ihm.«

Es war keine Frage. Cherokee klang, als wäre sie sich ziemlich sicher. Aber Shannon verhielt sich, als wenn es eine Frage gewesen wäre.

»Nein«, sagte sie. »Keine Spur.«

»Sieh der Sache ins Auge, Mädel. Du bist Witwe.«

Shannon sagte nichts.

»Sogar diese nichtswürdigen Culpeppers sind schon darauf gekommen«, sagte Cherokee. »Und denen würde niemand vorwerfen, daß sie übermäßig schlau sind.«

»Dann werde ich wohl einfach mal wieder den alten Reitmantel von Silent John anziehen und mit Razorback über den Paß reiten müssen.«

Cherokee grunzte. »Ich glaube, darauf fallen sie nicht noch mal rein.«

Shannon zuckte mit den Schultern. »Es läßt sich nicht ändern.«

»Was ist mit dem Mann, den sie Whip nennen?« fragte Cherokee. »Kleiner Bär hat gesagt, er wäre deinen Spuren aus Holler Creek gefolgt.«

»Kleiner Bär ist genau so ein Klatschmaul wie sein Onkel Wunder Bär.«

Cherokee wartete darauf, daß Shannon ihr etwas von Whip erzählte.

Statt dessen bereitete Shannon Suppe zu, als hinge ihr Leben davon ab.

»Nun?« wollte Cherokee schließlich wissen.

»Was?«

»Ich sprach von Whip. Hat er dich gefunden?«

»Ja.«

»Verdammt noch mal, Mädel, du warst zu lange in der Gesellschaft von Silent John! Was ist passiert zwischen dir und Whip?«

»Ich hab' ihn weggeschickt.«

»Wie?«

»Prettyface und ein geladenes Gewehr.«

»Hmm«, grunzte Cherokee wenig beeindruckt. »Wenn dieser Typ Whip weggegangen ist, dann, weil er es wollte, und nicht, weil du ihn eingeschüchtert hast. Was wollte er denn?«

»Dasselbe, was die Culpeppers auch wollten«, gab Shannon zurück.

»Glaub' ich kaum. Er hat nicht den Ruf, daß er Mädchen blutig schlagen muß, um seine Befriedigung zu finden.«

Shannon sah von ihrer Arbeit auf und wunderte sich, daß

Cherokee überhaupt über irgendeinen Mann etwas Gutes sagen wollte.

»Kennst du Whip?« fragte Shannon.

»Nicht direkt, aber Wunder Bär und Wolfe Lonetree sind gute Freunde, und Lonetree ist ein wirklich dicker Freund von Reno, und Reno ist Whips Bruder.«

»Reno? Der Revolverheld?« fragte Shannon, denn das hatte sie Whip nicht fragen wollen.

»Genau. Aber nur, wenn man ihn zwingt. Reno ist allerdings wirklich gut im Goldfinden. Man könnte beinah daran glauben, daß es Geister gibt, die mit Menschen reden, wenn man beobachtet, wie Reno und seine Frau Eve ein Gebiet nach Gold absuchen. Zumindest hat Lonetree das Wunder Bär erzählt, und Wunder Bär hat es Kleiner Bär erzählt, und –«

»– Kleiner Bär hat es dir erzählt«, beendete Shannon die Aufzählung für sie. »Du schlägst glatt den feinen Denver Telegraph, wenn's um das Verbreiten von Neuigkeiten geht.«

Cherokee kicherte.

»Wenn man erst mal in meinem Alter ist, hat man ja kaum noch was anderes als Klatsch«, sagte Cherokee. »Außerdem klatscht kaum jemand mehr als die Männer, und das ist die reine Wahrheit. Ausgenommen Silent John natürlich. Mit ihm zu reden war immer, als spräche man mit einem Grabstein. Ich kann mir nicht vorstellen, wie du das je ausgehalten hast. Der Mann hätte mich fast an die Flasche gebracht.«

»Ich wußte nicht, daß du je so viel mit ihm zu tun hattest, daß es dich überhaupt hätte stören können.«

Cherokee bückte sich und machte sich an ihrem Knöchel zu schaffen, bevor sie erneut sprach.

»So 'ne Art von Schweigen schlägt mir ziemlich schnell aufs Gemüt«, murmelte sie.

»Mir macht Stille nichts aus. John las sehr gerne, und er hat mir ebenfalls das Lesen beigebracht. Obwohl ich zugeben muß, daß ich lieber Gedichte lese als Plato.«

Cherokee schnaubte. »Ich hab' diese Truhe voll mit Büchern bei dir gesehen. Das ist doch alles Zeitverschwendung, wenn es nicht gerade um Kräuter und solche Sachen geht.«

»Im Winter hat man immer viel Zeit dafür.«

»Es ist nicht normal, sich nicht mit Menschen zu unterhalten.«

»Oh, ich rede immer mit mir selbst und Prettyface«, sagte Shannon.

»Vernünftig. Denn von einem von euch beiden bekommst du am ehesten eine kluge Antwort. Ich sag' allerdings nicht, wen ich meine.«

Shannon lächelte und prüfte das Wasser, das sie auf dem Ofen aufgesetzt hatte. Es war schon ziemlich heiß.

»Wie wäre es mit etwas Weidenrindentee?« fragte sie.

Cherokee verzog das Gesicht. »Verdammtes Zeug. Schmeckt wie der Bodensatz im Pißpott des Teufels.«

»Aber dein Knöchel würde sich dann besser anfühlen.«

»Pißpott, sage ich.«

Ohne sich weiter um Cherokees Gemurmel zu kümmern, ging Shannon zu einer abgewetzten Holztruhe und hob den Deckel. Ein vielfältiger Duft nach Kräutern stieg ihr in die Nase. Die Weidenrinde war leicht zu erkennen und nicht schwierig anzuwenden. Andere Kräuter waren da komplizierter.

Ein paar waren regelrecht tödlich. Shannon kannte sie und ging ihnen sorgfältig aus dem Weg.

Während Shannon den Tee bereitete, griff Cherokee unter das Bett und zog eine fadenscheinige Segeltuchtasche hervor. Sie holte ein kleines, in Seidenpapier gewickeltes Päckchen heraus. Schweigend setzte sie sich auf ihrem Bett zurück. Ihre verschrumpelte, ledrige Hand lag leicht auf dem Päckchen, als wäre es ein geliebtes Haustier.

Als Shannon Cherokee den Heiltee brachte, achtete die alte

Frau überhaupt nicht auf den zerbeulten Blechbecher und sah Shannon direkt in die Augen.

»Wir müssen etwas besprechen«, sagte sie ohne Umschweife. »Es gibt keinen Zweifel mehr. Du bist Witwe.«

»Das kannst du doch nicht mit Sicherheit wissen.«

»Den Teufel kann ich. Ich habe an seinem Grab gebetet.«

Shannons Augen weiteten sich. »Was?«

»Es war im Herbst. Ein Nachthimmel, als würde Gott mich beobachten, und das arme alte Maultier ganz blutig und erschöpft, weil es die Schlucht vom Avalanche Creek heruntergelaufen war.«

Shannon stockte der Atem. Cherokee hatte nie darüber gesprochen, wie sie Razorback gefunden hatte. Sie hatte nur das Maultier zu Silent Johns Hütte gebracht und Shannon erklärt, daß Silent John wahrscheinlich dieses Jahr eher spät von seinen Claims herunterkommen würde und sie sich besser selbst um Vorräte kümmern sollte.

Dann hatte Cherokee ihr erklärt, ihr wahrer Name sei Teresa und Shannon solle keine Angst haben, sie um Hilfe zu bitten, falls sie je welche brauchen sollte.

»Du hast mir nie davon erzählt«, flüsterte Shannon.

Cherokee unterbrach sich nicht. »Ich habe das Maultier zusammengeflickt und mich bei Morgengrauen auf den Weg gemacht, seine Spur zurückzuverfolgen. Sie endete in einem massiven Erdrutsch. Ich bin davon ausgegangen, daß er Silent Johns Grab geworden ist.«

»Warum hast du mir nichts davon gesagt?«

»Sinnlos«, sagte sie angespannt. »Wenn ich unrecht habe, taucht Silent John vor dem Winter wieder auf. Wenn ich recht habe, und jemand bekommt Wind davon, würden als nächstes alle Männer von Echo Basin um deine Hütte winseln. Und das würde nur Ärger geben. Ein Mann mit einem steifen Schwanz ist genauso zuverlässig wie ein tollwütiges Stinktier.«

Shannon versuchte, etwas zu sagen. Sie fand keine Worte.

»Und was hätte es schon genützt, dir davon zu erzählen?« fragte Cherokee. »Die Pässe waren schon zu, also hättest du sowieso nicht weggehen können. Deine Schränke waren voll. Du warst hier oben sicherer als irgendwo anders, so lange nur keiner wußte, daß Silent John tot ist. Also habe ich einfach den Mund gehalten.«

Als Shannon etwas erwidern wollte, kam nur ein erstickter Laut über ihre Lippen.

Cherokees runzlige Wangenknochen färbten sich rötlich.

»Ich hätte es dir eigentlich schon vorher sagen sollen«, murmelte die alte Frau, »aber ich bin ... manchmal einsam. Es ist ja nicht so, als hättest du irgendwo eine Familie, die sich nach dir sehnt. In der Stadt geht es hübschen jungen Dingern wie dir höchstens an den Kragen. Du warst hier besser dran, aber wenn du gewußt hättest, das Silent John tot ist, wärst du vielleicht einfach auf und davon gegangen.«

»Hier ist mein Zuhause. Das werde ich nicht verlassen.«

»Aber ich hatte kein Recht, dich hier festzuhalten«, sagte Cherokee, ohne sich um Shannons Worte zu kümmern. »Das war einfach nur selbstsüchtig. Mein Gewissen plagt mich ganz schön, wenn ich darüber nachdenke. Ich hatte vor, es dir schon bald zu sagen und dir Geld zu geben, damit –«

»Nein«, unterbrach sie Shannon.

Cherokee murmelte etwas Unverständliches. Dann setzte sie sich gerade auf.

»Jetzt sieht die Sachlage jedoch anders aus«, sagte die alte Frau direkt. »Du mußt weggehen.«

„Warum? Nur weil ich sicher weiß, was ich seit zwei Jahren schon vermutet habe, daß Silent John tot ist?«

»Du mußt aus Echo Basin verschwinden, und Whip ist ...«

»Warum sollte ich das Tal verlassen?« unterbrach Shannon. »Hier ist das einzige Zuhause, das ich habe.«

»Du kannst nicht allein in deiner Hütte überleben, deswegen.«

»Bisher habe ich's auch gekonnt.«

Cherokee grunzte. »Silent John hatte genug zu essen für drei, und dann wäre auch noch was übriggeblieben. Du hast im zweiten Winter die Reste gegessen und dir noch ein paar Vorräte gekauft. Aber nicht genug. Sieh dich doch an. Haut, Knochen und Haare, sonst nichts.«

»Ich bin schlank vom Winter. Im Sommer werde ich dicker werden, genau wie alle anderen Geschöpfe.«

»Und wenn nicht?«

»Doch, ich werde es schaffen.«

»Verdammt, Mädel, du bist entschieden zu dickköpfig.«

»Genau deswegen werde ich auch überleben«, sagte Shannon. »Aus purer Sturheit. Hier. Trink deinen Tee.«

Cherokee winkte ab. »Ich hab' dir in den letzten beiden Wintern geholfen, aber –«

»Ich weiß«, unterbrach sie Shannon wieder. »Und ich bin dir auch dankbar dafür. Ich habe dir dein Salz zurückgebracht, und sobald die Hirsche wieder da sind, werde ich dir auch das –«

»Verflucht, das habe ich wirklich nicht gemeint!« fuhr Cherokee auf. »Und jetzt hörst du mir mal gut zu, Mädel!«

Cherokees Ärger kam unerwartet. Shannon schloß den Mund und hörte zu.

»Manche Männer sind besser als andere«, gestand Cherokee widerstrebend ein. »Viel besser. Das sagen auf jeden Fall Betsy und Clementine, wenn sie ihren empfängnisverhütenden Trank bei mir holen kommen.«

Shannon schloß die Augen. Sie wußte, daß die Prostituierten manchmal zu dem ›halbblütigen Schamanen‹ gingen, um sich Medizin zu holen. Shannon hatte nur bis zu diesem Tag nicht gewußt, um welche Art von Medizin es sich handelte.

»Ich verstehe«, sagte sie leise.

»Das bezweifle ich«, gab Cherokee zurück. »Aber wir kommen der Sache langsam näher. Was wir also jetzt tun müssen, ist, dir einen Mann zu besorgen, der nicht sogar einem tollwütigen Stinktier peinlich wäre. Und dieser Whip scheint mir da recht geeignet.«

Shannon wollte widersprechen.

»Halt den Mund, Mädel«, unterbrach sie Cherokee und hielt ihr das Päckchen hin. »Hier, diesen Firlefanz hat meine Mutter mal von irgendeinem närrischen Mann bekommen. Sie hat ihn mir gegeben. Und ich gebe ihn dir.«

Noch bevor Shannon etwas sagen konnte, wickelte Cherokee das Seidenpapier mit ehrfurchtsvollen Bewegungen auseinander. Er war vor Alter und trotz vorsichtigem Umgang schon fast durchsichtig geworden.

Doch selbst das Seidenpapier war nicht so zart wie die cremeweiße Seide und Spitze, die darin lag. Shannon holte hörbar laut Atem vor Überraschung und Freude, als sie den weichen Glanz von Satin bemerkte.

Cherokee lächelte sanft.

»Hübsch, nicht?« sagte Cherokee. »Schon als ich dich zum ersten Mal gesehen hab', dachte ich an dieses Hemdchen.«

»Das kann ich nicht annehmen.«

»Du nimmst es auch gar nicht. Ich gebe es dir.«

»Aber –«

»Teufel auch, es paßt mir nicht«, unterbrach Cherokee sie ungeduldig. »Hat mir nie gepaßt. Ich bin zu breit. Ma hat es auch nie gepaßt. Bisher hat es noch nie jemand getragen.«

Zögernd berührte Shannon das Hemdchen. Der Stoff war so weich wie eine Wolke. Selbst die breite Spitze, die den Rand verzierte, war seidig und glatt.

»Nun nimm es schon«, sagte Cherokee.

»Das kann ich nicht.«

»Natürlich kannst du.«

Cherokee wickelte das Hemdchen wieder ein und hielt es Shannon hin.

»Steck es einfach in die tiefe Vordertasche von Silent Johns alter Jacke«, sagte Cherokee. »Da ist es sicher untergebracht, bis du nach Hause kommst.«

»Aber –«

»Mädel, ich werd' nicht einen Tropfen von diesem Tee trinken, solange du das hier nicht nimmst.«

Langsam nahm Shannon das Päckchen in ihre freie Hand.

»Weiter so«, sagte Cherokee und nahm die Tasse mit dem Heiltee. »Steck es weg.«

Erst als Shannon es in die Tasche ihrer Jacke gesteckt hatte, trank Cherokee den Tee.

»Ich weiß nicht, wie ich dir danken soll«, sagte Shannon zögernd.

»Nicht nötig. Ich werde mich viel besser fühlen, wenn ich weiß, daß du es hast. Es war höchste Zeit, daß es einmal wirklich seiner Bestimmung dient.«

Shannon wurde rot.

»Nein, nicht um eine Hure zu schmücken«, sagte Cherokee und lachte. »Als seidene Falle für einen Mann. Whip, zum Beispiel. Das ist ein Mann, der es wert wäre –«

»Nein.«

»Doch«, gab Cherokee zurück. »Er braucht nur einen Blick auf dich in diesem Hauch von Satin und Spitze zu werfen, und schon hat er vergessen, daß er lieber allein weiterwandern wollte. Du wirst verheiratet sein, noch bevor du in Ordnung, ja oder vielleicht sagen kannst –«

»Nein«, unterbrach sie Shannon.

Cherokee seufzte. »Mädel, du kannst doch nicht –«

»Nein«, sagte Shannon noch einmal, ohne die alte Frau ausreden zu lassen. »Jetzt hörst du mir einmal zu. Meine Mutter und ich lebten von der Zuwendung meines Onkels, bis ich dreizehn war und Mama an Lungenentzündung starb. Mein Onkel starb kurz darauf. Dann hat seine Frau mich arbeiten lassen wie eine Sklavin.«

Cherokee nickte ohne Überraschung.

»Man brachte mich als Lehrling zu einem Schneider«, sagte Shannon. »Ich konnte den Laden nicht einmal verlassen, nie. Ich habe da gearbeitet, gegessen und geschlafen. Wenn der Schneider sich betrank, das war ungefähr zweimal im Monat, mußte ich ihn mit der Schere abwehren, die ich immer unter meinem Kopfkissen hatte.«

Wieder nickte Cherokee ohne besondere Überraschung.

»Eines Tages kam der Onkel meiner Mutter in die Stadt«, fuhr Shannon mit tonloser Stimme fort. »Ein Brief, den ich ihm geschrieben hatte, als Mama im Sterben lag, hatte ihn schließlich doch noch erreicht, und er kam, um mich zu holen. Er holte Mamas seidenen Schal und goldenen Ehering von meiner Tante zurück. Den Ring steckte er mir an den Finger. Danach war ich Mrs. Smith.«

»So ähnlich hatte ich mir die Sache auch vorgestellt«, sagte Cherokee sachlich. »Kein Mädel wie du läßt sich auf einen Kerl wie Silent John ein, wenn sie nicht wirklich verzweifelt ist.«

Shannon lächelte bittersüß. »Verglichen mit dem Ort, von dem ich kam, erschienen mir Silent John und Echo Basin wie das reinste Paradies.«

»Das gleiche habe ich auch immer empfunden. Ich war nur schon älter, als ich herkam, und allein, und außerdem kam ich als Mann. Mein Vater war Mexikaner und meine Ma eine grobknochige Hure aus Tennessee, stark wie ein Maultier und fast genauso dumm. Sie hat mich vermietet, um Männerarbeit zu tun, seit ich etwa zehn war, obwohl ich bezahlt wurde wie ein Mädchen und behandelt wie Abschaum. Nachdem Ma gestorben war, bin ich einfach losgelaufen und hab' nie mehr zurückgeblickt.«

»Und nach einem Mann zum Heiraten hast du dich auch nie umgesehen«, stellte Shannon fest.

Cherokee zuckte mit den Schultern. »Wie ich schon sagte, ich war es gründlich leid, für irgendeinen den Sklaven zu spielen.«

»Und trotzdem willst du, daß *ich* mir einen Mann suche.«

»Das ist was anderes.«

»Ja«, sagte Shannon trocken, »in dem Fall bin ich die Sklavin, nicht du.«

Cherokee fluchte und lächelte gleichzeitig. »Du bist immer zu schnell für mich. Aber inzwischen ist das wohl jeder. Ich werde langsam alt. Dieser verdammte Knöchel heilt einfach nicht. Ich kann von Glück sagen, wenn ich diesen Sommer dazu komme, für mich selbst zu jagen, geschweige denn auch noch für dich.«

»Dann jage ich für uns beide.«

»Mädel, du bist schlau genug für mindestens drei Männer, aber wenn's ums Jagen geht, braust du doch eher dünnes Bier.«

»Ich werde viel besser werden bis zum Ende des Sommers.«

Eine ganze Weile lang betrachteten Cherokees dunkle Augen eingehend Shannons Gesicht. Dann seufzte Cherokee und sagte nichts mehr zum Thema Männer und Ehe und Überleben. Sie schüttelte einfach nur den Kopf. Es blieb nicht genug Zeit bis zum Hunger des Winters, als daß Shannon lernen konnte, so gut zu jagen, um zwei Menschen damit zu ernähren.

Aber das würde Shannon selbst herausfinden müssen, denn sie wollte ja den Rat der älteren Frau nicht hören.

Cherokee konnte nur beten, daß sie es nicht zu spät lernte, nämlich dann, wenn der hohe Paß über den Whiskey Creek schon zugeschneit war. Danach würde jedes lebende Wesen im Echo Basin eingeschlossen sein, bis der Paß wieder offen war, oder Hungers sterben.

Je nachdem, was zuerst eintrat.

4. KAPITEL

Es war schon Sonnenuntergang bis Shannon sich schließlich entschloß, müde auf den steilen, felsigen Hang zu klettern, der ihre Hütte überragte. Von ihrem Standpunkt aus war die Hütte beinah unsichtbar am Rand der Lichtung, verdeckt von hohen Fichten und halb in den Berg geduckt.

Nur selten hatte die Lichtung in Shannons Augen so gut ausgesehen. Die Stunden, seit sie Cherokees Hütte verlassen hatte, hatte sie mit der Jagd nach Nahrung verbracht. Aber das einzige Ergebnis all ihrer Arbeit war ein erschöpfter Körper und ein leerer Magen, dessen lautes Knurren sogar Prettyfaces neugierige Blicke auf sich zog.

»Keine Sorge«, murmelte Shannon, »ich hab' nicht vor, dir zum Abendessen das Fell abzuziehen.«

Prettyface wedelte mit dem Schwanz und leckte sich die Lefzen.

»Sieh mich nicht so hoffnungsvoll an«, sagte sie müde und kraulte dem Hund den Kopf. »Wenn du Hunger hast, dann geh und fang dir was. Und sieh zu, daß es diesmal für uns beide reicht, ja?«

Da Shannon allein war, machte sie sich nicht die Mühe, ihre Erschöpfung und ihren Hunger zu verbergen. Ihre Haltung und der Klang der Stimme bewiesen nur zu deutlich, wie ausgepumpt sie sich fühlte.

Außer den paar Stücken Dörrfleisch, die sie gleich nach dem Aufstehen gegessen hatte, war ihr den ganzen Tag nichts anderes Eßbares mehr begegnet. Das Trockenfleisch, das sie sich am Morgen in die Tasche gesteckt hatte, war in Cherokees Suppe gelandet, dazu alle zarten grünen Wildgemüse, die Shannon in der Nähe der Hütte der alten Frau hatte finden können.

So gut würde Shannon nicht essen können. Sie war seit dem

Morgen auf der Jagd gewesen, doch ganz gleich, wieviel Mühe sie sich gab und wie leise sie die Spuren verfolgte, das Wild war immer geflüchtet, bevor sie nah genug herangekommen war, um den Abschuß einer ihrer wenigen wertvollen Patronen zu wagen.

In düsterer Stimmung begann Shannon, den Hang abwärts zu klettern, dessen Felsen unten an der Lichtung die Rückseite der Hütte bildeten. Irgendwo unter ihr lag die Höhle, in der die heiße Quelle Wärme und Feuchtigkeit in die Dunkelheit atmete, wovon jedoch nichts an der Oberfläche zu erkennen war. Etwas weiter links lag der Haufen Felsbrocken, zwischen denen Silent John einen zweiten, versteckten Eingang zur Hütte durch einen Tunnel angelegt hatte. Auch dieser war von außen nicht zu sehen.

Prettyface trottete vor Shannon her und schnupperte den Wind, der aus der Lichtung kam. Plötzlich blieb der Hund wie angewurzelt stehen. Seine Ohren legten sich flach an den Schädel, und seine Lefzen hoben sich in einem lautlosen Knurren.

Sofort stellte sich Shannon mit dem Rücken zu einem Baum, hob das Gewehr und begann, das Gebiet vor sich scharf zu mustern, ohne noch an ihre Müdigkeit zu denken.

So reagierte Prettyface nur, wenn Menschen in der Nähe waren.

Jemand war in der Nähe ihrer Hütte. Vielleicht hatte er sich sogar in der Hütte versteckt und wartete darauf, daß sie nichtsahnend hereinkam.

Shannon bemühte sich, keine Geräusche zu machen, und kletterte vorsichtig weiter den steilen, bewaldeten Hang hinab. Als sie den Talgrund erreicht hatte, begann sie, in großem Bogen um die Hütte zu schleichen, ohne je den Schutz der Bäume zu verlassen.

Prettyface zeigte nicht das geringste Interesse an irgendeiner Witterung, die ihm unterwegs begegnete. Seine ganze Aufmerksamkeit war auf die Hütte gerichtete.

Als Shannon schließlich die andere Seite der Lichtung erreicht hatte, entdeckte sie den Grund für die Unruhe des Hundes. Ein frisch erlegter, ausgenommener Hirsch hing an den gekreuzten Balken an der Seite der Hütte.

Silent John hatte genau die gleichen Balken zum Aufhängen seiner Jagdbeute gebraucht, wenn er sie zerteilte zum Trocknen.

»Silent John?« flüsterte Shannon.

Plötzlich fuhr Prettyface herum und sah den steilen Hang hinauf, den sie gerade herabgeklettert waren. Seine Nackenhaare sträubten sich.

Shannon drehte sich um und blickte in die gleiche Richtung. Dort stand, als Silhouette vor dem Rot und Orange des Sonnenuntergangs, ein Mann auf seinem Pferd. Die Breite seiner Schultern war unverwechselbar, genauso wie die Form der Peitsche, die um seine rechte Schulter geschlungen war.

Whip.

Er tippte sich grüßend an den Hut und zog dann sein großes, braunes Pferd an den Zügeln herum. Augenblicke später verschwand er jenseits der Kuppe.

Obwohl Shannon noch eine ganze Weile mit angehaltenem Atem wartete, erschien Whip nicht noch einmal.

Schließlich gähnte Prettyface, stupste Shannon mit der Schnauze an und schaute sehnsüchtig in Richtung Hütte.

»Schon gut, Junge. Ich schätze, Whip wird klug genug sein, nicht noch mal wiederzukommen, jetzt wo wir ihn entdeckt haben.«

Noch während Shannon diese Worte aussprach, redete sie sich ein, daß sie nicht enttäuscht über Whips Verschwinden war.

Aber sie wußte, daß sie sich belog.

Dann sagte sich Shannon, sie würde Whips Geschenk verderben lassen, wo es hing.

Aber sie wußte, daß auch das eine Lüge war. Sie war zu

hungrig, und das bißchen Mehl, das sie gekauft hatte, würde allzu schnell aufgebraucht sein.

Halb dankbar, halb verärgert und völlig aus dem Konzept gebracht ging Shannon zur Hütte. Sie zog Cherokees Geschenk aus ihrer Jackentasche. Das Hemdchen glänzte durch eine Öffnung im Seidenpapier.

Er braucht nur einen Blick auf dich in diesem Hauch von Satin und Spitze zu werfen, und schon hat er vergessen, daß er lieber allein weiterwandern wollte. Du wirst verheiratet sein, noch bevor du in Ordnung, ja oder vielleicht sagen kannst.

Ein seltsames Kribbeln überlief Shannon bei dem Gedanken daran, das Hemdchen zu tragen, seine kühle Glätte an ihren Brüsten zu spüren.

»Würde ich hübsch genug aussehen, um ihn zu halten?« flüsterte Shannon. »Und würde er mich liebevoll behandeln?«

Es gab keine Antwort in der Stille der Hütte. Hastig legte Shannon das Geschenk fort und machte sich an das andere Geschenk – Whips Hirsch.

Schon bald dampfte die erste richtige Mahlzeit, die Shannon seit Monaten zu sich genommen hatte, vor ihr auf dem Teller. Trotz ihres Hungers aß sie bedächtig und genoß jeden Bissen.

Der Hirsch war nur das erste von Whips Geschenken.

Als Shannon am nächsten Morgen aufwachte, hingen zwei Satteltaschen an einem Baum beim Bach. Die erste Tasche war gefüllt mit getrockneten Äpfeln, Zucker, Zimt und Schmalz. In der zweiten waren die Vorräte, die sie in Holler Creek zurückgelassen hatte, und noch ein paar dazu.

Shannon widerstand der Versuchung ein paar Stunden lang. Dann beschloß sie, daß sie mehr mit den Vorräten anfangen konnte als irgendwelche Tiere, die sie sich vom Baum holen würden.

Nach diesem Entschluß machte sich Shannon sofort daran, einen Apfelkuchen zu backen. Und Brötchen. Und Brot.

Als Shannon zu Cherokees Hütte ging, um Whips Geschenke mit ihr zu teilen, spürte sie, daß ihr jemand folgte. Es war wie ein leises Prickeln im Nacken, eine Art animalischer Instinkt.

Und doch war nie etwas hinter ihr als Felsen, Bäume und Hochgebirgshimmel, wenn sie sich plötzlich umdrehte.

Und Prettyface witterte Whip auch auf dem ganzen Weg zu Cherokees Hütte nicht.

»Komm rein, Mädel«, sagte Cherokee und öffnete die Tür.

Shannon wand sich aus dem improvisierten Rucksack, den sie aus Lederbändern und einer alten Satteltasche gemacht hatte. »Wie geht es deinem Knöchel?«

»Einwandfrei.«

Shannon sah Cherokee an und wußte, daß das nicht stimmte.

»Na prima«, sagte Shannon. »Hier, ich habe dir ein paar Sachen mitgebracht für all das, was du mir im letzten Winter gegeben hast.«

»Na sieh mal einer an! Das waren keine Leihgaben, also brauchst du nichts zurückzugeben.«

»Ich häng' das Wild hinten in die Ecke«, sagte Shannon, ohne sich um den Einwand zu kümmern. »Den Rest tu' ich in den Schrank.«

Stumm vor Verblüffung sah Cherokee zu, wie Shannon tat, was sie angekündigt hatte.

»Das ist frisches Wild«, sagte Cherokee schließlich.

»Ja.«

»Na da soll doch dieser und jener – du hast einen Hirsch bekommen!«

Shannon sagte nichts.

»So, und jetzt nimmst du Mehl und Zucker wieder mit«, sagte Cherokee eilig. »Ich hab' genug, bis ich mir 'ne Portion Gold loskratze oder ein paar Kräuter unten in Holler Creek eintauschen gehe.«

Shannon kümmerte sich nicht um sie.

»Äpfel!« sagte Cherokee voller Verehrung. »Rieche ich da etwa Äpfel?«

»Ganz genau. Ich habe einen halben Apfelkuchen zum Aufwärmen hinten auf deinen Ofen gestellt.«

»Brot. Kuchen. Ich werd' verrückt! Du bist zurückgegangen und hast deine ganzen Vorräte geholt!«

Shannon gab ein Geräusch von sich, das alles hätte bedeuten können.

»Das war dumm von dir«, sagte Cherokee. »Zwei von den Culpeppers haben bei dem Streit mit Whip nur verletzten Stolz davongetragen. Sie hätten dich erwischen können.«

»Haben sie aber nicht.«

»Trotzdem, sie –«

»Ich bin nicht noch mal in Holler Creek gewesen«, unterbrach sie Shannon.

Cherokee verstummte. Dann öffnete sich plötzlich ein breites, zahnlückiges Grinsen in ihrem faltigen Gesicht.

»Es war Whip, Hergott noch mal«, krähte sie. »Er macht dir den Hof!«

Shannon wollte erst widersprechen, entschied sich dann aber anders. Cherokee würde sich nicht weigern, etwas von den unerwarteten Geschenken ihres Verehrers anzunehmen. Aber den Gewinn einer versuchten Verführung würde sie vielleicht nicht teilen wollen.

»Mag sein«, sagte Shannon. »Vielleicht auch nicht.«

»Klar doch. Er hat ein Auge auf dich geworfen. Oder hast du schon den Firlefanz für ihn angezogen?«

»Ich bin verheiratet, weißt du noch? Das sollen alle glauben, vergiß das nur nicht.«

»Hmm. Einen Ring zu tragen hat noch keine Ehe gemacht. Außerdem bist du verwitwet.«

»Sieh zu, daß du deinen Knöchel entlastest«, warnte Shannon sie. »Wenn ich dich noch mal beim Herumlaufen erwische, mußt du deine Arbeit selbst machen.«

Immer noch kichernd humpelte Cherokee zu ihrem zerwühlten Bett und legte sich darauf.

Sobald Shannon aus der Hütte trat, wußte sie, daß Whip irgendwo ganz in der Nähe war und sie beobachtete. Trotzdem schien Prettyface es nicht zu bemerken. Er lag entspannt in der Sonne vor der Hütte und ließ den Wind durch sein grauweißes Fell streichen.

Während Shannon Wasser holte und Holz trug, blickte sie immer wieder in die Richtung, in die der Wind wehte, dem einzigen Ort, wo er vor Prettyfaces scharfer Spürnase sicher sein konnte.

Sie entdeckte Whip nicht einmal.

Aber sie hörte etwas; ein Geräusch, das wie der Wind zwischen fernen Felsen klang... oder wie ein Mensch, der die Bergstille zum Erbeben bringt mit dem leisen Klang einer Panflöte.

Nachdem sie Cherokee verlassen hatte, hielt Shannon während der langen, vergeblichen Stunden, die sie auf der Jagd war, immer wieder Ausschau nach Whip. Sie wußte, daß er da war, denn das Prickeln in ihrem Nacken blieb. Und als wenn das nicht genug wäre, hörte sie immer wieder flüchtig die einfache Flöte erklingen, als wäre es nur das Echo eines Klangs, bei dem Prettyface zwar den Kopf schieflegte und horchte, aber nicht knurrte. Die körperlose Musik bedeutete keine Bedrohung für den Hund.

Und doch, trotz Shannons Aufmerksamkeit und Prettyfaces empfindlicher Sinne, sah sie kein einziges Mal etwas von dem Mann, dessen Gegenwart sie verfolgte, so wie seine Musik die Stille der Berge erfüllte.

Am nächsten Tag folgte sie einem Wildwechsel, trat zwischen zwei Felsblöcke – und fand an einem Ast drei Rebhühner, säuberlich ausgenommen und an den Füßen aufgehängt.

Hastig drehte sich Shannon herum und spähte angestrengt in alle Richtungen, doch es war nichts zu sehen außer Bäumen und Felsen, Sonnenschein und reinen, weißen Wolken. Sie schaute auf den Boden, entdeckte jedoch keine Spuren, nichts.

Sie hatte auch keine Schüsse gehört. Trotzdem waren die Vögel offensichtlich frisch erlegt.

Er hat sie mit seiner Peitsche erwischt. Herrgott, ist der Mann schnell!

Prettyface drehte eine Runde auf dem Boden unter den Rebhühern und knurrte ganz leise.

»Na ja, ich bin froh, daß du Whip witterst«, flüsterte Shannon. »Ich habe langsam schon geglaubt, er wäre ein Geist.«

Sie zögerte, dann nahm sie die Rebhühner herunter und steckte sie in ihren Rückenbeutel.

»Man sollte gutes Essen nicht dem Ungeziefer überlassen«, murmelte sie.

Prettyface schnupperte ein paarmal in den Wind, dann verlor er das Interesse. Seine gesträubten Nackenhaare glätteten sich, und er sah Shannon erwartungsvoll an.

Shannon betrachtete ihre Hände und stellte fest, daß sie zitterten. Es beunruhigte sie, daß Whip da draußen irgendwo war, knapp außerhalb von Prettyfaces Witterung.

Immer hält er Abstand. Solange ich Prettyface und eine geladene Flinte dabeihabe, wird er auch nicht näher kommen.

Shannon richtete sich auf und setzte ihren Weg über den Berghang fort. Sie suchte nach Spuren von Wild und sammelte dabei, was sie an Wildgemüsen finden konnte.

Als sie zu ihrer Hütte zurückkam, hing eine Speckseite an dem Balken, wo auch der Hirsch gehangen hatte, bis sie ihn zum Trocknen heruntergenommen und zerschnitten hatte.

Sie sah sich hastig um.

Niemand zu sehen. Und sie spürte auch kein warnendes Prickeln im Nacken, als wäre jemand in der Nähe.

Doch ein paar Stunden später, als der Mond in silbernem Glanz über dem Tal aufgegangen war, hallten die heiseren Klänge der Panflöte durch die Nacht.

Shannon setzte sich mit klopfendem Herzen auf, und Prettyfaces kehliges Knurren vibrierte neben dem Bett und verstummte dann wieder.

Langsam begriff Shannon, daß dieser Klang Whips Flöte war, die mit der Nacht sprach. Sie ging zum Fenster, öffnete den Laden einen Spaltbreit und spähte hinaus. Draußen war nur Mondschatten, silbriges Licht und das massive, ebenholzschwere Tuch des Waldes auf dem schlafenden Berg.

Prettyface knurrte leise und ließ sich wieder in seine Ecke fallen. Sein Verhalten bestätigte, was Shannon schon wußte: Es bestand keine Gefahr durch die leisen, rauhen Melodien.

Sie ging zurück ins Bett und lauschte den Klängen der Einsamkeit, geklärt durch den Atem eines Mannes in einer schlichten Flöte.

Der nächste Tag verlief ganz ähnlich für Shannon, sie spürte das Prickeln im Nacken und hörte auf der Suche nach Wild, das ihr immer wieder entkam, dann und wann den Klang der Flöte. Der einzige Unterschied war das Geschenk, das ihr Whip diesmal in den Weg hängte: drei schöne Forellen, noch kalt vom Bach.

An jenem Abend wachte Shannon wieder durch die Flötenklänge auf, doch ihr Herz raste nicht mehr so heftig. Prettyface knurrte, ging ein paarmal in der Hütte auf und ab und legte sich dann wieder schlafen.

Shannon lag wach, lauschte dem heiseren Klagen der Flöte und sehnte sich nach der unaussprechlichen Schönheit von etwas, das sie nicht benennen konnte.

Am nächsten Tag schenkte ihr Whip Kartoffeln und Zwiebeln, einen Luxus, den Shannon seit sechs Monaten nicht mehr gekostet hatte.

Am Abend dann lag sie halb wach und wartete auf die Flöte. Als sie ertönte, schauderte Shannon und hörte genau zu. Prettyface erwachte kurz und schlief bald wieder ein, ebenso wie Shannon.

Am vierten Tag war Whips Geschenk ein Topf mit Marmelade, die schmeckte wie ein süßer Sommermorgen, als sie sie auf der Zunge zergehen ließ und sich von den Fingerspitzen leckte.

Der Klang der Flöte ertönte früher an diesem Abend, erhob sich zu den Sternen, brachte sie zu Shannon wie ein Geschenk. Prettyface legte den Kopf schief und horchte, machte sich aber nicht mehr die Mühe aufzustehen. Die Musik war nichts Unbekanntes oder Gefährliches mehr für ihn.

Am fünften Tag kehrte Shannon von der Jagd zurück und fand große Holzstücke, die an ihren schon recht klein gewordenen Holzhaufen gelehnt waren. Der Spalthammer, den Silent John zum Holzspalten gebraucht und den Shannon zerbrochen hatte, war repariert. Die Axt war geschärft. Auch die Säge.

Prettyface schnupperte mißtrauisch an jedem der Werkzeuge, sträubte das Fell im Nacken und knurrte leise. Aber nichts erschien, um ihn herauszufordern. Und seine Herrin schien sich auch nicht unbehaglich zu fühlen.

Sein Fell glättete sich. Whips Geruch wurde für ihn zusehends etwas Normales.

An diesem Abend hob der Hund kaum die Ohren, als die rauchigen Klänge durchs Zwielicht drangen. Shannon hielt beim Wäscheaufhängen über dem Ofen inne. Sie legte den Kopf zurück und schloß die Augen, ließ die Schönheit der Musik ihren müden Geist streicheln.

Am sechsten Tag, als Shannon wieder mit leeren Händen von der Jagd kam, war Whips Geschenk frisch gehacktes Holz, mit Scheiten, die genau in ihren Ofen paßten. Das Holz war ordentlich neben der Hüttentür aufgestapelt, genau da, wo sie es brauchen würde.

Während Shannon das Holz betrachtete, flüsterte ihr Whips Flöte aus dem Wald in der Nähe zu, einen fernen Ruf aus drei Tönen. Als sie sich umdrehte, sah sie nichts.

Die Flöte hörte sie nicht wieder singen.

Am siebten Tag erwartete sie ein Strauß Blumen.

Shannon betrachete die Blumen und biß sich auf die Lippen, weil sie plötzlich den Wunsch hatte zu weinen. Dann atmete sie zitternd aus und ließ den Blick am Waldrand entlangschweifen, voller Sehnsucht danach, mehr von Whip zu sehen als einen Schatten, der gerade aus ihrem Blickfeld verschwand. Während der vergangenen sechs Tage hatte sie aufgehört, sich Sorgen darüber zu machen, daß Whip ihr irgendwo auflauern könnte. Sie glaubte nicht mehr, daß er sie wie ein Tier anfallen und sich an ihr abreagieren würde, ob sie wollte oder nicht.

Falls es das war, was Whip von ihr wollte, dann hätte er sie wesentlich leichter nehmen können, als er die Forellen oder die Rebhühner hatte fangen können. Sie war sich ihrer Verletzlichkeit außerhalb der Hütte ebensosehr bewußt, wie Whip sich ihrer bewußt sein mußte.

Und die Culpeppers. Shannon befürchtete, daß auch sie es wußten.

Sie fragte sich, ob auch Whip die Spuren der vier Rennmaultiere nur zwei Meilen unterhalb der Hütte gesehen hatte. Als Shannon die Spuren sah, war sie erleichtert zu wissen, daß Whip ganz in der Nähe irgendwo im Wald war und nach ihr Ausschau hielt.

Sie beschützte.

Der Gedanke brachte sie zum Lächeln, auch wenn das Lächeln schnell wieder erlosch. Sie wußte, daß Whips Schutz nicht von langer Dauer sein würde. Sobald er begriff, daß sie nicht zu haben war, würde er weiterreiten, um eine willigere Frau zu finden.

Doch bis dahin begrüßte Shannon das Wissen, daß sie nicht ganz allein war.

Langsam hob sie die Blumen auf, die Whip für sie hingelegt hatte. Ihr war, als hielte sie eine Hand voller Schmetterlinge. Sie betrachtete die herrlichen Farben, strich mit den Lippen über die weichen Blütenblätter und versuchte sich daran zu erinnern, wann ihr das letzte Mal jemand etwas gegeben hatte, das nicht nur dem reinen Überleben diente.

Sie konnte sich nicht erinnern. Selbst Cherokees unerwartete Geschenke dienten dem Zweck, Shannons Überleben zu sichern, wie eine Schachtel mit Patronen oder ein Stück Wild.

Mit einem ersticken Laut vergrub Shannon ihr Gesicht in den weichen, duftenden Blumen und brach in Tränen aus.

Als sie aufsah, entdeckte sie Whips Silhouette vor dem brennenden Blau des Himmels. Sie blinzelte die Tränen weg, um ihn besser zu sehen.

Sie sah nur den leeren Himmel.

Whip wanderte auf der anderen Seite des Kamms bergab zu seinem Pferd. Der Anblick der weinenden jungen Frau berührte ihn in einer Weise, die er nicht benennen konnte.

Warum bricht sie über eine Handvoll Blumen in Tränen aus?

Es gab keine Antwort.

Whip murmelte einen Fluch und schwang sich in den Sattel. Dann fluchte er nochmals und verlagerte sein Gewicht in den Steigbügel. Der Anblick von Shannon, wie sie durch die Lichtung der Hütte ging, hatte eine nachdrückliche Reaktion seines Körpers bewirkt. Sie hatte eine Art, sich zu bewegen, die Steine zum Brennen bringen konnte, und Whip war alles andere als ein Stein.

Seine Erregung amüsierte und verärgerte ihn gleichermaßen. Seit damals in West Virginia hatte ihn keine Frau mehr so erregt, als Savannah Marie sich daran gemacht hatte, einen der Moran-Brüder zur Ehe zu verlocken. Whip hatte zwar genau gewußt, was sie tat, doch die duftenden Seufzer, die raschelnden seidenen Unterröcke und die unerwarteten flüchtigen Ausblicke auf ihre Brustwarzen hatten seinen Körper trotzdem so hart wie einen Hackenstiel gemacht.

Aber Shannon trug keine seidenen Unterrröcke, und ihre Brüste waren versteckt, außer der Wind blies so heftig, daß der Stoff an die überraschend vollen Kurven ihres Körpers gedrückt wurde. Whip war nicht nah genug an sie herangekommen, um feststellen zu können, ob sie duftenden Atem hatte, aber er hatte die Balsamminze gesehen, die jemand am Bach gepflanzt hatte, und hatte beobachtet, wie Shannon Zweige davon pflückte und mit zur Hütte nahm.

Whip fragte sich, ob Shannon nach Sahne und Minze schmecken würde, wenn er seine Zunge in sie tauchte.

Dann fragte er sich noch einmal, warum sie über die Blumen geweint hatte.

Vielleicht ist sie einfach einsam.

Er bedachte diese Möglichkeit, während er nach Spuren auf dem Weg abwärts von Shannons Hütte in Richtung Holler Creek Ausschau hielt. Er wußte, daß Witwen oft einsam waren, besonders wenn sie keine Kinder oder nahen Freunde hatten.

Teufel auch, unter diesen Umständen wäre doch jede Frau einsam.

Immerhin ist da noch der alte Schamane weiter oben am Avalanche Creek, den Shannon des öfteren besucht.

Whip war erstaunt gewesen, als er Shannon das erstemal zu der kleinen, abgelegenen Hütte gefolgt war, wo der Schamane lebte. Dann hatte Whip den alten Mann hinken sehen, und er hatte erkannt, daß Shannon ihm half.

Sie muß wohl daran gewöhnt sein, sich um alte Männer zu kümmern. Wenn man den Gerüchten glauben kann, ist Silent John auch nicht gerade ein junger Springinsfeld.

Oder eher: war.

Ist er tot, wie die Culpeppers denken, oder hat er sich mit dem Falschen angelegt und ist untergetaucht, bis der andere ihm nicht mehr ans Fell will?

Die einzige Antwort, die Whip einfiel, war die nächste Frage.

Vielleicht ist Silent John angeschlagen wie dieser halbblütige Schamane und wartet, bis seine Verletzung geheilt ist, um zurückzukommen. Schließlich hat man ihn beim ersten Tauwetter über den Paß am Avalanche Creek reiten sehen.

Bei dem Gedanken wurde Whips Mund schmaler. So sehr ihn nach dem Genuß von Shannons Körper verlangte, wollte er doch genausowenig eine verheiratete Frau verführen wie eine Jungfrau. So was tat ein anständiger Mann einfach nicht.

Aus diesem Grund hatte Whip in der vergangenen Woche so viel Zeit damit verbracht, sich in der Gegend umzusehen, um nachzuprüfen, ob Silent John auf seinen Goldfeldern schürfte oder vielleicht irgendwo untergetaucht war, um eine Verletzung auszukurieren.

Die ganze Mühe hatte ihm nicht mehr gebracht als die Entdeckung einiger schartiger Löcher irgendwo ganz oben am Berg, wo offensichtlich jemand mit einem Pickel nach Gold gesucht hatte. Doch Whip konnte nicht erkennen, wie lange es her war, daß zum letzten Mal jemand an den Löchern gearbeitet hatte. Es war nur sicher, daß seit dem letzten Regen vor drei Tagen niemand an den alten Lagerfeuern gewesen war.

Drei Tage.

Drei Wochen.

Drei Jahre. Es war unmöglich zu erkennen.

Verflucht. Caleb hat mir von den verkohlten Überresten von Lagerfeuern in den Bergen erzählt, die sein Vater vor dreißig Jahren einmal als Armeekundschafter entdeckt hatte.

Und die Feuer stammten von Indianern, dreihundert Jahre zuvor, noch bevor sie Pferde von den Spaniern stahlen und das Reiten lernten.

Ich habe keine dreihundert Jahre Zeit, um Silent John zu finden.

Whip wußte nicht, wie lange er noch in den Rocky Mountains bleiben würde. Er war jetzt schon länger hier als an allen anderen Orten, die er besucht hatte, seit er vor vielen Jahren

West Virginia verließ, damals, als er schon so groß war wie ein Mann, aber noch so dumm wie ein Junge.

Zum Teil blieb er deswegen noch hier, weil sein Bruder Reno und seine Schwester Willow und Freunde wie Caleb und Wolfe hier wohnten. Aber auch das Land selbst verlockte ihn außerordentlich. Der Geschmack des Windes und die Farben der Landschaft waren einzigartig. Irgend etwas an den verschneiten Gipfeln und den langen, grünen Einschnitten dazwischen faszinierte Whip.

Doch so sehr er auch die Landschaft liebte, er konnte sich nicht vorstellen, sich irgendwann in den wilden Rockies niederzulassen. Früher oder später würde seine Seele wieder von der Wanderlust erfaßt werden, und er würde hingehen, wo immer ihn die Laune hintrieb, und nach etwas Ausschau halten, das er nur als den Sonnenaufgang beschreiben konnte, den er noch nie gesehen hatte.

Doch bis mich wieder die Wanderlust überkommt, kann mich nichts davon abhalten, den Sonnenaufgang zu genießen, den es hier zu bewundern gibt.

Nur von seinen Gedanken und einem ruhelosen Wind begleitet ging Whip im langen Licht des späten Nachmittags auf Spurensuche. Er sah die Spuren von Elchen und Hirschen und Berglöwen. Er hörte den hohen, schrillen Ruf eines Adlers, der nach seinem Gefährten rief. Doch er hörte und sah keinen Menschen.

Es gab keine frischen Maultierspuren am schäumenden Zusammenfluß von Avalanche Creek und Holler Creek. Nur die alten Spuren waren noch zu sehen, von einem leichten Regen etwas verwischt.

Die Culpeppers waren auf dem Pfad, der zu Shannons Hütte führte, bis hierher geritten. Drei von ihnen waren eine Weile dortgeblieben, hatten auf ihren Maultieren gesessen und getrunken, während der vierte den Ostarm des Avalanche Creek hinauftritt.

Whip war am Hang hinter Shannons Hütte gewesen, als er Darcy durch den Wald hatte schleichen sehen. Whip hatte seinen Karabiner aus der Scheide am Sattel gezogen und so auf einen Felsen geschossen, daß Darcy die Splitter an die Brust spritzten. Darcy war zurück zu seinem Maultier gerannt und eilig davongeritten.

Whip hatte ihn verfolgt bis zu der Stelle, wo die anderen Culpeppers die Rückkehr ihres Bruders erwartet hatten. Sie warteten nicht auf denjenigen, der Darcy beschossen hatte, sondern warfen nur zwei leere Whiskeyflaschen zwischen die Felsen und gaben ihren Maultieren die Sporen.

Als Whip an der Stelle ankam, waren dort nur noch die vielsagenden Spuren und die in der Sonne glitzernden Scherben zu sehen.

Das ist schon ein paar Tage her, dachte Whip und sah sich im Tal um. *Die Culpeppers sind seitdem nicht wiedergekommen.*

Aber sobald sie genug Mumm haben, werden sie kommen.

Eine ganze Weile lang saß Whip auf seinem Pferd und dachte über die Culpeppers und Silent John und das ängstliche junge Mädchen mit dem Gang wie Honig nach. Nichts von dem, was er bis zur Wasserscheide am Avalanche Creek gefunden hatte, ließ darauf schließen, daß Silent John noch am Leben war, geschweige denn auf seinen Goldfeldern arbeitete.

Vielleicht ist er mal wieder als Kopfgeldjäger unterwegs, dachte er stirnrunzelnd.

Aber ich wette, daß Silent John tot ist. Kein schlauer Mann wie er würde Shannon sechs Wochen allein lassen, wenn Kerle wie die Culpeppers es auf sie abgesehen haben.

Aber wenn Silent John tot war, blieb Shannon sich selbst überlassen. Ein junges Mädchen in einer frauenhungrigen Gegend, ein Lamm unter Kojoten. So groß und wild Prettyface und so vorsichtig Shannon auch sein mochten, früher oder später würden die Culpeppers sie erwischen.

Wahrscheinlich eher früher.

Der Gedanke daran, was sie dann mit ihr anstellen würden, gefiel Whip gar nicht.

Mit oder ohne Silent John, es ist Zeit, daß ich mich meinem schon beinah zahmen Mustang weiter nähere.

5. KAPITEL

Am nächsten Tag erwachte Shannon nicht durch den Klang von Whips Flöte, die die Sonne herbeirief, sondern durch das rhythmische Hämmern eines Mannes, der Holz spaltete.

Das Geräusch hatte sie seit Jahren nicht mehr gehört.

Sofort sah Shannon nach Prettyface. Der Hund lag da, den Kopf auf die mächtigen Pfoten gelegt und die Ohren in Richtung auf das Geräusch gespitzt. Er knurrte leise.

Shannon sprang hastig aus dem Bett und rannte zu einem der Fenster in der Hüttenwand. Sie waren nicht verglast, sondern nur durch massive Fensterläden verschlossen, in denen je eine mit einem Lumpen verstopfte Spalte die einzige Öffnung bildete. Trotzdem drang kalte Luft in einem unaufhörlichen, unsichtbaren Strom durch die Ritze.

Shannon zog den Lumpen heraus, öffente den Laden einen kleinen Spaltbreit und schaute hinaus.

Whip war nur fünf Meter von der Hütte entfernt. Trotz der kalten, von einem Graupelschauer gestreiften Morgenluft hatte er seine dicke Jacke ausgezogen. Das Rot seines Wollhemdes brannte wie ein Buschfeuer im grauen Zwielicht, und Hitze stieg in dampfenden Schwaden von seinem Körper auf.

Leicht breitbeinig stehend im Geprassel der Graupeln, hob Whip die schwere Axt und ließ sie geschickt auf einen Holzklotz niedersausen. Das Holz zerfiel sauber in zwei halbrunde Teile. Er bückte sich, hob das eine Stück auf, legte den Keil an und spaltete es noch einmal.

Die Gewandtheit und Kraft in Whips Bewegungen erweckten ein seltsames Prickeln in Shannons Brust. Sie stand eine ganze Weile lang reglos da und beobachtete den gemessenen, rhythmischen Tanz von Mann und Axt in Kraft und Gleichgewicht.

Schließlich traf ein verirrtes Graupelkorn Shannons Nase und riß sie aus ihrer Faszination. Sie schauderte, trat einen Schritt zurück und sperrte den eisigen Morgen wieder aus.

Doch die Erinnerung an die männliche Schönheit von Whips Körper ließ sich nicht so leicht aussperren.

Mit einem Gefühl leichter Benommenheit ging Shannon an ihre morgendliche Arbeit. Da sie heute nicht Stunden damit verbringen mußte, das zum Heizen gebrauchte Holz im Wald zu sammeln, entschloß sie sich, ein warmes Frühstück zu machen.

Mit leisem Summen und ohne zu bemerken, daß das Lied eine von Whips Flötenweisen war, fachte Shannon das Feuer im Ofen wieder an. Sie legte Holz nach, holte einen Eimer dampfend heißes Wasser aus der Quelle und freute sich lächelnd aufs Frühstück.

Eines der Geschenke von Whip waren Kaffeebohnen gewesen. Sie hatte schon seit zwei Jahren keinen Kaffee mehr gemahlen und gekocht, aber sie erinnerte sich noch genau daran.

Schon bald füllte ein Duft nach Brötchen, Speck, Kaffee und Holzfeuer die Hütte. Als der Kaffee aufgebrüht war, goß sie sorgfältig aus ihrem verbeulten Kessel einen genauso verbeulten Blechbecher voll. Dann öffnete sie die Hüttentür und ging auf den Mann zu, dessen Anwesenheit ihr jetzt keine Angst mehr machte.

Als Whip sich bückte, um das nächste Scheit aufzuheben, sah er Shannon schweigend neben sich stehen. Graupelkörner verzierten ihr glänzendes kastanienbraunes Haar, und sie hielt einen dampfenden Becher Kaffee in der Hand.

Sie streckte ihm den Kaffee entgegen.

Whip nahm ihn, sorgsam bemüht, sie nicht zu berühren, auch wenn er lederne Arbeitshandschuhe trug. Er wollte seinen scheuen Mustang auf keinen Fall verscheuchen.

Nicht jetzt, wo sie ihm schon beinah aus der Hand fraß.

»Danke«, sagte Whip mit tiefer Stimme.

Shannon stockte der Atem.

»Gern geschehen, Whip.«

Ihre Stimme war genauso süß und rauchig, wie er sie in Erinnerung hatte. Rauch und Honig. Seinen Namen von ihren Lippen zu hören, war, als leckten zarte Flammen an ihm.

Und sie anzusehen, war, als atme er pures Feuer.

Ihre Augen glitzerten saphirblau in der farblosen Dämmerung. Ihr seidiges Haar hatte sich nicht völlig in die Zöpfe bändigen lassen. Zarte Strähnen streiften ihre Wangen und ringelten sich an ihrem verletzlichen Hals.

Als Shannon ausatmete, streifte ihn ihr Atem in einem silbrigen Wölkchen, und er holte hungrig tief Luft, um sie wenigstens auf diese Weise berühren zu können.

Eine Röte, die nichts mit der Kälte des Morgens zu tun hatte, erschien auf Shannons Wangen. Zu spät bemerkte Whip, daß er sie immer noch anstarrte. Er hob den Blechbecher an die Lippen und verfluchte sich im stillen, weil er sich benahm wie ein Junge, der noch nie ein hübsches Mädchen gesehen hat.

»Vorsicht!« sagte Shannon hastig und streckte die Hand aus, um Whip daran zu hindern, daß er die Tasse weiter hob.

Whip erstarrte, doch nicht wegen der Warnung, Shannons Finger waren von seinem Handschuh abgerutscht auf die bloße Haut dicht oberhalb des Handgelenks. Ihre Finger waren warm und dufteten nach Minze. Ihr Atem auch.

Die Erkenntnis, daß Shannon Minze gegessen hatte, um für ihn süß zu duften, erweckte in Whip das Bedürfnis, sie in seine Arme zu ziehen und ihr zu zeigen, wie gern er Minze mochte.

Doch er tat es nicht. Er würde sich hüten, seinen süßen, seidigen Mustang wieder in die Flucht zu jagen.

»Der Kaffee ist teuflisch heiß«, erklärte Shannon.

Whip lächelte, und seine Zähne waren genauso weiß und sauber wie ihre.

»So ist er am besten«, sagte er langsam. »Heiß. Dampfend heiß. Und süß.«

Shannons Lächeln war etwas unsicher. Ihr Herzschlag auch. Whip strahlte Glut aus wie ein großer Ofen, nur angenehmer, weil sie keine Angst haben mußte, sich zu verbrennen.

»Tut mir leid«, sagte Shannon. »Ich habe nicht daran gedacht, Zucker in Ihren Kaffee zu tun.«

»Macht nichts. Ich mag ihn schwarz.«

»Aber Sie haben doch gerade gesagt, am besten wäre er dampfend heiß und süß.«

»Ach, wirklich?«

Shannon nickte.

Whip lächelte kurz. »Ich hatte wohl etwas anderes im Kopf.« Er trank einen Schluck aus dem verbeulten Becher, schloß die Augen und genoß den Geschmack und die Hitze des duftenden Getränks.

»Also, der ist gut. Wirklich gut«, sagte er. »Und kein Zucker der Welt könnte süßer sein, als den Kaffee von Ihnen gebracht zu bekommen.«

Shannons Wangen brannten, aber sie lächelte beinah, bevor sie den Blick scheu abwandte.

»Das Frühstück ist bald fertig«, sagte sie und wandte sich wieder der Hütte zu. »Ich stelle warmes Wasser an die Tür, damit Sie sich waschen können.«

»Ich esse hier draußen.«

Shannon drehte sich um, und ihre außergewöhnlichen Augen waren voller Überraschung. Sie schob sich eine Haarsträhne hinters Ohr und sah Whip mit gerunzelter Stirn an.

»Sie brauchen nicht in der Kälte zu essen«, sagte sie. »Mag sein, daß ich arm bin wie eine Kirchenmaus, aber ich habe zwei Stühle für meinen Tisch.«

»Das ist es nicht. Ich möchte Sie nur nicht nervös machen, indem ich ins Haus komme.«

Shannons Blick wanderte zu der Rindlederpeitsche, die sorgfältig aufgerollt in Whips Reichweite auf einem Holzklotz lag.

»Meine Hütte ist nicht so groß wie Murphys Laden. Wenn Sie erst mal drinnen sind, können Sie mit Ihrer Peitsche nicht mehr viel anfangen«, sagte sie trocken. »Und Prettyface ist sowieso schneller.«

Whip schaute wieder auf seine Kaffeetasse, weil er nicht wollte, daß Shannon seinen amüsierten Blick sah. Es gab auch andere Arten zu kämpfen als mit der Peitsche, das hatte er auf seinen Reisen in den fernen Osten gelernt. Und Prettyface mochte durchaus groß und schnell genug sein, um einen unvorsichtigen Mann zu töten.

Aber Whip war kein unvorsichtiger Mann.

Doch es wäre dumm gewesen, das Shannon erklären zu wollen. Whip wollte sie nicht beunruhigen. Es war ein reines Vernügen, ein Lächeln auf ihren Lippen zu sehen und nicht den finsteren Ausdruck eines jungen Mädchens, das versuchte, Arbeit zu tun, die manch einem Mann schwergefallen wäre.

»Dann wird es mir eine Ehre sein, mit Ihnen zu frühstücken«, sagte Whip. »Rufen Sie mich, wenn Sie soweit sind.«

Er trank noch einen kräftigen Schluck Kaffee, stellte den Becher weg und nahm die Axt wieder zur Hand.

»Das mache ich«, sagte Shannon.

Sie blieb noch einen Moment stehen und hoffte, noch einen Blick aus Whips ungewöhnlichen quecksilberfarbenen Augen zu bekommen, doch er sah nicht noch einmal in ihre Richtung. Er stellte sich nur wieder breitbeinig hin, hob die schwere Axt und ließ sie mit einer beinah mühelosen Bewegung auf den Keil fallen.

Das Fichtenholz spaltete sich sauber, aber Shannon hatte nur Augen für die lässige, maskuline Grazie des Mannes, den sie Whip nannten. Sie fragte sich, wie es sich wohl anfühlen mochte, so geschickt zu sein und so sicher, wie es wäre, wenn sie bei jeder Bewegung ihres Körpers soviel Kraft in sich spüren könnte.

Dann erkannte Shannon, daß sie Whip anstarrte, als hätte sie noch nie einen Mann gesehen. Mit geröteten Wangen eilte sie zurück in die Hütte, als würde sie verfolgt.

Whip spaltete noch vier Stammteile in Achtel, bis er sich traute über seine Schulter zu schauen.

Shannon war fort.

Er stieß einen langen, pfeifenden Atemzug aus. Sein Körper schmerzte vom Kopf bis zu den Zehen, und die Tatsache, daß sie ihm gern zusah, trug nicht dazu bei, daß er ruhiger wurde.

Aber er mußte sich unbedingt beruhigen.

Je näher Whip an Shannon herankam, desto klarer wurde ihm, daß sie nicht so war wie die anderen Witwen, denen er von Zeit zu Zeit begegnet war und mit denen er ein paar Tage oder Wochen verbracht hatte. Sie wurde rot, wenn sie ihn ansah. Sie schaute weg, kurz nachdem ihre Blicke sich getroffen hatten. Und doch war dies kein Flirt. Sie konnte genausowenig flirten wie sich an Hirsche anschleichen.

Silent John war wohl nicht der Kerl, um einem Mädchen das Gefühl zu geben, es sei eine Frau, dachte Whip, als er den Keil in einen großen Klotz trieb. *Shannon verhält sich eher wie eine scheue Braut, wenn sie gerade aus der Kirche kommt, als wie eine Witwe, die das alles schon tausendmal erlebt hat.*

Verdammt. Ich frage mich, wie unerfahren sie wohl sein mag, wenn es darum geht, mit einem Mann ins Bett zu gehen.

Der Gedanke war beunruhigend.

Whip packte die Axt fester und ließ sie zischend durch die Luft sausen. Das Holz brach krachend auseinander und flog weiter weg, als er greifen konnte.

Mit einem leisen Fluch packte Whip einen der Klötze und stellte ihn erneut auf den Hackblock.

»Das Frühstück ist fertig und wartet auf Sie«, rief Shannon aus dem Fenster.

Diesmal traf der Hammer völlig daneben.

»Pest und Hölle«, murmelte Whip leise. »Sieht ganz so aus, als wäre ich nicht viel mehr wert, als ein abgebrochener Stiel.«

Er hob die Axt noch einmal über den Kopf und ließ sie diesmal mit weniger Kraft herabsausen. Der Klotz fiel gehorsam in zwei Teile auseinander und blieb in der Nähe liegen.

Laß dir das eine Lehre sein, sagte sich Whip zynisch. *Ob es um Holzklötze oder Frauen geht, Finesse ist doch in jedem Fall die bessere Methode.*

Er spaltete den Klotz erst noch einmal, dann stellte er die Axt beiseite, zog die ledernen Arbeitshandschuhe aus und steckte sie in die hintere Tasche seiner Hosen. Aus alter Gewohnheit nahm er die Peitsche auf und legte sie sich über die Schulter.

Auf dem Weg zur Hütte rasselten Graupelkörner in sein Gesicht und blieben auf seinen Kleidern liegen. Als er den Hut abnahm, um sich zu waschen, legte sich der Graupel auch auf sein Haar. Er bückte sich über die Schüssel, hielt plötzlich inne, schnupperte an dem Wasser. Obwohl es Minze war und nicht Willows liebster Duft Lavendel, der sich mit dem Dampf vermischte, weckte der Geruch eine Erinnerung in ihm.

Willows Badehaus. Voller wohltuender Wärme aus dem Wasser der heißen Quelle, die Wolfe und Reno für sie ins Haus leiteten. Nicht daß es direkt nach Schwefel roch, nur mineralienreich.

Whip schöpfte das dampfende Wasser mit den Händen und senkte das Gesicht in seine Handflächen. Er gab einen zufriedenen Laut von sich, als das Wasser über sein Gesicht strömte und Schweiß und Graupel zusammen wegspülte.

Das hätte ich heute morgen beim Rasieren haben müssen. Kaltes Wasser ist höllisch, egal, wie scharf das Rasiermesser ist.

Whip hielt inne, als ihm ein Gedanke kam. Er sah sich im Tal um. Keine vielsagenden Dampfwölkchen erhoben sich in die kalte Luft.

Ich habe in der ganzen Gegend nirgendwo Anzeichen für eine heiße Quelle gesehen. Sie muß irgendwo in der Höhle sein.

»Kommen Sie frühstücken, bevor ich Prettyface damit füttere«, sagte Shannon aus dem Fenster.

»Unterstehen Sie sich, Mädchen!«

Hastig spritzte sich Whip Wasser ins Gesicht und machte Gebrauch von dem Seifenstück, das am breiten Rand der Schüssel lag. Dann spülte er sich gründlich ab. Als er den nassen Kopf hob, war die Tür der Hütte geschlossen, und Shannon stand dicht neben ihm.

»Hier«, sagte sie leise.

Whip betrachtete das Stück Stoff, das Shannon ihm hinhielt. Es war verblichen und fadenscheinig, aber er konnte doch noch erkennen, daß früher einmal bunte Blumen und Vögel darauf gewesen waren. Es war ein sehr weibliches Muster, sauber und zart wie die Hand, die es hielt.

Whip kam der Gedanke, daß es wohl der Rest von einem geliebten Kleid war. Vielleicht sogar Shannons einziges Kleid. Denn er hatte sie bisher nur in alter Männerkleidung gesehen, die sie für ihre Größe passend gemacht hatte.

»Danke«, sagte er mit gedämpfter Stimme.

Als Whip das Handtuch nahm, hatte er flüchtig den Eindruck, Shannons Fingerspitzen hätten die seinen gestreift, aber sicher war er nicht.

Aber Shannon war sicher, daß sie ihn berührt hatte. Whip erkannte es daran, daß sich ihre Pupillen plötzlich weiteten, ihre Wangen sich röteten, sie kurz den Atem anhielt und dann mit einem rauhen Seufzer ausatmete.

»Ich – ich warte an der Tür«, sagte sie atemlos.

»Das ist nicht nötig«, sagte Whip. Er senkte sein Gesicht in den Stoff, den Shannon einst auf ihrer Haut getragen hatte. »Ich beiße schon nicht.«

»Aber Prettyface vielleicht. Darum muß ich jetzt drinnenbleiben. Er ist die Nähe von Männern nicht gewöhnt.«

»Wie alt ist er eigentlich?«

Die Frage kam aus dem Handtuch, aber Shannon verstand sie. »Etwas mehr als zwei Jahre, schätze ich«, sagte sie.

Whip hob plötzlich den Kopf.

»Was ist mit Silent John?« fragte er. »Der ist schließlich auch ein Mann, oder?«

Shannon blinzelte und biß sich errötend auf die Lippen.

»Natürlich ausgenommen Silent John«, sagte sie und starrte auf ihre Hände.

Whip hatte den starken Eindruck, daß Shannon log. Er wußte nur nicht, warum.

Vielleicht will sie nicht, daß jemand weiß, wie oft Silent John fort ist. Und wie lange.

Dann begriff Whip mehr, als ihm lieb war: Shannons Mann war so häufig weg, daß der Hund nie Gelegenheit bekommen hatte, sich an Männer zu gewöhnen.

Herrgott noch mal!

Shannon hat wirklich unglaubliches Glück gehabt, daß sie sich so lange vor den Goldsuchern und Renegaten verstecken konnte. Aber sie kann sich nicht auf ihr Glück verlassen, um sich die Culpeppers vom Hals zu halten.

Bevor ich wieder aufbreche, muß ich doch noch mal ein Wörtchen mit den Jungs reden. Und ihnen bis ganz tief in ihr schwarzes Gewissen reden, wie unchristlich ihr Benehmen war.

Abwesend trocknete sich Whip die Hände ab und ging zur Tür.

»Warten Sie«, sagte Shannon und kam näher.

Whip sah sie unter gesenkten Lidern hervor an.

»Haben Sie es sich anders überlegt?« fragte er.

»Was?« Shannon nahm Whip das Tuch aus der Hand und tupfte seinen Schnurrbart direkt über seiner Oberlippe ab.

»So«, sagte sie und warf noch einen genauen Blick auf Whips

klar gezeichnete Lippen. »Jetzt schmecken die Brötchen nicht nach Seife.«

Dann blickte Shannon auf in Whips Augen und vergaß zu atmen. Aus der Nähe betrachtet waren sie von einem klaren, intensiven Grau, umgeben von einem glitzernden schwarzen Ring. Faszinierende Splitter in Blau und Grün strahlten von den Pupillen nach außen, die sich weiteten, während er sie ansah. Bald umgab sie nur noch ein rauchgraues Kristallband aus Fabe.

Whip beobachtete Shannons Mund mit einer schmelzenden Intensität von der ihr ganz schwach wurde.

»Sie hatten ein wenig Schaum im Schnurrbart«, erklärte sie mit zittriger Stimme.

»Nur an einer Stelle?«

Sie nickte.

»Sonst ist keiner mehr zu sehen?« fragte er hoffnungsvoll.

Seine dunkle, rauchige Stimme jagte prickelnde Hitze abwärts von Shannons Brustbein bis in ihre Schenkel, als beobachtete sie ihn wieder heimlich vom Fenster aus.

»Keiner?« flüsterte sie.

»Schaum. Zum Abwischen.«

Mit kaum verhohlenem Eifer streifte Shannons Blick über die klar gezeichneten Flächen und männlichen Kanten von Whips Gesicht.

»Nein«, sagte sie, ohne ihre Enttäuschung verbergen zu können. »Kein bißchen.«

»Vielleicht beim nächsten Mal.«

Whips Lächeln war wie seine Stimme, dunkel und sehr männlich. Wieder wurde Shannon von einem Strom von Gefühlen überwältigt.

»Ich gehe wohl besser zuerst hinein«, erklärte sie, »sonst versteht Prettyface noch irgend etwas falsch.«

Ihre Stimme klang belegt, ihr Puls ging schneller.

Nun ja, dachte Whip erleichtert, *was immer Silent John als*

Ehemann mit Shannon gemacht hat, er hat sie nicht verdorben. In ihrem süßen Körper steckt echte Leidenschaft.

Und echter Hunger.

Whip beobachtete mit kaum verhülltem Hunger, wie Shannon die Tür öffnete.

Sofort erschienen glitzernde Fänge in der kleinen Ritze. Shannon stellte sich zwischen das Maul des Hundes und Whip. Zähnefletschend und knurrend stand der große Hund breitbeinig in der Türöffnung.

»Nein«, sagte Shannon fest. »Prettyface, hör auf damit! Whip ist ein Freund. Freund, Prettyface. *Freund.*«

Langsam senkten sich die Lefzen des Hundes wieder über seine Fangzähne, doch das grollende, drohende Knurren hörte nicht auf.

»Ist schon gut, Prettyface«, sagte Shannon. *»Freund.«*

Whip sah in die wilden Augen des Hundes, sah den Wolf darin und wußte, daß Prettyface nicht davon überzeugt war, er könne irgend eines Mannes Freund sein.

»Kein Wunder, daß Sie Prettyface nicht mit in die Stadt gebracht haben«, sagte er. »Er ist ein mächtig sturer Kerl. Was für eine Rasse ist er denn?«

»Hauptsächlich Dogge. Und etwas Wolf ist auch dabei, denke ich. Tut mir leid, daß er so schwierig ist.«

»Sie brauchen sich nicht zu entschuldigen. Ich kenne mich mit Sturheit aus«, sagte Whip trocken. »Mein Bruder ist ganz ähnlich. Und mein Schwager auch.«

Shannon sah Whip erstaunt an.

»Und wenn ich's mir genau überlege«, fügte er mit einem kleinen Lächeln hinzu, »hat man mir auch schon vorgeworfen, ich könnte nur schwer nachgeben.«

Shannon versuchte so auszusehen, als wäre sie noch nie auf den Gedanken gekommen, Whip könnte stur sein. Diese Bemühung löste sich in etwas auf, das verdächtig einem Kichern ähnelte.

Prettyface sah seine Herrin an, als hätte sie den Verstand verloren.

Whip lächelte. Er entdeckte, was es ihm für ein Vergnügen machte, das Licht des Lachens in Shannons schönen Augen zu entzünden.

»Geh, leg dich hin, Prettyface«, sagte Shannon und zeigte in die Lieblingsecke des Hundes. *»Geh.«*

Prettyface ging. Langsam. Mit jedem Schritt schaute er über die Schulter nach Whip. Ein leises, fast unhörbares Knurren klang noch aus seinem großen Körper.

Obwohl Whip entspannt lächelte, wandte er keinen Moment die Augen von dem Tier ab, in dem die wilden Züge von Dogge und Wolf vereint waren.

Whip hätte den Hund bösartig genannt, wenn er nicht in der vergangenen Woche gesehen hätte, wie er friedlich auf der Seite lag, wenn ihm Shannon Kletten aus dem Fell zog.

Der Hund war besitzergreifend, nicht bösartig.

»Benimmt sich Prettyface auch so, wenn Sie bei dem Schamanen sind?« fragte Whip.

»Natürlich nicht«, sagte Shannon abgelenkt, während sie darauf konzentriert war, Brötchen vom Blech auf einen Teller zu legen. »Er haßt nur Männer.«

»Und wozu macht das den Schamanen – zu einem Eunuchen?«

Shannon bemerkte ihren Irrtum und murmelte: »Wahrscheinlich riecht Cherokee anders, weil er so alt ist und so weiter. Auf jeden Fall hat *er* kein Problem mit Prettyface.«

»Vielleicht sollte ich mir ein paar Kräuter von ihm holen, um meinen Geruch zu übertünchen.«

»Von seinen Kräutern?«

»Ja, natürlich, von *seinen* Kräutern. Warum nicht?«

Hastig wandte sich Shannon wieder dem Ofen zu und verbarg so ein Lächeln angesichts des Gedanken, daß eine Handvoll Kräuter wohl kaum in der Lage sein würden, Whips

Männlichkeit ausreichend zu verbergen, um Prettyface zu beruhigen.

Sie stellte den Teller mit Brötchen und Speck auf den verkratzten, selbstgezimmerten Tisch und deutete auf einen Stuhl.

»Setzen Sie sich doch.«

Anstatt Platz zu nehmen, zog Whip Shannon den Stuhl zurecht und wartete, daß sie sich setzte. Sie sah ihn verwirrt an. Dann erinnerte sie sich an Eindrücke von Höflichkeit aus einer Zeit, die so lange zurückzuliegen schien, daß es ihr manchmal wie ein Traum vorkam.

»Oh, dankeschön«, murmelte sie.

Doch als sie sich auf den Stuhl setzte, den Whip ihr anbot, sprang Prettyface zornig knurrend auf.

»Nein!« sagte Shannon scharf. »Leg dich hin!«

Prettyface kam mit drohenden Schritten näher.

Whip griff nach seiner Peitsche.

»Gehen Sie weg von meinem Stuhl«, sagte Shannon eindringlich. »Schnell! Prettyface mag es nicht, wenn Sie zwischen ihm und mir stehen.«

Einen Augenblick lang dachte Whip daran, die Sache mit dem Hund jetzt gleich auszutragen, entschied sich aber dagegen. Vielleicht würde Prettyface sich mit der Zeit beruhigen. Auf diese Weise wäre Whip nicht gezwungen, Shannon zu erschrecken, indem er dem Hund den Boden unter den Füßen wegzog und ihm klarmachte, wer hier Befehle gab.

Vielleicht finden wir eine friedliche Lösung, dachte Whip. *Ich hoffe es zumindest inständig. Ich würde einiges einstecken müssen, um den Hund in seine Schranken zu weisen, ohne ihn umzubringen.*

Aber Whip war ziemlich sicher, daß der Hund nicht kampflos aufgeben würde. Der Wolf in ihm forderte den Kampf.

Ruhig und ohne Hast entfernte sich Whip von Shannons Stuhl. Dabei hielt er ständig Prettyfaces Blick.

»Jetzt hinlegen!« sagte Shannon scharf.

»Ich oder der Hund?«

Shannon erschrak etwas bei dem Ton in Whips Stimme, als ihr einfiel, was er gerade vorher gesagt hatte.

Man hat mir auch schon vorgeworfen, ich könnte nur schwer nachgeben.

Und doch hatte Whip widerspruchslos nachgegeben, als sie es sagte. »Es tut mir leid«, meinte Shannon unglücklich. »Prettyface ist nur...«

»Eifersüchtig?«

»Er beschützt mich.«

»Glaube ich nicht.«

Whip hielt Shannons Blick mit der gleichen Beharrlichkeit wie den des knurrenden Hundes.

»Ein Hund, der nur beschützen will, folgt seinem Herrn«, sagte Wip. »Ein eifersüchtiger Hund verhält sich genau wie Prettyface: stinksauer, wenn man sich Ihnen nähert, ganz egal, was sie für eine Meinung dazu haben.«

»Er hat nicht viel Gelegenheit gehabt, sich an Fremde zu gewöhnen.

»Sie könnten sich ja mal überlegen, wie Sie Prettyface dazu bringen könnten, Ihre Freunde anzunehmen«, sagte Whip milde. »Sonst müssen es Ihre Freunde womöglich für Sie tun. Darf ich Ihnen Kaffee einschenken?«

Der Themawechsel lenkte Shannon ab. Bis sie bemerkte, was eigentlich geschehen war, war es schon zu spät. Whip goß ihr Kaffee ein und hielt ihr den Teller mit Brötchen und Speck hin.

Prettyface knurrte, als Shannons Hand den Teller berührte. Sie drehte sich um und sah den Hund finster an.

»Nein, Prettyface«, sagte Shannon fest. »Es ist alles in Ordnung. Und jetzt benimm dich!«

Der Hund winselte unbehaglich und begnügte sich damit, den Fremden in seiner Hütte mit Wolfsblick zu beobachten.

Zuerst aßen Shannon und Whip schweigend. Es war kein

unbehagliches Schweigen, denn sie hatten Hunger. Als Shannon genug gegessen hatte, schenkte sie sich und Whip Kaffee nach und lehnte sich in ihrem Stuhl zurück, um den ungewohnten Luxus zu genießen.

Whip nahm sich noch Speck und Brötchen. Dabei kam ihm die Frage in den Sinn, wie Hühner in Echo Basin überleben könnten. Ein paar Eier hätten noch gut zu dem Frühstück geschmeckt.

Du träumst, sagte sich Whip höhnisch. *Eier sind für Leute, die so seßhaft sind, daß sie sich um Hühner kümmern können, so wie Willow.*

Whip biß in ein duftendes, dampfendes, leichtes Brötchen und seufzte genießerisch.

»Ich dachte, niemand könnte so gute Brötchen backen wie meine Schwester Willow«, sagte er und nahm sich noch eines. »Aber das war ein Irrtum. Diese hier sind köstlich.«

Shannon sah Whips großen Händen zu, wie sie sich zum Speck und wieder zurück zum Brötchen bewegten. Er ging sehr geschickt mit dem Essen um, was sie noch weiter überraschte. Seine Bewegungen waren immer von großer Geschicklichkeit. Überraschend fand sie nur, wie sorgsam er Dinge behandelte. Sein Benehmen sagte ihr deutlicher als Worte, wie gut ihm das Frühstück schmeckte.

Das bereitete ihr unerwartet viel Freude. Es war, als steckte ein kleines bißchen von ihr selbst in jedem Bissen… ein wenig von ihr, das ein Teil von ihm wurde. Schweigend sah Shannon Whip mit sanftem Blick beim Essen zu, genoß es.

»Wenn Sie mich noch länger so anschauen«, sagte er schließlich, »werde ich etwas tun, was Prettyface mit Sicherheit auf den Kriegspfad bringt.«

Zu spät wurde Shannon klar, daß sie Whip mit einem viel zu warmen Blick betrachtete.

»Entschuldigung«, murmelte sie. »Ich bin Gesellschaft nicht gewöhnt.«

Whips Lächeln war genauso zärtlich wie sein Blick.

»Honigmädchen, ich mache doch nur Spaß. Sie können mich ansehen, soviel Sie wollen. Dabei schwillt mir vielleicht so sehr der Kopf, daß er nicht mehr in meinen Hut paßt, doch dann gehe ich eben ohne. Das wäre es glatt wert, wenn ich weiß, daß Ihre schönen Augen mich mit Genuß betrachten.«

Shannon wurde rot, doch sie senkte nur flüchtig den Blick und sah Whip dann sofort wieder an. Sein sonnenfarbenes Haar fing bei jeder Bewegung das Licht ein. Es war dicht, blond und glänzend, und Shannons Hände hätten am liebsten hineingegriffen. Nur so hätte sie herausfinden können, ob es sich wirklich so warm und seidig anfühlte, wie es aussah.

Whip sah auf und fragte sich, was sie so fesselte, daß sie unbeweglich dasaß. Als er bemerkte, daß er selbst die Ursache ihrer Faszination war, wurden seine Augen schmal, und sein Herz schlug heftig. Er sah Wohlwollen in Shannons Blick und eine sinnliche Neugier, die Whip erregte, als wäre es ein hungriger Kuß.

Verdammt. Vielleicht hätte ich nicht sagen sollen, daß sie mich ansehen kann, soviel sie will.

Mir schwillt da was, aber meine Hutgröße ist es nicht.

Whip gab sich Mühe, nicht in jene saphirblauen Augen zu sehen, die ihn mit so viel Freude betrachteten.

»Wie sind Sie nach Echo Basin gekommen?« fragte er.

Einen Moment lang reagierte Shannon nicht, dann blinzelte sie und sah auf ihre Kaffeetasse.

»Silent John hat mich vor sieben Jahren hierhergeholt.«

»Da müssen Sie ja fast noch ein Kind gewesen sein.«

»Ich war heiratsfähig und hatte keine Verwandten, bei denen ich hätte bleiben können.« Sie zuckte mit den Schultern. »Im Krieg gab es viele Waisen wie mich.«

»Auch Eve, die Frau meines Bruders, ist damals mit einer ganzen Gruppe von Waisenkindern in den Westen gekommen. Zwei alte Spieler hatten sie gekauft, um eine kostenlose Arbeitskraft zu haben.« Whip sah Shannon an. »Echo Basin muß eine rauhe Gegend für Sie gewesen sein.«

Shannon schaute überrascht und schüttelte den Kopf. »Besser als dort, wo ich herkam. Hier bin ich niemandem verpflichtet für mein tägliches Brot.«

Whip wartete, aber sie fügte nichts weiter hinzu.

»Was ist mit Ihnen, Whip? Wie sind Sie hierhergekommen?«

Er lächelte. Diese Frage trauten sich nur wenige Menschen im Westen zu stellen.

Andererseits hatte er sie gerade dasselbe gefragt.

»Ich bin hierhergekommen, weil ich noch nie hier war.«

Shannon runzelte die Stirn. »Das hört sich an, als gäbe es kaum Gegenden, in denen Sie noch nicht waren.«

»So ist es. Ich bin ein Herumtreiber. Ich war schon überall auf der Welt.«

»Ehrlich?«

Whip lächelte. »Ehrlich.«

»Auch bei den Pyramiden in Ägypten?«

»Auch dort«, sagte Whip.

»Wie sehen sie aus?«

»Riesig. Sie ragen einfach aus der Wüste auf, von der Zeit gezeichnet. In der Nähe ist eine Stadt, in der die Frauen von Kopf bis Fuß verschleiert gehen und nur die Augen zu sehen sind.«

Shannon klang überrascht. »Nur die Augen?«

Whip nickte. »Sie wären eines Sultans würdig, Honigmädchen. Mit Augen so blau wie der Himmel.«

Und einem Gang heißer als die Hölle, fügte er im stillen hinzu.

Aber er würde sich hüten, das laut zu sagen. Wenn Shannon ahnte, wie sehr er sie begehrte, würde sie ihm bestimmt nicht so entspannt gegenübersitzen.

»Paris«, sagte Shannon. »Haben Sie das gesehen?«

»Paris, London, Madrid, Rom, Schanghai... ich habe sie alle gesehen, und noch mehr. Mögen Sie Städte?«

»Ich weiß es nicht. Ich war schon seit Jahren in keiner Stadt mehr.«

Shannon sah an Whip vorbei zu den Lichtstreifen, die neben den Fensterläden hereindrangen. »Aber ich denke, ich hätte Schwierigkeiten mit so vielen Menschen um mich herum.«

»Würden Sie es gern ausprobieren?«

»Nein. Ich habe nur gefragt, weil in den Geschichtsbüchern immer so viel über diese Städte steht. Etwas anderes ist mir nicht eingefallen, um danach zu fragen. Außer China natürlich.«

Whips Blick bekam einen Ausdruck von Ferne.

»China ist etwas Besonderes«, sagte er leise. »Dort gab es schon Jahrhunderte vor Christi Geburt Kaiserreiche und Kunst und Philosophie. Die Chinesen haben eine ganz andere Einstellung zum Leben, von der Musik über das Essen bis hin zum Kämpfen.«

»Hat es Ihnen dort gefallen?«

»Ich habe es geliebt und gehaßt...« Er zuckte mit den Schultern. »Obwohl solcheWorte in bezug auf China eine andere Bedeutung bekommen.«

»Das verstehe ich nicht.«

Whip hob seine Kaffeetasse, trank einen Schluck und versuchte, eine Erklärung für etwas zu finden, das er sich selbst noch nie klargemacht hatte.

»Ich stand einmal um Mitternach an den Ufern eines Flusses und habe Männern zugesehen, die statt mit Angeln oder Netzen mit Laternen und schwarzen Vögeln fischten.«

Shannon sah ihn erstaunt an. »Hat es funktioniert?«

»Oh ja, schon seit Tausenden von Jahren fischen sie so, im schimmernden goldenen Licht, in das die Vögel tauchen, mit den melodischen Pfiffen, mit denen sie die Vögel zurückrufen, ringsumher Nacht, ein ebenholzschwarzer Fluß... Es war, als könnte ich die Zeit atmen. China ist älter als alles, was ich mir je vorgestellt hätte.«

Shannon schauderte, als sie Whips Augen sah. Sie waren überschattet von Erinnerungen und Ferne und einem schwarzen Fluß.

Es war, als könnte ich die Zeit atmen.

»Gibt es noch anderswo eine Landschaft wie hier?« fragte Shannon, als sie sein Schweigen nicht mehr ertragen konnte.

Er runzelte die Stirn, fuhr sich mit der Hand durchs Haar. »Keine, die Colorado wirklich übertrifft«, gab er schließlich zu.

»Auf der ganzen Welt?«

»Oh, Irland ist schon herrlich grün, aber es hat nicht solche Berge. In Burma und der Schweiz gibt es phantastische Gebirgszüge, aber sie bestehen mehr aus Felsen und Eis, und es gibt nicht viel Platz für Menschen dort.«

Shannon beugte sich vor, ihre Augen glitzerten fasziniert.

»In Südamerika gibt es eine lange, muskulös wirkende Gebirgskette mit grünen Tälern zwischen den hohen Gipfeln«, sagte Whip. »Aber die Hochebenen liegen so hoch, daß man schon erschöpft ist, wenn man nur einen Kilometer gehen muß. In Australien gibt es grüne Berge mit ein paar verschneiten Gipfeln, die sind ganz hübsch, aber nicht wirklich hoch. Und der Geruch der Eukalyptusbäume hat mir nie so zugesagt, wie der Geruch der Nadelbäume hier in den Rocky Mountains.«

»Das hört sich ja so an, als wenn der beste Platz auf Erden für Sie genau hier wäre«, sagte Shannon.

Whip lachte und schüttelte den Kopf, aber als er Shannon ansah, wurde sein Gesicht ernst. Er spürte die Frage, die hinter diesen Worten steckte: *Wirst du hierbleiben in den Bergen, die sich mit nichts auf der Welt vergleichen lassen?*

»Die Rockies haben mich schon länger hier festgehalten als jeder andere Ort der Erde«, sagte er leise. »Aber eines Tages wird mich ein ferner Sonnenaufgang rufen, mir alles das versprechen, was ich immer wollte und nie benennen konnte. Dann werde ich wieder aufbrechen, denn es gibt nichts so Großartiges wie den Sonnenaufgang, den ich noch nie gesehen habe. Nichts.«

Shannon verdrängte den plötzlichen Kummer, der ihr die Kehle zuschnürte. Es gab keinen Grund, einen so scharfen Schmerz zu spüren. Whip war kaum mehr als ein Fremder für sie. Es hätte ihr egal sein müssen, ob er nun für immer blieb oder schon in einer Stunde wieder verschwand. Und doch schmerzte es sie, als drehte jemand ein Messer tief in ihrem Inneren um. Sie schloß sie Augen und kämpfte gegen den unerwarteten Kummer an.

»Ich habe es ja schon gesagt, Honigmädchen«, erklärte Whip sanft. »Ich bin ein Herumtreiber.«

Shannons Augen öffneten sich wieder. Sie sah den Mann an, den sie nur als Whip kannte. Dann betrachtete sie seinen klaren Blick, der schon so viel gesehen hatte und doch weiterwollte zur nächsten Aussicht, zu einem anderen Ort, einem ferneren Sonnenaufgang, den es immer geben würde.

Immer.

Ich höre deine Warnung, Streuner. Ich versuche nicht, dich zu halten. Nicht von dir zu träumen.

Dich nicht zu lieben.

Und doch hatte Shannon das unbehagliche Gefühl, daß Whips Warnung zu spät gekommen war. Irgendwo tief in ihrem Innern war etwas erwacht, das sie noch nie zuvor gespürt hatte.

Sie hoffte sehr, daß es nur Begehren war.

6. KAPITEL

Eine Woche später erwachte Shannon gleich nach Tagesanbruch vom Rhythmus einer Axt, die große Stücke aus einem Baum biß. Erleichtert atmete sie auf.

Nichts hat sich geändert, während ich geschlafen habe. Er ist immer noch da.

Wenn die Culpeppers jetzt auftauchten, würde ihnen Shannon mit einem Gewehr in der Hand, einem knurrenden Hund hinter sich… und einem Mann namens Whip an ihrer Seite entgegentreten.

»Siehst du?« flüsterte sich Shannon zu. »Ich habe doch gesagt, daß er am Morgen noch hier sein würde.«

Diesmal.

Als Shannon am vergangenen Abend die Flöte nicht gehört hatte, hatte sie sich gefragt, ob Whip jetzt nicht doch endgültig verschwunden war. Aber er war noch da und arbeitete für Shannon, tat genau die Dinge, die ihr allein schwerfielen.

Whip hatte den ans Haus gebauten Schuppen repariert, in dem das alte Maultier den härtesten Teil des Winters verbrachte. Dann hatte er dem Tier die Hufe gestutzt und es mit Eisen beschlagen, die Silent John immer einfach weggelassen hatte. Whip hatte auch die Tür der Hütte neu eingehängt, so daß sie wieder richtig schloß, ohne daß man dagegentreten mußte. Dann hatte er Werg so fest in die Ritzen zwischen den Balken des Holzhauses gestopft, daß der Wind nicht mehr die Wärme des Feuers minderte. Er hatte acht Bäume gefällt und war gerade beim neunten. So würde Shannon nicht nur genug Feuerholz für den Winter haben, sondern auch genug Sonne an der Südseite des Hauses, um einen kleinen Küchengarten anlegen zu können. Das hatte sie sich immer schon gewünscht, doch schon vor vier Jahren aufgegeben. Sie hatte sechs Tage gebraucht, um sich mit einer Axt durch den Stamm eines Baumes zu nagen, und dann hatte sie das Ding verrückt gemacht, weil es auch noch in die falsche Richtung stürzte, nämlich beinahe auf sie.

Silent John hatte gelacht, als sie ihm davon erzählte, doch als Whip davon hörte, lachte er überhaupt nicht. Er hatte erst einen Fluch unterdrückt und ihr dann unmißverständlich klar gemacht, daß es ihnen beiden leid tun würde, wenn er sie je dabei erwischte, wie sie noch einmal versuchte, einen Baum zu fällen, aber ihr ganz besonders.

Dann, seit dem vergangenen Morgen, waren die Bäume südlich der Hütte einer nach dem anderen gefallen, unter der Axt eines Mannes, der sich an die Arbeit machte, als erlege er Feinde.

Shannon summte leise vor sich hin, stieg aus dem Bett und begann, Frühstück zu machen. Dabei wurde sie von Vorfreude durchströmt wie von leckenden Flammen. Bald würde Whip ihr zurufen, und sie würde eine Schüssel warmes Wasser auf die Bank neben der Hütte stellen. Dann würde sie zusehen, wie er sich wusch und rasierte.

Wenn sie Glück hatte, würde er ein wenig Schaum am Schnurrbart oder in dem Grübchen an seinem Kinn übersehen. Sie würde erst ganz dicht vor ihm stehen und den Seifenrest wegtupfen und dann aufsehen und seinem quecksilbernen Blick, der sie durchbohte, während seine Nasenflügel bebten, wenn er den Minzeduft an ihren Händen und in ihrem Atem wahrnahm.

»Du bist verrückt, Shannon Conner Smith«, sagte sie sich fest. »Du läßt den Streuner viel zu nah an dich ran.«

Doch das einzige, was Shannon interessierte, war, Whip noch näherzukommen. Sie begehrte ihn auf eine Weise, die so alt war wie die Lust und so neu wie der Sonnenaufgang.

Sie beugte sich mit dem Streichholz über die offene Tür des Herds. Das Holz fing Feuer, und die Flammen tanzten mit anmutigen Bewegungen, die sie an Whips männliche Grazie erinnerten. Die Hitze begann vom Herd ins Zimmer zu strahlen, während Holz und Flammen einander verzehrten.

Würde es so mit Whip sein? Würden wir einander entflammen, bis nichts mehr bliebe außer der Erinnerung an Hitze?

Ein Prickeln überlief Shannon und berührte ihren Schoß wie ein Streichholz den Zunder; und wie Zunder brannte sie.

Fühlt sich das Holz so? Sehnt es sich schmerzlich danach, zitternd verbrannt zu werden zu Asche, die so fein ist, daß sie direkt in die Sonne fliegt?

»Lust, das ist alles«, sagte Shannon tonlos. »Nichts als Wollust.«

Prettyface kratzte an der Hüttentür und weckte Shannon aus ihrer Träumerei. »Also gut. Aber wenn du Whip anknurrst und die Zähne fletschst, wenn er zum Waschen kommt, dann hole ich einen Stock und verhaue dich, das schwöre ich.«

Der Hund grinste und wedelte mit dem langen Schwanz.

»Tja, ich glaub's mir selber auch nicht«, gab sie zu. »Aber irgendwas muß ich tun. Du siehst Whip immer an, als könntest du es nicht erwarten, einen Vorwand zu bekommen, ihn anzuspringen. Er wird sowieso bald genug haben. Viel zu bald. Du brauchst ihn nicht zu vertreiben.«

Shannon öffnete die Hüttentür. Prettyface sprang hinaus und begann herumzuschnuppern. Obwohl Whip noch mehr Hirsche geschossen hatte, jagte der Hund sich sein eigenes Futter. Das Wild, das sie nicht frisch gegessen hatten, trocknete Shannon. Genauso die Forellen. Whip war entschlossen, ihr genug Vorräte für den kommenden Winter zu verschaffen.

Als Shannon die Tür schloß und zum Vorratsschrank ging, bemerkte sie die frischen Blumen auf dem kleinen, zerkratzten Tisch. Zart strich sie mit den Fingerspitzen über die Blüten. Sie lächelte, als sie daranging, Mehl aus dem Schrank in eine verbeulte Blechschüssel zu geben.

Whip brachte ihr immer irgend etwas mit, kleine Dinge, die das Innere der Hütte freundlicher machten. Gewöhnlich waren es Blumen. Manchmal ein glatter, runder Kiesel aus dem Bach. Einmal war es ein frisch geschlüpfter Schmetterling gewesen. Als sie zusah, wie seine Flügel sich ausbreiteten und ihre Farben entfalteten, war ihr zumute gewesen, als sähe sie einen Regenbogen in ihrer Hand entstehen.

Shannon würde niemals den Blick in Whips Augen vergessen, als er beobachtete, wie der Schmetterling sich von ihrer Hand erhob und aufwärts in den blauen Himmel flog – Freude, Neid, Verständnis, Zufriedenheit, Sehnsucht. Alles das hatte in Whips Lächeln gelegen.

Ich weiß, daß er eines Tages fortgehen wird. Aber bitte nicht heute, lieber Gott.

Nicht heute.

Shannon verschüttete das Mehl und schob es vorsichtig zurück in die Schüssel.

Denk nicht daran, daß Whip fortgeht, sagte sie sich fest. *Entweder er geht heute weg oder nicht, und ich kann nichts weiter tun, als ihm beim Essen zusehen, ihm Schaum vom Kinn tupfen und sein Lächeln genießen wie Sonnenwärme auf meiner Seele.*

Anstatt mir Sorgen über die Zukunft zu machen, sollte ich Gott dafür danken, daß er mir einen sanften, großzügigen, höflichen Mann geschickt hat, der mir hilft. Es gibt frisches und getrocknetes Fleisch und geräucherten Fisch und einen großen Haufen Feuerholz auf der Ostseite der Hütte.

Das alles ist ein Segen, und auf jeden Fall viel mehr als das, was ich hatte, als ich Mamas Ehering verkaufen mußte, um nicht zu verhungern, während ich versuchte, eine bessere Jägerin zu werden.

Shannon bückte sich und fühlte, wie heiß die Luft im Ofen war. Dann legte sie Holz nach, damit der Herd noch heißer wurde, schnitt ein paar Scheiben von dem Schinken ab, der in der Ecke hing, und legte sie in die Pfanne zum Braten, während die Brötchen buken.

Als der Ofen heiß genug war, ging sie zum Fenster und öffnete die Fensterläden. Die Sonne schien herein und brachte den Duft eines noch unberührten Tages mit sich.

»Die Brötchen kommen in den Ofen«, rief Shannon Whip zu. »Ich bringe auch gleich das heiße Wasser.«

Das rhythmische Hackgeräusch hörte auf. Whip trat einen Schritt zurück und stellte fest, daß er noch länger brauchen würde, den Baum zu fällen, als Shannon für die Brötchen. Mit einem lockeren Schlag versenkte er die Axt tief ins Holz. Dort würde die Schneide scharf bleiben, bis er sie wieder brauchte. Whip sah über seine Schulter, daß Shannon sich lächelnd mit einem Kamm in der Hand aus dem Fenster beugte. Sie kämmte mit schnellen, kurzen Bewegungen ihr Haar, als wolle sie möglichst bald fertig werden.

Im Sonnenlicht schimmerte ihr Haar in allen leuchtenden Herbstfarben wie dunkles Feuer mit Gold und Rot.

Schon in nicht allzuferner Zukunft wirst du mich dein Haar für dich kämmen lassen, versprach ihr Whip im stillen. *Bald.*

Dein Haar wird so weich und heiß sein in meinen Fingern wie Feuer, doch noch weicher und heißer wird die dunkle Blume deiner Weiblichkeit sein, die zwischen deinen Schenkeln verborgen liegt.

Du wirst aufblühen für mich, Honigmädchen. Da bin ich ganz sicher.

Aber zuerst muß ich noch an deinem Höllenhund vorbeikommen, ohne dich zu Tode zu ängstigen.

»Ich bin schon unterwegs«, rief Whip.

Seine Stimme klang hart. Prettyface war ihm wirklich ein Dorn im Auge. Vom Temperament her war er fast völlig Wolf, und soviel Mühe sich Whip auch geben mochte, das Tier behandelte ihn hartnäckig wie einen gefährlichen Eindringling. Ein paarmal schon war Whip versucht gewesen, sich den knurrenden Hund zu packen und ihm die einzige Lektion zu erteilen, die er von einem Mann annehmen würde.

Angst, schlicht und einfach.

Whip wußte, daß ein Wolf sich nur einer überlegenen Kraft beugte. Wenn Whip seine Kraft demonstriert hatte, würde Prettyface auch Respekt vor ihm bekommen und ihm so die Möglichkeit geben zu zeigen, daß nicht jeder Mann Spaß daran hatte, einen großen Hund mit Wolfsaugen zu quälen.

Mit etwas Zeit würde Prettyface Whip nicht nur akzeptieren, sondern ihm genausoviel Vertrauen und Treue entgegenbringen wie dem jungen Mädchen, das ihn damals, fast zu Tode geprügelt, am Weg von Holler Creek gefunden hatte.

Whip brauchte nur Zeit.

Wieviel Zeit habe ich wohl noch, bis jener Sonnenaufgang mich ruft?

Auf diese Frage gab es keine Antwort, hatte es nie eine gegeben. Wenn die Wanderlust ihn ergriff, packte er seine Habe und ging fort. Und kam nie wieder an denselben Ort zurück.

Doch bevor er ging, würde er dafür sorgen, daß Shannons Hütte in ordentlichem Zustand war, daß sie genug zu essen hatte und das Feuerholz auf allen drei Seiten der Hütte hochgestapelt war bis zum Dach. So hatte er es immer gehandhabt mit den offenherzigen Witwen, die ihm unterwegs begegneten, auch wenn die Frauen nicht mehr für ihn taten als für ihn zu kochen, seine Hemden zu flicken und die Wärme ihrer Küche mit einem Herumtreiber zu teilen.

Eine Frau hatte es schwer, wenn sie allein auf der Welt war, das verstand Whip besser als die meisten Männer. Darum verfolgte ihn auch eine Vision von Shannon, die allein und ohne jede Hilfe unter einem umstürzenden Baum begraben wurde...

Sie ist Witwe, auch wenn sie es nicht zugibt. Es muß einfach so sein. Teufel auch, sie benimmt sich nicht einmal, als wenn sie verheiratet wäre. Sie sieht mich immer an, als hätte sie noch nie einen Mann gesehen.

Und ich sehe sie an, als hätte ich noch nie eine Frau gesehen.

Mit gerunzelter Stirn zog Whip seine Lederhandschuhe aus, stopfte sie in die Tasche und nahm die Peitsche, die immer in seiner Reichweite lag. Als er aufs Haus zuging, erschien Prettyface aus dem Wald und knurrte ihn böse an.

»Ich wünsche dir auch einen guten Morgen, du schlechtgelaunter Hundesohn«, sagte Whip freundlich.

»Prettyface, hör auf damit!« rief Shannon aus der Hütte.

Der Hund knurrte noch lauter.

Shannon hastete zur Tür. Ihr halb geflochtenes Haar breitete sich auf dem verblichenen Blau ihres Hemdes aus. Der Kontrast zwischen dem fadenscheinigen Stoff und dem seidig glänzenden Haar führte Whip so sehr in Versuchung, daß er es kaum noch aushielt.

»Schluß damit!« befahl Shannon und sah dem Hund in die gelben Augen.

Prettyface warf Whip einen Jägerblick zu. Dann gehorchte er widerstrebend seiner Herrin.

Whip erwiderte den Blick mit Zinsen und wandte sich dann der Schüssel mit heißem Wasser zu, die Shannon ihm hingestellt hatte. Daneben lagen sein Rasiermesser, die Seife und der blumengedruckte Lappen als Handtuch. Als er sich über das Wasser beugte, stieg ihm der vertraute Minzeduft entgegen.

Ohne Vorwarnung wurde Whip von einem leidenschaftlichen Verlangen gepackt, das jeden Muskel in seinem Körper anspannte. Er atmete ein paarmal tief und sorgfältig durch, bis sich sein Körper langsam zu entspannen begann. Die Leichtigkeit, mit der ihn in Shannons Nähe die Erregung überwältigte, war beunruhigend.

Und eine unglaubliche Verlockung. Whip hatte noch nie eine Frau so begehrt wie Shannon Conner Smith.

Seine Vernunft sagte ihm, daß das der beste Grund war, möglichst bald seine Sachen zu packen und zu verschwinden. Aus einer Beziehung zwischen einem Streuner und einer jungen Witwe, die ihn mit Träumen in den Augen betrachtete, konnte nur Kummer entstehen.

Aber Whip war für Vorsicht und schlechtes Gewissen nicht mehr zugänglich. Er spürte zu deutlich die Ekstase, die ihn in Shannons Körper erwartete. Bis er den dunklen Wein ihrer Sinnlichkeit nicht bis zur Neige getrunken hatte, bis zum letzten, köstlichenTropfen, würde er nicht fortgehen.

Er konnte es nicht.

Ich brauche sie.

Komme, was da wolle, ich muß sie haben.

Die Intensität seiner Gedanken schockierte Whip. Irgendwann in den vergangenen zehn Tagen hatte sich sein simples männliches Begehren zu einer anderen Leidenschaft entwickelt – sie war dunkler, stärker geworden, ein wilder Hunger, der keinen Anfang und kein anderes Ende kannte, als trunkenes Vergessen in der Tiefe von Shannons Schoß.

Whips Gedanken hatten unvermeidliche Konsequenzen auf seinen Körper, verstärkten noch das Drängen seines Fleisches, das schon jetzt vor Erregung pulsierte. Mit einem stillen Fluch schäumte er die Seife zwischen seinen Handflächen und strich sich den Schaum ins Gesicht. Dann begann er, sich zu rasieren.

Shannon sah ihm fasziniert zu.

»Sie benehmen sich, als hätten Sie noch nie einen Mann beim Rasieren gesehen«, sagte Whip sowohl geschmeichelt als auch genervt. Die weibliche Bewunderung in ihrem Blick verstärkte seine Erregung wieder von neuem.

»Silent John trug einfach einen Bart«, erklärte Shannon.

Whip knurrte, machte einen Messerstrich und schleuderte den Schaum von der Klinge. »Sie sprechen immer in der Vergangenheit von ihm«, sagte er dann.

»Von wem?«

»Von Ihrem Mann.«

Shannon öffnete den Mund, machte ihn wieder zu und schlang plötzlich die Arme um den Körper, als fröre sie.

»Ich werde von jetzt an vorsichtiger sein«, versprach sie. »Diese Culpeppers sind auch so schon dreist genug.«

»Die glauben, daß Silent John tot ist.«

Auch wenn es keine Frage war, spürte Shannon doch Whips ausgesprochenes Interesse an ihrer Antwort.

»Ich glaube nicht, daß ich Silent John noch einmal wiedersehen werde«, gab sie leise zu. »Aber bitte, lassen Sie das nicht in Holler Creek verlauten. Wenn Murphy glaubt, daß Silent John nicht mehr wiederkommt...«

Shannons Stimme verklang. Aber Whip wußte genau, was sie meinte.

»Vielleicht sollten Sie Echo Basin besser verlassen.«

Einen Augenblick hoffte Shannon, Whip würde sie auffordern, mit ihm zu kommen, wenn er fortging.

»Wo sollte ich denn schon hin?« fragte sie leise.

»Das weiß ich nicht, ich weiß nur, daß immer mindestens ein Culpepper zwei Meilen abwärts sein Lager hat.«

»Warum?«

»Sie warten darauf, daß ich fortgehe. Sobald –«

»Aber –« unterbrach sie ihn.

Whip ließ sich nicht unterbrechen. »Sobald ich weg bin, werden sie Sie wieder belästigen.«

Hastig wandte sich Shannon ab, damit Whip ihre Enttäuschung nicht sah.

Sobald ich fortgehe.

Nicht falls.

Sobald.

Bis zu diesem Augenblick hatte Shannon nicht gewußt, wie sehr sie innerlich darauf gehofft hatte, daß Whip blieb. Jeden Tag sah er sie eindringlicher an, begehrte er sie offensichtlicher. Und trotz seines drängenden männlichen Hungers schätzte er sie so sehr, daß er nicht in häßlichen Worten von seinem Verlangen zu ihr sprach oder sie einfach an eine Wand drängte und sie mit Gewalt nahm.

»Ich komme schon zurecht«, sagte Shannon leise. »Bis jetzt ging es auch immer irgendwie.«

»Nicht ohne Silent John.«

»Prettyface beschützt mich jetzt.«

»Das genügt nicht, und Sie wissen es auch.«

»Die Sache betrifft ja nicht Sie«, sagte sie angespannt, »sondern mich. Das Frühstück ist fertig.«

Mit einem gemurmelten Fluch bückte sich Whip und spülte sich das Gesicht ab. Dann hielt er die Hand hin, damit sie ihm den Lappen gab.

Die Hand blieb leer.

Whip sah tropfend auf und stellte fest, daß Shannon wieder in die Hütte gegangen war.

Er würde nicht das nach Minze duftende Tuch aus ihren Händen bekommen. Sie würde nicht behutsam mit nach Minze duftenden Fingern sein Gesicht abtupfen. Und vor allem würden ihre Augen nicht wie liebevolle Hände über sein Gesicht streichen, ihn bewundern, und es würde keine zarte Röte in ihre Wangen kriechen, wenn er sie dabei ertappte.

Whip fluchte tonlos, griff nach dem Lappen und wischte sich ärgerlich trocken. Er hatte bisher gar nicht bemerkt, wie gut ihm ihr morgendliches Rasierritual gefiel.

Du bist schön dumm, daß du mit dem Mädchen Streit anfängst, anstatt sie dir möglichst warmzuhalten, sagte er sich zynisch...

Dann bin ich eben dumm, aber doch nicht so dumm, daß ich Shannon nicht sagen würde, wie gefährlich es hier wird, wenn ich fort bin.

Wenn du fort bist, wird es genau das sein, was sie sagt – nicht deine Sache.

Das gefiel Whip nicht besonders, aber er hatte keine Alternative.

Vielleicht muß ich doch den Culpeppers mal richtig die Leviten lesen – damit sie einsehen, wo's langgeht.

Dieser Gedanke gefiel Whip dagegen außerordentlich.

Mit einem Lächeln wie ein Wolf legte er sich die Peitsche über die Schulter und ging in die Hütte. Er freute sich auf ein heißes Frühstück und darauf, daß Shannon über Eck mit ihm an dem kleinen Tisch saß, so nah, daß ihre Beine sich bei jeder Bewegung streiften.

Prettyface knurrte Whip von seinem Lieblingsplatz in der kältesten Ecke der Hütte aus an. Sein dichtes Fell hielt ihn wärmer als jeder Ofen. Seine Zähne glitzerten wie Eis.

»Wie haben Sie sich nur entschlossen, diese Mißgeburt zu sich zu nehmen?« fragte Whip, wieder ärgerlich geworden.

»Hätten Sie an ihm vorbeireiten können, ohne ihm in seinem Schmerz zu helfen?« fragte Shannon.

Whip sah Prettyface mit schmalen Augen an. Die Narben des Hundes waren als helle Streifen zwischen seinem Fell zu erkennen. Und es waren viele Narben.

»Nein«, gab Whip zu. »Zumindest hätte ich ihn von seiner Qual erlöst.«

»Sie sind ein Streuner«, erwiderte Shannon. »Ich bin der Typ, der sich niederläßt. In meinem Leben war noch Platz für etwas anderes.«

»Die meisten Frauen hätten eher ein Baby gewollt als einen Hund mit wilden Wolfsaugen.«

Die Ofentür wurde mit metallischem Klingen geschlossen.

»Vorsichtig, das Blech ist heiß«, warnte sie, als sie es neben Whip auf den Tisch stellte.

»Wollten Sie denn keins?«

»Kein was?«

»Kein Baby.«

»Silent John hatte es schon schwer genug, uns beide zu ernähren«, sagte Shannon ausweichend und setzte sich wieder. »Für ein Baby hätte es nicht gereicht.«

Whip nahm ein paar Brötchen vom Blech. »Babys haben so eine Art, einfach zu kommen, ob man sie will oder nicht.«

»Ach wirklich? Wie viele haben Sie denn?«

Whip verschluckte sich fast an dem Keks, den er gerade hinunterschlucken wollte. Er sah Shannon ungläubig an.

»Was für eine Frage«, sagte er.

»Sie sind derjenige, der davon angefangen hat.«

»Ach ja?«

»Ja. Also, wie viele, Whip?«

»Keines, verdammt.«

»Keines, von dem Sie wissen«, fügte Shannon milde hinzu, aber ihr Blick war düster.

»Was soll das denn heißen?«

»Es dauert nur einen Augenblick, ein Baby zu zeugen, und vier Monate, bis man es sieht. Sind Sie je so lange an einem Ort geblieben?«

»Nein.«

»Dann wissen Sie es also nicht, oder?«

»Ich weiß es«, sagte Whip knapp.

»Und wie?«

»Genauso wie Silent John wußte, wie er vermeiden konnte, daß Sie schwanger wurden. Werden Sie die Marmelade mit mir teilen oder darauf sitzenbleiben wie eine Henne auf nur einem Ei?«

Der Themawechsel brachte Shannon dazu, Whip mit offenem Mund anzustarren. Sie war baff, daß ein Mann wie er enthaltsam sein konnte. Aber genau das hatte er gerade behauptet.

Genauso wie Silent John wußte, wie er vermeiden konnte, daß Sie schwanger wurden.

Kein Wunder, daß Whip das Thema wechselte. Es war ihm sicher unbehaglich, denn Shannon wußte, daß er eindeutig in der Lage war, sich mit einer Frau zu vereinigen. Es kam immerhin recht oft vor, daß sie, wenn er in ihrer Nähe war, den unverkennbaren Beweis seiner Fähigkeit von innen gegen seine Hose drücken sah.

Silent John war für solche Unbequemlichkeiten zu alt gewesen. Ihre Ehe hatte den Zweck gehabt, Männer wie die Culpeppers in Schach zu halten, weil eine Ehefrau eher respektiert wurde als eine Großnichte.

»Äh... Marmelade«, sagte Shannon und versuchte, sich zu fassen. »Ja, natürlich. Hier.«

»Danke«, sagte Whip automatisch und begann, die Marmelade auf seine Brötchen zu streichen. Obwohl er sich scheinbar nie schnell bewegte, verschwand Essen mit erstaunlicher Geschwindigkeit in seinem Mund.

Shannon hatte schon beim ersten Frühstück mit Whip bemerkt, daß er erstaunliche Mengen essen konnte und sich dann immer noch nach mehr umsah. Jetzt machte sie immer eine doppelte Portion Brötchen zum Frühstück und erwartete nicht, daß noch welche zum Mittagessen übrigblieben.

»Die zweite Portion müßte auch gleich fertig sein«, murmelte sie.

»Ich hole sie«, sagte Whip.

»Danke, das ist nicht nötig.«

»Dann schlagen Sie nicht wieder die Ofentür so heftig zu. Das Scharnier ist schon fast abgebrochen. Ich werde versuchen, ein neues zurechtzuhämmern, sobald ich mit dem Feuerholz fertig bin.«

Shannon letzter Kummer verschwand, und sie spürte wieder ihr Verlangen nach ihm. Sie war inzwischen sicher, daß Whip fortgehen würde. Aber solange er noch hier war, kümmerte er sich intensiver um sie, als jeder andere Mensch es je getan hatte.

Wenn sie unbedingt mehr wollte, war sie selbst schuld. Er hatte ganz klar gesagt, daß er ein Herumtreiber war und nicht die Absicht hatte, seßhaft zu werden.

»Danke«, sagte Shannon. »Ich habe versucht, aus einem alten Hufeisen ein neues Scharnier zu machen, aber so fest ich auch gehämmert habe...« Sie zuckte mit den Schultern.

»Haben Sie schon einmal die Arme eines Schmiedes gesehen?«, fragte Whip trocken.

»Nein.«

»Die sind noch kräftiger als meine.«

Shannons Augen weiteten sich.

Whip lächelte über ihren Gesichtsausdruck. Er war an seine Größe und Kraft gewohnt, Shannon nicht. Nachdem er sie anfangs eingeschüchtert hatte, entdeckte er jetzt immer öfter Anerkennung in ihrem Blick, wenn sie ihn arbeiten sah.

Als Shannon aufstand, um die Brötchen aus dem Ofen zu holen, folgte Prettyfaces Blick ihr. Sie zog das Blech heraus und wollte zum Tisch zurückgehen. Da blieb sie mit dem Stiefel an einer Brettkante des Fußbodens hängen.

Shannon gab ein erschrecktes Geräusch von sich und versuchte, das Gleichgewicht wiederzuerlangen. Aber es war zu spät. Whips große Hände griffen nach ihr und brachten sie wieder in die Senkrechte, bevor sie fallen konnte.

»Sind Sie –«

Jedes weitere Wort ging in einem wilden Knurren unter, als Prettyface mit einem Satz aus seiner Ecke schoß, um Whip an die Kehle zu gehen.

7. KAPITEL

Whip schob Shannon zur Seite, während er sich gleichzeitig hastig herumdrehte, um den angreifenden Hund abzuwehren. Entsetzt sah Shannon, wie Whip die Peitsche von der Schulter riß. Sein linker Arm traf Prettyface im Sprung.

Mann und Hund gingen in einem knurrenden, fluchenden Gewirr von Gliedern zu Boden. Prettyface kam auf Whip zu liegen. Seine Zähne hatten sich in Whips linke Hand und die Lederschlingen darin gebohrt.

»Nein, Prettyface, *nein*!«

Schreiend und zerrend versuchte sie, Prettyface von Whip herunterzubekommen. Der Hund kümmerte sich nicht um sie.

Whip schon. »Aus dem Weg, zum Teufel!« befahl er.

Shannon hörte nicht auf ihn. Mit einer kraftvollen Bewegung drehte sich Whip um, brachte Prettyface dabei unter sich und stieß Shannon aus dem Weg.

Sie hielt sich an der alten Büchertruhe fest und sah sich wild nach etwas um, womit sie Prettyface in den Griff bekommen konnte. Aber es gab nichts, das helfen konnte, bevor Prettyface wieder auf die Beine kam und Whip seine Zähne in die Kehle bohrte.

»Prettyface! Nein!«

Ihre Rufe blieben erfolglos.

In wildem Kampf krachten Mann und Tier gegen den Tisch, der zur Seite rutschte und ans Bett stieß, so daß die Decken heruntergewirbelt wurden. Einen Augenblick später rammte der Tisch, von den Kämpfenden geschoben, donnernd die Hüttentür.

Jetzt sah Shannon nur noch Whips angespannte Rückenmuskeln und Prettyfaces Hinterbeine, die Whips Beine bearbeiteten. *»Aufhören!«*

Doch Shannon wußte, daß ihr Schreien nichts nutzen würde. Prettyface hatte nicht die Absicht, sich zu ergeben.

Shannons wilder Blick fiel auf den Eimer mit heißem Wasser auf dem Herd. Aber schon bei der ersten Berührung war ihr klar, daß das Wasser zu heiß war.

Plötzlich ließen die Kampfgeräusche nach. Shannon sah sich um.

Prettyface hatte die Oberhand. Whip bewegte sich kaum.

»Oh Gott!« schrie Shannon. *»Whip!«*

Keine Antwort.

Shannon stürzte durchs Zimmer und riß den Tisch von der

Tür weg. Dann zerrte sie das Gewehr von der Wand darüber. Tränen rannen über ihr Gesicht, als sie das Gewehr entsicherte und sich umdrehte, um den Hund zu erschießen, der glaubte, er müßte sie verteidigen.

Doch das tat er nicht. Er war dabei, Whip zu töten.

»Weg mit dem verdammten Gewehr«, sagte Whip grimmig. »Ich werde den Wolfsköter nicht umbringen. Aber Manieren werde ich ihm beibringen, das schwöre ich.«

Shannon war zu erschrocken, Whip sprechen zu hören, als daß sie ihm hätte sagen können, daß der Hund ihr Ziel gewesen war. Ungeduldig wischte sie sich die Augen am Ärmel ab und sah noch einmal hin, weil sie annahm, sie hätte der Tränen wegen nicht genau erkennen können, was geschah.

Der Anblick war derselbe. Whip lag unten und rührte sich kaum. Prettyfaces Schnauze lag immer noch an Whips Hals.

Doch jetzt sah Shannon, daß die Zähne in der Peitsche steckten und nicht in Whips Kehle.

Ihre Erleichterung wich schnell dem Schreck, als sie sah, daß Whips linke Hand mit der Peitsche im Maul des Hundes steckte. Und aus Schreck wurde Angst, als ihr klar wurde, daß Whips andere Hand um die Kehle des Hundes geschlossen war.

Whip drückte ihrem Hund langsam die Luftröhre zu.

»Sie bringen ihn um!« schrie sie.

»Den Teufel tu' ich. Der Schuft tritt immer noch wie ein Bulle.«

»Lassen Sie los! Er bewegt sich ja kaum noch!«

»Kaum ist verdammt viel bei einem Vieh dieser Größe.«

Whip drückte seine rechte Hand noch fester zu. Sein Mund bildete eine harte Linie der Entschlossenheit.

»*Whip*!«

Er kümmerte sich nicht um Shannon, auch als sie versuchte, seine Hand von der Kehle des Hundes wegzuziehen. Als sie begann, seinen Daumen abhebeln zu wollen, warf er ihr einen glitzernden Blick aus schmalen Augenschlitzen zu.

»Gehen Sie aus dem Weg, bevor Sie etwas abbekommen«, stieß Whip zwischen den Zähnen hervor.

Shannon zerrte weiter an seiner Hand.

Prettyface trat noch einmal schwach mit den Hinterbeinen aus und wurde dann schlaff.

Schlagartig ließ Whip die Hand an der Kehle des Hundes los. Langsam rutschte das Tier auf den Boden und lag bewegungslos da wie ein Sack.

»Sie haben ihn umgebracht!« schrie Shannon. »Sie haben ihn umgebracht, verdammter Kerl!«

»Verflucht«, sagte Whip. »Wenn ich ihn hätte umbringen wollen, hätte ich ihm das Genick gebrochen, als er mich angesprungen hat.«

Wortlos schüttelte Shannon den Kopf, um Whip zu widersprechen. Leise schluchzend versuchte sie, zu Prettyface zu gehen, aber Whips harter Arm hielt sie zurück.

»Er ist nicht tot«, sagte er rauh. »Sehen Sie hin, er atmet schon wieder ganz ruhig.«

Hastig wischte sich Shannon die Augen am Ärmel ab und sah zu Prettyface hinüber. Er atmete tatsächlich tief.

»Gott sei Dank«, flüsterte sie.

Shannon versuchte noch einmal, zu ihm zu gehen, aber Whips Arm hinderte sie wieder daran. »Hinüber zum Herd!«

»Aber ich will –«

»Im Augenblick ist es nicht besonders wichtig, was Sie wollen«, unterbrach er sie schroff. »Sie haben Ihre Chance gehabt, das Vieh unter Kontrolle zu behalten, und Sie konnten es nicht. Jezt bin ich dran.«

»Aber –«

Whip sah zu Shannon auf. »Los«, sagte er leise.

Zu leise.

»Tun Sie ihm nicht noch mehr weh«, bat sie.

Aber sie ging gleichzeitig zurück zum Herd. Whips Stimme war klar und kalt wie ein Dolch aus Eis.

Prettyface winselte und versuchte, den Kopf zu heben. Sofort war Whip neben ihm und drückte den Kopf des Hundes auf den Boden, so daß er nicht wieder auf die Beine kam.

»Ruhig«, sagte Whip sanft. »Bevor du aufstehst und dich wieder mächtig stark fühlst, konzentriere deinen verdammten Wolfsblick auf mich, damit du weißt, wer hier der Oberwolf ist.«

Prettyface winselte leise. Er blinzelte und sah sich um, was ihn wohl am Boden festhalten mochte.

Der Hund traf auf Whips Blick, erkannte ihn, hielt ihn einen Moment lang... und dann wandte Prettyface den Kopf ab, womit er schweigend Whip als den Herrn anerkannte.

Er versuchte auch nicht noch einmal aufzustehen.

»So ist's brav, Prettyface«, sagte Whip und streichelte dem Hund den Kopf. »Ich wußte ja, daß du klüger bist, als du aussiehst. Ich mußte dir nur beweisen, daß du nicht der Herr bist.«

Prettyface winselte und stupste vorsichtig Whips Hand.

»Hallo, Junge«, murmelte Whip und rieb dem Hund beruhigend den Kopf. »Von jetzt an werden wir viel besser miteinander auskommen, stimmt's?« lachte Whip. »Du bist ein verdammt guter Kämpfer, Prettyface. Jetzt brauchst du nur noch zu lernen, auch ein guter Partner zu sein.«

Als Whips Finger den ganzen Körper des Hundes berührten, versteifte sich Prettyface, wehrte sich aber nicht weiter gegen die Berührung des Mannes.

Shannon war schockiert.

»Ist schon gut, Prettyface«, sagte Whip und kraulte den Hund freundlich am Ohr. »Ich glaube, du hast mich verstanden. Du bist hier derjenige, der die Befehle entgegennimmt. Du erteilst sie nicht.«

Whip stand mit einer katzenhaften Grazie vom Boden auf, die bei einem so kräftigen Mann erstaunlich war. Die Peitsche lag immer noch zusammengerollt in seiner linken Hand.

»Jetzt steh auf, Junge«, befahl er.

Prettyface stand auf, schüttelte sich und sah Whip an.

Whip öffnete die Hüttentür.

»Geh nach draußen und jag dir dein Frühstück, anstatt mich fressen zu wollen«, schlug er trocken vor.

Prettyface sah Shannon einmal an und trottete dann hinaus. Whip machte die Tür zu.

»Sie haben ihn gebrochen«, sagte sie heiser.

»Nein, ich habe nur –«

»Sie sind genau wie die Culpeppers«, unterbrach ihn Shannon heftig.

Ihre Stimme war kalt. Ihr Körper bebte vor Zorn und Angst.

»Ich bin überhaupt nicht –« fing Whip an.

»Sie sind grausam und brutal. Sie zwingen alles, was schwächer ist als Sie, sich zu Ihren Füßen zu winden!«

Whip machte einen raschen Schritt auf Shannon zu, dann noch einen. Sein Blick war gehämmertes Silber. Aus den Wunden an seiner linken Hand tropfte Blut.

Er sah genauso gefährlich aus, wie er war.

Shannons Herzschlag raste, aber sie wich keinen Schritt zurück. Sie konnte nicht. Sie war sich nicht sicher, ob ihre Beine sie tragen würden.

»Prettyface«, sagte Whip ruhig und kalt, »ist ein verzogenes, wildes Tier, das mehr wiegt als die meisten Männer. Er hat zuviel Wolfsblut, um von einem Mann etwas anderes als überlegene Kraft anzuerkennen. Also schlage ich ihn mit seinen eigenen Waffen. Überlegene Kraft. Jetzt wird er mich akzeptieren.«

Shannon hob trotzig das Kinn, aber klugerweise sagte sie nichts. Whip hatte recht, und das wußten sie beide. Sie hörte es nur nicht gern so direkt.

»Und was den Rest Ihrer Tirade betrifft«, sagte Whip, »wenn Sie sich mir hingeben – *und das werden Sie tun* – dann wird es nicht sein, weil ich Sie mit Gewalt dazu zwinge. Wenn das alles wäre, was ich will, hätte ich Prettyface getötet, als ich das erste Mal in die Hütte kam. Danach hätte ich Sie auf den Boden geworfen und vergewaltigt.«

Aus Shannons Kehle kam ein erstickter Laut, als sie verstand, daß er die Wahrheit sagte. Tief im Inneren hatte sie immer angenommen, die Gegenwart des knurrenden Prettyface hätte Whip davon abgehalten, sie irgendwie zu berühren.

Jetzt wußte Shannon, wie arg sie die Situation mißverstanden hatte. Whip war genauso klug und schnell, wie er stark war.

»Aber das ist es nicht, was ich von Ihnen will«, sagte Whip mit tödlich ruhiger Stimme.

»W –« Shannons Stimme versagte.

Sie leckte sich über die Lippen, holte kurz Atem und versuchte es noch einmal.

»Was w-wollen Sie dann von mir?« fragte sie.

Zuerst dachte Shannon, Whip würde nicht antworten. Dann machte er einen letzten, gleitenden Schritt auf sie zu. Als er stehenblieb, war er ihr so nah, daß sie kaum Luft holen konnte, ohne daß ihre Brüste seine harte Brust berührten.

Langsam, so daß Shannon genügend Gelegenheit hatte, sich zurückzuziehen, hob Whip seine Hände zu ihrem Gesicht.

Sie bewegte sich nicht. Sie beobachtete ihn nur mit vorsichtigem und gleichzeitig trotzigem Blick.

Die Peitsche, die er immer noch in der linken Hand trug, streichelte Shannons Wange so sacht, daß es sich mehr wie ein Lufthauch als wie eine Berührung anfühlte. Das geschmeidige Leder folgte ihren Augenbrauen, der geraden Linie ihrer Nase, ihren hohen Wangenknochen.

Das war das letzte, was Shannon von Whip erwartet hätte. Die Berührung war so zart, daß sie sie kaum spürte. Sie sprach deutlich davon, wie sehr Whip sich zurücknahm.

Sie schloß die Augen, wollte sich auf die flüchtigen, schimmernden Empfindungen konzentrieren, die köstlich durch ihren Körper fluteten. Sie holte Atem und nahm den Geruch von Holzrauch und Immergrün an Whip wahr, aber auch den elementaren, beunruhigenden Geruch von Blut.

»Whip?« flüsterte sie durch bebende Lippen.

Sein Handgelenk machte eine knappe Bewegung, und die Peitsche verschwand. Ein dumpfer Aufschlag sagte Shannon, daß die Peitsche auf dem Boden gelandet war.

Whip nahm ihr sanft das Gewehr aus der Hand, sicherte es mit wenigen, ruhigen Handgriffen. Als er es wieder über die Tür hängte, stellte Shannon matt fest, daß Blut an seinen beiden Händen war.

Whip sah ihren Gesichtsausdruck, als er sich ihr wieder zuwandte.

»Ist schon gut, Honigmädchen«, sagte er rauh. »Das Gewehr brauchst du nicht mehr. Ich tue dir nicht weh. Ich versuche nur, deine Frage zu beantworten, was ich von dir will. Aber ich finde nicht die richtigen Worte, um dir zu sagen…«

Rauhe Fingerspitzen folgten zart Shannons Haaransatz, der Form ihrer Ohren, den dichten, mahagonibraunen Wimpern, der bebenden Linie ihrer Lippen.

»Hast du wirklich Angst vor mir?« fragte Whip rauchig.

Shannon schüttelte den Kopf. »N-nein.«

»Solltest du aber.«

»Warum?«

»Weil ich das will, was ich bei unserer ersten Begegnung in deinem Gang sah«, sagte er einfach.

»Das v-verstehe ich nicht.«

»Ich auch nicht. Ich habe noch nie eine Frau so begehrt, wie ich dich begehre, alles auf einmal, ohne Vernunft, ohne Vorsicht, ohne einen Gedanken an Recht oder Unrecht, es ist nichts als ein unbezähmbares Verlangen, das mich den ganzen Tag verfolgt, jeden Tag. Und die Nächte… Herr im Himmel, die Nächte sind die reine Hölle.«

Shannon versuchte zu sprechen. Aus ihrer trockenen Kehle kam nicht ein Wort.

Whips Daumen folgten ihrem Mund, streichelten ihn so zart wie ein Kuß. Ihre Weichheit verlockte ihn, und ihre Hitze, und der rauhe Seufzer, den sie schließlich ausstieß, ein Seufzer, der sein Name war.

»Du hast einen Gang so geschmeidig wie Honig«, sagte Whip heiser und beugte sich herab zu ihr. »Küß mich, Shannon. Ich möchte wissen, ob dein Mund auch nur halb so erregend ist wie dein Gang.«

Shannon gab einen leisen, erschrockenen Laut von sich, als Whips Zähne an ihren Lippen knabberten und seine Zunge ihre Mundwinkel berührte. Ein Kribbeln erfüllte sie und nahm ihr fast den Atem, bis ihr schwindlig wurde. Sie hob die Hände zu seinen Armen, suchte Halt in einer Welt, die sich mit jedem wilden Herzschlag schneller um sie zu drehen schien.

»Whip?« flüsterte sie rauh.

»Ja, genau so«, sagte er dicht an ihrem Mund. »Öffne deine weichen Lippen noch etwas mehr. Ich muß dich kosten.«

»Mich kosten?«

»Ja. Jetzt.«

Whips Zunge glitt in Shannons Mund, streichelte sie, kostete sie mit einer sanften Eindringlichkeit, die sie erschauern ließ.

Neugierig sah Shannon ihn an. Seine Stirn war in Falten gelegt, seine Augen geschlossen. Seine verletzten, blutenden Hände hielten ihr Gesicht, als wäre sie zerbrechlich wie Schmetterlingsflügel. Trotz des machtvollen Begehrens, das jeden Muskel in seinem Körper spannte, knabberte sein Mund nur sacht an ihrem.

Unter ihren Händen fühlten sich Whips Arme an wie Stahltaue. Seine Muskeln waren hart, und sein Atem ging schwer. Er hätte von ihr haben können, was immer er wollte, das wußte sie.

Und Whip wußte es ebenfalls.

Trotzdem verlangte er nichts von ihr. Er bat sie nur, bemühte sich, flehte stumm, in die verlockende Dunkelheit hinter ihren Lippen vorgelassen zu werden.

Shannon seufzte und gab Whip, was er begehrte. Seine Zunge glitt über ihre, bat darum, die Berührung zu erwidern. Es war eine beinah quälende Zärtlichkeit, unwiderstehlich, so warm und sanft wie ein Sonnenaufgang.

Ein kehliger Laut kam über Shannons Lippen, als sie Whips stumme Botschaft verstand. Er erklärte ihr ohne Worte, wie sehr er sie begehrte und wie behutsam er mit ihr umgehen würde, wenn sie sich ihm hingab.

Der Gedanke an ein solch zärtliches Liebesspiel ließ Shannon schwindlig werden. Ihre Finger gruben sich haltsuchend in Whips Arme, während ihre Knie unter ihr nachgaben.

»Whip?«

Shannons gedämpftes Flüstern war kaum zu verstehen. Whip war versucht, die Frage in ihrer Stimme zu überhören, tat es dann aber doch nicht. Trotz ihrer früheren Versicherung befürchtete er, daß es eher Angst als Leidenschaft war, die sie dazu brachte, seine Arme zu umklammern.

Widerstrebend hob Whip den Kopf und schaute hinab in Shannons verschleierte blaue Augen. Als sie weiter schwieg, kitzelte er mit seinem Schnurrbart ihren Mundwinkel.

Sie lächelte flüchtig und küßte den Rand seines Schnurrbarts. Whip schob seine Zungenspitze in den Winkel ihres Lächelns. Dann drang er ein paarmal vorsichtig zwischen ihre Lippen vor, schob die Zungenspitze sanft ein und aus, neckte sie und kostete von ihr, leicht, heiß.

Shannon gab erneut einen gepreßten Laut von sich und schauerte.

»Was ist los?« fragte er leise. »Hast du doch Angst vor mir?«

Sie schüttelte den Kopf. Dabei betrachtete sie Whips Mund, fragte sich, wie etwas, das so fest und beherrscht wirkte, sich an ihren Lippen so weich und so wild anfühlen konnte.

»Ich –« Shannon blinzelte und berührte ihren Mundwinkel mit der Zungenspitze. »Mir – ist schwindlig.«

Whips Lächeln war dunkel und unglaublich maskulin. Shannons Augen waren wie rauchiger Saphir, und feurige Zungen der Begierde leckten an ihm bei ihrem Anblick. Seine Augen wurden wie flüssiges Quecksilber, als er erneut beobachtete, wie sich Shannon über die Lippen leckte.

»Schwindlig«, wiederholte er rauchig.

Sie nickte und berührte unsicher ihre Lippen mit der Zungenspitze.

»Leg deine Arme um meinen Nacken und halt dich fest«, murmelte Whip. »Ich paß' schon auf, daß du nicht umfällst.«

Mit diesen Worten legte er sich Shannons Arme um den Hals. Dadurch stand sie plötzlich auf den Zehenspitzen und wurde an seinen Körper gedrückt. Sie holte leise und heftig Atem, ein Geräusch, das berauschend wie Whisky auf Whip wirkte.

»Jetzt können wir es richtig machen«, sagte er.

»Was?«

»Leck dir noch einmal über die Lippen, Honigmädchen. Dann zeige ich dir, was ich meine.«

Shannon zögerte und tat dann, was Whip verlangte.

Kaum hatte Shannons Zunge ihre Lippen berührt, da beugte sich Whip hinab und umfaßte ihren Mund mit dem seinen. Seine Zunge drängte sich in die feuchte Dunkelheit hinter ihren Zähnen und streichelte sie verführerisch. Er spürte ihr Zögern, dann den bebenden Druck ihrer Zunge, als sie seine geheime Zärtlichkeit erwiderte.

Whip stöhnte unterdrückt und preßte Shannon noch enger an sich. Seine Zunge begann einen schwülen Rhythmus des Eindringens und Zurückziehens, des Wiederkehrens und Rückzugs. Nach ein paar Augenblicken legten sich ihre Arme fester um seinen Nacken und hoben sie noch tiefer in den Kuß.

Ohne sich dessen bewußt zu sein öffnete Shannon ihren

Mund noch weiter. Sie wollte Whips Mund genau erforschen, von der Seidenglätte dicht hinter seinen Lippen bis zum Samt seiner Zunge. Hungrig kostete sie die heiße Dunkelheit, die sie so unerträglich anzog.

Die Welt drehte sich plötzlich um Whip, als Shannon seinen tiefen Kuß erwiderte. Seine Hände glitten langsam von ihren Schultern zu ihren Schenkeln. Mit weit ausgebreiteten Fingern maß er die weibliche Eleganz ihres Rückens, den großzügigen Schwung ihrer Hüften, den Sirenengesang ihres Busens, der mit jeder Bewegung seiner Hände fester an seine Brust gedrückt wurde.

Als Whip es sich nicht länger verwehren konnte, erlaubte er seinen Händen, an Shannons Rippen entlangzugleiten, bis seine Daumen sich unter ihrem Brustbein begegneten. Ohne weitere Warnung drehte er die Hände um und umfaßte zartes, festes Fleisch.

Ein kehliges Stöhnen kam über seine Lippen, als er entdeckte, daß Shannon unter ihren Männerkleidern sogar noch weiblichere Formen besaß, als er erwartet hatte. Ihre Weichheit füllte seine Hände.

Prüfend, liebkosend umkreisten seine Daumen Shannons empfindliche Brustwarzen. Sie erblühten so bereitwillig unter seiner Berührung, daß Whip wie als Antwort sinnliche Glut in seinen Lenden brennen fühlte. Sacht nahm er die Spitzen ihrer Brüste zwischen die Finger und drückte sie behutsam.

Shannon gab einen hohen Ton der Überraschung von sich, als wilde Begierde sie durchzuckte, ihren ganzen Körper spannte und sie sich verlangend an Whip drängte. Ihre Brustwarzen waren durch seine Berührung fest geworden, standen als harte Spitzen stolz unter ihrem alten Flanellhemd, drängten sich Whips Liebkosung entgegen, seinen Händen, seinem Mund, seiner Leidenschaft.

»Honigmädchen«, ächzte er. »Du könntest selbst einen Stein zum Brennen bringen, und ich bin alles andere als ein Stein.«

Noch bevor Shannon antworten konnte, nahm er ihren Mund wieder in Besitz. Seine Zunge drang tief zwischen ihre Zähne, während er über ihre Hüften strich und sie dann hochhob, um das weiche Nest zwischen ihren Schenkeln an sein hartes männliches Fleisch zu pressen, das sie erweckt hatte. Er rieb sie sinnlich über seine Erregung, während seine Zunge sich mit der ihren in einem drängenden, elementaren Rhythmus paarte.

Wilde Lust durchfuhr Shannon und erschütterte sie bis ins Innerste. Sie konnte kaum atmen, so fest klammerte sie sich an ihn. Er preßte sie dafür noch enger an sich, und immer noch konnte sie nicht nah genug an ihn herankommen. Ihr war schwindlig, und doch drückte sie ihren Mund immer fester auf Whips Lippen, von dem Bedürfnis getrieben, den Kuß noch mehr zu vertiefen, einem Bedürfnis, das sie nicht verstand.

Und dann drückte er ihre Hüften kräftig auf seine harte Männlichkeit.

Ein rauhes Ächzen kam aus Shannons Kehle, das Schmerz oder Angst oder auch Leidenschaft hätte bedeuten können, oder alle drei zusammen.

Plötzlich wurde Whip bewußt, daß er drauf und dran war, Shannons Mund zu verschlingen, daß er sie mit beiden Armen fast erdrückte und seine Hüften an ihr rieb, als würde er sie jetzt gleich und auf der Stelle nehmen – im Stehen, wie eine Hure in einer dunklen Gasse.

Schaudernd riß Whip sich von Shannons Mund los und lockerte seinen Griff. Dann ließ er sie langsam an seinem Körper abwärtsgleiten, bis sie auf dem Boden stand.

Sie gab einen fragenden Laut von sich und berührte ihre Lippen mit immer noch zitternden Fingern.

Unglücklich betrachtete Whip Shannons Gesicht. Unter den blutigen Flecken, die seine verletzten Hände auf ihrer Haut hinterlassen hatten, wirkte sie bleich. Ihre Augen waren geweitet, ihre Lippen weich, bebend, leicht geöffnet unter ihren heftigen Atemzügen. Sie schwankte, hielt sich schließlich unsicher an der Wand fest.

»Fehlt dir was?« fragte Whip besorgt.

Er wollte sanft sein, aber die Frage klang rauh, so rauh wie sein Puls, der immer noch in seinem Körper tobte.

Ich bin –« Shannon verstummte. »Mir ist schwindlig, wirr im Kopf. Ich kann kaum atmen und zittere, als wenn mir kalt wäre, aber an manchen Stellen brenne ich wie Feuer, und ich will – ich will – oh Gott, ich weiß nicht, was ich will! Was hast du mit mir gemacht, Whip?«

Er sah sie schweigend an, konnte kaum glauben, was er da hörte.

»Wie lange warst du verheiratet?« fragte er endlich.

»Was hat das – damit zu tun – wie ich mich fühle?«

Shannons keuchender Atem wirkte auf Whip wie Feuerzungen, die über seinen erregten Körper leckten und sein Verlangen zur Qual steigerten.

»Alles hat damit zu tun«, sagte Whip mit gepreßter Stimme. »Was du fühlst, ist Leidenschaft, Honigmädchen. Klar und wild und heißer als die Hölle.«

»Ich – das verstehe ich nicht.«

Er gab einen Laut von sich, der Gebet, Fluch oder beides hätte sein können.

»Dein Mann war wohl nicht der Typ, an den du dich in einer kalten Nacht eng ankuscheln konntest, wie?« stieß er zwischen zusammengebissenen Zähnen hervor.

»Silent John war kein – ich meine *ist* kein – warmherziger Mann.«

»Willst du damit etwa sagen, daß du bisher noch nie sexuelles Verlangen gespürt hast?«

»Das?« Shannon holte rauh Atem und sah Whip mit durchdringendem Blick an. »Das ist Verlangen?«

»Oh, verdammt«, flüsterte er schockiert. »Das ist dein Ernst, nicht wahr?«

Sie nickte.

»Naiv wie ein Hühnchen«, murmelte er. »Herrgott. Silent John muß im Bett so unterhaltsam wie eine Klapperschlange gewesen sein. Kein Wunder, daß es dir nichts ausmacht, Witwe zu sein – er war schon seit Jahren so gut wie tot für dich!«

Shannon hielt den Atem an, als sie seinen vorwurfsvollen Ton hörte. Sie schauderte und legte ihre Arme fest um den Körper.

Naiv wie ein Hühnchen.

Plötzlich verwandelte sich ihr Verlangen in Ärger.

Whip hat kein Recht, sich so überlegen aufzuführen, nur weil ich nicht so viel von Männern verstehe wie Clementine oder Betsy.

Aber das Thema würde Shannon nicht noch einmal erwähnen.

»Nenn mich nicht Witwe«, sagte sie gepreßt.

»Wieso? Es ist wahrscheinlich die Wahrheit, und das weißt du.«

»Aber wenn diese Wahrheit den Culpeppers zu Ohren kommt, wer beschützt mich dann, wenn du weg bist? Und du wirst bald weg sein, nicht wahr, Streuner?«

»Ja«, sagte Whip rauh, denn der Ärger und der distanzierte Unterton in Shannons Stimme verletzten ihn. »Ich werde eines Tages fortgehen. Aber nicht, solange ich nicht einen sicheren Platz für dich gefunden habe.«

»Solange ich Silent Johns Frau bin, bin ich hier sicher genug.«

»Das ist Quatsch, Shannon. Du bist seine Witwe, und für ein junges Mädchen allein ist es hier nicht sicher. Besonders wenn es so naiv ist wie du!«

»Die letzten sieben Jahre ist es ja auch gegangen.«

»Nur weil Silent John bei dir war«, gab Whip zurück. »Ohne ihn würdest du keine zwei Monate durchhalten.«

Shannon unterdrückte die hitzige Antwort, die ihr auf der

Zunge lag. Es würde nichts nützen, wenn sie Whip die Wahrheit sagte; im Gegenteil, es würde sogar einigen Schaden anrichten.

»Ich werde leben, wo es mir Spaß macht«, sagte sie.

»Allein? Das kannst du nicht.«

»Kann ich wohl!« erwiderte sie wild. »Und was geht es dich überhaupt an, wie ich lebe, Streuner? Du hast kein Recht, mich herumzukommandieren, als wären wir gesetzlich verbunden.«

Whip fand den Gedanken unerträglich, daß Shannon allein den Winter in der eisigen Wildnis von Echo Basin würde überstehen müssen, ganz auf sich selbst gestellt. Er schüttelte den Kopf und fuhr sich ärgerlich mit der Hand durchs Haar.

Seine Finger waren blutrot, weil Prettyface ihn bei der Verteidigung seiner naiven, sturen Herrin verletzt hatte.

Als Shannon Whips blutige Hände sah, verschwand ihr heißer, unerklärlicher Zorn auf ihn ganz plötzlich, hinterließ nur die Sorge um seine Wunden.

»Komm mit«, sagte Shannon und wandte sich ab. »Wenn ich noch ein Geheimnis mit dir teile, wird es schon nicht so schlimm sein.«

»Was?«

Wortlos ging sie zum Vorratsschrank. Sie öffnete die Tür, drückte gegen das mittlere Brett und trat in die Dunkelheit.

Einen Augenblick später war sie verschwunden.

Der warme, feuchte Duft der heißen Quelle kam zusammen mit Shannons Stimme aus der Öffnung.

»Silent John hat mich angewiesen, nie jemandem etwas von der heißen Quelle zu erzählen, aber ...«

Shannons Stimme verstummte. Licht flackerte auf, als sie ein Streichholz anstrich und eine Lampe damit anzündete. Ein warmes, gelbes Leuchten drang heraus zu Whip.

»Nun komm schon«, rief sie ungeduldig. »Silent John schwor auf ... *schwört* auf – die Heilkraft der Quelle, und deine Hände sehen übel zugerichtet aus.«

»Ich will verdammt sein«, sagte Whip überrascht und trat auf den Vorratsschrank zu. »Deswegen hat er also die Hütte direkt an den Berg gebaut.«

Shannon zuckte mit den Schultern. »Ich weiß nur, daß man in der heißen Quelle am einen Ende Fleisch kochen und Kleider und Geschirr sehr sauber waschen kann, und daß am anderen Ende die Wärme gerade richtig zum Baden ist. Ansonsten hält mir die heiße Quelle die schlimmste Kälte fern, wenn ich im Winter nicht zum Holzsammeln nach draußen kann.«

Shannon stellte die Laterne auf eine Holzkiste, in der früher Munition gewesen war. Das Licht verwandelte die zarten Dampfwölkchen in geisterhafte goldene Schleier.

Whip duckte sich tief, als er durch den Vorratsschrank stieg. Als er in der Höhle stand, sah er, daß sie durchaus hoch genug war, um aufrecht darin zu stehen. Das Laternenlicht ließ Spalten und Vertiefungen in der Wand wie Stücke Mitternacht wirken. Bis auf das leise, flüsternde Plätschern des Wassers war es ganz still in der Höhle.

Ein Metalltopf kratzte über Stein, als Shannon heißes Wasser für Whip schöpfte. Sie stellte den dampfenden Topf auf die Kiste neben die Laterne, holte ein Stück Seife aus einer kleinen Holzschachtel und trat zur Seite, um Platz für Whip zu machen.

Als er nicht näher kam, gab sie einen ärgerlichen Laut von sich.

»Du hast doch wohl keine Angst vor Höhlen, oder?«

»Nein, aber du solltest Angst haben.«

»Warum? Ich war schon tausendmal hier.«

»Nicht mit mir. Nicht wenn das Laternenlicht deine Brüste erkennen läßt und ich sehe, daß deine Brustwarzen immer noch hart und hungrig sind. Fühlst du das Verlangen, Honigmädchen?«

Shannon errötete bis zu den Haarwurzeln. Und ob sie Verlangen fühlte, und nicht nur in den Brüsten! Aber das würde sie Whip nicht sagen. Er hatte sich schon genug auf ihre Kosten amüsiert.

»Geh zur Hölle, Herumtreiber. Was ich spüre, geht dich gar nichts an.«

Die Frustration war Shannons Stimme deutlich anzuhören. Whip kannte den Grund, wußte, was man dagegen tun konnte, und was am schlimmsten war: Er wußte, daß die naive kleine Witwe die heißeste Frau sein würde, mit der er je das Bett geteilt hatte.

Gequält schloß Whip die Augen, weil er Shannon nicht mehr länger ansehen konnte, ohne sie auch zu berühren.

Und wenn er sie berührte, würde er sie nehmen.

Er wollte nicht, daß das geschah. Noch nicht. Nicht nachdem er gerade erst entdeckt hatte, wie naiv sie war. Sie jetzt zu verführen wäre, wie Fische in einem Faß zu fangen.

Er wollte, daß Shannon sich ihm hingab, wenn sie genau wußte, was sie tat, und nicht, weil ihre Urteilsfähigkeit dadurch beeinträchtigt war, daß sie zum erstenmal wirklich Lust gespürt hatte.

»Ich zähle bis drei«, sagte Whip mit rauher Stimme. »Wenn ich die Augen wieder aufmache, solltest du besser –«

»Aber –«

»In der Hütte sein, sonst reiße ich dir deine alten Kleider vom Leib und bringe dir alles über Männer, Frauen und Sex bei, was dir dein verdammter Ehemann schon längst hätte beibringen sollen.«

Shannon schnappte hörbar nach Luft, weil Whip so unverblümt sprach. Wenn seine blutenden Hände nicht gewesen wären, hätte sie die Laterne genommen und ihn allein im Dunkeln zurückgelassen.

»Deine Hände müssen behandelt werden«, sagte sie knapp.

»Dort drückt es mich lange nicht so wie zwischen den Beinen. Willst du dich darum auch kümmern?«

»Du bist ein dreister, elender, verfluchter –«

»Sieh zu, daß dein süßer Hintern verschwindet«, unterbrach Whip sie heftig, »oder ich tue etwas, das wir dann beide bereuen werden. *Eins!*«

Shannon war so versucht, das Wasser auf Whip zu schütten, daß sie schon die Hände fester um den Rand der Schüssel geschlossen hatte, bevor sie es recht bemerkte.

Dann kam die Vernunft zurück. So wütend sie auch sein mochte, es wäre eine klare Dummheit, einen so gefährlichen Mann wie Whip herauszufordern, vor allem, nachdem er sie eindeutig vorgewarnt hatte.

Mit einem leisen Fluch wich Shannon zurück.

»Zwei«, sagte Whip.

Er wartete eine Weile, bevor er die nächste Zahl sagte, horchte bewegungslos, hörte aber nur das leise Plätschern des Wassers.

»Drei.«

Whip öffnete die Augen und stellte fest, daß Shannon verschwunden war.

Verdammt. Ich hatte doch gehofft, sie würde die Nerven verlieren und das Wasser auf mich schütten. Ich hätte wirklich große Lust gehabt, mich mit ihren Kleidern abzutrocknen. Stück für Stück.

Und es wäre ein noch größeres Vergnügen gewesen, sie ebenfalls ins Wasser zu tauchen.

Whip holte tief Atem und versuchte, sich zu beruhigen.

Es ist besser so, sie ist zu naiv.

Whip wiederholte sich den Satz immer wieder, aber es nützte nichts, er begehrte Shannon immer noch unvermindert heftig.

Er tauchte die Hände ins heiße Wasser und hoffte, der Schmerz würde seine wilde Lust bezähmen.

Es half nichts.

Während Whip die Bißwunden fluchend einseifte, dachte er daran, was Jessi, Wolfes Frau, ihm über die Reinhaltung von

Wunden erklärt hatte, damit sie schnell heilten. Im stillen fragte er sich, ob die Seife auch gegen seine brennende Begierde helfen würde.

Irgendwie habe ich da meine Zweifel, dachte Whip finster.

Und das zu Recht.

8. KAPITEL

Den Rest des Tages gingen Shannon und Whip so höflich miteinander um wie wohlerzogene Fremde. Sie kochte für ihn, er spaltete Holz und ersetzte einen morschen Balken in der Hüttenwand. Sie wusch seine Kleider, er band das alte Maultier auf einem frischen Stück Wiese an und fing sechs Forellen zum Abendessen. Sie flickte seine Kleider, er begann ein Stück Leder für Mokassins für sie zu gerben.

Das Thema Leidenschaft und naive Hühnchen wurde nicht mehr angesprochen. Auch Tod und Silent John oder Witwen und Sicherheit wurden nicht mehr diskutiert. Das Wetter war das gängigste Gesprächsthema.

Nur Prettyface fühlte sich offensichtlich glücklich. Er ließ sich von Whip und Shannon gleichermaßen streicheln und betrachtete sei beide als Ansprechpartner für zu öffnende Türen und Balgereien in der Wiese.

Shannon hätte eigentlich froh sein müssen, daß Prettyface Whip akzeptierte. Aber irgendwie nagte plötzlich die Sorge an ihr, ob der Hund sie jetzt wohl mit Whip zusammen verlassen würde.

Am folgenden Morgen schlief Shannon länger als sonst. Sie hatte eine ruhelose, traumerfüllte Nacht hinter sich, voller Sehnsüchte, die sie nicht in Worte fassen konnte. Sie erwachte bei vertrauten Geräuschen. Whip spaltete Holz.

»Gut«, flüsterte Shannon. »Da kann er seine schlechte

Laune am Holz auslassen statt an mir. Was habe ich ihm nur getan?«

Sinnliche Erinnerungen leckten mit Feuerzungen an Shannon. Ihre Brustwarzen zogen sich lustvoll zusammen.

O nein, warum hört das bloß nicht auf?

Shannon sprang hastig aus dem Bett, als hätte es Feuer gefangen. Aber es war nicht das Bett, es war ihr Körper.

Kein Wunder, daß Whip das Holz so malträtiert. Ihm ist wahrscheinlich ähnlich zumute wie mir.

Eilig ging Shannon daran, Frühstück zu machen. Als alles fertig war, trat sie ans Fenster, öffnete den Fensterladen und ließ sich von der kühlen Luft umspülen.

Auf den ersten Blick sah sie, daß Whip seit Tagesanbruch schon eine eindrucksvolle Menge Holz gespalten hatte. Eigentlich hatte Shannon auch zu jener Zeit aufstehen wollen, aber ihre hitzigen Träume hatten sie zurück in den Schlaf gelockt.

Mit einem Hunger, den sie nicht verstand, betrachtete Shannon die geschmeidige Kraft von Whips Körper bei der Arbeit. Er blickte nicht einmal auf, um sie am Fenster stehen zu sehen. Er arbeitete einfach weiter, als wäre seine Kraft unbegrenzt.

»Wenn er so weitermacht, gehe ich bald im Holz unter«, murmelte Shannon vor sich hin.

Als ihr klar wurde, daß ihr ruheloser Zustand nur schlimmer wurde, wenn sie Whip beobachtete, wandte sie sich vom Fenster ab.

»Auf diese Art werden seine Hände nie heilen.«

Shannon runzelte die Stirn. Über dieses Thema hatte Whip ebenfalls nicht reden wollen. Als sie ihn einmal darauf ansprach, hatte er einfach von etwas anderem angefangen.

Vom Wetter natürlich.

Shannon seufzte. Sie hatte sich seit dem Tod ihrer Mutter nicht mehr so allein gefühlt. Erstaunlicherweise war ihr Echo Basin bisher nie einsam vorgekommen, aber wenn sie daran dachte, wie angenehm es gewesen war, die vergangenen Tage mit Whip zu verbringen, erschien ihr die augenblickliche Distanz zu ihm besonders bedrückend.

Ohne Vorwarnung erinnerte sie sich plötzlich lebhaft daran, was es für ein Gefühl gewesen war, von Whip geküßt und gestreichelt zu werden. Sinnliche Glut breitete sich bei diesem Gedanken in ihrem Inneren aus, und sie hoffte plötzlich, daß Whip, wenn er seinen Ärger überwunden hatte, sie noch einmal küssen und berühren würde und …

»Was denkst du, Prettyface, wird Whips schlechte Laune so lange halten wie das Holz?«

Prettyface gähnte.

»Du hast recht. Der wird länger grollen, als er braucht, um den ganzen blöden Wald niederzumachen.«

»Worauf du dich verlassen kannst!«

Shannon zuckte zusammen, als Whips Stimme direkt hinter ihr am offenen Fenster ertönte. Sie errötete, während sie sich hastig umdrehte, weil sie laut gedacht hatte.

Whip stand da, die verschränkten Arme aufs Fensterbrett gestützt, und lächelte ihr zu. Dann lachte er.

Shannons antwortendes Lächeln war schön wie ein unerwarteter Sonnenaufgang.

Honigmädchen, lächle mich nicht so an, meine ganzen guten Vorsätze werden damit zunichte gemacht.

»Heißt das, du hast mir verziehen?« fragte Whip leise, obwohl er wußte, daß er es besser hätte lassen sollen.

»Dir verziehen? Was?«

»Daß ich Prettyface bessere Manieren beigebracht und dann meine eigenen vergessen habe.«

»Ich war nicht böse wegen Prettyface.«

»Sah aber ganz danach aus. Immerhin hattest du ein geladenes, entsichertes Gewehr auf mich gerichtet.«

Zuerst glaubte Shannon, Whip wollte sie frotzeln. Doch seine Augen waren ernst. Plötzlich wurde sie ärgerlich.

»Ich wollte Prettyface erschießen«, sagte sie hart.

Whip wirkte schockiert. »Was?«

»Ich dachte, er würde dich umbringen. Du hast dich nicht bewegt... und das viele Blut... und es sah aus, als hätte er dich in die Kehle gebissen.«

Der Schreck jenes Augenblicks war ihr noch zu deutlich in Erinnerung. Sie wandte Whip den Rücken zu.

»Und da habe ich das Gewehr geholt«, fügte sie barsch hinzu.

»Um mir das Leben zu retten?«

»Du brauchst dich gar nicht so entsetzt anzuhören«, stieß Shannon zwischen den Zähnen hervor.

Aber Whip war entsetzt. Er wußte, wie sehr Shannon ihren gefährlichen Köter liebte. Er wußte auch, wie sehr sie von Prettyface abhängig war, um Schutz und Gesellschaft zu haben.

Und doch wäre sie bereit gewesen, Prettyface zu töten, um einen Mann zu retten, der ihr keine Versprechungen gemacht hatte.

»Ich verstehe«, sagte Whip.

»Ach ja? Mal was Neues.« Der Zorn in ihrer Stimme überraschte selbst sie.

»Entschuldige«, murmelte sie. »Ich weiß auch nicht, wieso ich in den letzten Tagen so gereizt bin.«

»Ich weiß es aber. So geht es einem, wenn man jemanden begehrt und dann doch allein ins Bett gehen muß.«

»Dann ist es ja ein Wunder, daß so viele Paare die Wartezeit bis zur Hochzeit überleben«, gab Shannon zurück.

Whip versuchte, nicht zu lachen, was ihm mißlang.

Er versuchte auch, das Feuer in Shannons Haar nicht zu berühren, was ihm genauso mißlang. Langsam streckte er seine Hand durchs offene Fenster herein und strich zwischen den Zöpfen vom Hinterkopf bis zu ihrem anmutigen Nacken hinunter.

Shannon erschauerte.

»Wir werden es überleben, Honigmädchen.«

»Und zwar deswegen, weil Herumtreiber keine naiven, verwitweten Hühnchen heiraten«, erwiderte Shannon knapp und wich einen Schritt zurück, so daß Whip sie nicht mehr erreichen konnte. »Komm rein, wenn du soweit bist. Die Brötchen sind fast fertig.«

Während Whip sich die Hände wusch, warf Shannon einen Blick in den Vorratsschrank. Womit sie allein monatelang ausgekommen wäre, verschwand jetzt unglaublich schnell.

Herr im Himmel, der Mann ißt für drei. Er arbeitet allerdings auch für sechs.

Sie biß sich auf die Unterlippe. Whip versorgte sie mit Fleisch und Fisch, und sie sammelte wildes Gemüse, aber Mehl konnte man nicht im Wald jagen oder auf der Wiese sammeln. Ebenso Bohnen, Äpfel, Reis, Salz und andere Notwendigkeiten. Ganz zu schweigen von Luxusartikeln wie Kaffee und Zimt.

»Ich muß nach Holler Creek gehen und mehr kaufen«, murmelte Shannon und machte den Schrank zu.

Klar. Und wie willst du das bezahlen?

Sie dachte an ihre kümmerlichen Ersparnisse, die sie in einer Nische der Höhle versteckt hatte, Silent Johns letztes Gold. Wenn sie das ausgegeben hatte, würde sie wieder genau da stehen, wo sie mit dreizehn gestanden hatte – ohne einen Heller und allein auf der Welt.

Nein, das Gold rühre ich nicht an. So schlimm ist es noch nicht.

Aber sie befürchtete, daß es schon bald soweit sein würde. Und dann war sie auf ihre Fähigkeit angewiesen, selbst Gold aus den widerspenstigen Felsen zu schlagen. Aber damit hatte sie bisher noch weniger Glück gehabt als beim Jagen.

Als Shannon sich mit einer energischen Bewegung von den leeren Regalen des Schranks abwandte, bemerkte sie erst, daß

Whip nur ein paar Schritte hinter ihr stand und sie mit quecksilbrigem Blick beobachtete.

»Ich hole morgen wieder Vorräte aus Holler Creek«, sagte Whip.

»Nein, danke. Du hast mir schon jetzt zuviel gegeben.«

»Ich habe es auch fast alles selbst aufgegessen.«

»Wessen Feuerholz hackst du?« fragte Shannon milde. »Wessen Hütte reparierst du und wessen Maultier ist beschlagen worden? Ich sollte dir Lohn zahlen.«

»Ich verdiene mir damit ja kaum mein Auskommen.«

»Doch, und eine Menge mehr. Du arbeitest ununterbrochen.«

»Ich mag Arbeit.«

»Ich werde eine Möglichkeit finden, dich zu bezahlen.«

»Ich werde aber kein Geld von dir nehmen.«

»Aber du hast es dir *verdient*«, sagte sie nachdrücklich.

»Nein.«

Dieses eine Wort gab Shannon das Gefühl, als renne sie gegen eine Granitmauer an.

»Du bist genauso stur wie das Maultier«, sagte sie.

»Vielen Dank. Das habe ich auch schon öfter von dir gedacht. Aber dich übertreffe ich an Sturheit noch allemal, kleine Witwe, darauf kannst du dich verlassen.«

»Nein, Streuner. Das einzige, worauf ich mich bei dir *verlassen* kann, ist, daß ich eines Tages aufwache und du fort sein wirst. Vielleicht wirst du mich an Sturheit bis dahin übertreffen, aber das bezweifle ich.«

Ohne ein weiteres Wort machte sich Shannon daran, das Frühstück aufzutragen. Er sah ihr zu mit Blicken, die grau und hart wie Metall wirkten.

Erst als sie beide etwas gegessen und Kaffee getrunken hatten, war Shannon wieder nach Sprechen zumute.

»Was für Arbeiten hast du schon gemacht, seit du ein Streuner bist?« fragte sie.

Whips Lippen wurden schmal bei dem Wort »Streuner«. Er wußte nicht, wieso ihn die Bezeichnung aus ihrem Mund so störte. Aber es war eindeutig so.

»Vorarbeiter, Matrose, Lehrer, Wächter, Jackaroo«, sagte er knapp. »Ich habe so ziemlich alles schon mal gemacht.«

»Was ist ein Jackaroo?«

»Ein australischer Kuhtreiber.«

»Aha.« Shannon runzelte die Stirn. »Hast du schon mal Gold gesucht?«

»Hier und da.«

»Und welches gefunden?«

Whip zuckte mit den Schultern. »Hier und da.«

»Aber nicht genug, um dir deinen Anteil an einem Claim zu sichern?«

»Claims sind wie Ehefrauen. Sie binden einen.«

»Du meinst, du hast ein Goldfeld zurückgelassen, nur weil du dich dadurch gebunden gefühlt hättest?«

»Ja«, sagte er bestimmt.

Sie schluckte. »Ich verstehe.«

»Ach ja?« fragte Whip in Erinnerung an ihre früheren Worte.

»Allerdings. Du würdest fortgehen von Heim, Familie, Freunden, Gold, Land, was auch immer. Und wofür, Streuner? Was ist mehr wert als alles das zusammen?«

»Der Sonnenaufgang, den ich noch nie gesehen habe«, erwiderte Whip brüsk. »Für mich gibt es nichts Schöneres und Bezwingenderes.«

Shannon hätte Whip am liebsten geschüttelt, doch das hätte nichts genützt. Er war eben so.

Und sie hatte eben eine Tatsache erkannt, die ihr noch das Herz brechen würde.

»Liebe ist bezwingbar«, flüsterte sie. »Liebe ist wie die Sonne, die die Dunkelheit durchdringt… immer hell, immer schön.«

Whip wollte ihr widersprechen, aber Shannons Lächeln hielt ihn davon ab. Es war eines der traurigsten Dinge, die er je gesehen hatte, quälend wie der Kummer in ihren Augen, ihrer Stimme, ihrem Atem.

»Und wie die Sonne«, fuhr Shannon leise fort, »ist auch die Liebe immer außerhalb unserer Reichweite. Man kann sie genausowenig fangen und halten wie das Sonnenlicht. Die Liebe berührt dich, nicht du sie.«

Whip rutschte unbehaglich auf seinem Stuhl hin und her und griff noch einmal nach den Brötchen.

»Mag sein, daß es für dich so ist«, sagte er trocken, weil er schon wieder nicht wußte, weshalb er gereizt war. »Für mich ist die Liebe ein Käfig.«

»Niemand kann einen Käfig aus Licht bauen.«

Whip unterdrückte einen Fluch und trank einen Schluck zu heißen Kaffee.

»Was ist mit dir?« fragte er dann. »Was willst du? Liebe?«

»Ich weiß es nicht.«

»Du meinst, du hast keine Träume?« fragte er hart.

»Träume?«

Shannons kurzes Lachen lehrte Whip, was Kummer wirklich war. Er kämpfte gegen das Gefühl an, in ihrer Haut zu stecken, ihren Schmerz zu fühlen, als wäre es sein eigener.

»Früher habe ich mal von einem Heim geträumt«, sagte Shanon. »Von einem Garten, Kindern und vor allem von einem Mann, der mich innig lieben würde.«

Shannons Stimme verstummte.

Whip wollte das Thema nicht weiterverfolgen, aber er konnte nicht anders.

»Früher hast du davon geträumt, jetzt nicht mehr?«

»Nein, jetzt nicht mehr.«

»Warum nicht? Du kannst immer noch die Erfüllung deiner Träume finden, Shannon. Eine Menge guter, aufrechter Männer würde nichts lieber tun, als eine hübsche junge Witwe wie dich zu heiraten.«

»Mich heiraten?«

Shannon lachte, doch es schwang kein Humor darin mit. Und auch keine Traurigkeit, sondern ganz einfach eine Akzeptanz dessen, was war und was nicht war.

»All jene *guten, aufrechten Männer*«, sagte sie ironisch, »wollen dasselbe von mir, das auch ein gewisser Streuner will, und –«

»Nur weil ich mich nicht binden will an –«

»– ein Heim, ein Garten und Liebe haben verdammt wenig mit dem zu tun, was die Männer wollen«, fuhr Shannon unbeirrt fort. »Die Kinder wollen sie übrigens auch nicht, aber so sicher wie die Sünde haben sie nichts dagegen, es der hübschen jungen Witwe zu überlassen, ihre Sprößlinge aufzuziehen.«

Whips Wangen röteten sich leicht in seinem braunen Gesicht.

»Ich habe dir schon gesagt, daß ich nie irgendwelche Kinder hinterlassen habe«, sagte er fest.

»Was hat das denn damit zu tun?« fragte Shannon und hob die Augenbrauen. »Wir reden von *guten, aufrechten Männern*, die froh wären, eine hübsche junge Witwe wie mich zu heiraten. Daß du nicht zu dieser Sorte gehörst, wissen wir doch schon, Streuner.«

»Ich würde einen verdammt schlechten Ehemann abgeben!«

»Streite ich mit dir?« fragte sie sanft.

Whip öffnete den Mund und schloß ihn dann wieder mit hörbar aufeinandertreffenden Zähnen.

»Nein«, sagte er hart.

»Also, warum schreist du mich dann an?«

»Ich schreie dich nicht an.«

»Da bin ich aber erleichtert. Ich kann es nämlich nicht ertragen, wenn man mich anschreit.«

Whip warf Shannon einen beißenden, grauen Blick zu, aber sie schien zu sehr mit ihrem Schinken beschäftigt, um es zu bemerken.

»Also«, sagte sie dann und kaute nachdenklich. »Wo waren wir stehengeblieben? Ach ja, wir streiten uns nicht über die Tatsache, daß wir es beide nicht eilig haben zu heiraten.«

»Für mich ist es völlig in Ordnung, wenn ich allein bin«, sagte Whip finster. »Bei dir ist das etwas anderes.«

»Ach wirklich? Warum?«

»Weil du allein nicht zurechtkommst, und das weißt du verdammt gut!«

»Oh, prima, noch ein Thema, um sich nicht deswegen anzuschreien. Gib mir doch bitte die Marmelade. Und haben wir nicht überhaupt wunderbares Wetter heute?«

Whip fluchte tonlos.

Shannon tat, als hätte sie nichts bemerkt. Sie streckte die Hand nach der Marmelade aus, dicht an Whip vorbei, und begann, sie auf ihr Brötchen zu streichen.

»Ist dir Graupel oder Schnee lieber?« fragte sie.

»Shannon –«

»Ich weiß«, unterbrach sie ihn. »Schwer zu sagen. Wie ist es mit Hagel? Meinst du, wir könnten es schaffen, uns deswegen nicht anzuschreien?«

»Bezweifle ich«, gab er zurück. »Ich würde allerdings nicht streiten, wenn du mir noch eine Tasse Kaffee einschenken könntest.«

Shannon verbarg ihr Lächeln, indem sie sich zum Ofen umdrehte und nach der Kaffeekanne griff. Sie drehte sich anmutig wieder um und sah überraschend einen Ausdruck von purem Hunger in Whips auf ihre Brüste gerichtetem Blick. Einen Moment später war der Ausdruck verschwunden.

Schweigend hielt ihr Whip seine Kaffeetasse hin. Genauso schweigend goß Shannon ihm Kaffee ein und stellte die Kanne zurück auf den Ofen.

»Wie wäre es mit der Hälfte von allem, was du auf Silent Johns Claims findest?« fragte Shannon. »Würdest du darüber auch schimpfen?«

Die Tasse hielt einen Zentimeter vor Whips Schnurrbart inne.

»Was?« fragte er.

»Silent John hatte – *hat* – mehrere Claims am Avalanche Creek.«

Whip zuckte mit den Schultern.

»Er hat dort Gold geschürft, um die Nahrung zu kaufen, die er nicht mit Jagen beschaffen konnte«, erklärte sie.

»Ach, wirklich?« meinte Whip trocken.

»Ja, Streuner, so ist es.«

»Ich heiße Whip«, sagte er schließlich, verärgert über den Spitznamen.

»Warum ärgert es dich so, wenn ich dich Streuner nenne? Das bist du doch schließlich, nicht? Ich ärgere mich ja auch nicht, wenn du mich Witwe nennst, und du kannst noch nicht mal sicher sein, daß ich eine bin.«

Whip wollte erst widersprechen, gab es dann aber auf und konzentrierte sich statt dessen für ein paar Minuten auf seinen Kaffee und sein Brötchen.

Shannon hätte ihn am liebsten noch weiter aufgezogen, die Versuchung war beinah unwiderstehlich. Sie schwieg stirnrunzelnd.

»Meine kleine Schwester Willow hat es auch immer so gemacht«, sagte Whip. »Meine Brüder und ich waren der Überzeugung, daß Mütter es ihren Töchtern wohl zusammen mit dem Rezept für gute Brötchen beibringen.«

»Was meinst du mit ›es‹?«

»Wie ihr Männer mit Worten festnagelt.«

Shannon konnte sich ein Lächeln nicht verkneifen.

»Aber wir revanchieren uns dafür«, sagte Whip gedehnt.

»Ach ja? Wie denn?«

Whip lächelte nur.

»Erzähl mir Genaueres über diese Goldfelder, Honigmädchen.«

»Da gibt es nicht viel zu erzählen.«

»Zum Beispiel könntest du damit anfangen, mir zu sagen, wo sie sind«, schlug er trocken vor.

»Ganz oben am Avalanche Creek, an der östlichen Gabelung.«

Whip knurrte. »So ziemlich die rauheste Gegend, die ich kenne.«

»Amen«, erwiderte Shannon. »Mir wird's jedesmal schwindelig, wenn ich da oben bin, und ich habe Angst, abzustürzen.«

»Du hast in einer so gefährlichen Gegend überhaupt nichts zu suchen!«

Shannon reagierte nicht auf Whips Worte. »Im zweiten Sommer, als ich hier war, hat da oben ein Grizzlybär ein Maultier gerissen. Danach ist Silent John immer zu Fuß hochgegangen.«

»Warst du auch dabei?«

»Manchmal. Manchmal bin ich auch hiergeblieben. Ich wußte fast nie, was mich am nächsten Tag erwartete. So hatte es Silent John geplant, denn er meinte immer, ein Jäger kann keine Beute jagen, deren Bewegungen unberechenbar sind.«

»Vorsichtiger Mann. Hatte er noch andere Arbeit außer der Goldsuche?« fragte Whip, den es interessierte, ob Shannon wußte, daß Silent John Kopfgeldjäger gewesen war.

»Nein.«

»Er fand nicht viel Gold, obwohl er so oft weg war, oder?«

»Wir brauchten nie zu hungern.«

»Hat er nicht gelegentlich für andere gearbeitet, wenn die Goldfelder gerade nichts hergaben?« bohrte Whip unauffällig.

»Silent John? Wohl kaum. Er haßte Gesellschaft. Und wer hätte ihn auch schon angestellt? Er war drahtig, aber nicht gerade ein starker Mann. Und er war auch ziemlich alt.«

»Es gibt schließlich auch Jobs, für die man nicht viel Kraft braucht«, sagte Whip trocken.

Shannon runzelte die Stirn. »Silent John hätte zum Verkäufer oder so etwas nicht getaugt. Er konnte einfach nicht gut mit Leuten umgehen.«

Whip betrachtete ihren klaren, unschuldigen Blick und begriff, daß sie nicht die leiseste Ahnung hatte, daß sie die Witwe eines der gefürchtetsten Kopfgeldjäger von Colorado war.

Whip entschied, das Thema zu wechseln. »Welcher von den Claims war denn der beste?«

»Rifle Sight.«

»Und welcher ist das?«

»Der oberste«, sagte Shannon. »Ganz oben an einer Felswand, in einer Rinne, die kaum breiter ist als die Kimme beim Gewehr und am Ausgang steil in die Tiefe abfällt.«

»Also Arbeit mit der Hacke am Felsen?«

Shannon nickte.

»Verdammt«, sagte Whip. »Tunnel?«

»Nur einer.«

»Einer zuviel.« Er verzog das Gesicht. »Nachdem ich Reno letztes Jahr aus einem Erdrutsch ausgegraben habe, stehe ich nicht mehr besonders auf Tunnel und Minen. Was ist mit den anderen Claims?«

»Der eine liegt an einem Hang, wo es jetzt noch Lawinen geben könnte, der andere ist kalt und naß, ein elendes Loch, in dem sich das Regenwasser sammelt.«

»Silent John war kein Mann der Bequemlichkeit, wie?«

»Hat er nie drüber geredet.«

Whip knurrte und dachte nach. »Klingt alles nicht besonders verlockend. Aber andererseits, wenn mir die Goldgräberei gefallen würde, wäre ich vor Jahren im Westen bei Reno geblieben und nicht nach China gegangen. Gibt es am Rifle Sight Gras für Pferde?«

»Ja, eine Wiese einen halben Kilometer unterhalb.«

Whip brummte. »Grizzlys?«

»Dort oben ist das andere Maultier gerissen worden.«

»Ich glaube, damit wird Sugarfoot kein Problem haben.«

»Sugarfoot?«

»Mein Wallach«, sagte Whip abwesend. »Er ist zu spät kastriert worden, deswegen hält er sich immer noch für den König der Berge.«

Shannon wartete, während Whip nachdenklich über seine Kaffeetasse in unsichtbare Weiten starrte. Sie betrachtete ihn dabei, prägte sich die Form seiner blonden, geschwungenen Augenbrauen ein, den Schnitt seiner Augen, der an eine Katze erinnerte, und die glatten Flächen seiner Wangen. Sein Schnurrbart glänzte wie Sonnenlicht, und die Feuchtigkeit des Kaffees schimmerte auf seinen Lippen.

»Woran denkst du?« fragte Whip leise.

»Daß ich gern den Kaffee von deinen Lippen ablecken würde.« Shannon errötete beim Klang ihrer eigenen Worte.

Whip atmete mit einem Geräusch aus, das fast nach einem Fluch klang.

»Gefährliche Worte, Honigmädchen.«

»Ich... tut mir leid. Bis ich es gesagt hatte, war mir nicht klar, wie es klingen würde.«

»Gib mir die Hand«, sagte Whip sanft.

Zögernd hielt ihm Shannon die Hand hin. Er drehte sie um und schnupperte an ihrer Handfläche.

»Balsamminze«, sagte er rauchig. »Mein Gott, wenn ich sterbe, werde ich mich noch an deinen süßen Duft erinnern.«

Whip hielt Shannons Handfläche an seinen Schnurrbart und rieb ihn weich an ihrer Haut.

»Ich würde dir den Kuß geben, den wir beide wollen«, sagte er und berührte ihre Haut mit der Zunge. »Aber wenn ich jetzt spüre, wie sich dein Mund unter meinem öffnet...«

Langsam und eingehend kostete Whip Shannons Handfläche.

»Wenn ich deinen Mund spüren würde«, sagte er tief und leise, »würde ich auch anfangen, Kleider aufzuknöpfen.«

Er biß sie sacht, fühlte, wie sie bebte, hörte, wie sie vor Überraschung und Leidenschaft nach Luft schnappte.

Whip sah auf und in Shannons Augen.

»Würde dir das gefallen, Honigmädchen?«

»Ich... ich...«

»Du weißt es nicht?«

»Ich kann nicht denken, wenn du mich berührst«, sagte sie rauh. »Und wenn du mich nicht berührst, kann ich immer nur daran denken, wie deine nächste Berührung sein wird.«

Whip erschauerte und griff Shannons Hand fester. Er ließ seine Zunge mit einem hitzigen, weichen Rhythmus zwischen zwei ihrer Finger auf- und abgleiten.

»Deine Offenheit verbrennt mich«, sagte Whip an Shannons Haut. »Wenn du auch so brennst, komm zu mir. Ich warte, so lange ich kann.«

»Und dann gehst du fort?« flüsterte sie unglücklich.

»Nein, Honigmädchen. Dann komme ich zu dir.«

9. KAPITEL

»Ich meine immer noch, wir sollten teilen, wenn wir Gold finden«, sagte Shannon störrisch über ihre Schulter zurück.

Razorback kletterte unter ihr in erstaunlich zügigem Tempo den steilen Wildpfad hinauf, der in die Ostgabelung des Avalanche Creek führte. Hinter ihr saß Whip entspannt auf seinem großen, grauen Wallach und folgte ihr zu Silent Johns abgelegenen Claims.

»Whip?«

Whip achtete nicht auf Shannon, sondern sah sich über die Schulter nach dem Packpferd um, das mit zunehmender Steigung immer langsamer geworden war. Und sie hatten schon eine große Steigung zurückgelegt, denn die Ostgabel des Avalanche Creek führte im Zickzack verdammt hoch hinauf.

»Bist du auf den Mund gefallen?« sagte sie so leise, daß Whip es nicht hören sollte. »Man müßte dich am Zügel führen, beschlagen und als Maultier einsetzen.«

Doch er antwortete mit tiefer Stimme: »Wann immer du mich reiten willst, bist du mir herzlich willkommen.«

»Du hast sogar die langen Ohren eines Maultiers«, gab sie zurück.

Whip sah, wie Shannons helle Wangen erröteten, und lachte laut. »Es ist wirklich köstlich, dich aufzuziehen«, sagte er. »Man könnte direkt betrunken von dir werden.«

»Das liegt an der großen Höhe.«

»Nein, Honigmädchen, das liegt an dir.«

Shannon schüttelte heftig den Kopf, aber ihre Augen glitzerten. Whips sanfte, sinnliche Art sie zu necken überraschte sie immer wieder.

»Ich weiß nie, wann ich dich ernst nehmen soll«, sagte sie und seufzte. »Du bist der erste Mann, den ich kenne, der noch etwas anderes im Kopf hat als immer nur Gold, Raufen oder …«

Es war schon zu spät, als Shannon bemerkte, zu welchem Thema ihre Worte führten.

»Sex?« fragte Whip trocken.

Sie nickte.

»Oh, den habe ich ständig im Kopf«, versicherte er ihr.

»Du hast eine seltsame Art, das zu zeigen«, murmelte sie.

Er lächelte breit. »Es ist dir also aufgefallen?«

»Was?«

»Daß ich dich seit dem Frühstück vor zwei Tagen nicht mehr berührt habe.«

»Also warum sollte mir so etwas wohl auffallen?« gab sie kühl zurück.

Whips Lachen war genauso dunkel und männlich wie sein Lächeln.

»Brennst du schon, Honigmädchen?«

»Ich weiß nicht, wovon du sprichst.«

»Das weiß ich. Darum habe ich dich ja nicht mehr berührt.«

Shannon biß sich auf die Lippe. »Wie soll ich meine Naivität verlieren, wenn du mich nicht berührst?«

»Gute Frage. Wenn dir eine Antwort einfällt, sag sie mir. Ich werd's mir auch überlegen.«

Sie gab einen verärgerten Laut von sich und wandte sich wieder nach vorn.

Prettyface wartete etwas oberhalb an einer Gabelung des Pfades. Auf der einen Seite ging es hinüber zu dem Gebiet, wo noch die Lawinen des Winters lagen. Auf der anderen zum Rifle Sight Claim, an einer Stelle vorbei, die Silent John Grizzly-Wiese nannte.

»Nach rechts, Prettyface«, rief Shannon und winkte.

Der große Hund trottete brav in die gezeigte Richtung.

Shannon sah sich um, weil sie wissen wollte, ob Whip auch vom vorbildlichen Benehmen des Hundes angemessen beeindruckt war. Aber Whip schaute durch eine Lücke zwischen den Bäumen bergab. Seine Aufmerksamkeit war beinah spürbar.

»Whip?«

Er brachte sie mit einer abrupten Handbewegung zum Schweigen.

Shannon wartete voller Unbehagen, denn sie sah nichts als Bäume, die sich sanft in der Brise wiegten.

Nach einer Minute wandte sich Whip wieder Shannon zu. »Es ist nichts«, sagte er. »Wahrscheinlich nur ein erschreckter Vogel. Indianer haben keinen Grund, so hoch hier heraufzukommen, und Gauner sind zu faul.«

»Grizzly?«

»Würde mich nicht überraschen. Wir sind schließlich auf

einem Wildpfad. Dem könnte ein Bär auch folgen. Sie verlassen den Pfad nicht, wenn sie nicht müssen, außer es ist Beerenzeit, dann gehen sie durch die Hölle, um ein appetitliches Beerendickicht zu erreichen.«

Shannon sah sich um. Fichten, Tannen und Pappeln wuchsen dicht an dicht, so daß es keinen weiten Ausblick gab. Vor ihnen wurden die Bäume lichter, was bedeutete, daß sie sich der Grizzly-Wiese näherten. Die Wiese mit ihren Büschen und kleinen Bäumen war die höchstgelegene Weide des Wilds. Danach ging der Pflanzenwuchs immer weiter zurück. Bis schließlich nur noch die nackten Felsen blieben.

»Hast du irgendwelche Anzeichen von Grizzlys gesehen?« fragte Shannon mit Unbehagen.

»Sieh dir den Baum da rechts an.«

Shannon betrachtete die Fichte und fand nichts als ein Stück abgerissene Rinde über der Höhe ihres Kopfes.

»Meinst du den Riß da?«

Whip nickte.

»Aber der ist doch fast zwei Meter fünfzig über dem Boden«, wandte Shannon ein.

»Eher drei.«

»Was hat das mit den Grizzlys zu tun?«

»Silent John hat dir wohl nicht sehr viel beigebracht.«

»Nein. Was ich weiß, weiß ich aus Büchern, die er mir dann und wann mitgebracht hat – *mitbringt* –, damit ich ihn nicht mit meinem Schwatzen langweile.«

»Wenn ein männlicher Bär sein Revier markiert«, sagte Whip, »stellt er sich auf die Hinterbeine und kratzt, so hoch er kann, Bäume an.«

»Warum?«

»Ein alter Fallensteller hat behauptet, damit würden sie andere Bärenmänner warnen. Wenn ein vorbeikommender fremder Bär den Kratzer nicht erreichen kann, verschwindet er so schnell und unauffällig wie möglich.«

Shannon betrachtete den Kratzer am Baum und versuchte, sich nicht zu genau vorzustellen, wie riesig der Bär gewesen sein mußte, der ihn dort hinterlassen hatte.

»Wenn ich die Markierung richtig einschätze«, fügte Whip hinzu, »ist der Grizzly, der seinen Claim diesen Sommer hier abgesteckt hat, nicht von schlechten Eltern.«

Instinktiv griff Shannon nach der Gewehrhalterung am Sattel. Die geladene Waffe beruhigte sie. Sie brauchte sie nur zu entsichern, damit sie schußbereit war.

»Keine Sorge«, sagte Whip. »So früh sind die Bären kaum in dieser Höhe.«

»Mag sein. Nachdem das Maultier dem Grizzly zum Opfer gefallen war, erklärte mir Silent John, Bären seien wie Indianer, unberechenbar. Eine Bärin mit Jungen sei besonders gefährlich. Wenn man eine sieht, geht man die entgegengesetzte Richtung, und zwar schnell.«

Shannon sah Whip mit einem seltsamen Lächeln an. »Ich glaube, das waren die meisten Worte, die Silent John je auf einmal zu mir gesagt hat. So habe ich verstanden, wie ernst es ihm damit war.«

Der Gedanke daran, wie allein Shannon in den vergangenen sieben Jahren gewesen war, gab Whip das Gefühl, als plante er, einem Baby sein Bonbon wegzunehmen und nicht, sich mit einer Witwe zu vergnügen, die wußte, was zwischen Männern und Frauen vorging.

»Keine Sorge«, erwiderte er angespannt. »Diese Klauenmarkierungen sind nicht frisch. Und außerdem wollen Bären meistens nichts von Menschen, außer ihnen etwas Eßbares klauen, wenn sie so dumm sind, es herumliegen zu lassen.«

Trotzdem beobachtete er den Pfad von jetzt ab sehr scharf, denn Silent John hatte recht – Bären waren unberechenbar.

Doch außer der wilden, felsigen Schönheit der Landschaft mit aufziehenden Gewitterwolken konnte Whip nichts entdecken.

»Kannst du das Maultier nicht schneller gehen lassen? Wir kriegen gleich einen Schneeschauer.«

»Ich schätze, daß es eher Hagel sein wird«, sagte Shannon. »Die Wolken da drüben sehen übel aus.«

Sie versuchte Razorback weiter anzutreiben. Das Maultier hatte kaum etwas dagegen; es hatte ebenfalls den Geruch nach Eis im Wind wahrgenommen.

Sobald sie die Wiese erreicht hatten, machten sich Shannon und Whip so schnell wie möglich daran, ihr Lager zu errichten. Während sie das alte Maultier und das Pferd an einen Pfahl band, nahm er das Packpferd, das er Crowbait genannt hatte, mit zur Südseite der Wiese. Dort befand sich zwischen den Bäumen eine alte Feuerstelle von Silent John.

»Woher hast du gewußt, daß hier der am besten geschützte Platz für ein Lager ist?« fragte Shannon, als sie herüberkam.

»Ich war schon mal hier.«

»Wann?«

»Als ich nach Anzeichen dafür gesucht habe, ob Silent John irgendwo in der Nähe ist.«

»Und?« fragte Shannon angespannt und voller Angst, Whip könnte einen Beweis für Silent Johns Tod gefunden haben.

»Keine Spur von ihm. Beim letzten Mal nicht, jetzt auch nicht. Außer mir war hier seit langem keiner mehr.«

»Bist du oben beim Rifle Sight Claim gewesen?«

»Ja.«

Shannons Augen weiteten sich. »Und?«

»Kein Lebenszeichen. Ein zerbrochener Pickel, eine Öllampe, die noch niemand angebrannt hatte. Kohle aus einer alten Feuerstelle, völlig vom Wind zerstreut. Es gab Anzeichen für einen Bergrutsch, aber der war schon so lange her, daß wieder Blumen in den Felsspalten wuchsen.«

Shannon schluckte schwer und versuchte nicht daran zu denken, daß Silent John unter dem Geröll liegen mußte.

Whip fügte hinzu: »Es gibt noch ein paar andere Stellen, an

denen jemand gegraben hat, aber auch dort ist in letzter Zeit nicht –«

»Warum hast du mir nichts davon gesagt?« unterbrach ihn Shannon.

»Was, daß ich nach Silent John gesucht habe?«

Sie nickte knapp.

»Damals hast du noch nicht mit mir geredet«, erwiderte Whip trocken.

»Warum hast du ihn dann gesucht?«

»Weil ich nichts von Ehebruch halte.«

Mit solch offenen Worten hatte Shannon nicht gerechnet. Sie betrachtete sich und Silent John nicht als Ehepaar, weil sie keine wirkliche Ehe geführt hatten.

Whip sah Shannon direkt an. Er wirkte sehr massig mit seinen breiten Schultern in dem schweren Wollmantel und dem gegen den Wind hochgestellten Kragen. Aber sein Blick hielt sie fest. Seine Augen waren ungezähmt wie der Himmel.

»In jenen ersten Tagen habe ich mehr als einmal versucht, davonzureiten«, sagte Whip. »Aber ich begehrte dich zu sehr, um einfach zu verschwinden.«

»Ich muß sagen, daß es dir meisterlich gelungen ist, das zu überwinden«, sagte Shannon ironisch. »Ich bin stolz auf dich.«

»Du bist einfach stolz, Punkt.« Whip lächelte schief. »Das gefällt mir, Shannon. Das ist noch etwas Salz und Pfeffer zu all dem Honig mit Sahne.«

Hastig wandte ihm Shannon den Rücken zu und beschäftigte sich mit irgendwas. Sie konnte das sinnlich Wissende in Whips Blick nicht mehr ertragen, ohne die Arme um ihn zu legen und um einen Kuß zu flehen, der nie mehr endete.

Erst als das Lager sicher war und sie eine kalte Mahlzeit gegessen hatten, wagte Shannon, wieder etwas zu sagen. Eigentlich hätte sie überhaupt lieber geschwiegen, aber ein Blitz zuckte, Donner krachte und es begann, heftig zu hageln.

Schnell zog Whip Shannon unter die Plane, die er hervorgeholt und über sich gelegt hatte, als ihm klar wurde, wie heftig das Gewitter werden würde. Mit wenigen entschiedenen und kräftigen Bewegungen setzte er Shannon zwischen seine hochgezogenen Knie mit dem Rücken zu ihm.

»Zieh deine Knie hoch, sonst werden deine Füße vom Hagel getroffen wie von Hammerschlägen«, sagte Whip.

Doch Shannon war schon selbst auf die Idee gekommen. Unter der Plane herrschte geschützte, golddunkle Dämmerung, außer wenn ein heftiger Windstoß Whip die Zipfel aus den Fingern riß oder der Blitz so grell zuckte, daß die ganze Welt für einen Moment in Weiß verwandelt wurde.

»Halt das hier fest«, sagte er.

Mit der rechten Hand packte Shannon den einen Zipfel der kalten, steifen Plane, die ihr Whip hinhielt.

»Und das da«, sagte er.

Die Finger ihrer linken Hand schlossen sich um den zweiten Zipfel.

»Hast du sie ganz fest?« fragte er.

»Ja.«

»Gut. Egal, was du tust, laß sie nicht los, sonst bekommen wir die kälteste Dusche, die es je gab.«

Shannon nickte.

Durch die Bewegung verrutschte ihr Hut. Instinktiv hob sie die Hand, um den Hut zurechtzurücken. Ein eiskalter Windstoß drängte sich unter die Plane. Hastig schob sie die Hand mit dem Planenzipfel wieder nach unten.

»Entschuldige«, murmelte sie. »Mein Hut...«

»Rutsch weiter rückwärts zu mir.«

Shannon rückte nach hinten, bis Whips muskulöse Schenkel sie wie eine warme Zwinge umschlossen.

»So gut?« fragte sie.

Whip holte langsam und beherrscht Atem. Durch das Gefühl von Shannons Hüften, die sich weich zwischen seine

Schenkel drückten, war er so plötzlich hart geworden, daß ihm fast das Herz stehenblieb.

»Noch näher«, sagte er gepreßt.

»Ich kann nicht, es ist kein Platz.«

»Es ist noch eine Menge Platz. Du glaubst ja nicht, wie nah zwei Menschen einander kommen können, wenn sie es sich in den Kopf setzen.«

Shannon murmelte etwas Unverständliches und stemmte sich mit den Fersen noch einmal gegen den Boden, so daß sie Stück für Stück rückwärts rutschen konnte. Sie hörte, wie Whip scharf nach Luft schnappte, spürte die Anspannung in seinem Körper.

»Whip?«

Es gelang ihm, einen fragenden Ton herauszubekommen.

»Ist bei dir alles in Ordnung?« fragte sie.

»Unten am Rand ist es etwas kalt«, log er unter Mühen. »Wie ist es mit dir?«

»So ist es wesentlich bequemer. Du bist wärmer als ein Lagerfeuer.« Sie spürte Whips Grinsen beinah. »Aber mein Hut ist halb heruntergerutscht und kitzelt mich an der Nase«, fügte Shannon noch hinzu.

»Sitz ganz still. Ich versuche mal, ob ich nicht eine Hand freibekomme, ohne daß wir erfrieren.«

Dann spürte Shannon, wie sich Whips großer Körper hinter ihr bewegte. Das sinnliche Reiben seiner Brust und seiner Schenkel bewirkte eine plötzliche Hitze in ihrem Innern wie von einem Blitz.

»Was machst du denn da?« fragte sie gepreßt.

»Ich versuche, mich auf einen Zipfel von der Plane zu setzen, damit ich dann mit der freien Hand deinen Hut zurechtrücken kann. Warum?«

»Ach nichts.«

Shannons Nase kribbelte, als eine Haarlocke sich löste und ihr über das Gesicht rutschte. Der Hagel trommelte von außen gegen die Plane und sammelte sich kalt in den Falten. Donner und Blitz ließen immer wieder andere Blitze durch Shannons Körper schießen.

»So«, sagte Whip. »Das dürfte gehen.«

Shannon seufzte erleichtert und versuchte, sich zu entspannen. Sie kannte sich selbst nicht mehr, wenn Whip so nah bei ihr war und die gleiche Luft atmete wie sie.

»Lehn dich zurück an mich«, sagte er.

»Warum?«

»Willst du, daß ich den Hut zurechtrücke oder nicht?«

Murrend lehnte sich Shannon nach hinten, bis sie die harten Schlingen von Whips Peitsche am Rücken spürte. Ihr Hut hob sich und wurde von Whips Hand wieder fest oben auf ihren Kopf gedrückt.

»Besser?« fragte er.

»Besser. Aber jetzt sind noch Haare in meinem Gesicht.«

»Du bist schwieriger als ein ganzer Wurf Welpen.«

Trotzdem lächelte Whip, als er nach vorn griff, die Haarsträhne aus Shannons Gesicht wischte und hinter ihr Ohr steckte.

»So gut?« fragte Whip.

»Ja, danke.«

»Sonst hast du keine Beschwerden?«

»Nein.«

»Gut. Ich will, daß du dich ganz auf das konzentrierst, was du fühlst.«

»Im Augenblick fühle ich – *Whip*!«

»Halt die Plane fest, Honigmädchen. Der Hagel ist verdammt kalt.«

Shannon hörte Whips Worte kaum. Seine große Hand war in ihre Jacke geschlüpft und umfaßt ihre rechte Brust. Langsam und sanft streichelte er sie, bis die Brustwarze fest wurde. Er nahm sie zwischen die Finger und zupfte leicht.

Shannon stöhnte, als sie plötzlich von Feuer verzehrt

wurde. Die Flammen flackerten noch höher, als Whip das weiche Fleisch knetete und wieder an der Spitze zupfte, bis sie hart unter ihrem abgenutzten Hemd stand.

»Es gibt Gelegenheiten, wo Lederhandschuhe wirklich lästig sind«, sagte Whip. »Hilf mir, Honigmädchen. Beiß in das Leder und zieh.«

»Aber –«

»Ich antworte dir nur auf die Frage, wie du lernen kannst, ohne berührt zu werden. Du kannst es natürlich nicht. Also berühre ich dich. Wenn es dir so nicht gefällt, sag's mir, dann mache ich es anders.«

Shannon biß sich auf die Lippen und versuchte, einen Schrei zu unterdrücken, als Whips Hand sie gleichzeitig neckte und ihr Lust bereitete.

»Shannon?«

Das leise Wort, dicht an ihrem Nacken gesprochen, war zugleich ihr Name, eine Frage und ein Kosewort.

»Willst du, daß ich aufhöre?« fragte er.

»Ja. Nein. Ich weiß es nicht!«

Sie holte tief und heftig Atem, wobei ihre Brustspitze wieder gegen Whips Hand gedrückt wurde. Lustgefühle durchrieselten sie.

»Ja«, flüsterte Shannon. »Berühre mich. Laß es mich lernen.«

Whip versuchte, die elementare Reaktion seines Körpers auf ihre rauchigen Worte zu unterdrücken.

Es war unmöglich.

Gott sei Dank, daß wir mitten in einem Hagelsturm sitzen, dachte Whip bedauernd. *Es wird mir verdammt schwerfallen, mich mit Streicheln zu begnügen.*

»Hilf mir mit dem Handschuh«, sagte er leise. »Es fühlt sich dann für uns beide viel besser an.«

Whips Hand hob sich von Shannons Brust und legte sich vor ihren Mund. Sie biß mit den Zähnen in die eine Fingerspitze und zerrte daran. So machte sie es bei jeder Fingerspitze, bis Whip sich von dem Handschuh befreien konnte.

Sofort kehrte seine Hand zu ihrer Brust zurück. Unter der aufgeknöpften Jacke umkreisten seine Finger die harte Spitze, ohne sie zu berühren.

»Fühlt es sich so besser an für dich?« fragte Whip leise. »Für mich in jedem Fall. Wenn ich dich spüre, denke ich an heißen Satin und Sonnenlicht und ein ganz langsames, fast quälend zurückhaltendes Tempo bei der Liebe.«

Shannon unterdrückte einen Schrei. Ihr Rücken bog sich durch, als sie versuchte, ihre Brustwarze noch näher an Whips Hand zu drücken.

Mit einem Lächeln, das Shannon nicht sah, beugte Whip den Kopf und schob ihren Hut ein Stückchen hoch, bis er mit den Zähnen an ihrem Nacken knabbern konnte.

Diese ursprüngliche Zärtlichkeit entrang Shannons Kehle einen leisen, tiefen Laut. Sie neigte den Kopf, damit Whip mehr Platz hatte, und wurde durch einen zweiten, heißen, zarten Biß belohnt. Gleichzeitig zupften seine Finger wieder an ihrer Brustspitze.

Feuer breitete sich in Shannons Bauch aus. Sie wußte nicht, daß ihr Hemd Knopf für Knopf geöffnet wurde, wußte nur, daß ihre Haut zu brennen schien und seine Finger sich hart, kühl und köstlich anfühlten bei ihren blinden Zärtlichkeiten.

Whip spürte den sinnlichen Schauer, der Shannon überlief und wünschte, sie wären nackt in einem warmen Bett und nicht dick angezogen unter einer Plane, auf die es hagelte.

Mit einem unterdrückten Stöhnen strich er über Shannons linke Brust. Sie war schon fest, und die Warze drängte sich Whips Berührung entgegen. Als er daran zupfte, wurde sie zu einer samtenen Speerspitze, die gegen seine Handfläche stieß.

»Du hast unwahrscheinlich empfindliche Brüste«, murmelte er. »Eine Berührung, und schon werden sie hart.«

»Ich habe sonst – sie sind sonst nicht – ich meine – nur wenn es kalt ist – naß – O Herr im Himmel, ich kann nicht mehr klar denken.«

Whip lächelte in dem Bewußtsein, daß er Shannons scharfen Verstand derart verwirrt hatte, daß nur noch die unzusammenhängenden Worte einer Frau übrig waren, deren Körper ganz auf Lust konzentriert war. Es war das beinah schmerzliche Drängen zwischen seinen Schenkeln wert, ihren keuchenden Atem zu hören, zu spüren, wie sie sich genußvoll unter seiner Hand wand, zu ahnen, wie ihr Schoß heiß und feucht unter seinen Liebkosungen wurde.

»Leidenschaft«, sagte Whip rauchig.

»Was?«

Es war eher ein Seufzer als eine Frage. Seine Hand glitt vom seidigen Hang zur samtigen Spitze und zurück.

»Du«, sagte Whip. »Deine Leidenschaft läßt die Brustwarzen so fest werden.«

»Nein – deine Finger.«

Whip lachte und biß noch einmal zärtlich in Shannons Nacken. Dann leckte er über die kleinen Mulden, die seine Zähne in ihrer Haut hinterlassen hatten.

Sie stöhnte und lehnte sich zurück, um die Intensität seiner Zärtlichkeit zu verstärken.

Ein Wirbel der Hitze durchströmte Whip, konzentrierte sein ganzes Fühlen auf das erregte Fleisch, das jetzt gegen Shannons Hüfte gedrückt war. Seine Zähne glitten weniger sanft als er vorgehabt hatte über Shannons Nacken, aber sie beklagte sich nicht. Sie drückte sich sogar noch fester an ihn, so daß er sie noch einmal den zärtlichen Biß im Nacken spüren ließ.

»So?« murmelte er.

Shannon antwortete mit einem Laut, der keine Bedeutung hatte, aber die Art, wie sie sich zwischen seinen Schenkeln wand, zeigte ihm klar, was er wissen wollte. Er biß sie mit wilder Zurückhaltung, ließ dabei seine Hand über ihren Körper abwärts gleiten und vergrub sie zwischen ihren Schenkeln.

Sie schnappte erschrocken nach Luft. Ihr ganzer Körper versteifte sich abrupt.

»Ruhig«, murmelte Whip.

Dieser Ratschlag galt ebensosehr ihm selbst wie Shannon. Durch die alten Hosen, die sie trug, konnte Whip die Glut zwischen ihren Beinen spüren.

Ein besonders heftiger Hagelschauer prasselte auf die Plane. Weder Shannon noch Whip bemerkten es. Sie waren beide vollkommen auf das weiche Fleisch konzentriert, das unter seiner Hand pulsierte.

»Ich tue dir nicht weh«, sagte Whip leise. »Ich will nur das Feuer spüren, das ich entfacht habe. Und ich will, daß du es auch spürst. Öffne die Beine, Honigmädchen.«

Mit einem Seufzen lehnte sich Shannon dicht an Whip und gab ihm, was er wollte. Lange Finger glitten über sie hinweg, drückten forschend, umfaßten sie, hielten sie in der ganzen Fläche der Hand. Langsam bewegte er sie vor und zurück, öffnete ihre Beine weiter, drückte plötzlich heftiger, so daß ein Glutstrahl der Lust aufwärts durch ihren Körper schoß.

Shannon wimmerte.

Whips Hand wurde wieder sanfter, hielt sie nur.

Das war nicht genug. Instinktiv bewegte Shannon ihre Hüften, wollte noch mehr von dem Genuß, den er ihr verschafft hatte.

Whip öffnete ihre Hose, lächelte, als ihm plötzlich klarwurde, daß er noch nie bei jemand anderem am Hosenschlitz hantiert hatte, und fand darunter das ganz andere, nachgiebige Fleisch einer Frau, das ihn erwartete.

»Whip – deine Hand –«

»Ja. Meine Hand. Deine Weichheit. Mein Gott, du bist so weich. Sahnig weich und so heiß, daß ich am liebsten –«

Mit einem stummen Fluch unterdrückte Whip seine unvorsichtigen Worte. Wenn er darüber nachdachte, wie gut es sich anfühlen würde, sich in Shannons feuchte, verlockende Hitze zu drängen, würde er wahrscheinlich etwas Dummes tun, wie seine Hose öffnen, ihr weiches, kleines Hinterteil auf seinen Schoß ziehen und tief in sie hineinstoßen.

Noch nicht. Sie ist noch zu naiv. Sie soll wissen, um was sie mich bittet, wenn sie mich ansieht, lächelt, durchs Zimmer geht und neben mir steht. Wenn sie weiß, was sie will, dann gebe ich es ihr. Jeden heißen, drängenden Zentimeter, Stück für Stück.

Shannon gab einen rauhen Laut von sich, als sie spürte, wie sich Whips Hand immer tiefer zwischen ihre Beine drängte und sie rieb, während ihre Lust sich steigerte, bis sie schier unerträglich war und sich in flüssiger Glut über seine streichelnde Hand ergoß.

»Ich wollte nicht – es tut mir leid – ich kann nicht – anders –« stammelte Shannon.

»Was kannst du nicht anders?«

Seine Hand bewegte sich, und satinweiches, flüssiges Feuer sammelte sich wieder in seiner Hand.

Shannon stöhnte, als sich die Lust noch mehr steigerte, weil sie nur eine kleine Entspannung erfahren hatte.

»Das«, sagte sie heiser.

Whip lächelte, obwohl ihn sein Verlangen beutelte. Er streichelte Shannon noch einmal, drückte gegen die glatte, weiche Knospe, die aus ihrem vollen Fleisch hervordrängte. Sie erschauerte und die Hitze leckte an ihm wie eine langsame Zärtlichkeit.

»Das«, sagte Whip rauchig, »ist die reinste Art von Honig.«

Shannon schaute nach unten und sah Whips Hand sich zwischen ihren Beinen bewegen und sie in einer Weise berühren, wie sie noch nie berührt worden war.

»Ich sollte – dir das nicht erlauben.«

»Wir spielen doch nur, Honigmädchen. Überall auf der Welt tun Männer und Frauen das. Nur so kann man herausfinden, ob man das wirkliche Spiel spielen will.«

Schlüpfrige Fingerspitzen umkreisten die feste Knospe, die Whip aus Shannons Schoß hervorgelockt hatte. Sofort spannte sie sich und erschauerte und stieß einen überraschten Schrei aus.

»Tue ich dir weh?« fragte Whip.

»Nein«, sagte sie mit rauher Stimme. »Es fühlt sich – seltsam an.«

»Seltsam schlecht oder seltsam gut?«

Während Whip fragte, zupfte er sanft und spürte die heiße Feuchtigkeit von Shannons Antwort auf seiner Hand.

»Dein Körper sagt, daß es sich gut anfühlt«, murmelte er und knabberte an ihrem Nacken. »Verdammt gut.«

Shannons einzige Antwort war ein Wimmern und eine ruckartige Bewegung ihrer Hüften, unter jeder geschickten Liebkosung seiner Hand. Erregung durchflutete sie, stärker und immer stärker, trieb sie auf etwas zu, was sie nie erfahren hatte.

»Whip! Ich kann nicht – aufhören! Hör auf! Ich habe Angst!«

»Ist schon gut, Honigmädchen. Du bist schon beinah da. Lehn dich zurück und überlaß es mir, dich den Rest des Weges zu führen.«

Shannon versuchte zu antworten, aber Whip streichelte weiter das volle, weiche Fleisch zwischen ihren Beinen. Sie wimmerte, als sie von Lust überwältigt wurde, ausgelöst durch seine wissenden, leidenschaftlichen Liebkosungen. Hilflos schob sie die Hüften vor und zurück auf der Suche nach etwas, das sie nicht benennen konnte.

Whip wußte, was Shannon suchte. Er umkreiste die Knospe ihrer Lust, streichelte sie mit Fingern, die feucht von ihrer heftigen Reaktion waren. Er hörte, wie ihr Wimmern in ein lustvolles Keuchen überging, spürte die Spannung in ihrem Körper wachsen, bis sie unter ihm vibrierte, wie ein gespannter Bogen.

Shannons Atem brach, indem sie seinen Namen stammelte und sich in Krämpfen der Verzückung aufbäumte, einer Verzückung, die jenseits all dessen war, was sie sich je hätte vorstellen können. Hilflos gefangen in der Ekstase rief sie immer wieder seinen Namen.

Whip mußte einen echten Willensakt vollbringen, um nicht mehr weiter zwischen ihren Beinen Honig und Seide zu streicheln. Er wollte sich vergraben in dem Feuer ihres Körpers, wollte spüren, wie ihr weicher Schoß ihn mit jeder süßen Kontraktion ihres Höhepunkts umschloß.

Und dann wollte er in ihrem Feuer verbrennen, bis er sich nicht mehr daran erinnern konnte, wie es war, hungrig zu sein, mit jedem Atemzug, jedem Herzschlag vor Verlangen zu vergehen.

Shannon gab ein leises Stöhnen von sich und bewegte sich unter seiner Hand. Hitze pulsierte zwischen ihrer beider Haut. Die Luft unter der Plane war dampfig, geheimnisvoll, erregender als alles andere, was Whip je erlebt hatte.

»Du bist genau so, wie es dein Gang ahnen ließ«, sagte er mit rauher Stimme, »Honig und Feuer.«

Whip biß die Zähne zusammen angesichts der Versuchung, die das junge Mädchen darstellte, das jetzt so verführerisch zwischen seinen Beinen lag, ihren Körper seiner Hand öffnete. Langsam, mit einem Gefühl, als ziehe er sich die eigene Haut ab, zwang er sich, ihr verlockendes, weiches Fleisch loszulassen.

Danach hatte er es ziemlich eilig, der schwülen Intimität unter der Plane zu entfliehen. Ein paar knappe, energische Handgriffe, sicherten die Plane um Shannon und schützten sie vor dem heftigen Wetter.

»Bleib da, bis das Gewitter vorbei ist«, sagte Whip.

»Was ist mit dir?« fragte eine gedämpfte Stimme.

»Ich bin so heiß, daß ich jedes Eis verbrenne.«

Der Hagel prasselte auf Whips Körper, als er ging, um nach

den Pferden zu schauen. Verbissen hoffte er, das könnte sein inneres Feuer vielleicht löschen.

Aber das tat es nicht.

10. KAPITEL

»Hast du heute mehr Glück gehabt?« fragte Shannon und sah vom Lagerfeuer auf.

»Dasselbe wie gestern«, sagte Whip und bückte sich, um Prettyface hinter den Ohren zu kraulen.

Shannon, die nicht wollte, daß Whip ihre Angst sah, wandte den Blick von der Grizzly-Wiese ab, wo die zwei Pferde und das Maultier grasten und lässig mit dem Schweif nach Fliegen schlugen.

Sechs Tage.

Sechs Tage lang hackte Whip jetzt schon mit dem Pickel und großer Entschlossenheit am Rifle Sight Claim herum.

Sechs Tage lang hatten seine Anstrengungen nicht mehr eingebracht, als daß er in Schweiß gebadet war.

»Morgen«, sagte Shannon, »wird es sicher besser. Oder übermorgen.«

Whip sagte nichts. Er kraulte Prettyface am Kinn, bis seine Augen vor Genuß glasig wurden.

Als Shannon sich Whip wieder zuwandte, sah sie den Staub in seinem Gesicht und die Rinnsale, die der Schweiß darin hinterlassen hatte. Auch sein ganzer Körper war staubig. Sie wusch sich jeden Nachmittag in einer Schüssel und spülte sich im Bach ab. Dann machte sie Wasser für Whip heiß. Jeden Abend wusch sie seine Kleider, und jeden Tag kam er zurück, und sie waren wieder steif von Staub und Schweiß.

Whip hatte behauptet, er könnte auch in schmutzigen Kleidern arbeiten, doch Shannon hatte nur den Kopf geschüttelt.

Schließlich konnte sie sonst nichts tun, um ihm die Arbeit zu erleichtern. Sie wünschte, es gäbe noch etwas.

»Du solltest mal einen Tag Pause machen«, sagte sie leise. »Du siehst müde aus. Du arbeitest zu hart. Den ganzen Tag, jeden Tag. Du nimmst dir kaum Zeit zum Essen.«

»Aber dadurch schlafe ich nachts gut.«

Das stimmte in gewissem Sinne. Es sagte allerdings nichts darüber aus, wie oft er nachts schweißgebadet erwachte, gequält und hart von einem Verlangen, wie er es noch nie erlebt hatte.

Whip hätte gern gewußt, ob es Shannon ebenso ging.

Er hätte es gern gewußt, aber er fragte nicht. Vor sechs Tagen hatte er ihr gezeigt, was Leidenschaft war. Wenn sie nicht noch mehr wollte, würde er sich ihr nicht aufdrängen.

Es war an Shannon, ihn aufzufordern, und das ganz offen. Erröten und sehnsüchtige Blicke waren etwas für Jungfrauen, die nicht wußten, wonach es sie verlangte, und erst recht nicht, wie sie es ansprechen sollten. Hübsche Witwen, die gerade zum erstenmal Lust gekostet hatten, wußten genug von Männern und Sex, um die Anzeichen männlicher Begierde zu erkennen.

»Setz dich da auf den Stamm«, sagte Shannon, »ich habe so viel Wasser warmgemacht, daß du ein Bad nehmen kannst.«

»Willst du damit sagen, daß ich stinke wie der alte Razorback?«

Shannon senkte den Kopf und sah Whip an, während sie überlegte, ob er sie auf den Arm nahm oder die Frage ernst meinte. Seit dem Hagelsturm hatte sich ihr Verhältnis zu Whip in einer Art verändert, die sie nicht verstand. Er neckte sie kaum noch.

Und er küßte sie nicht mehr, nahm sie nicht in den Arm und war nicht mehr so zärtlich zu ihr, bis die Welt auseinanderbrach und sie vor Verzückung aufschrie.

»Du riechst immer angenehm für mich«, sagte sie zögernd. »Ich weiß nur, daß Steinstaub unangenehm ist.«

»Hat dir Silent John das auch gesagt?«

Sie schüttelte den Kopf. »Ich habe es auf die gleiche Art erfahren wie du, am stumpfen Ende des Pickels.«

Whip öffnete wortlos den Mund und starrte Shannon an, weil er sich nicht vorstellen konnte, daß sie mit ihren schlanken Armen einen Pickel geschwungen haben konnte.

»Mach doch kein so entsetztes Gesicht«, sagte sie. »Ich bin lange nicht so hilflos, wie du denkst.«

Er knurrte. »Du bist lange nicht so geschickt, wie *du* denkst.«

»Ich kann eine Axt oder einen Pickel nicht so kraftvoll schwingen wie du«, erwiderte sie spitz, »aber ich erledige meine Arbeit, wenn ich mir Mühe gebe, und darauf kommt es an.«

Shannon wandte sich wieder dem Feuer zu. Sie spürte den Zorn an ihrem Innern nagen, wie häufig in den letzten Tagen. Ständig schien sie reizbar… und hatte keine Ahnung, warum.

»Hast du je Gold gefunden, als du den Pickel geschwungen hast?« fragte Whip.

»Nein, aber ich habe es auch bei einem anderen Claim versucht. Rifle Sight gibt mehr her.«

»Sagt Silent John.«

»Ich habe manchmal das Erz gesehen, das er mitgebracht hat. Es enthielt so viel Gold, daß einem die Stücke in den Händen zerbröckelt sind.«

»Er muß die Ader leergeschürft haben. Nach dem, was ich gesehen habe, könnte man den ganzen Sommer in Rifle Sight schürfen, und nicht genug Gold herausholen, um auch nur die Vorräte zu bezahlen.«

Die Angst kroch Shannon kalt über den Rücken. Die Goldclaims bedeuteten ihre Freiheit. Ohne sie war sie der Gnade von Fremden ausgeliefert.

»Das Gold ist da«, sagte sie gepreßt.

Whip knurrte.

Aus dem Augenwinkel sah Shannon, wie Whip versuchte, seine von stundenlanger Arbeit gespannten Muskeln zu dehnen. Sein Hemd war schweißnaß und klebte an seinem muskulösen Oberkörper.

O Herr im Himmel, ist das ein schöner Mann, dachte Shannon. *Wenn ich ihn nur ansehe, kribbelt es mich überall. Wenn ich mir vorstelle, er würde mich wieder berühren…*

Ein köstliches Gefühl durchströmte ihren Körper, als sie sich daran erinnerte, was unter der Plane geschehen war. Sie hätte sich nicht träumen lassen, daß es einen solchen Genuß überhaupt geben könnte.

Zuerst hatte sie die neue Erfahrung Whip gegenüber schüchtern gemacht. Und die Tatsache, daß er seitdem kein Wort darüber verloren oder sie auch nur im Vorbeigehen berührt hatte, verstärkte ihre Befangenheit noch.

Und ihre Gereiztheit.

Sie verstand nicht, was geschehen war, als Whip sie so intim berührte. Sie wußte nur, daß sie wollte, daß er es noch einmal tat. Bald.

Aber offensichtlich teilte Whip dieses Bedürfnis nicht.

Vielleicht sollte ich versuchen, ihn zu berühren.

»Soll ich dir vielleicht die Haare waschen?« fragte sie. »Ich weiß, daß es schwierig ist nur in der Schüssel.«

Der Gedanke daran, wie gut es sich anfühlen würde, wenn ihre Finger über seine Kopfhaut strichen, erregte Whips Körper trotz der vielen Stunden Arbeit. Seine heftige sexuelle Reaktion auf Shannon ließ seinen Mund schmal werden. Es gefiel ihm nicht, daß er diese Frau so sehr begehrte, daß ihm sein Körper nicht mehr zu gehören schien.

»Nein«, sagte Whip kurzangebunden. »Ich bin mein ganzes Leben ohne Zofe zurechtgekommen. Warum sollte ich das jetzt ändern?«

»Geh und iß ein paar Wespen«, gab Shannon zurück. »Selbst davon könnten deine Worte nur süßer werden.«

Whip griff sich die Schüssel mit dem heißen Wasser und ging hinüber zu dem Pappelwäldchen, wo der eisige Bach floß, in dem man die Seife gut abspülen konnte. Prettyface folgte ihm mit munteren Sprüngen, wie ein Welpe.

»Geh nur und verlaß mich, Prettyface«, rief Shannon hinter ihm her. »Folg du nur dem Streuner, der ein Lächeln hat wie ein gefallener Engel, aber eine Laune, die deutlich besser in die Hölle passen würde!«

Die beiden kümmerten sich nicht um sie.

Sie wandte sich ärgerlich wieder dem Lager zu und hielt Ausschau nach etwas, an dem sie ihren Zorn auslassen konnte. Da lag nur der Pickel neben dem Gewehr.

»So weit, daß ich Steine klopfe, bin ich *noch* nicht«, murmelte sie.

Sie prüfte das Wasser in dem Eimer, der an einem Dreifuß über dem Feuer hing. Es war gerade lauwarm.

»Laß dir ruhig den ganzen Tag Zeit mit dem Heißwerden«, knurrte sie. »Ich habe sowieso nichts anderes zu tun, als meinen Finger in kaltes Wasser zu stecken.«

Sie legte noch mehr Holz ins Feuer und fragte sich, ob es so hoch in den Bergen vielleicht weniger heiß brannte. Bei der Hütte brauchte es ganz sicher nie so lange.

»Ich habe die heiße Quelle bei der Hütte«, erinnerte sich Shannon. »Deswegen geht es mit dem Waschen schneller.«

Seufzend prüfte sie das Wasser zum x-ten Mal. Es war einigermaßen warm. Sie konnte mittlerweile verstehen, warum manche Leute einfach schmutzig blieben.

Gerade als Shannon sich bückte, um den Eimer vom Feuer zu nehmen, begann Prettyface auf eine so wilde Art zu bellen, daß es eher einem zornigen Jaulen ähnelte.

Ein Schuß knallte.

Das Wasser schwappte über, als Shannon den Eimer losließ und zu ihrem Gewehr rannte. Ein zweiter Schuß übertönte das wilde Heulen des Hundes.

Whips Ruf ertönte, als Shannon losrannte zu den Pappeln hinüber. Im Laufen wurde ihr klar, was sie eigentlich auch hätte hören können – die ›Schüsse‹ waren das Knallen der Peitsche gewesen, kein Gewehr.

Die Peitsche knallte noch einmal und noch einmal, fast so heftig wie ein Blitz, der in ein Gebäude einschlägt. Whip rief etwas, das Shannon nicht verstehen konnte.

Dann ertönte ein schreckliches, knurrendes Brüllen, als würde sich der Berg räuspern. Shannon hatte so etwas noch nie gehört, aber Silent John hatte es ihr geschildert.

Ein Grizzly.

»Whip!« schrie Shannon und rannte so schnell, wie sie konnte. »O mein Gott, du hast nicht einmal ein Gewehr!«

Sie sprang über einen umgestürzten Stamm, schwankte kurz bei der Landung, sammelte sich und rannte weiter, wobei sie das Gewehr entsicherte.

Shannon sah erst den Grizzly und dann Whip. Der Bär stand auf seinen Hinterbeinen, wesentlich größer und breiter als Whip und furchterregend, in seiner mächtigen Gestalt. Böse ließ er seine Zähne aufeinanderkrachen, und weißer Schaum der Wut hing um sein dunkles Maul. Die massiven Tatzen schlugen heftig nach der Peitsche, die immer wieder um seinen Kopf knallte.

Nackt bis zur Taille stand Whip mit dem Rücken zu einem Pappeldickicht, durch das er nicht hätte fliehen können. Doch der Grizzly wäre ihm sowieso in vollem Lauf durchs Gestrüpp gefolgt.

Aber selbst im offenen Gelände hätte Whip nicht schneller rennen können als der Bär, denn Bären waren fast so schnell wie Pferde, auf unebenem Gelände sogar noch schneller.

Prettyface sprang winselnd und knurrend um den Bären herum. Mit tödlicher Geschwindigkeit wirbelte der Bär herum und schlug mit den Klauen, die länger waren als Shannons Hand, nach dem Hund.

Die Peitsche knallte, und der Grizzly richtete sich hoch auf, wandte sich von dem Hund ab und knurrte tief in der Brust mit mahlenden Kiefern. Blut glänzte rot über dem rechten Auge des Bären und bewies, daß die Peitsche sein schützendes Fell durchdrungen hatte.

Aber anstatt ihn zu vertreiben, schien den Grizzly das Klatschen der Peitsche nur noch mehr zu reizen.

Es war offensichtlich, daß früher oder später eine der Tatzen des Bären die Peitsche erwischen und sie damit wertlos machen würde. Oder er würde sich einfach auf den Mann stürzen wie ein wildgewordener Stier. Dann wäre der ungleiche Kampf ganz schnell beendet.

Shannon rannte noch schneller. Ihr war klar, daß sie so nahe herankommen mußte, daß ihr Schuß den Bären tötete. Silent John hatte sie gewarnt, daß ein verwundeter Bär zum gefährlichsten Tier auf Erden wurde.

Als Whip mit der Peitsche beim nächsten Schlag auf das Auge des Bären zielte, sah er Shannon aus dem Augenwinkel seitlich auf den Grizzly zurennen.

»*Zurück*!« brüllte er.

Falls Shannon ihn gehört hatte, so kümmerte sie sich nicht darum. Sie rannte einfach weiter, bis das Gewehr fast das Fell des Bären berührte. Sie schoß beide Läufe auf eine Stelle unter dem linken Arm des Bären ab.

Es blieb ihr allerdings keine Zeit mehr, haltsuchend beide Füße auf den Boden zu stemmen, und so warf sie der heftige Rückstoß des Schusses mit einem Schlag um. Der Grizzly stieß ein wildes Brüllen aus und schlug mit einer seiner massigen Tatzen nach der Stelle, wo einen Augenblick vorher noch Shannons Kopf gewesen war.

Todbringende Lederschlingen zischten und schlangen sich eng um den Hals des Bären. Whip stemmte sich gegen den Boden und riß mit der ganzen Kraft seiner Rücken- und Armmuskeln daran. Mit finsterer Entschlossenheit brachte er den nach Luft schnappenden, tödlich verwundeten Bären aus dem Gleichgewicht, so daß er nicht auf Shannons reglosen Körper stürzte. Der Bär fiel brüllend zu Boden, bäumte sich auf und schlug mit den Tatzen nach dem Gegner, den er nicht mehr sehen konnte.

Dann zuckte er noch einmal heftig und blieb reglos liegen.

Es wurde still in dem Wäldchen bis auf Whips keuchenden Atem und Prettyfaces Knurren, der langsam auf den bewegungslosen Grizzly zuschlich.

»Zurück!« befahl Whip.

Prettyface erstarrte.

Eine täuschend lässige Bewegung von Whips Handgelenk ließ die Spitze der Peitsche über die offenen Augen des Bären zischen.

Der Grizzly zuckte nicht zusammen und blinzelte nicht. Er war tatsächlich tot.

Whip rannte zu Shannon und kniete sofort neben ihr. Er stieß einen rauhen Atemzug der Erleichterung aus, als er sah, daß ihre Augen geöffnet waren und sie atmete.

»Wo tut es dir weh?« wollte er wissen.

Sie schüttelte nur matt den Kopf.

»Kann nicht sein, daß dir nichts weh tut«, murmelte Whip. »Ich hab' doch gesehen, wie der Grizzly dich getroffen hat.«

Whips Hände hatten während des ganzen Kampfs nicht gezittert, doch jetzt zitterten sie, als er sanft Shannons Hinterkopf berührte und nach der Wunde suchte, von der er sicher war, daß sie sie haben mußte.

»Ich habe – nichts«, murmelte Shannon mit unsicherer Stimme.

»Ganz ruhig, Mädchen. Bleib ganz still liegen, bis ich weiß, wie schwer du verletzt bist.«

»Nur – keine Luft. Das Gewehr – hat mich umgehauen –«

Whips Hände zögerten. Er sah in die schönen blauen Tiefen von Shannons Augen.

»Rückstoß?« fragte er.

Sie nickte und konzentrierte sich ganz aufs Atmen.

Wortlos untersuchte Whip Shannons Hinterkopf mit seinen langen, überraschend sanften Fingern. Als er nichts entdeckte, ließ er sie abwärts zu ihrem Körper wandern, untersuchte sie überall und fand nichts als Wärme und eine seidige, weibliche Weichheit, die in ihm ein Gefühl weckte, als versuche er, ein Feuer zu streicheln.

Mit einem Ruck stand er auf. Er sah einen langen, gespannten Moment lang auf die atemlose, aber sonst unverletzte Shannon hinunter.

Dann streckte er die Hand hin.

»Kannst du stehen?« fragte er ruhig.

Zu ruhig.

Vorsichtig betrachtete Shannon Whips Augen. Wo eben noch zärtliche Besorgtheit gewesen war, entdeckte sie nur Wintergrau. Seine Augen war fast undurchsichtig.

Sie hatte Whip erst einmal so gesehen, als die Culpeppers sie angepöbelt hatten. Damals war Whip voller Wut gewesen.

So wie jetzt.

Shannon kam auf die Beine, ohne seine ausgestreckte Hand zu berühren.

»Mir geht es gut«, sagte sie. »Siehst du?«

»Ich sehe, daß du ein Dummkopf bist, Shannon Conner Smith.«

Sie zuckte zusammen. »Warum schreist du–«

»Er hätte dich umbringen können!«

»Aber du warst –«

»Ich hab' dir doch gesagt, du sollst zurückgehen«, fuhr Whip fort, ohne ihre Einwände zu beachten. »Du hast mir nicht zugehört, zum Teufel! Kommst hier angerannt und versuchst dem Grizzly dieses antike Modell von Flinte in den Hintern zu schieben!«

»Es war sein Arm, nicht sein –«

»Wenn der Rückstoß dich nicht umgeworfen hätte, wärst du jetzt tot! Hörst du, du kleine Idiotin? *Du wärst gestorben, und ich hätte es beim besten Willen nicht verhindern können!*«

Adrenalin und Zorn wurden stärker als Shannons Vernunft. Sie stemmte die geballten Fäuste in die Hüften und starrte Whip wütend an.

»Was hätte ich denn tun sollen?« wollte sie wissen. »Danebenstehen und Socken stopfen, während der Grizzly dich in Stücke reißt, aus denen man nicht mal mehr einen Flickenteppich machen könnte?«

»*Genau*!«

»Ha! Und du hast die Stirn, mich einen Dummkopf zu nennen? Was das betrifft, schlägst du mich in jedem Fa–«

Shannons Tirade endete in einem überraschten Laut, als Whip sie an sich riß und seine Zunge tief zwischen ihre Lippen schob. Sie wehrte sich einen Augenblick lang und erwiderte dann den Kuß genauso heftig.

Prettyface knurrte und umkreiste weiter den Grizzly, dann vergrub er seine Zähne in dem dichten Fell und zerrte daran.

Whip und Shannon bemerkten nichts davon.

Erst nach einer ganzen Weile ließ Whip Shannon wieder an sich herabgleiten, bis sie mit den Füßen auf dem Boden stand. Die deutlich erkennbare Härte seiner Erregung bewies Shannon dasselbe wie sein Kuß.

Whip begehrte sie. Mit Haut und Haaren.

Und mit seinem ganzen Körper.

»O Gott«, murmelte Shannon und hielt sich an Whip fest, als ihre Knie nachgaben. »Jeden Tag seit dem Hagel habe ich gehofft, du würdest mich wieder so küssen.«

Whip atmete ganz langsam auf. Dann hob er ihr Gesicht zu sich und sah sie mit einem Blick an, der nicht mehr die Farbe des Winters hatte.

»Warum hast du nichts gesagt?« fragte er. »Ich dachte, du wolltest nicht mehr, daß ich dich berühre.«

»Was hätte ich denn tun sollen? Zu dir hingehen und sagen, ich will, daß du mich – äh –«

»Ja«, sagte Whip schlicht.

Shannon wurde rot, biß sich auf die Lippen und sah mit großen Augen zu ihm auf.

Er lachte leise, nahm Shannon in die Arme und wiegte sie langsam hin und her, sein Kinn auf ihren Kopf gelegt.

»Es ist wirklich ein Wunder, wie jemand gleichzeitig so wild und so schüchtern sein kann«, sagt er dann.

»Ich bin nicht wild. Und auch nicht schüchtern.«

»Natürlich«, sagte er ernst. »Du bist eine scheue kleine Maus, die sich beim ersten Anzeichen von Gefahr versteckt. Und du bist ein dreistes Frauenzimmer, das sich jedem Mann an den Hals wirft.«

»Du nimmst mich auf den Arm.«

»Nicht ganz. Aber ich könnte es eigentlich tun.« Whip lächelte wie eine Katze, die Sahne schleckt. »Ich denke sogar ziemlich oft daran.«

Shannon sah Whips Lächeln nicht, hörte es aber in seiner Stimme. Sie lächelte ebenfalls und schmiegte sich an seine Brust, wo die Härchen ihre Nase kitzelten.

Sie gab einen überraschten Laut von sich, als ihr wieder klar wurde, daß Whip kein Hemd trug.

»Was ist los?« fragte er und hielt sie vor sich, um ihr Gesicht sehen zu können. »Tut dir etwas weh?«

Sie schüttelte den Kopf.

»Was dann?«

»Du.«

»Was ist mit mir?«

»Du hast kein Hemd an.«

»Ich wollte mich gerade anziehen, als der Bär auftauchte. Wenn du dich besser fühlst, kannst du ja auch dein Hemd ausziehen.«

Shannon starrte ihn an und lachte laut.

»Jetzt nimmst du mich wirklich auf den Arm.«

Sie lächelte, legte ihren Kopf aber nicht mehr an Whips bloße Brust.

»Macht es dir wirklich etwas aus, mich so zu sehen?«

»Nein«, gab sie leise zu. »Aber wenn ich all den seidigen Pelz sehe, bekomme ich Lust, dich zu kraulen wie Prettyface.«

»Von Kopf bis Fuß und wieder zurück?« schlug Whip mit tiefer Stimme vor.

Einen Moment lang musterte Shannon ihn von oben bis unten. Der Gedanke daran, ihn so zu berühren, machte sie schwindlig.

»Dieser Gesichtsaudruck...« sagte Whip und lachte. »Komm, Honigmädchen, wir lassen Prettyface mit dem Bären allein.«

Whip hob Shannon auf seine Arme wie ein Kind und ging langsam mit ihr zum Lager zurück. Er blieb nicht stehen, bis er am anderen Ende der Lichtung angekommen war, wo er sich ein eigenes Nachtlager abseits von ihr gemacht hatte.

»Ich wollte dich eigentlich schon fragen, warum«, sagte Shannon und betrachtete seine Schlafmatte. »Aber du warst immer so reizbar, da habe ich es nicht gewagt.«

Whip gab einen fragenden Laut von sich.

»Also, warum hast du hier geschlafen und nicht drüben beim Feuer mit mir?« fragte sie.

»Hier bin ich nah genug, um dich zu hören, wenn du mich brauchst, und weit genug weg, um nicht wachzuliegen und dir beim Atmen zuzuhören und mir vorzustellen, daß ich gern so über dich gleiten würde wie deine Decke.«

Shannon versuchte etwas zu sagen, aber es gelang ihr nicht. Der Blick ihn Whips Augen nahm ihr den Atem und ließ das Blut schneller durch ihre Adern pulsieren. »Du konntest auch nicht schlafen?« fragte sie schließlich.

»Leidenschaft ist eine Angelegenheit zwischen zwei Personen, wußtest du das nicht?«

Sie schüttelte den Kopf.

Whip öffnete den Mund, um etwas über Silent Johns beschränkte Fähigkeiten als Liebhaber zu sagen, beschloß dann aber, jetzt lieber nicht an Silent John zu denken.

Und es war sonnenklar, daß er nicht wollte, daß Shannon jetzt an ihn dachte.

»Sag es mir noch einmal«, meinte Whip fast rauh. »Sag es mir noch einmal, daß du mich begehrst.«

»Ja«, flüsterte Shannon. »Oh ja. Ich wußte gar nicht, daß es ein solches Begehren gibt.«

Ihre Worte erregten Whip so heftig, erneuerten aber seine Selbstbeherrschung wieder spürbar.

Das Warten war endlich vorüber. Sie würde seine Geliebte werden. Nichts konnte das jetzt mehr aufhalten.

»Es wird schön werden, Honigmädchen«, sagte Whip und legte Shannon auf seine Schlafmatte. »Es wird verdammt schön werden.«

»So schön wie beim letzten Mal?«

»Besser.«

»Ich glaube, dann sterbe ich dabei.«

Whip berührte sacht Shannons Mund mit einem sinnlichen Lächeln auf den Lippen.

»Lieg ganz still für mich«, flüsterte er an ihrem Mund. »Ich träume schon so lange davon, wie es sein würde, dich auszuziehen, dich anzusehen, dich zu berühren. Jetzt brauche ich nicht mehr nur von Träumen zu leben.«

Ein Schauer aus Nervosität und Erwartung überlief Shannon. Mit halbgeschlossenen Augen sah sie zu, wie Whip zu ihren Füßen kniete und ihr die Stiefel auszog. Er streifte die vielgestopften Socken ab und legte seine Hände um ihre schlanken Füße.

»Du bist immer so sauber wie der Sonnenschein«, sagte Whip.

»Die heiße Quelle«, brachte sie mühsam hervor.

»Die Culpeppers kommen jeden Tag an heißen Quellen vorbei und könnten kaum dreckiger sein.«

Whip betrachtete Shannons lange, glänzende Zöpfe und sahneweiße Haut.

»Zuerst dachte ich, du badest so oft, um mir zu gefallen. Dann wurde mir klar, daß du einfach so bist. Balsamminze und frisches Wasser, Honig und Sahne.«

Whip streichelte ihre empfindlichen Fußsohlen. Sie seufzte leise, und ihre Füße spannten sich sinnlich.

»Kitzlig?« fragte er.

»Nicht… direkt.«

»Und wie ist es damit?«

Whip beugte den Kopf und strich mit den Lippen über ihr Fußgewölbe. Gerade als es zu kitzeln begann, grub er seine Zähne zart in ihre Haut.

Shannon schnappte nach Luft, als sie bemerkte, wie empfindsam ihr Fußgewölbe war.

»Kitzle ich dich?« fragte Whip.

»Nein«, flüsterte sie und starrte ihn mit großen, leuchtenden Augen an. »Ich wußte nur nicht, daß Männer Frauen an dieser Stelle küssen.«

»Hat es dir gefallen?«

»Ja…«

Sie erschauerte und gab einen leisen Laut der Lust von sich, als Whip bei ihrem anderen Fuß weitermachte. Ihre Reaktion ließ seinen kraftvollen Körper erbeben.

»Es gibt so viele Arten, sich zu lieben, von denen du nichts weißt«, sagte er und sah Shannon hungrig an. »All die verborgenen Punkte der Leidenschaft mit ihrem köstlichen Aroma. Ich will sie alle an dir kennenlernen, Honigmädchen. Und wenn wir so müde sind, daß wir kaum noch atmen können, werde ich in dir einschlafen und mit deinem Geschmack auf der Zunge aufwachen, und dann fangen wir wieder von vorn an, berühren und kosten und erforschen einander.«

Shannon verstand nur wenig von Whips Worten, aber das war ihr egal. Das sinnliche Strahlen seiner Augen und die Zärtlichkeit seiner großen Hände erklärten ihr genug.

So groß Whips Kraft auch sein mochte, so drängend sein Hunger, bei ihm war sie sicher.

Während sie ihm mit neugierigem, hungrigem Blick zusah, öffnete Whip ihr Hemd und schob es über ihre Arme hinunter. Ihre Brustspitzen wurden schon hart, bevor er sie berührte, denn sie hatte die rauchige Anerkennung in seinen Augen gesehen. Dann beugte er den Kopf, öffnete den Mund und schockierte sie durch und durch, indem er eine ihrer Brustwarzen in den Mund nahm.«

»*Whip*.«

Er gab einen hungrigen, fragenden Laut von sich, spielte mit der Zunge um die feste Brustwarze und saugte sie tief in den Mund.

Seine rhythmischen Bewegungen trafen Shannon wie Dolche der Lust und sie wölbte ihm den Rücken entgegen, ihre Finger gruben sich in sein Haar und drückten ihn fest an sich. Sie konnte kaum atmen, denken, spürte nichts als den wechselnden Druck seines Mundes, während er an ihr saugte und dabei ihre Brustspitze noch straffer wurde.

Als Whip dann den Kopf hob, wand sie sich langsam unter ihm und wimmerte leise. Er betrachtete ihre straffe, feucht glänzende Brust und stöhnte unterdrückt.

»Ich bin schon dreimal um die ganze Welt gekommen«, sagte Whip rauchig, »und habe doch nie etwas Schöneres gesehen als dich, so glänzend und stolz von meiner Berührung.«

»Ich – kannte – so etwas nicht«, sagte sie stockend.

»Du bist noch nie so geküßt worden?«

Shannon schüttelte den Kopf, während sie mit schockiertem Blick Whips Mund betrachtete.

»Macht es dir was aus, daß ich so naiv bin wie ein Hühnchen?« flüsterte sie.

»Nein«, sagte Whip. »Wenn ich sehe, wie du etwas Neues spürst und darauf reagierst... bereitet mir das eine Lust, die ich noch nie zuvor kannte.«

Whip beugte sich erneut über Shannon und lehrte sie wieder etwas Neues über Lust. Sie lernte, daß sie sich steigern und immer wieder steigern konnte, bis ihr Körper vor Verlangen brannte, so heiß, daß sie ihn hilflos anflehte, dieser süßen Qual ein Ende zu machen.

Er lachte leise und sträubte sich gegen ihren Versuch, ihn an sich zu ziehen.

»Noch nicht, Honigmädchen. Es gibt noch eine Menge mehr Arten, sich zu berühren und zu küssen, die wir noch nicht erforscht haben.«

Shannon riß ungläubig die Augen auf.

Lächelnd streifte Whip mit den Zähnen erst über die eine, dann über die andere Brust. Dann kostete er wieder die samtige Spannung ihrer Brustwarze.

Shannon schnappte keuchend nach Luft.

»Whip?«

Ihre rauchige Stimme leckte wie Flammen an ihm.

»Was?« fragte er.

»Ich kann – das nicht aushalten.«

»Wenn ich es kann, kannst du es auch.«

»Aber ich küsse dich ja gar nicht.«

»Diesmal nicht. Dafür bin ich viel zu hungrig. Aber beim nächsten Mal. Beim nächsten Mal zeige ich dir, wie du mich dazu bringen kannst, vor Verlangen nach dir zu schwitzen und zu zittern.«

Whips Hände bewegten sich mit der raschen Geschicklichkeit, die so typisch für ihn war.

Shannon spürte, wie der Rest ihrer Kleider über ihre Beine nach unten geschoben wurde. Etwas unbehaglich war ihr schon, aber die Erinnerung an den Genuß, den sie unter seinen Händen erfahren hatte, war stärker.

»Und genau das wirst du tun, bevor ich mit dir fertig bin«, sagte Whip leise. »Schwitzen und zittern vor Verlangen nach mir.«

Langsam strich er mit den Handrücken zwischen ihren Beinen aufwärts von ihren Knöcheln bis zu der dunkelmahagonibraunen Wolke dicht oberhalb ihrer Schenkel. Seine großen Hände drehten sich, kreisten um ihre Oberschenkel, kneteten, drängten ihre Beine zärtlich immer weiter auseinander.

Dann wurde Whip plötzlich ganz still trotz seines heftigen Atmens.

»Ich dachte, nichts könnte schöner sein als deine Brüste«, sagte er schließlich. »Ich habe mich getäuscht.«

Shannon folgte seinem Blick über ihren Körper abwärts und gab einen überraschten Laut von sich. Sie war schamlos ausgebreitet vor seinen Augen und seiner Berührung. Mit einer Reflexbewegung wollte sie sich bedecken, aber Whip kniete zwischen ihren Beinen und hinderte sie daran, indem er ihre Hände festhielt.

»Zu spät, Honigmädchen«, sagte er rauchig. »Du hast etwas in mir ausgelöst, das noch keine andere Frau vor dir ausgelöst hat. Ich weiß nicht, was es ist, aber ich bin verdammt sicher, daß ich es herausfinden werde.«

Eine von Whips Fingerspitzen umkreiste die volle Blume, die sich für ihn geöffnet hatte, Shannon zitterte und stöhnte leise.

»Sag mir noch einmal, daß du mich begehrst«, sagte Whip heiser.

Bei diesen Worten teilte er die weichen Blumenblätter und suchte den Honig im Innern.

»Ja«, sagte sie rauchig. »*Ja.*«

Shannons Hüften bewegten sich, sie schrie leise auf, und seine Fingerspitzen spürten den heißen, seidigen Kuß ihres Verlangens.

»Honigmädchen«, flüsterte er. »Herrgott, ich liebe es, wenn ich deine Lust spüre.«

Sie wollte etwas sagen, aber ihre Stimme versagte, als sie spürte, wie Whips Hand langsam tiefer ging. Das Gefühl, ihn in sich zu spüren, und sei es auch nur ein wenig, war unerwartet phantastisch. Hitze überschwemmte sie, rötete ihre Haut, machte sie noch empfindlicher.

Aber nichts war so empfindlich wie das Fleisch, das Whip sacht dehnte, während er sie streichelte. Die Lust sammelte sich in Shannons Innerem, wirbelte, verstärkte sich und hielt sie bebend in einem übermächtigen Verlangen gefangen.

Shannon stöhnte und bewegte ihre Hüften in einem Reflex, der so alt war wie die Lust, während sie versuchte, Whip tiefer in ihren Körper zu ziehen.

»Noch nicht«, murmelte er und seine Stimme klang heiser vor Zurückhaltung. »Du bist noch nicht bereit. Du bist so eng, Honigmädchen. Und ich bin nicht so klein, wie dein Mann war. Wir werden noch eine Weile länger langsam und zärtlich weitermachen müssen. So.«

Shannon stöhnte, als die Lust wieder in ihr wuchs und sie dem bebenden Höhepunkt näher brachte, den sie schon einmal durch Whips Hand erfahren hatte. Doch noch bevor sie die süße Ekstase erreichte, begann er sich wieder zurückzuziehen, ließ sie sehnsüchtig und ruhelos zurück. Dann kam er wieder, brachte die Lust noch einmal mit sich, eine heiße Berührung, die den Himmel versprach und doch nur eine bittersüße Art von Hölle brachte.

Schwitzend und bebend flehte Shannon ihn an, ihre Qual zu beenden. Whip schloß die Augen, und auch ihm brach am ganzen Körper der Schweiß aus. Er konnte sie nicht ansehen, sie berühren, ihr Flehen hören und sie nicht nehmen.

»Warte noch ein wenig, Honigmädchen«, sagte er heiser. »Nur noch ein bißchen. Du bist so verdammt eng. Und so heiß. Nur noch ein wenig tiefer und –«

Whips Worte brachen ab, wie von einer Axt durchtrennt. Er starrte Shannon voller Zorn und Unglauben an.

»Du bist noch Jungfrau!«

Shannon sah ihn nur an und verstand nicht, was ihn so zornig machte.

Whip sprang hoch und stand über ihr. »Naiv, hm?« sagte er böse. »Ha! Du bist ebensowenig naiv wie eine hinterhältige Schlange, hübsche kleine *Witwe*. Du hast dir gedacht, daß ich dir einen Ehering schenke, wenn du mich dazu verführen kannst, dir deine Jungfräulichkeit zu nehmen!«

In ihrer Benommenheit verstand Shannon nur, daß der Höhepunkt, auf den sie so sehnsüchtig wartete, ihr ohne Vorwarnung genommen worden war, sie wollte weinen und schreien und Whip beschimpfen, aber es fehlte ihr der Atem.

Whip hatte dieses Problem nicht, er redete. Er war in seinem ganzen Leben noch nie so wütend und frustriert gewesen.

»Was für eine Art von verkorkster Ehe hast du mit dem alten Menschenjäger eigentlich geführt?« wollte er wissen.

»Ich verstehe nicht«, sagte sie unsicher.

»Ach nein? Silent John war ein verdammt mieser Goldsucher, aber als Kopfgeldjäger war er erstklassig, wenn es darum ging, Leute ausfindig zu machen und umzubringen, um dann die Belohnung dafür einzustreichen.«

Der Schreck weitete Shannons Augen.

»Er hat nie gesagt–« fing sie an.

»Teufel auch«, unterbrach sie Whip heftig. »Er hat nie geredet, wie? Silent John, der Schweigsame. Schweigsam wie ein Grabstein. Und so haben ihn manche Leute auch genannt, Grabstein-John, und zwar zu Recht.«

Whips Blick umfaßte Shannon von Kopf bis zu den Füßen. Die Scham überkam sie, als sie ihre eigene Nacktheit sah. Mit tastenden Fingern fand sie ihr Hemd, zog es über und schloß es mit bebenden Händen.

»Der Mann muß Eiswasser in den Adern gehabt haben«, stieß Whip zwischen zusammengebissenen Zähnen hervor, als er zusah, wie Shannons schöne Brüste unter dem abgewetzten

Stoff verschwanden. »Er hatte dich sieben Jahre lang und hat dich doch kaum angerührt.«

»Er hat mich *niemals* angerührt.«

»Niemals?« Whip lachte rauh und glaubte ihr kein Wort. »Selbst ein alter Killer wie der muß Spaß daran gehabt haben, dich auszuziehen und –«

»Silent John war mein Großonkel!« rief Shannon in Whips Satz hinein. »Er hat mich nie berührt, niemals. Nicht einmal ein Handschlag, als ich meinen ersten Hirsch erlegt hatte, auch kein kurzes Zupfen an den Zöpfen. Kein einziges Mal hat er mir auch nur über den Kopf gestrichen, als ich gelernt hatte, Brötchen zu backen, wie er sie so gern hatte. Niemand hat mich mehr so zärtlich berührt, seit Mama gestorben ist!«

Blind zog sich Shannon eine von Whips Decken über die Hüften, um ihre Nacktheit zu verbergen.

»Und dann kamst du mit deinen hungrigen Augen und deinem Lächeln wie ein gefallener Engel, deinen zärtlichen Händen«, flüsterte sie.

Sie schloß die Augen, um Whips vorwurfsvolles, zorniges Gesicht nicht sehen zu müssen.

»Warum hast du mir nicht gesagt, daß du Jungfrau bist?« fragte Whip tonlos.

»Habe ich.«

»Quatsch.«

»Geh zum Teufel, Herumtreiber. *Und zwar schnell.*«

Whip betrachtete das junge Mädchen, das mit schief zugeknöpftem Hemd unter seiner Decke über den Hüften zusammengekauert dasaß. Sie hatte keine Spur von der heißen Verführerin mehr an sich. Sie flehte nicht um seinen Mund, seine Hände, seinen Körper, um sich mit ihm in elementarer Ekstase zu vereinigen.

Whip holte tief Luft und rang um Selbstbeherrschung. Shannon wußte nicht, was sie versäumte.

Aber er wußte es, bei Gott.

»Wann hast du mir gesagt, daß du Jungfrau bist?« fragte er weniger rauh.

»Als wir darüber geredet haben, daß ich kein Kind habe.«

Er dachte darüber nach und schüttelte den Kopf.

»Das Thema Jungfräulichkeit haben wir nie angeschnitten«, erwiderte er.

Shannon warf ihm einen glitzernden Blick zu. Ihre Augen waren so glitzernd wie Saphire. Und kalt wie Eis. »Ich habe dich gefragt, wie du sicher sein könntest, keine unehelichen Kinder zu zeugen«, erklärte sie gepreßt. »Du sagtest, auf die gleiche Art, wie Silent John verhindert hat, mich zu schwängern. Also, Silent John tat das, indem er–«

»*Dich nie berührt hat*«, unterbrach sie Whip, der endlich verstand. »Du bist tatsächlich noch nie von jemandem berührt worden. Mein Gott.«

»Hallelujah«, sagte Shannon sarkastisch. »Wenn ich etwas oft genug sage, begreift es sogar ein grauäugiger Streuner irgendwann.«

Whip machte den Mund auf und wieder zu und starrte die jungfräuliche Witwe an, die sich bei seiner Berührung in Honig verwandelt und über ihn ergossen hatte.

»Mein Gott«, wiederholte er. »Ich –« Er schüttelte den Kopf, als käme er aus dem tiefen Wasser. »Ich bin nie auf den Gedanken gekommen, daß du und Silent John nie wirklich Mann und Frau gewesen sein könntet.«

»Genausowenig bin ich auf den Gedanken gekommen, daß du nicht verstanden hast, warum ich nicht schwanger wurde«, gab sie hitzig zurück.

»Enthaltsamkeit. Die älteste aller Methoden.

»Pest und Hölle.«

Shannons Ärger verrauchte, als sie sah, wie echt Whips Bestürzung war. Dem Ärger folgte eine so tiefe Erschöpfung, daß sie am liebsten den Kopf auf die Knie gelegt hätte, um zu weinen. Es war einfach zuviel auf einmal, um alles zu verarbeiten – der Grizzly, ihre Angst um Whip, dann die hinreißende Sinnlichkeit seiner Berührung, jetzt seine Wut.

»Shannon?«

»Was?«

»Was dachtest du, was geschehen würde, nachdem ich dich genommen hätte?«

»Denken? *Denken*? Herumtreiber, wenn du mich berührst, ist mein Denken keinen Heller mehr wert.«

»Du hast nicht versucht, mich dazu zu verleiten, daß ich dich heirate?«

Shannon hob den Kopf. Seit der Sache mit dem Grizzly hatten sich ihre Zöpfe fast völlig aufgelöst. Ihre Augen waren dunkel und undurchdringlich.

»Warum um Himmels willen sollte ich das tun?« fragte sie.

Zum zweiten Mal war Whip vor Schreck sprachlos.

»Wozu sollte schon ein Mann gut sein, der einem ein Kind macht und dann auf die Reise um die Erde geht, bis er zurückkehrt, und das nächste Kind machen kann?« fragte sie.

»Ich würde dich niemals schwanger zurücklassen«, sagte Whip kalt. »Das müßtest du eigentlich wissen.«

Widerstrebend nickte Shannon. »Nein, du läufst nicht vor deiner Verantwortung davon.«

»Hattest du darauf spekuliert? Daß du schwanger werden würdest und ich dann nicht mehr fortgehen könnte?«

Shannon war zu müde, um sich erneut zu ärgern.

»Ich bin vielleicht naiv beim Sex, aber nicht dumm, was das Leben betrifft«, sagte sie matt.

»Was soll das heißen?«

»Schwanger oder nicht, ich würde niemals einen Mann heiraten, der mich weniger will als den Sonnenaufgang, den er noch nie gesehen hat.«

Whip zuckte zusammen, als er die widersprüchlichen Gefühle in ihrem Blick sah und die Art, wie sie die Decke krampfhaft über ihre Nacktheit gebreitet hielt.

»Aber du hättest dich mir hingegeben«, sagte er mit grundlosem Ärger.

Ein Schauder der Erinnerung und des Begehrens durchlief Shannon.

»Ja«, sagte sie.

»Warum?«

»Warum interessiert dich das?«

»Weil ich fürchte, du könntest so naiv sein zu glauben, daß du mich liebst«, sagte Whip direkt.

Shannon warf ihm einen kurzen Blick zu.

»Kann dir doch egal sein«, sagte sie. »Das geht nur mich was an.«

»Ich will nicht, daß du mich liebst«, sagte Whip scharf.

»Das weiß ich.«

»Die Liebe ist ein Käfig.«

»Ja, das weiß ich auch. Jetzt. Ich wäre dir dankbar, wenn du mir eines Tages beibringen könntest, wie man einen Käfig aus Sonnenlicht macht. Aber heute nicht mehr.«

Sie legte die Stirn auf die Knie, um Whip nicht mehr zu sehen.

»Shannon?«

»Geh weg, Streuner. Du willst meinen Körper nicht, du willst meine Liebe nicht, du willst nichts als den Sonnenuntergang, den du noch nie gesehen hast. Geh, such ihn und laß mich in Ruhe.«

11. KAPITEL

Whip rammte den Pickel in den Felsen und spürte die Erschütterung bis ganz hinunter zu den Fußknöcheln. Stein splitterte und spritzte in sein Gesicht.

In dem Felsen, den Whip bisher am Ende des Tunnels bearbeitet hatte, gab es nichts Brauchbares. Die schwachen Anzeichen für Gold, denen er seit zwei Tagen gefolgt war, waren verschwunden, und es gab keinerlei Hinweise, in welcher Richtung er würde weitersuchen müssen.

Reno würde aus diesem armseligen Claim vielleicht was herausholen, ich nicht.

Kein Wunder, daß Silent John Kopfgeldjäger geworden ist. Das ist entschieden interessanter als Steineklopfen.

Trotz dieser finsteren Gedanken hackte er entschlossen mit aller Kraft weiter. Er hoffte, wenn er sich genügend verausgabte, würde sein Körper endlich aufhören, vor unerfüllter Begierde zu schmerzen, wann immer er an Shannon dachte, wie sie voll Lust nach ihm verlangte, sich ihm öffnete, unter seiner Berührung vor Wonne erschauerte.

Sonnenwarmer Honig in meinen Händen.

Der Pickel grub sich in den Berg.

Eine Jungfrau.

Whip schlug kräftiger. Steinsplitter spritzten.

Heißer, süßer, wilder als jede Frau, die ich je gekannt habe.

Stahl traf auf Stein und klang wie eine Glocke.

Eine gottverdammte Jungfrau!

Er schaffte es nicht, seine Gedanken zu verdrängen. Seit zwei Tagen hatte er sein Denken nicht mehr unter Kontrolle, seitdem er zwischen den Beinen einer Jungfrau kniend mehr über Sinnlichkeit erfahren hatte als in seinem ganzen Leben als Mann, das er mit vierzehn begonnen hatte, als eine Witwe ihn anstellte, um ihren Heustock zu reparieren.

Der Pickel traf, Steine flogen und neue Felsschichten erschienen. Sie wirkten sogar noch hoffnungsvoller.

Whip hörte mit einem müden Fluch auf, wischte sich Schweiß und Steinstaub vom Gesicht und begann von neuem. Er wollte nicht wieder mit der gleichen enttäuschenden Nachricht über Silent Johns wertlosen Goldclaim zu Shannon zurückgehen. Er wollte nicht beobachten, wie sie versuchte, ihre Angst vor dem einsamen Ruin zu verbergen. Er wollte nicht mit seinem Verlangen ringen müssen, sie in die Arme zu nehmen, zu trösten, zu küssen, bis aus der kalten Angst wildes, kochendes Vergessen wurde...

Felsstücke flogen und zerkratzten Whips Haut. Er bemerkte es kaum. Er war zu sehr damit beschäftigt, mit seinem Gewissen zu kämpfen und mit dem unbezähmbaren Verlangen seines Körpers nach einer jungfräulichen Witwe, die ihm alles geben würde, wonach ihn als Mann verlangte, und die alles von ihm nehmen würde, was er einer Frau zu geben hatte.

Und die nie um mehr bitten würde.

Genau das war es, was Whip so zu schaffen machte. Wenn Shannon das uralte Spiel der Heiratsfalle gespielt hätte, die sie mit ihrem honigweichen Körper als Köder versah, dann hätte Whip das uralte Spiel der Männer spielen können, die den Honig stahlen, ohne in die Falle zu gehen.

Der Pickel zischte durch die Luft und landete mit erschütterndem Klingen auf dem unnachgiebigen Fels. Whip bemerkte kaum etwas davon, er war gefangen in dem Schraubstock aus schlechtem Gewissen und Begehren, der ihn mit jedem Herzschlag gnadenlos drückte.

Er wußte, daß Shannon nicht versuchte, ihn zu einem Eheversprechen zu verlocken. Sie wünschte nicht einmal mehr, daß der Mann namens Whip Moran sie heiratete.

Wozu könnte schon ein Mann gut sein, der einem ein Kind macht und dann auf die Reise um die Erde geht, bis er zurückkehrt und das nächste Kind machen kann?

Ich würde niemals einen Mann heiraten, der mich weniger will als den Sonnenaufgang, den er noch nie gesehen hat.

Whip glaubte Shannon. Er hatte den Schmerz und den Schreck in ihren schönen Augen gesehen, einen Kummer, den nicht einmal die beste Schauspielerin vortäuschen könnte.

Und Shannon spielte ihm nichts vor. Ihre Aufrichtigkeit war absolut überzeugend.

Ich wäre dir dankbar, wenn du mir eines Tags beibringen könntest, wie man einen Käfig aus Sonnenlicht macht. Aber heute nicht mehr.

Shannon verstand vielleicht nicht, warum er sie verlassen würde, aber sie wußte, daß es so war. Das Wissen stand in ihren Augen geschrieben, klang in ihren Worten wider, zeigte sich in dem feinen Zittern ihrer Hände, wenn sie darüber sprach.

Whip wollte nicht, daß Shannon ihn liebte, aber sie liebte ihn.

Jetzt wollte sie ihn auch nicht mehr lieben.

Geh weg, Streuner. Du willst meinen Körper nicht, du willst meine Liebe nicht, du willst nichts als den Sonnenuntergang, den du noch nie gesehen hast. Geh, such ihn und laß mich in Ruhe.

Whip hatte vor, genau das zu tun. Aber zuerst mußte er dafür sorgen, daß Shannon in Sicherheit war, wenn er fortging.

Der Pickel traf krachend auf kalten Stein, und zog sich nur zurück, um mit noch mehr Gewalt wieder aufzutreffen. Doch ganz gleich, wieviel Fels Whip zu Splittern verarbeitete, der Rifle Sight Claim versprach, genausoviel Gold herzugeben wie das Hinterteil eines Maultiers.

Mit einem Fluch hörte Whip auf und lehnte sich auf den Pickel. Er sprach mit dem Fels, redete mit ihm, wie ein Fuhrmann mit seinen Pferden sprechen würde, beschrieb mit harten, ordinären Worten, wie verärgert und enttäuscht er vom Leben im allgemeinen und diesem Berg im besonderen war.

Als Whip der Atem ausging, wischte er sich den Staub von der Stirn, stellte den Pickel weg und griff nach seinem Gewehr, um zurück zum Lager zu gehen, obwohl die Sonne noch hoch am Himmel stand. Er war es leid, auf einem Goldfeld zu schuften, bei dem ein Blinder sehen konnte, daß es so nutzlos war wie Zitzen an einem wilden Eber.

Mit dem Gewehr über der einen und der Peitsche über der

anderen Schulter wanderte Whip hinunter zur Grizzly-Wiese. Er konnte sie von oben nicht sehen, wußte aber, wo sie lag.

Genauso sicher, wie er wußte, daß Shannon dort war und auf ihn wartete. Sie würde Wasser für ihn heißmachen, und er würde baden und dann das Hemd anziehen, das sie gestern für ihn gewaschen hatte. Und er würde ihren Blick sehen, diese süße Mischung aus Zuneigung, fraulichem Begehren und Billigung, mit der sie ihn betrachtete.

Er folgte dem kleinen Bach von Schmelzwasser bis hinunter zu der Stelle, wo bunte Blumen und flacheres Gelände den Rand der Grizzly-Wiese anzeigten.

Lächelnd trat Whip aus dem Schatten auf die sonnenbeschienene Wiese hinaus, in der Erwartung, Shannons Stimme zu hören, wenn sie ihn sah. Doch es ertönte kein freudiger Ruf. Stirnrunzelnd beschleunigte er seinen Schritt.

Ich bin zwar früh dran heute, aber Shannon müßte doch hier sein. Teufel, wo sollte sie denn sonst hingehen?

Es sei denn, es ist etwas passiert. Noch ein Grizzly oder...

Whip spürte einen kalten Schauder, der nichts mit seinen verschwitzten Kleidern zu tun hatte. Er bemerkte kaum, daß er sich bewegt hatte, bis er den festen Griff der Peitsche in der linken Hand spürte und die gleitenden Schlingen an seinen Füßen. Die rechte Hand hatte er fest um das Gewehr geschlossen, den Finger am Abzug, sein Blick suchte nach einem Ziel.

Da. Am anderen Ende der Wiese. Eine Bewegung.

Geschmeidig drehte sich Whip dem möglichen Feind entgegen.

Weibliches Lachen klang über die Sommerwiese herüber, so klar wie der Bach. Plötzlich schoß Shannon aus den Pappeln hervor, von Prettyface dicht gefolgt. Der riesige Hund erreichte sie mit drei Sprügen und stellte sich ihr quer in den Weg, so daß sie stehenbleiben mußte. Schnell wie ein Hirsch kehrte sie um und rannte wieder zu den Pappeln zurück.

Prettyface folgte, bremste sie, bevor sie die Bäume erreichte, und jagte hinter ihr her, als sie wieder seitlich auszubrechen versuchte.

Das Spiel ging weiter, bis Shannon keinen Atem mehr zum Weiterspielen hatte. Sie lehnte sich auf Prettyface und streichelte und lobte ihn, bis sie wieder zu Atem kam. Dann befahl sie ihm, sitzen zu bleiben, und schlich hinüber zu den Pappeln. Japsend beobachtete Prettyface mit Wolfsaugen, wie Shannon in den Bäumen verschwand.

Whip beobachtete sie ebenfalls, erfüllt von sehnsüchtigen Gefühlen, die er nicht genauer benennen konnte.

Ein Stein segelte aus den Pappeln hervor und landete neben Prettyface. Das mußte das Zeichen zur Wiederaufnahme des Spiels sein, denn der Hund sprang los, die Nase dicht am Boden, und folgte seiner Herrin ins Gebüsch.

Whip wartete lächelnd und versuchte zu raten, was als nächstes geschehen würde. Es wurde still, dann kam der Augenblick der Entdeckung.

Er hörte Lachen und sah Bewegungen zwischen den Pappeln. Shannon erschien plötzlich auf der Wiese in vollem Lauf, ihre langen Beine bewegten sich so schnell, daß er sie kaum noch sah.

Kein Wunder, daß sie so schnell bei mir war, als der Grizzly mich in die Enge getrieben hatte. Sie und ihr Höllenhund halten sich gegenseitig bei guter Kondition.

Trotz ihrer Schnelligkeit konnte Shannon es mit Prettyface nicht aufnehmen. Er erwischte sie nach zehn Sprüngen, verstellte ihr den Weg auf die Wiese und setzte hinter ihr her, als sie in eine andere Richtung losrannte.

Whip lacht leise, sicherte das Gewehr, rollte die Peitsche zusammen und ging auf die beiden zu.

Ich wette, Shannon und Willy würden phantastisch miteinander auskommen. Sie haben beide Grips und können auch dann noch lachen, wenn es eigentlich nichts mehr zu lachen gibt. Shannon könnte bei den Kindern und beim Kochen helfen, und Cal würde für die Sicherheit aller sorgen. Selbst die Culpeppers sind nicht so dumm, es mit einem Mann wie Caleb Black aufzunehmen.

Außerdem sind da immer noch Reno und Wolfe, wenn Cal mal allein nicht klarkommt. Bei ihnen wäre Shannon in Sicherheit und nicht irgendwelchen Fremden ausgeliefert.

Und ich könnte wieder losstreunen und müßte mir nicht immer Sorgen machen, ob Shannon einsam hungert oder friert.

Erleichtert angesichts dieser Lösung seines Problems spürte Whip, wie sich etwas von der gnadenlosen Anspannung in ihm löste, die ihn gequält hatte, seit er herausgefunden hatte, wie naiv die Witwe Shannon Conner Smith wirklich war. Lächelnd ging er mit schnellen Schritten über die Wiese.

Shannon entdeckte den Mann, der auf sie zukam, und ihr Herz tat einen freudigen Satz, von dem sie wußte, daß er für die Zukunft nur Kummer bedeutete. Doch sie konnte ihre Freude genausowenig unterdrücken, wie sie die Sonne am Aufgehen hindern konnte.

Seit Whip entdeckt hatte, daß sie Jungfrau war, hatte sie ihn nur wenig gesehen. Wenn sie morgens aufwachte, war er schon beim Rifle Sight und kam abends erst in der Dunkelheit wieder, aß müde, wusch sich und ging schlafen.

»Ich bin froh, daß du schon so früh zurück bist«, sagte Shannon.

Whip lächelte. »Bist du da sicher?«

Sie nickte fast schüchtern.

»Obwohl ich dir weniger Gesellschaft leiste als das Tier da?« fragte er betreten.

Sie nickte wieder und flüsterte: »Ja.«

Whip betrachtete Shannons gerötete Wangen, den süßen Schwung ihrer Lippen, das tiefe Blau ihrer Augen. Und ihm wurde noch deutlicher bewußt, wie froh er war, eine Lösung für Shannons Zukunft gefunden zu haben. Eine Lösung, die nicht zur Ehe führte.

Mit *keinem* Mann.

»Whip?«

»Hmm?«

»Was ist los? Du siehst zufrieden aus wie ein Hahn mit zwanzig Hennen?«

Whip lachte und wünschte, er hätte Shannon in den Arm nehmen können. Er wußte, daß er das nicht durfte. Wenn er sie berührte, konnte das nur zu einem Ausgang führen: Er würde ihr die Jungfräulichkeit nehmen und so tief und hart in sie stoßen, daß es fast wäre, als würden sie sich die Haut abziehen, wenn sie sich schließlich wieder voneinander trennten.

Und zu einer Trennung würde es kommen, denn der unentdeckte Sonnenaufgang würde ihn rufen.

»Ich will dir nicht weh tun«, sagte Whip ohne Lächeln.

Shannons Lächeln verblaßte. *Gehst du fort? Bist du deshalb früher zurückgekommen? Hat der verdammte ferne Sonnenaufgang dich jetzt gerufen?*

Aber Shannon sprach die Fragen nicht laut aus, die sie innerlich zu zerreißen schienen. Whip würde gehen, wenn ihm danach war. Zu wissen, wann er ging, würde die noch verbleibenden Augenblicke auch nicht besser für sie machen.

Eher verschlimmern. Es würde ihr das Herz zerreißen und nichts hinterlassen als Dunkelheit und Leere.

»Das weiß ich«, sagte Shannon und ging mit ihrer Stimme so vorsichtig um wie mit einem Topf voll kochenden Wassers. »Mach dir deswegen keine Sorgen, Streuner.«

»Quat –«

»Ich bin volljährig«, unterbrach sie ihn, »und mehrfach gewarnt worden, daß du keine Bindungen willst. Wenn ich also Probleme habe, ist das ganz und gar meine Sache, nicht deine.«

»Aber –«

»Komm ins Lager und wasch dich«, unterbrach ihn Shannon nochmals, entschlossen, das Thema nicht weiter zu verfolgen. »Dein Hemd muß sich anfühlen, als wenn es aus Brennesseln wäre. Möchtest du bald essen?«

»Mein Hemd macht mir nicht zu schaffen«, gab Whip zurück. »Sondern du. Mein Gewissen läßt es nicht zu, daß ich dich Leuten wie den Culpeppers ausliefere, wenn ich forgehe.«

Dann geh nicht!

Aber Shannon war klug genug, diesen Aufschrei ihrer Seele nicht laut auszusprechen. Er würde trotzdem gehen. Und sie wollte nicht, daß er auf Kosten seiner Zufriedenheit blieb und seinen Traum ihretwegen begrub. Er liebte den unbekannten Sonnenaufgang mehr, als er je eine Frau lieben würde.

»Dann sag deinem Gewissen, daß ich auch schon recht gut zurechtgekommen bin, bevor du aufgetaucht bist«, erwiderte sie.

»Aber das stimmt ja gar nicht!«

»Woher willst du das wissen?« fragte Shannon klug. »Du warst ja nicht hier.«

»Verdammt, Shannon –«

»Ja, verdammt.«

Damit eilte sie in Richtung Lager. Prettyface und Whip gingen neben ihr her.

»Wie war's beim Schürfen?« erkundigte sie sich.

Whip knurrte. »Schlimmer als gestern, besser als morgen.«

Sie überlegte, ob ihr nicht etwas Ermutigendes einfiele. Aber es gab nichts. Die Angst um ihre Zukunft war zu groß. Doch wenn sie darüber redete, würde Whip glauben, sie wollte einen Käfig für ihn bauen und ihn festnageln.

»Ich werde im Rifle Sight kein Gold finden«, sagte er brüsk. »Morgen nicht und auch an keinem anderen Tag.«

Shannon stolperte unvermitelt und richtete sich dann wieder auf, bevor Whip sie berühren konnte.

»Es gibt ja noch die anderen Claims«, sagte sie bleich.

»Ich dachte, Rifle Sight wäre der beste.«

»Vielleicht auch nicht.«

»Möglich. Aber ich habe eine bessere Idee.«

»Was? Den Claim von jemand anderem ausbeuten?« sagte sie bitter.

»Das überlasse ich den Culpeppers. Und Züge und Banken ausrauben überlasse ich den James-Brüdern.«

»Was meinst du denn?« fragte sie und lächelte trotz ihrer Bestürzung.

»Die einzige wirkliche Sicherheit für eine Frau wie dich gibt es nur in einer Stadt mit hübschen Zäunen, Häusern, Kirchenglocken und einem guten Mann als Ehemann. Aber –«

»Ich will nicht heiraten«, unterbrach sie ihn schroff.

»– einen solchen Ort gibt es in Colorado nicht«, fuhr er fort.

»Gott sei Dank«, murmelte Shannon.

Whip reagierte nicht weiter darauf. Während er sprach, spürte er den ganzen Enthusiasmus, den er entwickelt hatte, als ihm die Idee gekommen war.

»Der nächstgelegene sichere Ort für dich wäre auf der Ranch von Cal«, sagte er fest.

Shannon sah ihn von der Seite her an und sagte nichts.

»Die Ranch liegt hinter den Gipfeln dort«, erklärte Whip und deutete nach Westen. »Zwei Tage auf Razorback. Vier zu Fuß.«

»Und nicht einer, wenn man zu Hause bleibt«, stellte Shannon zufrieden fest.

Whip redete weiter, als hätte sie kein Wort gesagt.

»Cal und Willy – meine Schwester, erinnerst du dich?«

»Cal ist deine Schwester? Ich dachte, er ist ein Mann.«

Whip warf Shannon einen glitzernden Blick zu.

Sie gab ihn unverändert zurück.

»Willow ist meine Schwester. Caleb ist ihr Mann.« Whip sprach langsam und klar, als hätte er den Stadtsäufer vor sich. »Sie haben einen kleinen Jungen und erwarten bald noch ein

Baby. Als Hilfe hat sie nur Pig Irons Frau, und die spricht nur die Sprache der Ute Indianer.«

»Dann sollten sie sich in Canyon City umsehen. Oder vielleicht will eine von deinen anderen Witwen den Job. Ich will ihn nicht.«

Whip gab einen frustrierten Laut von sich und fuhr sich mit den Fingern durchs Haar, wobei er seinen Hut herunterstieß. Er fing ihn geschmeidig auf und drückte ihn wieder an seinen Platz. Er wünschte, seine Laune wäre ähnlich leicht im Griff zu behalten.

»Sie würden dich nicht behandeln wie eine Angestellte«, sagte Whip sorgsam. »Du würdest praktisch… zur Familie gehören.«

»Nach der Erfahrung mit meiner Stieftante ziehe ich es vor, als Angestellte betrachtet zu werden«, sagte Shannon.

»Verdammt noch mal! Ich meinte doch nur, du hättest einen sicheren Platz mit netten Leuten um dich herum und Kindern, mit denen man Spaß haben kann und –«

»*Ihr* Heim, *ihre* Kinder«, sagte Shannon angespannt. »Nein danke. Ich hätte lieber einmal mein eigenes Heim und meine eigenen Kinder, die ich lieben kann.«

Der Gedanke, daß Shannon die Kinder eines anderen Mannes haben könnte, erfüllte Whip mit roher Wut. Seine gewaltsame Reaktion erschreckte ihn. Er biß die Zähne zusammen, um nichts von dem zu sagen, was sich ihm aufdrängte.

Was geht es mich an, wessen Kinder sie bekommt? fragte er sich grimmig. *Solange es nur nicht meine sind.*

Trotz dieser vernünftigen, kühlen Frage verringerte sich Whips ursprünglicher Zorn kaum. Mit zusammengebissenen Zähnen wandte er sich von dem jungen Mädchen ab, das seinen Zorn – und seine Erregung – in einer Weise hervorrufen konnte, wie es noch niemand anderem gelungen war.

Das ist das Ende, sagte sich Whip. *Zeit, alles einzupacken und zum nächsten Sonnenaufgang loszuziehen, bevor sie mich so fest im Griff hat, daß ich mich nicht mehr befreien kann.*

Aber zuerst muß ich dafür sorgen, daß die sture kleine Hexe in Sicherheit ist, ob ihr das nun gefällt oder nicht.

Wortlos wandte sich Whip ab und ging hinüber zu seinem eigenen Lager.

Shannon holte tief Luft und betrachtete ihre Hände. Sie zitterten etwas. Sie wußte, daß sie Whip beinahe dazu gebracht hätte, völlig die Fassung zu verlieren.

Aber sie wußte nicht, was sie getan hatte, um ihn so in Rage zu bringen.

»Ich wünschte, du könntest reden, Prettyface. Du bist auch männlich. Vielleicht könntest du mir sagen, was ich gemacht habe.«

Der große Hund stupste ihre Hand mit der Schnauze an. Er verstand nicht, was mit seiner Herrin los war, spürte jedoch, daß etwas nicht stimmte.

»Ich habe mich doch ganz höflich für das Angebot bedankt, im Haus seiner Schwester zu arbeiten«, stellte Shannon fest.

Prettyface beobachtete sie mit hechelnder Zunge.

»Na ja, vielleicht auch nicht *ganz* so höflich«, gestand sie. »Aber unhöflich war ich sicher nicht. Lange nicht so wie er.«

Der Hund legte den Kopf zur Seite und sah aus, als wolle er gleich etwas sagen.

»Wenn du bloß reden könntest.« Sie seufzte tief. »Kannst du aber nicht. Also schätze ich, ich muß wohl Whip fragen, warum er so wütend geworden ist, als ich gesagt habe, daß ich mein eigenes Heim und meine eigenen Kinder will. Ich habe ihn ja nicht aufgefordert, sein Teil dazu beizutragen.«

Unruhig, zwischen Ärger und Bestürzung hin- und hergerissen, ging Shannon hinter Whip her.

Aber als sie sein Lager erreichte, vergaß sie schlagartig ihre Fragen. Whip war dabei, mit knappen effektiven Bewegungen seine Sachen zusammenzupacken.

Nein! Oh, Whip, verlaß mich nicht. Noch nicht!

Shannon grub ihre kurzen Fingernägel in ihre Handflächen, als sie versuchte, ihre Tränen zurückzuhalten.

Ich werde nicht weinen. Ich wußte ja, daß es so kommen würde. Ich hatte nur nicht geglaubt, daß es so sein würde, im Zorn.

Shannon wollte etwas sagen, überlegte es sich dann aber anders. Sie konnte ihrer Stimme nicht trauen. Schweigend wandte sie sich ab und ging zu ihrem eigenen Lager.

Als sie wenig später Whips Pferd kommen hörte, konnte sie ihrer Stimme wieder vertrauen. Whip stieg wortlos ab.

»Gehst du fort?« fragte sie ihn ruhig.

»Habe ich dir doch gesagt.«

»Ja.«

Shannon blickte auf ihre Hände, holte tief Luft, um sich zu beruhigen, und lächelte Whip an.

»Vielen Dank für alles, Whip. Wenn du jemals wieder hier vorbeikommst – ach nein, du gehst ja nie zweimal zu demselben Sonnenaufgang.« Sie machte eine vage Handbewegung. »Also, danke. Bist du sicher, daß du keine Bezahlung annehmen willst? Du hast so viel gearbeitet, und ich habe schon noch etwas Gold.

Whip betrachtete Shannons bleiches Gesicht und ihre zitternden Hände und hätte sie gern getröstet und gleichzeitig heftig geschüttelt. Schweigend ging er an ihr vorbei und begann, ihre Sachen einzupacken.

»Was machst du da?« fragte sie verdutzt.

»Wonach sieht es denn aus?«

Beim Ton von Whips Stimme zuckte Shannon zusammen.

»Sieht aus, als würdest du meine Sachen packen.«

»Ach, wirklich?«

Whip stopfte ein paar Stücke Dörrfleisch in einen Beutel und sah sich nach weiteren Vorräten um. Es gab keine mehr.

Auch das ärgerte ihn. Es erinnerte ihn daran, welche Not

Shannon gelitten hatte, bevor er gekommen war, und welche Not sie bald wieder leiden würde, nachdem er fort war.

Es sei denn, sie nahm eine Arbeit bei Willow an.

»Warum packst du meine Sachen?« fragte Shannon.

»Weil du mit mir kommst.«

Shannon schloß die Augen. *Ich weigere mich, aus der Fassung zu geraten wegen eines Herumtreibers, der Liebe nicht erkennen kann. Selbst wenn er sie direkt vor der Nase hat.*

Als sie die Augen wieder öffnete, sprühten sie ebenso zornige Funken wie Whips. In ihrer Stimme schwang jedoch kein Zorn mit. Ihre Worte waren beherrscht, sorgfältig gewählt und sehr entschieden.

»Du hast mir nicht zugehört«, sagte sie. »Ich gehe nirgendwohin außer hinauf zum Rifle Sight, um nach Gold zu schürfen.«

»Ach ja? Und dabei ernährst du dich von Gras?«

Shannon blinzelte. »Nein.«

»Dann solltest du besser bis zu deiner Hütte mit mir reiten. Hier gibt es nicht einmal mehr genug Vorräte für eine sture, kleine Idiotin.«

»Keine Sorge. Hier gibt es keine ›sture, kleine Idiotin‹, die die Vorräte aufbraucht. Nur ein breitschultriger, dickköpfiger, blinder Mann mit dem Appetit und der Laune eines verhungernden Grizzly, der –«

Plötzlich fiel Shannon wieder ein, daß sie sich geschworen hatte, seinetwegen nicht in Rage zu geraten.

»Für einen Tag Schürfarbeit ist noch genug da«, sagte sie mit vorgetäuschter Ruhe.

Whip betrachtete den wolkenüberzogenen Himmel und dann wieder Shannon.

»Morgen um diese Zeit wird es regnen, daß sogar Noah ertrinken könnte«, sagte er. »Ein kluges kleines Mädchen würde seinen Hintern in Bewegung setzen und den Berg hinunter unter ein Dach gehen.«

»Ein kluges kleines Mädchen wäre nicht hier oben –«

»Amen.«

»– mit einem elendig sturen, blinden Mann.«

»Pack deine Sachen«, sagte Whip nur.

Shannon rührte sich nicht von der Stelle.

Fluchend drehte er sich zu ihr um. »Daß du mich stur nennst, ist, als würde die Kohle dem Ruß Vorwürfe machen, weil er schwarz ist.«

»Höre ich da so etwas wie ein Eingeständnis, was deine Sturheit betrifft?«

»Im Augenblick würden wir uns noch nicht mal darauf einigen können, daß Wasser naß ist, Mädchen, aber die Fakten bleiben. Im Rifle Sight gibt es kein Gold. Ein Gewitter zieht auf. Und du hast nicht genug Vorräte, um das Gewitter hier abzuwarten.«

Shannon wollte Whip widersprechen, aber sie wußte, daß er recht hatte. Bei ihrem Spiel mit Prettyface und ihrem Streit mit Whip hatte sie die Entwicklung am Himmel übersehen.

Sie stand mit einer anmutigen Bewegung auf, die ihre grobe Männerkleidung Lügen strafte.

»Na gut«, sagte sie murrend, »ich komme bis zu meiner Hütte mit dir.«

»Mir brauchst du den Gefallen nicht zu tun.«

»Keine Sorge, Herumtreiber.«

Bis sie schließlich in schweigender, mißlauniger Einigkeit gepackt hatte, war Shannons Ärger einer dumpfen Traurigkeit gewichen. Sie bezweifelte, daß Whip ähnlich fühlte; seine Miene wirkte immer noch angespannt, als er sich in den Sattel schwang.

Prettyface lief vergnügt um sie herum, als sie den schmalen Pfad ins Tal hinunterritten. Sie legten den Weg schweigend zurück, und erst vor Shannons Hüttentür sprach Whip wieder.

»Pack mir ein paar Vorräte zusammen, ich sehe währenddessen nach Crowbait. Er lahmt etwas auf dem linken Vorderhuf.«

Shannon stieg ab und ging in die Hütte. Sie hatte nicht mehr viele Vorräte, doch es tat ihr nicht leid, Whip davon abzugeben. Schließlich hatte er die Lebensmittel beschafft und das Wild erlegt. Sie hatte nur gekocht und gegessen.

Sie packte alles bis auf eine Ration für einen Tag in einen Beutel und brachte ihn Whip.

»Alles fertig?« fragte er.

Shannon nickte dumpf.

Er schwang sich in den Sattel und blickte zu ihr hinunter. Er konnte ihren Schmerz fast spüren.

»He, Honigmädchen«, sagte er und hob mit der linken Hand sanft ihr Kinn. »Zieh die Mundwinkel hoch. Sture Leute wie wir streiten eben ab und zu, da ist doch nichts dabei.«

Shannon lächelte Whip unsicher zu. Sie strich mit den Lippen sacht über die weiche Oberfläche seines Handschuhs.

»Danke«, sagte sie leise.

»Wofür?«

»Dafür, daß du nicht im Zorn weggehst. Ich … ich glaub, ich hätte es nicht ausgehalten … nicht zu wissen, wo du bist, sondern nur, daß du verärgert warst, als du fortgingst.«

Einen Moment lang konnte Whip nur daran denken, wie gut sich Shannons Lippen auf seiner Haut statt auf seinem Handschuh angefühlt hätten. Dann begriff er, was sie gesagt hatte.

»Du wirst wissen, wo ich bin. Du kommst nämlich mit mir.«

Hoffnung erhellte Shannons Seele wie ein Blitz.

»Ach ja?«

»Darauf kannst du wetten.«

»Wo gehen wir denn hin?«

»Zu Cals Ranch, genau wie ich gesagt habe.«

Shannon schloß die Augen und kämpfte gegen das Bedürfnis an zu nehmen, was immer Whip ihr anbot, solange sie nur bei ihm sein konnte.

»Nein, vielen Dank«, erklärte sie ruhig. »Ich habe hier Goldfelder, die ich bearbeiten muß, und ich muß mich um Cherokee kümmern und noch Wild jagen und –«

»Himmel noch mal, du kannst einem wirklich das Leben schwermachen!«

»– Prettyface würde mit Fremden nicht gut auskommen«, fügte Shannon immer noch ruhig hinzu. »Ich bleibe hier, wo ich hingehöre.«

Whip sah hinab auf das schlanke, entschlossene junge Mädchen. Er bewunderte sie, obwohl sie ihn wütend machte.

»Was sollte mich davon abhalten, dich einfach zu packen, auf das alte Maultier zu binden und mitzunehmen, wohin ich will?« fragte er.

»Dein gesunder Menschenverstand.«

Whip zögerte und atmete dann hörbar aus. »Du wirst auf jedem Schritt des Weges gegen mich Widerstand leisten, wie?«

»Da ich nicht mit dir gehe, kann ich wohl kaum bei jedem Schritt Widerstand leisten, oder?«

Shannon sah nicht einmal, wie Whip sich bewegte. Plötzlich lag ein harter Arm um ihre Mitte, und sie wurde hochgehoben. Whip drückte sie mit einer Leichtigkeit an sich, die sie gleichzeitig ärgerte und ihr Blut in Wallung brachte.

Und sein Blut ebenfalls. Sie sah es daran, wie seine Pupillen sich plötzlich weiteten, spürte es an der deutlichen Anspannung seines Körpers, schmeckte es an dem heißen Kuß, der sie zitternd und an ihn geklammert zurückließ, während sie flüsternd ihre törichte Liebe zu einem Herumtreiber gestand.

»Es wird nicht funktionieren«, sagte Whip rauh und haßte sich selbst und die junge Frau, die ihn mit von inniger Liebe erfülltem Blick ansah. »Ich werde nicht hierbleiben. Ich werde dich nicht lieben.«

»Ich habe nie verlangt –«

»Den Teufel hast du«, unterbrach er sie heftig.

Whip stellte Shannon so schnell wieder auf den Boden, daß

sie schwankte. Er löste das Seil des Packpferdes von Sugarfoots Sattelknauf.

»Ich begehre dich brennend wie die Hölle, aber ich werde nicht meine Seele aufgeben, um dich zu bekommen. Und genau das bedeutet Liebe, Honigmädchen. Seine Seele aufzugeben.«

Er zog sein Pferd auf der Hinterhand herum und ritt in schnellem Trab über die Wiese davon.

»Whip!« rief Shannon. »Ich habe doch nicht – ich habe doch nicht verlangt, daß du mich liebst!«

Doch sie hörte nur verklingende Huftritte.

Erst als Whip außer Sicht war, bemerkte Shannon, daß er das Packpferd und sämtliche Vorräte zurückgelassen hatte. Sie starrte in die geduldigen braunen Augen des Tiers und kämpfte gegen die überwältigende Traurigkeit an, die sie zu ersticken drohte.

Selbst im Zorn hatte Whip noch an ihr Wohlergehen gedacht.

»Whip!« rief Shannon. »Komm zurück! Ich kann genausowenig etwas dafür, daß ich dich liebe, wie du, daß du mich nicht liebst!«

Nur die Stille antwortete Shannon, eine Stille, die Whips Abschied in ihr nachklingen ließ.

Ich begehre dich brennend wie die Hölle, aber ich werde nicht meine Seele aufgeben, um dich zu bekommen. Denn genau das bedeutet Liebe, Honigmädchen. Seine Seele aufzugeben.

12. KAPITEL

Prettyface stupste Shannon an und winselte tief in der Kehle. Das erinnerte sie daran, daß sie immer noch mit kalten Tränen auf dem Gesicht vor ihrer Hütte stand. Sie holte einmal tief Atem und konzentrierte sich auf die lange Liste von Dingen, die getan werden mußten, wenn sie durch den Sommer oder gar den Winter kommen wollte.

Weinen stand ganz sicher nicht darauf.

Sie kraulte Prettyface, und sein kluger Wolfsblick verklärte sich vor Genuß. Shannon lächelte und schmiegte ihre Wangen einen Moment an seinen breiten Kopf.

»Wir werden's schon schaffen, Prettyface«, sagte sie und richtete sich auf. »Geh und such dir was zum Abendessen, bis ich die Reittiere versorgt habe.«

Prettyface stand mit schräggelegtem Kopf da und sah Shannon an.

»Nun geh schon, Junge. Ich weiß, daß du hungrig bist.«

Sie deutete auf Wiese und Wald jenseits der Hütte und wiederholte ihre Aufforderung.

Da drehte sich Prettyface um und trottete, die Nase am Boden, auf die Jagd.

Als Shannon die Vorräte von den Packsätteln ablud, stiegen ihr wieder die Tränen in die Augen. Whips Hände waren es gewesen, die die ordentlichen Knoten geknüpft, den Packsattel und die Decke aufgelegt hatten.

»Denk nicht mehr darüber nach«, sagte sie sich flüsternd. »Es gibt zuviel zu tun. Und einem dickköpfigen Herumtreiber nachzuweinen, bringt ohnehin nichts ein.«

Shannon gab sich Mühe, an etwas anderes zu denken, aber immer wieder berührten ihre Hände alles das, was Whip berührt hatte, bis sie schließlich sämtliche Sachen aufgeräumt und die Tiere auf der Wiese zum Weiden angebunden hatte.

Gerade als sie den zweiten Pflock in den Boden schlug, hörte sie, wie Prettyface wild zu bellen anfing. Ihr Herz begann zu hämmern.

Prettyface schlug nur derart heftig an, wenn Fremde zu nahe kamen.

Reglos und im stillen fluchend, daß sie so intensiv an Whip gedacht hatte, daß sie ihr Gewehr mitzunehmen vergessen hatte, hielt Shannon Ausschau nach irgendwelchen Eindringlingen.

Plötzlich erschienen zwei langbeinige Maultiere auf ihrer Lichtung und trabten eilig auf Shannon zu. Sie sprang auf und wollte in Richtung Hütte rennen, doch dort standen zwei weitere Culpeppers und verstellten ihr den Weg.

Shannon verschwendete keine Energie damit, um Hilfe zu rufen. Sie wandte sich zur Seite und rannte in Richtung Wald in der Hoffnung, daß sie schneller war als die Maultiere.

Doch noch bevor sie die Hälfte des Weges zurückgelegt hatte, hörte sie die Hufschläge hinter sich immer lauter werden und erkannte, daß sie das Rennen verlieren würde, sosehr sie sich auch bemühte.

Ein langer, drahtiger Arm packte Shannon direkt unter den Rippen. Darcy war nicht stark genug, sie zu sich auf den Sattel zu heben, aber er hielt sie mit eisernem Griff umschlungen, sosehr sie auch um sich schlug und kratzte und biß.

»Clim hatte recht«, krächzte Darcy und zügelte sein Maultier. »Die Tante ist 'ne echte Kratzbürste!«

Beau grunzte. Mehr hatte er kaum noch von sich gegeben, seit er erfahren hatte, wie schnell und treffsicher eine Peitsche sein konnte.

»Halt still, Süße«, sagte Darcy. »Ich bin ja auch ganz wild auf dich, aber Beau darf zuerst, der is' schließlich der Älteste. Ich bin erst als dritter dran, also spar dir den Widerstand bis – *iiouuu*!«

Die Worte endeten in einem entsetzten Schrei, als Prettyface ihn von der anderen Seite ansprang und auf seine Kehle losging. Darcy ließ Shannon los, um sich zu verteidigen, und einen Augenblick später trafen siebzig Kilo wilder Hund auf Darcys Schulter. Die Wucht des Aufpralls warf ihn aus dem Sattel.

Prettyface folgte knurrend und zähnefletschend.

Shannon landete auf Händen und Knien auf der anderen Seite des Maultiers, sprang hastig wieder auf und rannte davon. Im Laufen schrie sie Prettyface zu, er solle die Beute loslassen und fliehen, denn sie wußte, daß die Culpeppers keine Gnade kennen würden.

Als Shannon den Wald erreichte, warf sie einen Blick zurück. Auf dem Boden wälzte sich ein knurrendes, fluchendes Knäuel aus Mann und Hund. Beau saß noch im Sattel und hatte sein sechsschüssiges Gewehr gezogen. Der Lauf folgte dem Kampf in Erwartung einer Schußmöglichkeit.

Und die würde unweigerlich irgendwann kommen.

Mit tränenüberströmtem Gesicht und heftigem, schmerzendem Atem floh Shannon in den Wald. Sie hoffte inständig, daß ihr lange genug Zeit bleiben würde, um über den Hang zu dem Geheimgang zu gelangen, der durch die Höhle in die Hütte führte, um sich ihr Gewehr zu schnappen, bevor es zu spät war, um Prettyface zu helfen.

Sie hatte gerade erst die Hälfte des Hangs erklettert, da eröffnete Beau das Feuer.

Whip zügelte plötzlich sein Pferd an einer der vielen Wegkreuzungen. Sugarfoot kaute unzufrieden auf seiner Trense, blieb jedoch still stehen, während Whip horchte und sich aufmerksam umblickte.

Aber er sah und hörte nichts, was sein aus dem tiefen Inneren kommendes Unbehagen erklärte.

»Du bildest dir nur was ein«, murmelte er.

Trotzdem hörte er in jedem Rauschen des Windes Shannons Stimme nach ihm rufen.

Whip, ich habe wirklich nicht von dir verlangt, daß du mich liebst.

»Verdammt, Shannon, du bindest mich fest an dich.«

Ich liebe dich, Herumtreiber.

Whip schloß die Augen. Seine Finger umschlossen die Zügel so hart, daß sie sich durch die Handschuhe in seine Hände gruben.

»Ich will deine Liebe nicht«, sagte er verkrampft. »Ich will mich nicht verpflichtet fühlen. Ich kann nicht immer am selben Ort bleiben, Honigmädchen.«

Plötzlich stellte Sugarfoot die Ohren auf, drehte den Kopf und blickte mißtrauisch zurück auf den Weg, den sie gekommen waren.

Sein Reiter hörte die Geräusche ebenfalls.

Hinter ihnen, bei Shannons Hütte, hatte jemand aus einem sechsschüssigen Gewehr gefeuert. Shannon besaß keine solche Waffe.

Aber die Culpeppers.

Whip schwang Sugarfoot hastig herum und gab ihm die Sporen. Während das Pferd davongaloppierte, machte Whip sein Gewehr schußbereit. Es gab Gelegenheiten, da reichte eine Peitsche einfach nicht aus.

Er beugte sich tief über den Hals des Pferdes und trieb es zu noch größerem Tempo an. Felsen und Bäume flogen nur so vorüber, und doch schien es ihm, als bewegte er sich kaum von der Stelle, so langsam wie der Tagesanbruch am längsten Wintertag.

Er hätte seine Seele verkauft, um bei Shannon sein zu können, bevor die Culpeppers ihr etwas antaten.

Sugarfoot raste zurück den Avalanche Creek hinauf, sprang, ohne zu zögern, über Stämme und Felsbrocken. Kleine Rinnsale, Felsen, frisch gefallene Bäume, halb verrottete Stümpfe, all das sauste wie im Flug an ihnen vorüber.

Whip ritt auf Sugarfoot wie auf einer großen Katze, löste

sich nie von seinem Rücken, egal, wie das Pferd sprang, war nach jedem schwierigen Sprung mit festen Händen an den Zügeln, bereit, dem Pferd zu helfen, sich wieder zu sammeln.

Inzwischen ertönten noch mehr Schüsse vor ihnen, jetzt schon viel näher. Es war ohne Zweifel ein sechsschüssiges Gewehr, nein, sogar mehr als eines.

Und kein anderer Gewehrschuß antwortete.

»Lauf, du großer grauer Hundesohn«, stieß Whip zwischen den Zähnen hervor. »*Lauf*!«

Sugarfoot setzte seine gesamte Kraft ein. Unter Mißachtung aller Gefahren donnerte das Tier mit fliegendem Schweif durch den Wald. Ein Fehltritt, und Mann und Pferd würden in einem Gewirr gebrochener Glieder zu Boden gehen.

Whip kümmerte sich nicht darum. Vor seinem geistigen Auge sah er nur ständig das Bild von Shannon, hilflos den Culpeppers ausgeliefert, deren Blicke noch obszöner waren als ihre Bemerkungen.

Die Bäume vor ihm wurden lichter, und Whip wußte, daß er die Wiese beinah erreicht hatte. Natürlich wäre er gern bis direkt zur Hütte galoppiert, doch das wäre dumm gewesen. Vom Kreuzfeuer der Culpeppers erwischt, würde er Shannon kaum helfen können.

Und er hatte keine Zweifel, daß es die Culpeppers waren.

Whip zügelte sein Pferd, worauf Sugarfoot die Hufe gegen den Boden stemmte und in einem Hagel von Erde zum Stehen kam. Die Wiese lag nur zehn Meter vor ihm. Mit dem Gewehr in der Hand und der Peitsche über der Schulter sprang Whip aus den Steigbügeln und rannte sofort los.

Noch bevor er den Waldrand erreichte, schoß ein Lasso aus dem Schatten und schlang sich um seine Füße. Er rollte sich im Fallen ab, befreite seine Füße aus dem Seil und kam mit einem katzengleichen Sprung wieder auf die Beine.

Doch es war schon zu spät.

Als Whip wieder sicher stand, schaute er direkt in den Lauf

von Floyd Culpeppers Gewehr. Whip erkannte ihn als Floyd, weil er das Gewehr in der linken Hand hielt. Sein rechtes Handgelenk war fest mit Lumpen umwickelt, die vielleicht einmal sauber gewesen waren.

Blaßblaue Augen betrachteten Whip mit einer Mischung aus Bosheit und Schadenfreude.

»Na sieh mal einer an! Darcy hatte recht, daß der Bursche hier auf'm schnellsten Weg zurückkommen würde, wenn er Schüsse hört.«

Clim wandte sich zur Seite und spuckte eine ordentliche Portion Tabaksaft aus.

»Und du has' gedacht, Darcy wollte mir nur die Tour vermasseln, wenn ich an der Reihe bin, die kleine Witwe zu reiten.«

Ohnmächtiger Zorn erfaßte Whip – und noch etwas anderes, ein Gefühl, so als hätte ihm jemand die Gedärme herausgetrennt und nur eine Kälte in seinem Inneren zurückgelassen, die bis in seine Seele ausstrahlte.

»Wer Shannon auch nur berührt, ist ein toter Mann«, fauchte Whip.

Floyds Grinsen ließ seine schiefen, scharfkantigen Zähne sehen. »Das sind aber edle Gefühle«, sagte er spöttisch, »auch wenn du nich' in der Lage bist, den großen Macker zu spielen. Laß die Waffe fallen, Junge. Und die Peitsche auch.«

Whip gehorchte, behielt aber die Entfernung zwischen sich und den Waffen der beiden genau im Auge.

»Siehst du 'n Messer, Clim?«

»Nee. Außerdem kann mir beim Messerstechen keiner das Wasser reichen.«

»Marsch«, befahl Floyd Whip und deutete mit der verbundenen Hand in Richtung Wiese. »Wenn du versuchst zu entkommen, schlacht' ich dich ab wie 'n Kaninchen.«

Das bezweifelte Whip nicht.

»Gib das Signal«, sagte Floyd zu Clim.

Clim pfiff dreimal kurz und schrill.

Nach ein paar Sekunden antwortete ein Pfiff.

»Mach schon, Junge«, sagte Floyd zu Whip. »Beau wartet nicht gern.«

Whips Bewegungen war geschmeidig, als er vorwärts ging, bereit, beim ersten Anzeichen von Unachtsamkeit seitens seiner Wächter loszuspringen. Seine Hände hielt er locker in leichtem Abstand vom Körper, die Finger entspannt.

»Ich hab's doch gesagt«, sagte Floyd nach ein paar Schritten zu Clim.

»Was?«

»Der Bursche hier ist ohne seine Peitsche nicht viel wert. Er ist brav wie ein guterzogener Hund.«

Clim grunzte. »Verdammt dicker Hund. Noch dicker als der, den Beau erschossen hat. Wenn das blöde Vieh Darcy nicht angesprungen hätt', gehörte das Mädchen jetzt uns.«

Whip fühlte neue Hoffnung. Das klang, als wäre ihnen Shannon womöglich entkommen.

»Reg dich nicht auf«, sagte Floyd zu Clim. »Beau redet in letzter Zeit nich' viel, aber 'ne Spur findet er immer noch wie nix. Der kriegt die Witwe schnell. Teufel, wo soll 'se auch hin?«

Clim musterte den großen Mann, der vor ihm herging. Die gespannte Lässigkeit von Whips Gang machte ihn nervös.

»Warum machst du nicht einfach kurzen Prozeß mit ihm?«

»Wegen Beau«, sagte Floyd energisch. »Der hat mit dem Burschen hier noch 'n Hühnchen zu rupfen. Wills' du Beau sagen, daß er auf sein'n Spaß verzichten muß, weil du den Kerl hier schon umgebracht hast?«

Clim grunzte etwas Unverständliches vor sich hin.

Whip trat hinaus ins volle Licht der Wiese.

Für die junge Frau, die nach einem wilden Klettermanöver über den Hügel hinab durch Silent Johns Geheimgang und die Höhle bis in die Hütte keuchend und völlig außer Atem hinter den Fensterläden stand, war Whips Erscheinung eine Mischung aus Traum und Alptraum.

Aber Whip ist doch weggeritten!

Als sie den gefangengenommenen Whip sah, vergaß Shannon einen Augenblick ihre Angst um Prettyface und konzentrierte sich darauf zu überlegen, wie sie sich selbst helfen könnte, denn nur dann würde sie auch Whip helfen können.

Shannon spähte noch einmal angestrengt durch die Ritzen der Fensterläden.

Nein, ein Irrtum war ausgeschlossen. Die Sonne glänzte auf seinem Haar wie auf reifem Weizen, ließ seine breiten Schultern deutlich erkennen. Und auch, daß er keine Waffen in den Händen trug.

Auch die Peitsche lag nicht über seiner Schulter.

Shannon biß sich auf die Lippen, um Whip nicht zuzurufen, daß sie ihm schon helfen werde, dann wandte sie sich eilig vom Fenster ab und nahm die Flinte von der Wand. Als sie gerade die Tür öffnen wollte, hörte sie eine Stimme direkt hinter der Hütte rufen.

»Ich hab's euch doch gesagt, daß ihr ihn erwischt!«

»Stimmt, war keine große Sache«, rief jemand von der Wiese.

Mit wild klopfendem Herzen nahm Shannon die Waffe in die andere Hand und legte den schweren Riegel vor die Tür. Dann ging sie auf Zehenspitzen zurück zum Fensterladen.

Whip kam über die Wiese auf die Hütte zu. Die beiden Männer hinter ihm ritten auf Maultieren. Ein dritter stand etwa drei Meter neben der Hütte und sah den drei Ankömmlingen entgegen. Seine zerrissenen Kleider und die Blutflecken auf seinem Gesicht und Arm sagten Shannon, daß dies der Mann war, der sie gepackt hatte und von Prettyface zu Boden geworfen worden war.

Shannons Hände schlossen sich fester um das Gewehr, als sie an ihren treuen Hund dachte. Dann zwang sie sich, wieder ihre und Whips augenblickliche gefährliche Lage zu überdenken.

Es blieb keine Zeit, durch die Höhle zurückzulaufen und den Hügel hinunterzuklettern, um die Culpeppers zu überraschen. Sie mußte von hier aus handeln.

Und zwar bald.

Ich könnte die Tür aufreißen und auf den Mann bei der Hütte mit zwei Ladungen Schrot schießen.

Mit gerunzelter Stirn bedachte Shannon, daß Whip damit nach wie vor den beiden anderen ausgeliefert sein würde, die ihn wahrscheinlich sofort erschießen würden, bevor sie ihr Gewehr wieder geladen hatte.

Außerdem war irgendwo noch der vierte Culpepper. Wahrscheinlich noch auf der Suche nach ihr im Wald. Die Schüsse würden ihn sofort alarmieren.

Vielleicht brauche ich für den Kerl vor der Hütte nur den einen Lauf leerzufeuern. Dann bliebe der andere für die beiden anderen Culpeppers.

Shannon entschied, daß das ihre beste Chance war. Sie würde warten, bis die beiden anderen nah genug herangekommen waren, dann würde sie sie auffordern, Whip hereinzulassen. Wenn es zur Schießerei kommen würde, war Whip sicher klug genug, sich fallenzulassen. So schnell, wie er war, würde er wahrscheinlich sogar einen der Culpeppers mitreißen.

Mit um das Gewehr verkrampften Händen beobachtete Shannon die Vorgänge vor ihrer Hütte wie eine Maus die Katze vor ihrem Loch. Wenn sie Glück hatte, würde es Whip gelingen, den beiden anderen irgendwie zu entkommen. Dann brauchte sie sich keine Sorgen darüber zu machen, daß sie ihn womöglich verletzte, wenn die Schrotladung sich wie üblich großzügig über das Schußfeld verteilte.

Vorsichtig machte Shannon die Läden so weit auf, daß sie das Gewehr auf die Fensterbank stützen konnte. Sie entsicherte den einen Lauf, legte den Finger an einen der beiden

Abzüge und wartete, den Blick unverwandt auf den Mann gerichtet, der Whip bedrohte.

»Irgendwas von dem Mädchen zu sehen?« fragte Clim und stieg vom Pferd.

Darcy schüttelte den Kopf. »Die is' im Wald verschwunden.«

Trotz seiner Anspannung spürte Whip, wie sich die Erleichterung in seinem Körper ausbreitete.

»Aber wir erwischen sie, genau wie den verdammten Hund«, fügte Darcy hinzu. »Beau folgt ihren Spuren.«

»Sieht eher so aus, als hätte Prettyface dich erwischt«, erwiderte Whip. »Hat dich wohl angebissen und wieder ausgespuckt, wie? Hunde mögen eben keine Stinktiere.«

Darcy schob den Tabak in die andere Backe und sah Whip an, als nähme er an ihm Maß für einen Sarg.

»Das war das letzte, was das verdammte Vieh getan hat«, sagte Floyd. »Beau hat es erschossen.«

»Ich hätte Beau damals in Holler Creek umbringen sollen«, sagte Whip. »Man lernt eben nie aus. Oder, was euch betrifft, Jungs, man stirbt einfach dumm.«

Darcy spuckte braune Tabaksoße auf Whips Stiefel.

Whip sah ihn nur an und fragte sich, was für Beleidigungen er wohl brauchen würde, um Floyd lange genug von seinem Gewehr abzulenken. Das würde Whip dann an Darcy verfüttern. Quer.

»Was machen wir jetzt?« fragte Floyd.

»Auf Beau warten.«

»Ich brauch' 'n Whiskey. Das verdammte Handgelenk tut mächtig weh«, murmelte Floyd und betrachtete voller Abscheu seinen rechten Arm. »Jedesmal, wenn das Maultier 'n Schritt macht, fühlt es sich an, als würde einer auf den Arm hämmern.«

Whip lächelte. »Sieht nicht gut aus, Floyd. Die ganzen roten Streifen. Und der Gestank, ein Wunder, daß du den aushältst.«

Darcy und Floyd kümmerten sich nicht um Whip.

»Du mußt warten«, sagte Darcy zu Floyd. »Beau hat die älteren Rechte.«

Hinter Whip schlug Floyds Maultier nach einer Bremse aus.

»Verdammt«, knurrte Floyd. »Das tut weh.«

»Dann steig ab und hör auf zu winseln. Der Hund hat mich ganz schön zugerichtet, und ich jammere auch nicht rum.«

Sein Sattel knirschte, als Floyd sich zum Absteigen bereitmachte.

Adrenalin durchflutete Whip. Das war der Moment, auf den er gewartet hatte. Aus dem Augenwinkel sah er Floyds Schatten über den Boden wandern. Als er abstieg, verließ der Lauf des Gewehrs kurz die direkte Richtung auf sein Ziel. Mehr als diesen Augenblick brauchte Whip nicht.

Blitzschnell wirbelte Whip herum und trat aus. Sein Stiefel traf Floyds verletztes Handgelenk. Floyd gab ein seltsames Geräusch von sich und vergaß sein Gewehr. Der Schmerz raubte ihm das Bewußtsein.

Whip schlug das Gewehr aus Floyds lockerem Griff und wirbelte es wieder herum. Die Kante seiner linken Hand traf Darcys Hals.

Das Geräusch des Treffers ging in Clims zornigem Schrei unter. Er zog ein Messer und stürzte sich auf Whips Rücken.

Aber Whip war schon nicht mehr da. Er wich so plötzlich zur Seite aus, daß Clim an Whip vorbeistolperte, das Messer durch die Luft stieß und das Gleichgewicht verlor. Eine blitzartige Bewegung von Whips Händen verstärkte noch Whips Schwung nach vorn.

Clim überschlug sich und landete flach auf dem Rücken. Als er auf die Füße kam und wieder lossprang, wich Whip dem Angriff des Messers genau wie vorher aus, packte Clim und warf ihn mit dem Kopf voraus gegen die Wand der Hütte. Er traf mit erschütterndem Krachen auf die Balken... dann rutschte er zu Boden und lag ganz still.

Gerade als Whip sich über Clim beugte, ertönte ein Schrei von Shannon aus der Hütte, der von einem donnernden Schuß aus dem Schrotgewehr unterbrochen war.

Whip war näher am Fenster als an der Tür. Er trat die halb geöffneten Fensterläden zur Seite und sprang gleichzeitig über das Fensterbrett ins Haus in der Hoffnung, daß er so den Überraschungseffekt nutzen konnte, was immer ihm drinnen begegnen würde.

Shannon drehte sich hastig zu ihm um, riß die Hand in panischer Angst zur Entsicherung des zweiten Laufs hoch.

»Ruhig, Honigmädchen, ich bin's nur.«

Shannon gab einen kleinen Laut von sich und stand schwankend da, mit großen, aufgerissenen Augen im bleichen Gesicht. »Ich – « stotterte sie. Ihre Stimme versagte. »Ein Cul-Culpepper – die Höhle – er-«

Whip sah die offene Tür des Vorratsschranks hinter Shannon. Die Stiefel eines Mannes ragten bis ins Zimmer, die Zehen nach oben gerichtet. Blut war daraufgespritzt.

Shannon wollte sich wieder dem Vorratsschrank zuwenden. Doch Whip nahm ihr vorher mit knapper Bewegung das Gewehr aus der Hand und stellte sich zwischen sie und den Mann im Gang der Höhle, um ihr den Anblick zu ersparen.

»Du hast getan, was du tun mußtest«, sagte Whip sanft. »Ich kümmere mich jetzt darum. Du geh nach draußen und sieh zu, daß Floyd keinen Unsinn macht.«

»F-Floyd?«

»Der mit dem verbundenen Handgelenk.«

»Was ist mit den beiden anderen?«

»Sie werden, glaube ich, keine großen Schwierigkeiten mehr machen«, sagte er neutral. Er gab Shannon die Flinte zurück. »Geh schon, Honigmädchen. Ich komm' gleich und sammle ihre Waffen ein.«

Whip hob den Riegel von der Tür und beobachtete Shannon genau, als sie an ihm vorbei nach draußen ging. Ihre Augen waren zu dunkel und ihre Haut viel zu blaß, aber ihre Hände lagen fest um das Gewehr. Sie ging weiter bis zu einer Stelle, wo sie alle drei Culpeppers gleichzeitig im Blick hatte.

»Du kommst schon klar, Shannon Conner Smith«, sagte Whip tonlos. »Du hast wirklich Mumm.«

Er drehte sich um und ging zum Vorratschrank. Er zündete die Laterne an und hielt sie über Beau Culpepper. Nach einem einzigen Blick blies er sie aus und ging hinaus zu Shannon.

»Ist er tot?« fragte sie hart.

»Ja.«

Shannon schloß einen Moment die Augen. Ein Zittern durchlief sie, aber die Flinte lag fest in ihrer Hand.

»Er hatte in der einen Hand ein Messer«, sagte Whip, »und in der anderen ein sechsschüssiges Gewehr. Mach dir keine Vorwürfe seinetwegen. Er war eigentlich schon länger fällig. Es ist nur bedauerlich, daß du gerade diejenige sein mußtest, die ihn erwischt.«

Shannon holte tief Atem. »Prettyface –«

Mehr konnte sie nicht sagen.

»Ich seh' gleich nach ihm«, sagte Whip. »Aber zuerst kümmere ich mich besser um die Jungs hier.«

Zu Whips Überraschung war Clim noch am Leben, aber nur knapp. Darcy hatte nicht so viel Glück gehabt. Floyd kam gerade wieder stöhnend zu sich.

Mit ruhigen Worten ging Whip zu einem der Maultiere. Das Tier betrachtete ihn mißtrauisch, versuchte aber nicht zu fliehen; offensichtlich hatten die Culpeppers ihren Tieren beigebracht, bei einer Schießerei nicht in Panik zu geraten. Mit ein paar knappen Handgriffen löste Whip die Deckenrolle hinter dem Sattel.

»Ich habe noch nie jemanden so kämpfen sehen wie dich«, sagte Shannon, die sich an seine blitzschnellen, immer unerwarteten Bewegungen erinnerte. »Hast du das in West Virginia gelernt?«

»In China.«

Mit einer Hand nahm Whip Darcy die Waffen ab. Mit der anderen breitete er eine Decke über den toten Mann. Dann wandte er sich den anderen Culpeppers zu.

»Die Chinesen kennen Tricks, die das, was ich getan habe, wie Kinderkram aussehen lassen«, fügte er hinzu.

Shannon sah ihn ungläubig an.

»Es stimmt«, sagte Whip. »Der Mann, der mich unterrichtet hat, reichte mir gerade bis zur Brust und wog weniger als du. Aber er konnte mich in ungefähr fünf Sekunden flachlegen. Das waren die raffiniertesten Kampftricks, die ich je gesehen habe.«

Während Whip redete, nahm er den am Boden liegenden Männern die Waffen ab, holte seine Peitsche und legte sie sich wieder über die Schulter. Dann band er Clim die Hände und Knie zusammen. Floyd ebenso, obwohl er ächzte.

»Wo haben sie dich überfallen?« fragte Whip Shannon, als er wieder aufstand.

»Da drüben, mitten auf der Wiese.«

Er trat zu Shannon, hob ihr Kinn und küßte sie sacht, dann ließ er sie los.

»Paß du hier auf, ich hole dir Prettyface zurück.«

Einen Moment lang sah Shannon Whip mit trostlosem Blick an. Dann nickte sie und wandte sich den Culpeppers zu.

Whip schwang sich auf ein Maultier und ritt auf die Wiese hinaus. Als er zu der Stelle kam, die Shannon beschrieben hatte, begann er das Gras abzusuchen. Er brauchte nicht lange, um den großen Hund zu finden.

Mit einem tonlosen Fluch betrachtete Whip Prettyface. Zwischen seinen Zähnen steckte noch ein Stück blutiges Tuch. Eine flache, rote Furche zog sich quer über seinen Kopf, dicht oberhalb der glasigen, halboffenen Augen. Eine zweite Wunde klaffte mitten in seiner muskulösen Brust. Eine dritte Kugel hatte sein Hinterteil gestreift.

Blut quoll langsam aus den Wunden.

Whip gab einen überraschten Laut von sich und stieg mit einer einzigen, fließenden Bewegung von dem Maultier, so daß er sofort an Prettyfaces Seite kniete. Seine Flanke hob und senkte sich leicht und stetig und bewies, genau wie das fließende Blut, daß er noch am Leben war.

»Du bist ein mächtig zäher Geselle, Junge«, sagte Whip leise.

Sanft und gründlich untersuchte er den großen Hundekörper. Nur einmal winselte Prettyface leise.

»Ganz ruhig«, sagte Whip tröstend. »Sieht so aus, als hättest du ein paar Tritte abbekommen. Du blutest an drei oder vier Stellen, und die Verletzung am Kopf hat dich ganz schön umgehauen, aber du bist jung und kräftig. Du wirst es überleben und irgendwann wieder mit deiner Herrin durch die Blumen toben.«

Noch bevor Prettyface wieder ganz zu sich gekommen war, nahm ihn Whip vorsichtig in die Arme, stand auf und griff nach dem Zügel des Maultiers. Der Hund winselte leise, gab aber weiter kein Geräusch von sich, als Whip ihn über die Wiese in Richtung Hütte trug.

Das erste, was Whip dort sah, war ein großer, kräftiger Fremder, der neben dem Haus stand und ihn mit stahlgrauen Augen beobachtete.

Verdammt, dachte Whip finster. *Hoffen wir, daß der Kerl nicht Culpepper heißt.*

»Shannon?« rief Whip.

»Wenn Sie das junge Mädchen mit der Flinte meinen: Sie ist in der Hütte und jederzeit bereit, mir eins zu verpassen, wenn ich mich nicht anständig benehme.«

Whip schaute zum Fenster. Tatsächlich sah der den Lauf der Flinte aus der Ritze im Fensterladen ragen.

Vorsichtig trat Whip einen Schritt zur Seite.

Der dunkelhaarige Fremde nickte kurz, denn er verstand

Whips Bewegung. Wenn die Flinte losging, würde Whip auf diese Weise kein Schrot abbekommen.

»Kümmern Sie sich um den Hund«, sagte der Mann und betrachtete Prettyface mit Sympathie. »Ich warte.«

Der Blick des Mannes wurde hart wie Feuerstein, als er dann die drei Culpeppers auf dem Boden betrachtete.

Whip kniete sich hin und legte Prettyface vorsichtig ins Gras. Als Whip wieder aufstand, rutschten die Schlingen der Peitsche von seiner Schulter, und der Griff legte sich wie von selbst in seine linke Hand. Das Leder zischelte ruhelos zu seinen Füßen.

»Komm raus, Shannon«, rief er. »Prettyface hat ganz schön was abbekommen, aber er wird es überleben.«

Der Lauf der Flinte verschwand vom Fenster. Die Tür der Hütte öffnete sich und fiel laut hinter Shannon zu, die mit einem Gesichtsausdruck voller Hoffnung und Angst herbeigeeilt kam.

»Prettyface?« fragte sie mit belegter Stimme.

»Hier hinter mir. Und paß auf die Flinte auf.«

Shannon machte sich nicht die Mühe zu antworten. Sie hatte das Gewehr schon gesichert und kniete neben ihrem Hund, wobei sie leise, glückliche Laute von sich gab.

Whip ließ den großen Fremden nicht eine Sekunde aus den Augen, dessen Umhang, Hose und Stiefel früher zu einer Südstaatenuniform gehört hatten.

»Kennen Sie die Jungs hier?« fragte Whip.

»Culpeppers, wenn ich die Maultiere richtig erkenne.«

»Freunde von Ihnen?«

»Ich bin ihnen, das heißt allen elf, auf den Fersen seit der Niederlage der Südstaaten in Appomattox vor drei Jahren.«

»Gibt's dafür einen speziellen Grund?« fragte Whip ruhig.

»Sie werden in Texas gesucht, tot oder lebendig. Während des Bürgerkriegs haben sie dort drei junge Frauen ermordet und ihre Kinder an die Comancheros verkauft. Als die Väter aus dem Krieg nach Hause kamen, herausfanden, was geschehen war, und aufbrachen, um die Kinder zu retten, war es schon zu spät. Sie waren bereits alle gestorben.«

Whip fragte nicht weiter. Das war nicht nötig. Der Mann war offensichtlich früher Südstaatenoffizier gewesen. Whip vermutete, daß seine Frau zu den drei von den Culpeppers ermordeten Frauen gehört hatte.

Was den Rest betraf, brauchte Whip nur den leeren Ausdruck im Gesicht des Mannes zu sehen, um zu wissen, daß seine Kinder unter den Vermißten gewesen waren.

»Auf der Jagd nach Culpeppers, wie?« fragte Whip leise. »Nun, dann haben Sie ja heute Glück, mein Freund. Diese drei hier sind Clim, Darcy und Floyd.«

»Tot?«

»Darcy ja. Clim und Floyd sind noch mal davongekommen. Doch ihre Chancen stehen ziemlich schlecht. Clims Rückgrat ist gebrochen und Floyds Handgelenk riecht, als wäre es brandig.«

»Folge des Kampfes in Holler Creek?« fragte der Fremde.

»Kann man kaum Kampf nennen. Ich habe sie überrascht und einfach weitergemacht, bis die Sache erledigt war.«

Ein Mundwinkel des Fremden hob sich zu einem flüchtigen Lächeln. »Ich dachte mir schon, daß Sie das sein könnten«, sagte er und betrachtete die ruhelose Peitsche. »Whip, oder?«

»So nennnt man mich.«

«Seit dem Krieg nennt man mich Hunter, den Jäger.«

»Hunter«, sagte Whip neutral und nickte.

»Ich hab' gehört, Beau soll auch dabeigewesen sein«, sagte Hunter und deutete auf die Culpeppers.

»War er auch.«

»Dann ist er wieder entkommen«, sagte Hunter heftig. »Verdammt sei sein schleimiges Fell. Verzeihen Sie, Madam.«

»Sie brauchen sich nicht zu entschuldigen«, erwiderte Shannon, ohne von Prettyface aufzusehen. »Ich bin keine sanfte

Dame aus dem Süden. Ich habe gerade einen Menschen getötet.«

Hunters schwarze Augen hoben sich. »Einen Culpepper?«

Shannon nickte knapp.

»Nun, Madam, manche Leute würden einwenden, daß ein Culpepper nicht als Mensch zählt«, sagte Hunter. »Besonders die Leute, die die Überreste jener drei jungen Frauen begraben haben.«

Hunter wandte sich wieder an Whip.

»In welche Richtung ist Beau gegangen«, fragte er.

»Direkt in die Hölle, schätze ich.«

»Er ist tot?« fragte Hunter und sah sich wieder um.

Whip nickte. »In der Hütte.«

Hunter deutete in einer stummen Frage auf Shannon.

Whip nickte wieder.

Ein Teil der starken Anspannung in Hunters Körper ließ nach. Erst als sich der andere zu entspannen begann, erkannte Whip, wie sehr er zum Kampf bereit gewesen war.

»Ich stehe in Ihrer Schuld«, erklärte Hunter. »Es waren fünfhundert Dollar ausgesetzt auf Beaus Kopf, zweihundert auf Floyd und Darcy und hundert auf Clim. Ich werde dafür sorgen, daß Sie das Geld bekommen.«

»Nein«, sagte Shannon heftig. »Kein Blutgeld. Wir hätten sie nicht umgebracht, wenn wir es hätten vermeiden können.«

Hunter sah Whip an. Wieder erschien ein winziges Lächeln unter seinem schwarzen Schnurrbart. Er sagte zwar kein Wort, doch Whip wußte, daß Hunter verstand, was Shannon noch nicht klar geworden war: In dem Augenblick, als die Culpeppers Shannon überfallen hatten, hatten sie ihr eigenes Todesurteil unterschrieben, soweit es Whip anging.

»Wenn Sie mir helfen, die Culpeppers auf zwei Maultiere zu laden«, sagte Hunter, »überlasse ich sie dem ersten Kopfgeldjäger, den ich finde.«

»Sie wollen sie nicht selbst abliefern?«

»Abner, Horace, Gaylord, Erasmus und Jeremiah sind noch auf freiem Fuß. Erasmus und Jeremiah sollen auf dem Weg nach Virginia City sein. Nachdem diese hier erledigt sind, werde ich nach den anderen dreien suchen.«

»Und der Rest?«

»Mein Bruder Case jagt Erasmus und Jeremiah. Wenn die Culpeppers sich teilen, teilen wir uns auch. Case hat den kürzeren Strohhalm gezogen, also darf er nur zwei der Hundesöhne jagen. Aber er wird es wieder wettmachen. Ich schätze, daß er vor mir in Virgina City sein wird.«

»Elf, haben Sie gesagt«, murmelte Whip. »Sind das alle?«

»Alle nennenswerten«, meinte Hunter trocken. »Aber Papa Culpepper war ein unermüdlicher alter Bock. Ich schätze, er hat einige Eier in fremden Nestern hinterlassen, bevor ihn mein Vater erschossen hat.«

»Elf. Verdammt noch mal. Und der Rest vom Alphabet? Könnte es sein, daß ich denen demnächst begegne?«

»Unwahrscheinlich. Sie sind weit weg in Texas begraben.«

Whip brauchte nicht zu fragen, wer sie begraben hatte. Hunter erinnerte Whip an Caleb Black, ein guter Mann, aber hart wie Feuerstein. Die Sorte Männer gab üble Feinde ab.

»Ich hoffe, Sie erwischen sie bis zum letzten«, sagte Whip.

»Worauf Sie sich verlassen können.«

Whip lächelte und war froh, daß er nicht Culpepper hieß.

»Nimm eines von den Rennmaultieren und hol den Schamanen«, sagte Whip zu Shannon. »Er kann Prettyface versorgen, solange wir unterwegs sind.«

Shannon hob hastig den Kopf. »Wo gehst du hin?«

»Wir«, verbesserte sie Whip. »Wir reiten zur Ranch meiner Schwester.«

Shannon öffnete den Mund, um zu protestieren.

»Nein«, unterbrach Whip sie energisch. »Ich pfeife auf den gesunden Menschenverstand. Diesmal kommst du mit, und wenn ich dich an den Sattel binden muß.«

13. KAPITEL

Shannon erwachte mit einem Ruck und blickte sich mit klopfendem Herzen um. Der Morgen graute gerade. Sie befand sich in einem kleinen Schlafzimmer. Ein Mann rief von der Veranda zur Weide hinüber. Eine andere Stimme antwortete.

Whips Stimme rief.

Caleb Blacks Stimme antwortete.

Das war es, wovon Shannon aufgewacht war. Männerstimmen. Noch jetzt, drei Tage nach dem Kampf bei ihrer Hütte, war sie schreckhaft, zuckte ständig zusammen und sah sich immer wieder mißtrauisch um, ob ihr auch niemand folgte.

Shannon holte tief Atem. Der Duft von Kaffee und Brötchen und Speck kitzelte sie an der Nase. Sofort knurrte ihr Magen zur Antwort. Sie und Whip waren am vergangenen Abend so spät angekommen, daß Willow sie eigentlich nur kurz begrüßt hatte, bevor sie ins Bett gegangen waren. Der Ritt hatte deswegen so lange gedauert, weil Shannon sich geweigert hatte, eines der Rennmaultiere der Culpeppers zu reiten, die Hunter für sie zurückgelassen hatte.

Eilig stand Shannon auf und zog sich an, weil sie nicht im Bett liegenbleiben wollte, während die anderen arbeiteten. Soweit Whip ihr erzählt hatte, hatte Willow alle Hände voll zu tun mit ihrem kleinen Sohn, ihrer Schwangerschaft und dem Kochen für alle Rancharbeiter. Außerdem nähte und flickte sie, putzte, wusch die Kleider, bügelte sie, versorgte Küchengarten und Hühner und machte hundert andere Kleinigkeiten, die zusammen einen Haufen Arbeit bedeuteten.

Auch Caleb hatte es nicht leichter, der Hornvieh und Pferde versorgte, Holz hackte, Zäune flickte, Scheunen baute und unterhielt, Wasserlöcher und Tröge sauberhielt, Pferde beschlug, Ställe ausmistete, Kälber mit Brandzeichen versah, Pferde zuritt, Möbel tischlerte... eine endlose Liste.

Mit schnellen Schritten eilte Shannon hinunter in die Küche.

Willow arbeitete am Herd, buk Brötchen, briet Speck und rührte in einem Topf mit kochenden Früchten. Ihr Haar war in glänzenden, goldenen Locken auf ihrem Kopf aufgetürmt. Wenn diese Sonnenscheinfarbe nicht verraten hätte, daß dies Whips Schwester war, hätte Shannon es an dem katzenähnlichen Schnitt ihrer großen braunen Augen erkannt.

»Guten Morgen, Mrs. Black«, sagte Shannon.

Willow drehte sich um und lächelte. »Ich heiße Willow und würde mich freuen, wenn wir uns duzen können. Das ist die westliche Art, ungezwungen miteinander umzugehen.«

»Willow«, wiederholte Shannon und erwiderte das Lächeln. »Dann mußt du Shannon zu mir sagen.«

»Das ist ein hübscher Name«, sagte Willow. »Hat der Westen dir schon einen Spitznamen gegeben?«

Shannon ging davon aus daß Honigmädchen kein Spitzname war. Und selbst wenn, hätte sie Whips kleinerer Schwester bestimmt nichts davon erzählt.

»Nein, noch nicht«, sagte Shannon und lächelte mit einem Blick auf Willows runden, schwangeren Bauch.

»Ich kann wirklich nicht verstehen, wie Whip Willy zu dir sagen kann«, meinte sie.

»Whip?« Willow runzelte die Stirn und lächelte dann. »Ach, du meinst Rafe.«

»Groß, breitschultrig, sonnenblond, gutaussehend wie ein gefallener Engel und dickköpfig wie ein Maultier aus Missouri?«

Willow kicherte. »Das ist Rafe. Er nennt mich Willy, weil ich meinen Brüdern immer auf Schritt und Tritt gefolgt bin.«

»Wie viele Brüder hast du?«

»Fünf. Matt lebt weniger als einen Tagesritt von hier mit seiner Frau Eve.«

»Matt?« fragte Shannon.

»Du hast wahrscheinlich gehört, daß man ihn Reno nennt.

Das ist sein Spitzname hier im Westen. Ich nenne ihn auch öfters so. Selbst an Rafe als Whip könnte ich mich gewöhnen.«

»Ja, Silent John hat einmal einen Reno erwähnt«, erwiderte Shannon. Und weil sie das heikle Thema des Mannes, der nicht ihr Ehemann gewesen war, lieber vermeiden wollte, fügte sie noch schnell hinzu: »Wo sind die anderen Moran-Brüder?«

»In der ganzen Welt verstreut, von Schottland über Burma bis zum Amazonas-Dschungel, soviel ich weiß. Aber inzwischen könnten sie schon wieder sonstwo sein.«

»Der Hang zum Streunen muß wohl in eurer Familie liegen.«

Shannons Tonfall brachte Willow dazu, sich überrascht umzudrehen. Willow sah sofort, daß ihr erster Eindruck von Shannon richtig gewesen war. Das schlanke, kantige junge Mädchen mit den erstaunlich saphirblauen Augen war mehr als nur ein wenig hingerissen von Rafael »Whip« Moran.

»Ja, ich denke schon«, sagte Willow, indem sie sich wieder dem Herd zuwandte. »Aber der Krieg hätte uns in jedem Fall in alle Windrichtungen zerstreut. Es gab kein Heim mehr, zu dem wir hätten zurückkehren können.«

»Ja«, sagte Shannon einfach.

»Manchmal hört man noch den weichen Südstaatenklang in deiner Stimme«, sagte Willow beim Mehlsieben.

»Virginia«, erwiderte Shannon, »vor vielen Jahren.«

»Bist du deshalb in den Westen gekommen? Hat dir der Krieg auch dein Heim genommen?«

Bei jemand anderem hätte Shannon die Frage aufdringlich gefunden. Aber Willows Stimme und sanfte Augen machten klar, daß eher Mitgefühl als Neugier der Anlaß ihrer Frage war.

Shannon schloß für einen Augenblick die Augen und fragte sich, wie sie dieser sanften Frau erzählen konnte, was für eine Hölle ihr Leben gewesen war, bevor Silent John sie nach Colorado mitgenommen hatte.

»Sei's drum«, sagte Willow schnell. »Ich wollte nicht neugierig sein. Möchtest du eine Tasse Kaffee oder lieber Tee?«

»Habt ihr tatsächlich Tee?«

Diese nachdrückliche Frage erklärte Willow so manches.

»Wir haben immer Tee. Jessi – Wolfe Lonetree's Frau – ist in Schottland und England aufgewachsen. Wolfe auch zum Teil.«

»Wolfe.« Shannon runzelte die Stirn. »Whip hat ihn erwähnt.«

»Das überrascht mich nicht. Rafe hat sich den Spitznamen Whip erworben, als eines Tages ein paar rauhe Typen aus Canyon City Jessi angepöbelt haben, weil sie einen Halbindianer geheiratet hat.«

Eine lebhafte Erinnerung stand vor Shannons Augen – die blitzartige Geschwindigkeit von Whips Handgelenk, das rauhe Knallen der Peitsche, das rote Blut auf Beau Culpeppers schmutzigem Mundwerk.

»So habe ich Whip kennengelernt«, sagte Shannon.

Willow gab einen ermutigenden Laut von sich, als sie ein Blech mit Brötchen aus dem Ofen holte. Obwohl sie nicht nachgefragt hatte, war sie sehr daran interessiert zu erfahren, wie ihr Bruder dazu gekommen war, die Gesellschaft der Frau – oder wie Whip sagte, der *Witwe* – eines der bekanntesten Kopfgeldjäger im Wilden Westen zu suchen.

»Ein paar niederträchtige Burschen namens Culpepper waren in Holler Creek im Gemischtwarenladen, als ich hereinkam, um neue Vorräte zu kaufen«, erklärte Shannon. »Die Culpeppers begannen, sich über mich zu unterhalten. Ich mochte die Gemeinheiten nicht, die sie über mich sagten, aber...« Sie zuckte mit den Schultern.

»Warst du allein?« fragte Willow, indem sie die Brötchen in einen Korb legte.

»Ja«, sagte Shannon. »Ich versuchte, Whip davon abzuhalten, daß er sich einmischte. Ich hatte Angst, es könnte ihm etwas passieren, bei vier Bewaffneten gegen einen, und Whip trug nicht einmal eine Schußwaffe. Die Culpepper-Jungs haben in Echo Basin einen schlechten Ruf.«

Willow hielt den Atem an, als sie daran dachte, wie ihr geliebter Bruder es mit vier Männern zugleich aufgenommen hatte.

»Die Culpeppers redeten immer weiter in der gleichen anstößigen Art«, sagte Shannon. »Dann ertönte plötzlich ein Knall wie von einem Schuß, und Blut war an Beaus Mund, und noch ein Knall und noch einer, und die Culpeppers hopsten und jaulten, als wären sie in ein Wespennest getreten. Bis ich bemerkte, daß die Peitsche die Ursache war, war der Kampf schon fast vorbei.«

Willow wischte sich die Hände an der Schürze ab und seufzte tief. »Ich habe meinen Bruder schon diverse Kunststückchen mit seiner Peitsche machen sehen, aber vier Bewaffnete auf einmal...« sagte sie und schüttelte den Kopf.

»Sie waren nicht darauf gefaßt«, warf Whip von der Tür aus ein. »Das machte es wesentlich einfacher.«

Shannon drehte sich hastig um.

Hinter Whip stand breitbeinig Caleb Black.

»Etwas so Dummes solltest du in Zukunft bleibenlassen«, riet Caleb trocken.

»Ich hatte beim letzten Mal nicht ausdrücklich *geplant*, es zu tun«, gab Whip zurück.

Caleb lachte, trat in die Küche und berührte Willows Haar mit einer Zärtlichkeit, die Shannon erstaunte.

»Wie geht's meinem Lieblingsmädchen?« fragte er leise.

»Ich werde langsam dick genug, um für zwei von deinen Lieblingsmädchen auszureichen.«

Caleb lachte und sagte leise etwas, das nur Willow hörte. Ihr plötzliches Erröten auf ihren Wangen und ihr strahlendes Lächeln verrieten, daß sie mit ihrem Mann ebenso glücklich war, wie er mit ihr.

»Sind das Brötchen, die ich da rieche?« fragte Whip.

»Nee«, sagte Caleb schnell. »Das ist deine Einbildung.«

»Hmm, logisch.«

Caleb nahm den Korb mit den Brötchen und tat so, als würde er ihn unter seiner Jacke verstecken wollen.

Lächelnd streckte Whip seine linke Hand aus. Darauf lagen zwei dampfende Brötchen.

Shannon schaute ihn erstaunt an. Ihr war nicht einmal aufgefallen, daß Whip überhaupt danach gegriffen hatte.

»Ich dachte mir schon, daß du so reagieren könntest«, erkärte Whip. »Also habe ich mich selbst bedient, während du mit meiner kleinen Schwester geflüstert hast.«

Willow rollte die Augen und schüttelte den Kopf.

»Ihr zwei«, sagte sie mit gespielter Entrüstung. »Man könnte meinen, daß ich jedesmal nur ein Brötchen backe und es krümelweise an alle Arbeiter verteile.«

»Darüber wollte ich auch mit dir reden«, sagte Caleb und beugte sich zu ihr. »Unter anderem...«

Shannon blinzelte und versuchte, die beiden nicht anzustarren. Sie war fast sicher, daß sie gesehen hatte, wie Calebs Lippen Willows Ohrläppchen streiften.

»Ksch«, sagte Willow und schob ihren Mann sanft von sich. »Wenn du mich noch länger ablenkst, werde ich den Speck verbrennen und zu viel Salz in den Brötchenteig tun.«

»Hast du nicht gehört, Mann«, sagte Whip. »Weg mit dir, sonst störst du Willys gute Brötchen.«

Lachend und mit wenig Widerstand ließ sich Caleb von Whip aus der Küche ziehen. Shannon blickte ihnen verwundert nach.

»Du siehst aus, als hätte dich gerade jemand mit einem Brett geschlagen«, sagte Willow und versuchte, nicht zu lächeln.

»Ich fühle mich auch so«, gab Shannon zurück. »Whip ist so... anders hier. In Echo Basin war er irgendwie nicht so... verspielt.«

»Whip weiß, daß er hier nicht auf der Hut zu sein braucht. Wir sind seine Familie.«

Shannon hoffte, ihre Sehnsucht würde nicht zu sehen sein, fürchtete aber, daß es doch so war.

»Ein Heim für einen Herumtreiber«, flüsterte sie.

»Das ist mein Bruder wirklich«, stimmte Willow zu. »Ein unruhiger Wanderer. So war er schon als kleiner Junge.«

Der quengelnde Ruf eines Kindes ertönte. Willow betrachtete den Ofen und das Mehl. Dann seufzte sie, wusch sich die Hände und trocknete sie an der Schürze ab.

»Entschuldige«, sagte Willow. »Ethan hat nicht die Geduld seines Vaters. Wenn ich ihn nicht aus seinem Bettchen hole und versorge, schreit er das ganze Haus zusammen.«

»Geh ruhig, ich mache die Brötchen für dich fertig. Haben die Arbeiter schon gegessen?«

»In letzter Zeit kocht immer Pig Irons Frau für sie.«

»Dann brauchen wir noch vier Bleche Brötchen, oder?«

Willow hob die Augenbrauen. »Woher weißt du das?«

»Whip allein ißt doch schon zwei Bleche.«

»Caleb auch.«

Shannon lächelte. »Ja, das dachte ich mir bei seiner Größe. Also bleibt noch eine Portion für uns.«

»Wenn wir schnell genug sind«, sagte Willow trocken.

»Ich passe mit geladener Flinte auf.«

»Auf die Männer?«

»Auf die Brötchen. Die Männer sind groß genug, um selbst auf sich aufzupassen.«

Lachend ging Willow zu ihrem Sohn, dessen Geschrei ständig lauter wurde.

Bis alle sich zum Frühstück setzten, war Ethan gefüttert, gewaschen und in Sachen gekleidet, die Willow für ihn geschneidert hatte. Er saß neben Willow in einem Hochstuhl, den Caleb aus einer alten Fichte geschnitzt hatte. Shannon saß auf seiner anderen Seite.

Shannon erinnerte sich schnell wieder an die Dinge, die sie bei ihren Stiefvettern gelernt hatte. Wenn Ethan unruhig wurde, gab sie ihm ein Stück Brötchen zu knabbern oder einen Schluck warme Milch aus der kleinen Tasse vor ihm. Manchmal tauchte sie einen Löffel in das gekochte Obst und ließ ihn an dem süßen Saft schlecken.

Die Küche war warm und von köstlichen Essensdüften erfüllt. Kleine Gläser mit Marmelade verzierten den Tisch wie Rubine. Whip hatte einen Strauß gelber Blumen in einem Einmachglas auf den Tisch gestellt. Blauweiß karierte Servietten umhüllten die Brötchen und lagen neben jedem Teller. Die Kaffeebecher bestanden aus dicker, cremeweißer Keramik, die die Wärme lange hielt. Die Teller waren aus dem gleichen Material, mit einer glänzenden Glasur. Das Besteck bestand aus einfachem Metall und hatte durch den täglichen Gebrauch seine Patina bekommen.

»Shannon, hast du keinen Hunger?« fragte Whip.

Sie erschrak und betrachtete ihren Teller. Er war leer, und Whip hielt ihr geduldig den Korb mit den Brötchen hin.

»Ich habe nur gerade versucht, mich daran zu erinnern, wann ich das letzte Mal ein Eßservice und Servietten gesehen habe«, sagte Shannon. »Es sieht alles so hübsch aus, daß ich gar nicht essen mag.«

»Iß trotzdem. Du bist zu dünn.«

»Seit du aufgetaucht bist, tue ich doch nichts als essen«, murmelte sie.

»Das ist auch besser so. Als ich dich zum erstenmal gesehen habe warst du dünner als eine Hündin mit zwölf Welpen an den Zitzen.«

»Woher wußtest du das denn?« fragte sie herausfordernd. »Ich trug eine Männerjacke und eine Hose!«

»Ich wußte es eben.«

Der hitzige Seitenblick, den er Shannon zuwarf, beendete das Gespräch, indem er ihr glatt den Atem verschlug. Das silberne Glitzern in seinem Blick machte ihr klar, daß sein Hunger auf sie keine Spur nachgelassen hatte.

Caleb bemühte sich, sein Lächeln zu verbergen. Whip hatte eindeutig ein ausgeprägtes männliches Interesse an Shannon. Es war auch offensichtlich, daß er mit dem jungen Mädchen, das vielleicht eine Witwe war, noch nicht geschlafen hatte. Sie gingen nicht so locker miteinander um, wie das Liebende taten.

Allerdings war die Spannung zwischen ihnen so intensiv, daß regelrecht Funken zu fliegen schienen, wenn Whip Shannon mit hungrigen Blicken betrachtete – oder Shannon Whip.

Caleb, der von Whip erfahren hatte, daß er Silent John für tot hielt, hoffte, daß es nicht diese Unsicherheit war, die die zwei von etwas abhielt, was sie offensichtlich beide wollten. So mancher war im Westen schon gestorben, ohne daß je jemand davon erfuhr – besonders Einzelgänger wie Silent John.

»Whip hat erzählt, daß Sie oberhalb von Echo Basin eine Hütte haben«, sagte Caleb.

»Ja, am Avalanche Creek«, erwiderte Shannon.

»Ich bin vor ein paar Jahren da mal durchgeritten«, sagte Caleb. »Schöne Gegend, wenn man sich an die Höhe gewöhnt hat.«

Shannon lächelte. »Ich erinnere mich daran, daß ich die ersten zwei Monate dort ständig außer Atem war.«

»Schwierig, dort irgendwas anzubauen«, sagte Caleb.

»Mehr als schwierig«, erwiderte sie. »Manchmal liegen nur sechs Wochen zwischen dem letzten Frost im Frühling und den ersten Herbstfrösten.«

»Es muß einsam für dich sein, als einzige Frau dort oben«, bemerkte Willow.

»Um einsam zu sein«, erklärte Shannon nach kurzem Zögern, »muß man jemanden vermissen. Ich habe niemanden zurückgelassen, der mir etwas bedeutete, als ich in den Westen kam.«

»Aber du bist doch so häufig allein«, sagte Willow.

»Ich habe Prettyface.«

»Das ist der größte, gemeinste, häßlichste Halbwolf, den ihr je gesehen habt«, erklärte Whip trocken. »Wir haben ihn bei dem Schamanen gelassen, weil er Verdauungsprobleme hatte.«

Caleb kicherte, weil Whip ihm von den Culpeppers erzählt hatte. »So nennt man das also?«, fragte er ruhig.

»Ja«, sagte Whip. »Der Culpepper, den er gebissen hat, hätte sogar einem Stinktier Übelkeit verursacht.«

»Also wirklich, Rafael«, sagte Willow. »Wie kannst du darüber Witze machen, wo dich die Kerle vor dem Visier hatten?«

Shannon gab einen seltsamen Laut von sich. »Ihr hättet sehen müssen, wie schnell Whip sich bewegt hat! Die lagen am Boden, bevor sie hätten blinzeln können.«

»Shannon kann auch ganz schön schnell sein«, meinte Whip dazu und erzählte von ihrem Erlebnis auf der Grizzly-Wiese, vor allem davon, wie Shannon ihr Gewehr bis direkt ins Fell des Grizzlys gehalten hatte, bevor sie schoß.

Caleb betrachtete Shannon mit einem ganz neuen Blick. »Dazu war eine Menge Mut nötig.«

»Mut?« Shannon lachte kurz. »Ich hatte unglaubliche Angst, aber weil ich so schlecht schießen kann, wußte ich, daß ich ganz nahe herankommen mußte, denn wenn ich ihn nur verwundet hätte, hätte er uns alle umgebracht.«

»Also sind Sie einfach hingelaufen und haben dem Grizzly den Garaus gemacht«, sagte Caleb und sah sie unverwandt an.

Shannon betrachtete Caleb eher mißtrauisch.

»Wollen Sie mich auch deswegen ausschimpfen?« fragte sie.

Caleb lächelte, sein schwarzer Schnurrbart glänzte im Licht der Lampe, und Shannon fiel auf, daß er in seiner dunklen, harten Art genauso gutaussehend war wie Whip.

»Hat Whip das getan?« fragte Caleb. »Sie ausgeschimpft?«

»Ja.«

»Nein«, sagte Whip gleichzeitig. »Ich habe nur darauf hingewiesen, daß Shannon unglaublich dumm ist, sich in etwas einzumischen, bei dem sie leicht ums Leben kommen könnte. Prettyface und ich hatten den Grizzly schon fast so weit, daß er geflüchtet wäre.«

Caleb schnaubte. »Wußte der Grizzly das?«

Whip warf seinem Freund einen harten Blick zu und konzentrierte sich dann darauf, die Brötchen auf seinem Teller zu vertilgen. Es ging ihm immer noch nahe, daß Shannon ihr Leben für ihn aufs Spiel gesetzt und dann nie erwähnt hatte, daß er ihr dafür etwas schuldig sein könnte.

Und anstatt ihr zu danken, hatte er sie dann auch noch angeschrien. Das bereitete ihm auch Sorgen.

Kein Wunder, dachte er zynisch, alles an dem Mädchen macht mir Sorgen.

»Selbst wenn mein Bruder nicht die guten Manieren hat, sich bei dir zu bedanken«, sagte Willow, »will ich es doch tun. Du bist jederzeit auf unserer Ranch willkommen und kannst hierbleiben, solange du möchtest.«

Shannon bedankte sich und gab sich Mühe, nicht sehnsüchtig zu Whip hinüberzuschauen. Inzwischen war ihr aufgefallen, daß Calebs scharfem Blick kaum etwas entging.

Nach dem Essen gingen Caleb und Whip hinaus, um die Tiere zu versorgen, und Shannon bestand darauf, Willow bei ihren Arbeiten im Haus zu helfen.

Und so ging es auch in den folgenden Tagen weiter. Wenn Willow sich manchmal beschwerte und meinte, ihr Gast arbeite zu viel, lachte Shannon nur und entgegnete, daß sie viel mehr würde tun müssen, wenn sie in Echo Basin wäre.

Am vierten Tag, nach dem Abendessen, überredete Willow Caleb dazu, seine Mundharmonika zu holen und ein paar ihrer Lieblingslieder zu spielen.

Schon bald zogen die Klänge eines Walzers durchs Haus. Die Lampen verbreiteten einen goldenen Schimmer und tauchten den ganzen Hauptraum des Hauses in weiches Licht.

Die schlichten Formen der selbstgemachten Möbel und Teppiche wirkten solide und doch leicht.

Whip lächelte, ging zu Willow, verbeugte sich elegant und streckte ihr die Hand entgegen.

»Madam«, sagte er ernst, »ich bitte Sie um den ersten Tanz des Abends.«

»Ich bin nicht so anmutig wie bei unserem letzten Tanz«, warnte sie ihn.

Sein Lächeln war betörend, fast verführerisch. »Du bist eine schöne Frau, Willow. Und könntest kaum schöner sein als jetzt, wo du das Kind der Liebe erwartest, die dich und Caleb verbindet.«

Willow errötete und lächelte, stand auf und machte vor ihrem älteren Bruder einen Knicks, dem anzusehen war, aus welch gutem Hause sie stammte.

Whip hielt seine Schwester im Arm, als bestände sie aus feinem, sehr zerbrechlichem Kristall. Ihrer beider Haar glänzte golden wie Kerzenlicht, ihre Augen strahlten und ihre Schritte paßten harmonisch zueinander, während Calebs Musik die Nacht verwandelte.

Shannon sah den beiden beinah neidisch zu. Auch sie hatte früher einmal erfahren, wie es war, auf Bälle zu gehen – und sei es auch nur vom Balkon im zweiten Stock aus, wo sie das Rauschen und Wallen von Samt und Seide unten im Saal beobachtet hatte. Damals war sie schon zu alt gewesen, um ins Bett geschickt zu werden, und noch zu jung, um mitzutanzen, und dort oben hatte sie manche Stunde damit verbracht, davon zu träumen, wie es sein würde, wenn sie alt genug war, um am Arm eines Bewunderers übers Parkett zu schweben.

Doch dann war alles anders gekommen. Seide und Bälle verschwanden aus Shannons Leben.

Die letzten Takte des Walzers verklangen. Shannon seufzte und wandte sich an Caleb.

»Ich wußte gar nicht, daß man mit einer Mundharmonika so schöne Musik machen kann«, sagte sie mit belegter Stimme.

Caleb lächelte. »Sie haben zu lange draußen in Echo Basin gelebt. Sie haben nur das Heulen der Wölfe zum Vergleich.«

»Würde es Sie überraschen zu erfahren daß ich die Musik der Wölfe mag – solange ich sicher in meiner Hütte bin?«

Das Wohlwollen in Calebs Blick ließ Shannon rot werden, und sie lächelte ihn schüchtern an.

»Wenn du gerade mal nicht mit meinem Schwager flirtest«, sagte Whip trocken, »könnten wir vielleicht miteinander tanzen.«

»Ich kann nicht tanzen und habe nicht geflir –« begann Shannon.

Sie verstummte plötzlich angesichts des Ärgers, den sie in seinem Blick sah.

»Rafael!» sagte Willow schockiert. »Wo ist dein Benehmen!«

»In seiner Uhrentasche«, schlug Caleb vor. »Neben seinem Gehirn.«

Whip warf ihm einen grimmigen Blick zu.

Caleb lächelte spöttisch.

»Spar dir das für Reno«, meinte er. »Der wartet schon auf eine Gelegenheit, es dir heimzuzahlen, seit du ihn mit deinen chinesischen Kampftricks niedergemacht hast, weil er Eve schlecht behandelte.«

»Das hat er herausgefordert«, sagte Whip. »Er war einfach dumm, sie nicht heiraten zu wollen. Das sah doch jeder.«

»Außer der betroffene Dummkopf«, stellte Caleb fest. »Darüber solltest du mal nachdenken. Und zwar gründlich. Und dann kannst du dich bei Shannon entschuldigen, indem du ihr beibringst, wie man Walzer tanzt.«

Mit diesen Worten zwinkerte Caleb Willow zu und begann wieder, auf seiner Mundharmonika zu spielen.

Shannon wich Whips Blick aus. Ihre Wangen waren immer

noch gerötet wegen seiner Beschuldigung. Sie ärgerte sich, denn sie hatte nichts getan, um seinen scharfen Ton zu verdienen.

Whips große Hand erschien in Shannons Blickfeld. Die Finger waren lang und seltsam elegant trotz all seiner Kraft.

Er roch nach Minze.

Whip sah den Vorwurf in Shannons Augen, als sie zu ihm aufsah, dann das plötzliche Beben ihrer Nasenflügel und ihre Überraschung.

»Minze«, sagte sie.

»Willow hat hinter dem Haus welche gepflanzt. Ich habe etwas davon für dein Zimmer gepflückt, als ihr den Tisch abgeräumt habt.«

»Ich – danke schön«, stammelte Shannon. »Nett von dir.«

Whip streckte ihr auch noch die andere Hand hin und bat leise: »Tanz mit mir.«

Honigmädchen.

Obwohl er das Kosewort nicht laut aussprach, war es im silbernen Glanz seiner Augen zu erkennen, als er sie anblickte.

»Ich – ich kann das nicht«, sagte Shannon.

»Ich werde es dir zeigen, wenn du mich läßt. Läßt du mich, Shannon?«

Sie schauderte plötzlich. »Ja«, flüsterte sie dann.

»Dann komm zu mir«, flüsterte er zurück.

Als Shannon aufstand, nahm Whip ihre linke Hand und führte sie in die Mitte des Zimmers. Dort wandte er sich ihr zu und hob dabei ihre Hand. Wenn sie allein gewesen wären, hätte er die Mitte ihrer Handfläche geküßt. Statt dessen streichelte er sie mit seinem Daumen und drückte dann genau in der Mitte etwas fester zu.

Shannon hatte ein Gefühl, als hätte er ihre Handfläche geküßt. Ihr Atem stockte und ihre Augen wurden weit.

»Leg deine linke Hand auf meine Schulter«, sagte Whip mit tiefer Stimme.

»So?«

»Ja. Dann leg deine rechte Hand in meine.«

Ein verräterischer Schauer durchlief Shannon, als ihre Handfläche Whips berührte.

»Hörst du den Rhythmus der Musik?«, fragte er.

Shannon legte den Kopf zur Seite, obwohl sie das Bewußtsein von Whips Körper so nah an ihrem fast überwältigte. Nach ein paar Atemzügen hörte sie den Rhythmus, den Whip ihr vorzählte, und begann, leise mitzuzählen.

»Genau«, sagte Whip. »Jetzt fang mit dem rechten Fuß an und folge einfach meinen Schritten.«

Whips Griff wurde fester; er führte und stützte sie, wenn sie schwankte. Er bemerkte schnell, daß Shannon ihm gut folgen konnte.

»Bist du sicher, daß du nicht Walzer tanzen kannst?« fragte er bei einer eleganten Drehung.

Sie lachte und hängte sich an ihn, vertraute sich seiner Führung an. Seine Kraft und sein Zutrauen machten es ihr leicht.

»Ich habe immer davon geträumt, einmal so zu tanzen«, sagte Shannon leise. »Ich durfte immer höchstens durchs Geländer auf die wirbelnden Tänzer gucken.«

»Wie alt warst du da?«

»Zwischen fünf und sieben. Das ist schon sehr lange her«, sagte Shannon und zählte eifrig weiter. »Das war, bevor uns Papa verlassen hatte und Mama laudanumsüchtig wurde.«

Whip war schockiert, drang aber nicht weiter in sie. Er wollte die Traurigkeit aus Shannons prachtvollen Augen vertreiben und sie nicht noch verstärken.

»Ich glaube, sie ist bereit für die Polka«, sagte Whip über Shannons Kopf zu Caleb.

Sofort wurde aus der sanften Musik eine deftige, mit schmissigen Refrains, bei denen Willow laut lachte und zum Rhythmus passend mit dem Fuß klopfte.

»Hörst du den Takt?« fragte Whip Shannon.

»Ich müßte tot sein, um ihn nicht zu hören!«

»Oder stockbetrunken«, sagte er. »Ich habe den Verdacht, daß die Deutschen diesen Tanz erfunden haben, damit sie so durstig werden, um dann die ganze Nacht Bier trinken zu können.«

Whip nahm Shannons Hände und legte sie sich auf die Schultern. Ihr Fuß klopfte den Takt wie Willows.

»Bereit?« fragte er.

»Wozu?«

»Um mit mir durchs Zimmer zu toben, als wenn ich Prettyface wäre und um uns herum eine Bergwiese, wo nur Blumen und Sonne uns sehen.«

Der Gedanke daran, so ausgelassen mit Whip zu toben, gefiel Shannon. Übermut glitzerte in ihren Augen und verzog ihre Lippen zu einem strahlenden Lächeln.

Dann erfüllte sie ein sinnliches Prickeln, als Whip seine Hände auf ihre Hüften legte. Seine Finger bewegten sich sacht, genossen das weiblich weiche Fleisch dicht unter der abgenutzten Kleidung. Sein Lächeln war so unverschämt und sexy wie das Glitzern in seinem Blick.

Und dann begann Whip ohne jede weitere Warnung Polka mit ihr zu tanzen. Shannon begriff schnell, denn die Polka war viel einfacher als der Walzer. Und ihre mangelnde Erfahrung wurde in jedem Fall durch Whips Kraft ausgeglichen. Wenn Shannon nicht weiterwußte, hob er sie einfach hoch.

Bald tobten die beiden polternd vom Wohnzimmer zur Küche, durch den Flur und wieder zurück. Alle paar Schritte hob Whip Shannon in die Luft, wirbelte sie herum, und schon ging es in einer anderen Richtung weiter.

Mit geröteten Wangen und glänzenden Augen gab Shannon sich lachend der Musik hin und dem Mann, der sie umschlungen hielt. Schließlich, bei der zehnten Runde durch den Flur, war sie völlig atemlos. Sie klammerte sich an Whip und flehte um Gnade. Er wirbelte sie noch einmal durch die Luft und drückte sie dann an sich, denn sie waren gerade in der Küche angekommen, und niemand sah sie.

»Ich weiß, daß du nicht mit Cal geflirtet hast«, sagte Whip leise. »Aber wenn du mich so angelächelt hättest, hätte ich…«

Bei diesen Worten verschwand der Humor aus Whips Blick und machte der Leidenschaft Platz, die er nicht mehr verbergen konnte. Er neigte den Kopf und nahm Shannons Mund mit einem schnellen, tiefen, hungrigen Kuß.

»Und dann hätte ich noch mehr haben wollen, so verdammt viel mehr«, sagte Whip keuchend und drückte Shannon an sich. *»Ich begehre dich, Honigmädchen.* Jungfrau oder Witwe oder Ehefrau, Himmel oder Hölle oder was immer dazwischen liegt, ich will alles.«

Mit einem leisen Laut ließ Whip Shannon an seinem Körper abwärtsgleiten, ohne seine Erregung vor ihr zu verbergen.

Atemlos flüsterte sie seinen Namen.

»Sag Cal und Willy, daß ich nach Sugarfoot sehe«, meinte Whip heiser.

Die Hintertür schlug zu, und Shannon blieb allein und mit heftigem Herzklopfen in der Küche zurück – und mit Whips Geschmack auf ihren Lippen, berauschender als Wein.

14. KAPITEL

Am nächsten Morgen tobte ein Gewitter von den Bergen herab in das lange grüne Tal, wo Caleb und Willow lebten. Der Wind wehte heftig, und Whip hielt beim Hereinkommen den Türknauf ganz fest, damit ihm die Tür nicht aus der Hand gerissen wurde.

Shannon saß im Wohnzimmer auf einem der von Caleb gezimmerten Stühle und flickte eine von Willows Blusen.

»Wo ist Willy?« fragte Whip.

»Sie hat sich mit Ethan hingelegt.«

Whips Lächeln erinnerte beinah an ein Schaf. »Cal hat erzählt, daß Ethan gestern abend von unserem Tanz wach geworden ist.«

Shannons Wangen tönten sich dunkler, als sie sich an Whips harten Kuß und noch härteren Körper erinnerte.

»Er war nicht lange wach«, erwiderte sie. »Willow hat ihn mit einem Lied bald wieder in den Schlaf gesungen. Sie hat eine wunderschöne Stimme.«

»Ja, du müßtest sie mal mit Reno und Eve zusammen singen hören«, sagte Whip und lächelte. »Letztes Jahr zu Weihnachten war es so schön, als wir zusammensaßen und Lieder gesungen haben.«

»Es muß herrlich gewesen sein«, sagte Shannon nachdenklich.

Whip betrachtete Shannon. Ihr Gesicht wirkte jetzt weniger angespannt als vor einer Woche. Ihr Körper desgleichen. Hier am Fenster zu sitzen und zu nähen, während die Sonne hereinschien, gab ihr das entspannte Aussehen einer Katze, die am warmen Ofen liegt.

»Hier gefällt's dir, oder?« fragte Whip.

»Das läßt sich ja fast nicht vermeiden. Caleb und Willow sind so gastfreundlich. Wenn ich die beiden sehe, weiß ich, was meinen Eltern in ihrer Ehe gefehlt hat.«

»Reno und Eve sind auch so. Und Wolfe und Jessi. Das muß wohl an der Gegend und an der Luft hier liegen.«

Shannon wandte den Blick von Whip ab, um ihm ihre Gefühle nicht zu zeigen, wenn sie ihn anschaute und an ein eigenes Heim dachte, eine Ehe, ein gemeinsames Leben mit ihm voller Liebe.

Doch dazu würde es nicht kommen. Shannon wußte das nur zu gut, denn Whip war ein Streuner. Dennoch konnte sie nicht aufhören, ihn zu lieben.

Sie wandte den Blick ab, doch nicht schnell genug, als daß Whip ihren sehnsüchtigen Ausdruck nicht hätte sehen können. Und gerade weil sie nicht erwartete, daß er ihre Liebe erwiderte, fühlte er sich noch eingesperrter als zuvor – obwohl er sie so sehr begehrte, daß ihm der ganze Körper weh tat, weil er hin- und hergerissen war von seinen Gefühlen.

Whip schaute kurz in den Flur hinüber. Die Türen zu den Schlafzimmern waren geschlossen.

Obwohl er wußte, daß das keine gute Idee war, aber getrieben von einer unüberwindlichen Macht, durchquerte er das Zimmer mit ein paar schnellen Schritten, nahm Shannon die Näharbeit aus der Hand und zog sie ohne Vorwarnung in seine Arme. Er war dabei ungestümer, als er beabsichtigt hatte, denn er konnte seinen Hunger nicht mehr bezähmen.

»Whip?« fragte Shannon erschreckt.

»Wehr dich nicht. Küß mich einfach, und laß mich dich küssen. Laß mich dich haben, und wenn es nur auf diese Weise ist.«

Shannons Lippen waren noch vor Überraschung geöffnet, als er ihren Mund nahm. Seine Zunge drängte sich zwischen ihre Zähne, und er stöhnte, als er das Minzaroma und die weichen Oberflächen ihrer Zunge spürte. Sie antwortete mit einem kleinen Laut und hob sich Whips Kuß entgegen, überließ ihm ihren Mund mit einer heißen, sinnlichen Offenheit, die ihn beinahe quälte.

Whip stieß tiefer und tiefer in Shannons süßen Mund vor, wollte sie ganz, wollte sie sofort, heiß und wild. Die Geräusche aus ihrer Kehle, das eifrige Gleiten ihrer Zunge an seiner, die hungrige Spannung ihres Körpers, der sich an sein hartes Fleisch drückte, bewiesen Whip, daß Shannon ihn genauso begehrte wie er sie; heiß und wild, hier und jetzt, ohne Versprechungen und Reue, nichts als der drängende Rhythmus ihrer Körper, aneinandergekettet in elementarem Hunger... Honig und Ekstase und Flammen, die sich brennend umeinanderschlangen.

Mit einem leisen Schrei riß sich Whip von Shannon los, weil er wußte, daß er durch einen weiteren leidenschaftlichen Kuß nur Öl in das Feuer gießen würde. Doch es war zu spät, das Feuer zu löschen, das sie entzündet hatten. Schon jetzt fühlte er sich wie auf einem glühenden Streckbett des Begehrens. Er zitterte, brannte, mit jedem Herzschlag entglitt ihm die Beherrschung mehr.

»O Gott, Frau«, murmelte Whip heiser an Shannons Hals. »Du machst mich verrückt.«

»Ich wollte nicht –«

»Ich weiß«, unterbrach er sie rauh. »Ich bin schuld. Ich müßte inzwischen wissen, daß der Schmerz nur schlimmer wird, wenn ich dich küsse. Aber wenn ich dich nicht küsse, kann ich mir nicht vorstellen, daß irgend etwas noch heftiger schmerzen könnte.«

Shannon spürte das leidenschaftliche Erschauern, das seinen Körper durchlief. Sie nahm sein gequältes Gesicht in ihre Hände und küßte ihn flüchtig, zärtlich, immer wieder, wollte den Schmerz und die Dunkelheit von seinem Gesicht und aus seinem Körper vertreiben.

Whip erschauerte erneut und kämpfte um Selbstbeherrschung.

»Jedesmal wenn du mich anschaust«, sagte er mit leiser, unsicherer Stimme, »weiß ich, was du denkst, woran du dich erinnerst, was du fühlst. Deine Augen sagen mir, daß du dich hinlegen und die Arme ausbreiten und mir alles geben würdest, was ich begehre. Und ich begehre dich, Shannon. Ich begehre dich so sehr, daß ich nachts schwitzend und hart und voller Qualen aufwache. Aber ich kann dich nicht nehmen, und ich kann nicht aufhören, dich zu wollen, und ich brenne!«

»Schsch«, murmelte Shannon zwischen zarten Küssen. »Ist ja gut, Herumtreiber, ist ja gut. Du kannst mich nehmen und deine Qual enden und brauchst trotzdem nicht auf den Sonnenaufgang, den du noch nie gesehen hast, zu verzichten.«

Shannons zarte Küsse und sanfte Worte waren von einer tiefen Schönheit für Whip, erfüllten ihn mit unglaublicher Versuchung und bewiesen ihm, wie sehr sie ihn liebte. Er wußte, daß er eigentlich den Worten und den Küssen und Versprechungen Einhalt gebieten müßte, die nicht erfüllt werden konnten und durften.

Aber Whip konnte sich von der sanften, verführerischen Schönheit von Shannons Zärtlichkeiten genausowenig abwenden, wie er sich von einem Sonnenaufgang hätte abwenden können, der sich weich aus der längsten Nacht des Winters erhob und strahlend in allen Farben der Liebe seinen Namen rief.

»Shannon«, flüsterte Whip. »Honigmädchen. Hör auf. *Du zerreißt mich.*«

»Dann sag mir, was ich tun soll. Ich möchte dir Erleichterung verschaffen, nicht noch mehr Qualen. Bitte, Whip. Sag es mir. Zeige es mir.«

Der Gedanke daran hätte Whip fast in die Knie gezwungen. Ein Blitzstrahl von heftigem Verlagen durchschoß seinen Körper und löste einen rauhen Laut aus seiner Kehle. Er schloß die Augen und kämpfte mit einem Hunger, wie er ihn noch nie für eine Frau empfunden hatte. Wie Shannons Worte und Küsse war die Tiefe seines Hungers eine unvorstellbare Verlockung und eine laute Warnung davor, wie gering seine Selbstbeherrschung noch war.

»Whip?« flüsterte Shannon. »Bitte. Lehre es mich.«

Mit den letzten Resten seiner Zurückhaltung erinnerte sich Whip daran, daß er im Wohnzimmer seiner Schwester stand. Es war Tag. Willow konnte jeden Augenblick hereinkommen.

»Nein«, sagte er rauh und schob Shannon von sich. »Verlange das nicht von mir. Bring mich nicht in Versuchung. Sage mir nicht, daß –«

»Aber du warst es doch, der –«

»– du mir erlauben würdest, dir deine Männerhose auszuziehen, meine Hand zwischen deine Beine zu legen und zu fühlen, wie dein Honig sie benetzt wie seidenes Feuer. Sag mir nicht, daß du nichts dagegen hättest, wenn ich meine Hose aufmachte und all mein Begehren und mein Drängen und meinen Hunger ganz tief in dir vergraben würde. Sag mir nicht, daß du mir erlauben würdest, dich zu entjungfern.«

Shannon versuchte, etwas zu erwidern, doch sie fand keine Worte. Der Gedanke, Whip so tief in sich zu spüren, ließ heiße und kalte Schauer zugleich über ihre Haut rieseln, und zwischen ihren Schenkeln begann es zu pulsieren.

Und Whip sah es, sah ihren Hunger, sah ihr Verlangen.

»Herrgott, du würdest mich anflehen«, sagte er. »Denn ich kann dich dazu bringen, daß du dich genauso sehr nach mir verzehrst wie ich mich nach dir. Ich kann deinen Honig zum Fließen bringen, bis du brennst und –«

Das Geräusch einer Tür, die sich im Flur öffnete, unterbrach Whips leidenschaftliche Worte. Er zuckte zusammen, als hätte ihn ein Peitschenschlag getroffen.

»Caleb?« rief Willow leise aus dem Flur.

»Ich bin's nur, Willy«, sagte Whip rauh.

Er trat schnell zur Seite, so daß Shannon zwischen ihm und der Tür stand, wo Willow gleich auftauchen würde.

»Ich habe gerade mit Shannon über die Stelle gesprochen, die du ihr anbieten willst«, sagte er.

Willow erschien in der Tür mit vom Schlaf wirrem Haar. Sie rieb sich die Augen und versuchte, nicht zu gähnen.

»Oh, gut«, sagte sie und sah Whip an. »Braucht ihr irgendwas?«

»Nein«, sagte Whip und lächelte grimmig.

Willow gähnte hinter vorgehaltener Hand.

»Wunderbar«, murmelte sie. »Ich glaube, ich schleiche noch schnell hinüber ins Badehaus, bevor ich koche. Würdet ihr währenddessen auf Ethan achten?«

»Ja, natürlich«, sagte Shannon schnell.

»Vielen Dank«, sagte Willow. »Ich beeile mich auch.«

»Das ist nicht nötig«, sagte Shannon. »Ich habe den Eintopf schon aufgesetzt, während du geschlafen hast. Wenn Ethan aufwacht, kümmere ich mich solange um ihn.«

»Du bist ein Engel.«

Shannon dachte daran, was Whip gerade eben zu ihr gesagt und wie sie darauf reagiert hatte, als würden seine Worte ihr Inneres in Flammen setzen. Sie hatte sich, bis Whip in ihr Leben getreten war, niemals gewünscht, einen Mann tief im Innern ihres Körpers zu spüren.

Und jetzt gab es nichts, was sie sich mehr wünschte.

»Ein Engel?« fragte Shannon mit einem bittersüßen Lächeln und sah Whip mit hilflosem Begehren an. »Wohl kaum.«

Aber Willow war schon wieder in ihrem Schlafzimmer verschwunden und kam kurz darauf mit frischen Kleidern in der Hand wieder heraus.

»Ich bin gleich wieder zurück.«

»Nur keine Eile«, sagte Shannon. »Wir kommen schon zurecht.«

Whip sah hinter Willow her und war froh, daß sie zu verschlafen war, um die starke Erektion zu bemerken, sie sich gegen seine Hose drängte.

Ein Glück, daß ich das Problem mit Shannons Sicherheit gelöst habe, sagte sich Whip. *Ich glaube nicht, daß ich mich noch länger von ihr fernhalten kann.*

Es ist allerhöchste Zeit, daß ich aufbreche, um einen Sonnenaufgang zu suchen, der schöner ist als Shannons Augen.

»Mach dir keine Sorgen wegen deiner Sachen«, sagte Whip plötzlich zu Shannon. »Cal oder einer seiner Leute wird dir helfen, wenn du zurückgehst, um Prettyface zu holen. Wenn du noch ein oder zwei Wochen wartest, wird er sicher selbst laufen können.«

Shannon blinzelte und schüttelte den Kopf, als wäre sie gerade in jemandes anderen Traum gelandet.

»Wovon redest du?« fragte sie. »Selbst wenn ich noch vierzehn Tage hierbleibe, brauche ich nicht mehr Kleider.«

Sie fügte nicht hinzu, daß sowieso keine anderen existierten, ob sie sie nun brauchte oder nicht.

»Und warum sollte ich denn Prettyface herbringen?« fügte sie verwundert hinzu.

»Ich dachte, du wolltest ihn bei dir behalten«, erwiderte Whip. »Cal und Willy wären damit einverstanden. Sie haben schon länger versucht, einen Hund zu finden, der es mit den Wölfen der Gegend hier aufnimmt, und mit den großen Rindern, aber sie hatten nicht viel Glück.«

»Natürlich behalte ich Prettyface! Wovon redest du nur?«

»Ich rede davon, daß du hierherkommst und Willow hilfst. Sie braucht dich, und ihr kommt so gut miteinander aus, und –«

»Nein.«

»– du kannst sowieso nicht weiter in dem brüchigen Schuppen am Ende der Welt leben, das wissen wir doch beide!«

»Nein.«

»Du bist dort nicht sicher!« sagte Whip heftig. »Du mußt –«

»Nein.«

»– da weg.«

»Nein.«

Whip packte Shannon mit verblüffender Geschwindigkeit. Bevor sie wußte, was ihr geschah, riß er sie hoch und hob sie vor seine Augen.

Es war kein angenehmer Platz. Seine Augen waren zornerfüllt wie bei einem Tier in der Falle.

»*Doch*«, knurrte Whip.

Shannon zuckte zusammen, beugte sich ihm aber nicht.

»Nein.«

Das Wort klang weich und endgültig, genauso wie die folgenden.

»Ich habe ein Recht, so zu leben, wie ich will.«

»Oder zu sterben«, gab Whip scharf zurück.

»Oder zu sterben«, stimmte sie zu.

Seine Hände schlossen sich fester um ihre Arme, doch sie wehrte sich nicht. Ihr Schmerz konnte sich nicht messen mit dem gequälten Zorn, der Whip antrieb.

»Du versuchst, mich festzunageln«, stieß er zwischen zusammengebissenen Zähnen hervor. »Du glaubst, daß ich nicht weggehe, bis ich weiß, daß du in Sicherheit bist.«

»Nein«, sagte Shannon ruhig. »Du versuchst, *mich* festzulegen, damit ich so leben soll, wie *du* es willst.«

»Verdammt, du drehst mir die Worte im Mund herum!«

»Ach wirklich? Ich weiß, daß du mich verlassen wirst, Whip. Ich wußte es, seit du zum ersten Mal von deinen Sonnenaufgängen erzählt hast. ›Nichts ist schöner. Nichts ist bezwingender.‹«

»Shannon, Honigmädchen, ich –«

»Nein«, flüsterte sie und unterbrach ihn, indem sie ihre Lippen einmal flüchtig über seine strich. »Das habe ich dir damals geglaubt, so wie ich es auch jetzt glaube. Du wirst fortgehen. Und ich werde in meiner Hütte bleiben.«

»Das lasse ich nicht zu.«

»Du kannst mich nicht daran hindern, Streuner.«

Whip schloß die Augen. Seine Lippen waren schmal und blaß.

»Du zerreißt mich«, sagte er mit gequältem Flüstern.

»Ich bin nur –«

Whip sprach einfach weiter, in der Hoffnung, sie würde verstehen. »Ich begehre dich. Ich will dich, wie ich noch niemals etwas wollte – *außer dem Sonnenaufgang, den ich noch nie gesehen habe.* Ich kann nur das eine oder das andere haben. Weißt du, wie es sich anfühlt, so zerrissen zu sein?« Seine Frage war hart, voller Verzweiflung und Zorn. »Ich würde mir lieber die Seele aus dem Leib reißen, wenn ich damit diesem Schmerz ein Ende bereiten könnte.«

In Shannons Augen standen Tränen, sammelten sich auf ihren Wimpern, tropften auf ihre Wangen.

»Ich würde es genauso machen«, flüsterte sie. »Aber du kannst das haben, was du dir am meisten wünschst, Whip. Die Freiheit. Ich versuche nicht, dir Fallen zu stellen.«

»Den Teufel tust du«, sagte er rauh. *»Ich muß wissen, daß du in Sicherheit bist.«*

»Und ich muß wissen, daß ich frei bin! So wie du, Streuner. So frei wie der Sonnenaufgang.«

»Das kannst du nicht sein. Für Frauen ist das anders.«

»Für verheiratete Frauen. Aber ich bin nicht verheiratet.«

Whip öffnete die Augen und sah Shannons Tränen.

»Nicht weinen, Honigmädchen. Ich wollte dir niemals weh tun.«

»Und ich wollte dich niemals zerreißen«, flüsterte Shannon. »Das einzige, worum ich dich je gebeten habe, war, daß du nach Gold für mich gräbst. Wenn ich dich damit zu sehr festlege, dann reite und finde jenen Sonnenaufgang, nach dem es dich so verlangt. Reite und laß mich in Ruhe.«

»Ich kann nicht«, sagte er einfach. »Nicht solange ich dich nicht in Sicherheit weiß.«

»Du wirst es aber müssen.«

»Shannon –«

»Wenn du bleibst, wirst du mich hassen«, unterbrach sie ihn heftig. »Da sterbe ich lieber, Whip.«

»Und genau das wird auch passieren, wenn du wieder zu deinem verdammten Schuppen zurückgehst!«

»Aber ich entscheide das, Whip. Nicht du.«

Langsam stellte Whip Shannon wieder auf den Boden. Dann ließ er sie los, drehte sich um und ging wortlos hinaus.

Shannon überzeugte sich, ob auch alles auf dem Tisch stand, denn bei ihrer augenblicklichen Gemütslage war sie nicht sicher, ob sie nicht etwas vergessen hatte.

»Donnerwetter«, murmelte sie. »Ich hab' die Teller vergessen.«

Falls Willow Shannons ungewöhnliches Ungeschick bemerkt hatte, so sagte sie nichts. Aber sie hatte gerade mit Ethan alle Hände voll zu tun. Er brüllte wütend, denn seine Mutter erlaubte ihm nicht, zwischen Spüle und Tisch weiter laufen zu üben, weil er sich bei seinem erstaunlichen Tempo sonst womöglich am Herd hätte verbrennen können.

»Himmel noch mal, der Junge ist schnell«, sagte Willow, als sie ihn in seinen Laufstall gebracht hatte.

»Das hat er von Caleb, zusammen mit der Augenfarbe. Und das Grübchen beim Lächeln sieht genauso aus wie bei Whip.«

»Wenn Ethan nur halb so gutaussehend wird wie sein Vater und sein Onkel, werden die Mädchen von ganz Colorado zu uns gepilgert kommen, wenn er erwachsen ist. Wie weit ist der Eintopf?«

»Fertig.«

»Prima, ich habe Caleb gerade von der Scheune herüberkommen sehen. Und Whip ist sicher nicht weit, er mag nämlich gern hausgemachten Eintopf.«

Shannon senkte den Kopf, damit Willow die Tränen nicht sah, die plötzlich in ihren Augen standen.

Was ist bloß mit mir los? fragte sich Shannon. *Ich müßte doch wissen, daß Weinen nur Energieverschwendung ist.*

»Ist mir auch schon aufgefallen«, sagte sie bedrückt. »Vorausgesetzt natürlich, es handelt sich nicht um *sein* Haus. Ist das Brot schon so weit abgekühlt, daß man es schneiden kann?«

»Wahrscheinlich. Aber bestimmt wird sich Whip beschweren, daß es keine Brötchen gibt.«

»Nein, wird er nicht«, sagte Caleb, der gerade hereinkam. »Er ist vor ein paar Stunden weggeritten...«

Shannon erstarrte.

»Weggeritten?« fragte Willow. »Wohin denn?«

»Reno besuchen.«

»Ach so.« Willow wandte sich wieder dem Eintopf zu. »Seltsam, sonst geht er nicht einfach weg, ohne mir Bescheid zu sagen.«

Calebs Blick richtete sich auf das schlanke junge Mädchen mit dem herbstfarbenen Haar.

»Hat er Ihnen etwas gesagt?« fragte er sie direkt.

»Nein. Aber schließlich ist er ein Streuner.«

»Das ist keine Ausrede für schlechte Manieren«, sagte Willow. »Sicher auch in keinem der anderen Länder, die Whip bereist hat. Er sollte es einfach besser wissen.«

Caleb betrachtete Shannon immer noch. In ihrem Blick lag die gleiche Spannung, die ihm bei Whip aufgefallen war. Und er hatte ein paar Stunden lang darüber nachgedacht, ob er versuchen sollte, darüber zu reden. Und dann beschlossen, daß es wohl schon notwendig war.

»Wenn ich richtig verstehe, hat Whip ein paar Tage lang auf Ihren Goldclaims gegraben«, sagte Caleb. »Hatte er Glück?«

Willow warf ihm einen erstaunten Blick zu. »Caleb, das geht dich nichts an.«

Er drehte sich erstaunlich schnell zu ihr um. »Gewöhnlich nicht, nein. Aber dies ist kein gewöhnlicher Fall.«

Willow sah ihren Mann eindringlich an und schöpfte dann wieder Eintopf in eine Schüssel.

»Also, hat er irgendwelches Gold gefunden?« fragte Caleb Shannon nochmals.

»Nein. Whip hat gesagt, er hätte die Ader verloren, was immer er damit gemeint haben mag.«

Caleb knurrte. »Das ist die Richtung, in der das Gold im Felsen verläuft. Wenn man sie verliert, tut man nichts anderes mehr als Steineklopfen.«

»Damit hat Whip viel Zeit verbracht. Er kam jeden Tag voller Schweiß und Staub zurück.«

»Ach wirklich? Warum? Er haßt Goldschürfen fast so sehr wie ich, und für Geld zu arbeiten haßt er sogar noch mehr.«

»Whip hat sich meinetwegen Sorgen gemacht«, erklärte Shannon. »In Echo Basin sind die Winter lang, und die Vorräte in Holler Creek sind teuer. Er fürchtete, ich würde nicht genug zu essen haben, wenn die Claims nichts hergäben.«

»Man kann ja immer noch jagen gehen«, sagte Caleb. Dann lächelte er und erinnerte sich an die Geschichte mit dem Grizzly. «Aber Sie sind keine gute Schützin, wie?«

»Die Munition ist so teuer, daß ich keine zum Üben verschwenden kann«, sagte Shannon. »Also muß ich mich an die Tiere anschleichen und mein Bestes tun.«

»Mich erstaunt, daß Silent John nicht seine Munition selbst hergestellt hat wie die meisten Leute, die leben wie er.«

»Hat er auch. Aber er hat mir nie so vertraut, daß er es mir hätte zeigen wollen. Er war sehr heikel mit dem Gewicht seiner Kugeln.«

»Das kann ich mir denken«, sagte Caleb, der Silent Johns Ruf als Besitzer eines Büffel-Gewehrs Kaliber 50 kannte. »Glauben Sie, daß er noch lebt?«

»Nein. Aber erzählen Sie das bitte keinem.«

»Warum?«

»Ich will nicht, daß mir die zweibeinigen Wölfe um die Hütte heulen, wann immer sie sich mit Fusel angefüllt haben«, sagte Shannon brüsk. »Vor Silent John haben die Männer in Echo Basin wirklich Respekt. Und das soll auch so bleiben.«

Caleb nickte verständnisvoll. »Was ist mit Whip?«

»Whip?« fragte Shannon. »Der kann um meine Hütte heulen, so oft er will.«

Caleb lachte leise, auch wenn er den Schmerz in Shannons Lächeln verstand.

»Hält er Silent John für tot?« fragte er.

»Ja.«

»Also, wo ist das Problem?«

»Wie bitte?« fragte Shannon.

»Warum hat sich Whip davongemacht, als wenn ihm jemand Feuer unterm Hintern gelegt hätte?«

»Er will, daß ich bei Ihnen und Willow bleibe.«

»Das möchten wir auch«, sagte Willow am Herd.

»Ich… danke euch«, sagte Shannon. »Aber ich kann nicht bleiben.«

»Kann nicht oder will nicht?« fragte Caleb knapp.

»Caleb«, sagte Willow. »Dazu hast du kein Recht.«

»Hast du deinen Bruder gesehen, als er fortritt?« fragte Caleb kurz.

»Nein.«

»Aber ich. Wenn jemand, den man gern hat, so aussieht wie er, dann fängt man an, Fragen zu stellen. Und bekommt auch Antworten darauf.«

Als Shannon Calebs Miene sah, fiel ihr wieder ein, was Whip einmal über ihn gesagt hatte – er sei wie ein dunkler Racheengel und habe jahrelang einen Mann verfolgt, der für die Verführung und den Tod seiner Schwester verantwortlich gewesen war, ähnlich wie Hunter.

Shannon schloß die Augen und verschränkte die Finger so fest, daß sie weh taten. Als sie Caleb wieder ansah, betrachtete er sie mit Mitleid und Entschlossenheit.

Er wußte, daß ihr seine Fragen weh taten. Aber er würde trotzdem Antworten verlangen, weil auch Whip litt.

»Wenn ich glauben würde, daß Ihnen Whip egal ist«, sagte er ruhig, »dann hätte ich kein Wort gesagt. Aber Sie sehen ihn an, wie Eve Reno ansieht und Jessi Wolfe, und –«

»– und Willow Sie«, beendete Shannon seinen Satz. »Es tut mir leid, ich kann meine Gefühle nicht gut verbergen.«

»Das ist auch nicht nötig«, meinte Willow und stellte die Schüssel auf den Tisch. »Du bist hier unter Freunden. Das weißt du doch, oder?«

Shannon nickte und versuchte, etwas zu sagen. Tränen standen in ihren Augen.

Willow nahm sie in die Arme und drückte sie an sich wie ein Kind.

»Warum kannst du dann nicht bei uns bleiben?« frage sie leise.

Shannon erwiderte die Umarmung, holte tief Atem und versuchte, es Whips Schwester zu erklären.

»Wie würdest du dich fühlen«, fragte Shannon, »wenn du Caleb liebtest und er etwas anderes mehr wollen würde als dich und fortgehen würde von dir?«

Willow hielt den Atem an. Sie trat einen Schritt zurück, um Shannons Augen zu sehen. Dann wünschte sie, sie hätte es nicht getan.

»Wie würdest du dich fühlen«, fragte Shannon voller Schmerz, »wenn du, nachdem Caleb fort wäre, im Haus seiner Schwester lebtest und ihn überall wiederkennen müßtest: im sonnenglänzenden Haar seiner Schwester, in dem Grübchen ihres Kindes … und jeden Tag, bei jedem Atemzug würdest du wissen, daß du kein Kind haben würdest, kein Heim, keinen Gefährten, der dein Leben teilt?«

»Ich könnte es nicht ertragen«, sagte Willow. »Es würde mich umbringen, in allem an ihn erinnert zu werden.«

»Ja«, flüsterte Shannon.

Sie wandte sich Caleb zu, der sie mit beunruhigtem Blick ansah, während er liebevoll über das Haar seiner Frau strich.

»Darum kann ich nicht bleiben«, sagte Shannon zu ihm.

»Haben Sie das auch Whip gesagt?« fragte er. »Sah er deswegen so aus, als stecke ihm ein Messer im Bauch?«

Shannon schüttelte langsam den Kopf. »Nein«, erwiderte sie dumpf. »Das habe ich ihm nicht gesagt.«

»Warum nicht?« fragte Caleb.

»Das wäre so gewesen, als würde ich ihn bitten zu bleiben. Das werde ich nicht tun.«

»Aus Stolz?« fragte Caleb mit dem scharfen Blick eines Raubvogels.

Er hatte noch nicht alle Antworten bekommen.

»Aus praktischen Erwägungen«, korrigierte ihn Shannon mit einem bittersüßen Lächeln. »Bei meinen Eltern konnte ich zu gut beobachten, was passiert, wenn ein Mann das eine und eine Frau das andere will. Er ging fort, und sie betäubte ihren Schmerz mit Laudanum. Jetzt verstehe ich zum ersten Mal, warum. Und hoffe, daß es ihr geholfen hat.«

»Soll das bedeuten, daß ich das Laudanum einschließen muß?« fragte Caleb trocken.

»Nein.«

»Das hatte ich auch nicht erwartet. Sie sind zäher als Ihre Mutter, nicht wahr?«

»Mußte ich sein. Ich habe sie am Schluß versorgt.«

»Was haben Sie Whip also erzählt?« fragte Caleb wieder.

»Die andere Hälfte der Wahrheit. Daß ich mich niemandem verpflichtet fühlen möchte, so nett Sie auch sein mögen, wenn es um meine Versorgung geht. Ich will frei sein.«

»Aber Sie sind eine –«

»Frau«, schloß Shannon knapp. »Ja. Das ist mir auch schon aufgefallen.«

»Und vermutlich jedem anderen Mann, der Sie vorbeigehen sieht«, erwähnte Caleb.

»Caleb!« sagte Willow entrüstet. »Also wirklich!«

»Nun, Liebes, es ist aber wahr. Und das ganze Gerede über Freiheit und dergleichen ändert ja nichts an Shannons Gang.«

»Ich gehe nicht absichtlich so«, sagte Shannon gedrückt.

»Das weiß ich, Teufel auch«, sagte Caleb. »Sie sind genausowenig kokett wie Willow. Darum geht es nicht. Es geht darum, daß die Männer immer wissen werden, daß Sie eine Frau sind. Die netten werden ein Gespräch mit Ihnen anfangen und Sie mit Pralinen in der einen Hand, Blumen in der anderen und einem Glitzern im Blick besuchen kommen. Wenn Sie nicht interessiert sind, werden sie davonreiten und nicht wiederkommen. Aber nicht alle Männer sind nett.«

»Das weiß ich besser als die meisten Frauen«, sagte Shannon.

»Und trotzdem wollen Sie zurückkehren?« fragte Caleb.

»Ja. Ich reite morgen los.«

»Willst du nicht abwarten, bis Whip dich begleitet?« fragte Willow erstaunt.

»Was bringt dich auf die Idee anzunehmen, er würde zurückkommen?« fragte Shannon.

»Er hat sich nicht verabschiedet. Also wird er wiederkommen«, stellte Willow fest. »Sosehr ihn auch die Wanderlust packt, so unfreundlich ist er nicht.«

»Ich glaube, ein neuer Sonnenaufgang ruft ihn.«

»Zu mir hat er nur gesagt, er wolle Gold aus einer schwierigen Mine gewinnen. Dazu wollte er Reno um Rat fragen.«

»Er wird wohl Geld brauchen, um sich wieder auf die Reise zu machen. Und Gehalt wollte er von mir keines nehmen.«

»Whip hat mehr Gold, als er ausgeben kann«, sagte Willow. »Spanische Barren, die so rein sind, daß man sie mit dem Fingernagel ritzen kann.«

Shannon sah sie erstaunt an. »Das wußte ich nicht. Warum geht er dann zu Reno, um zu fragen, wie er noch mehr Gold graben kann?«

»Wenn Whip Ihnen sein Gold angeboten hätte, um Vorräte davon zu kaufen oder ein Haus an einem sichereren Ort als Echo Basin,würden Sie das annehmen?« fragte Caleb.

»Niemals«, sagte Shannon leise. »Ich bin Witwe, keine Hure, die ein Mann kaufen kann, den es in einer Tasche kribbelt, während er die andere voller Gold hat.«

Caleb lächelte und nickte verständnisvoll.

»Warum bleiben Sie nicht, bis Whip zurückkommt?« fragte er. »Sie sollten nicht den ganzen Weg allein reiten.«

»Nein, danke. Mein Hund ist verletzt worden, als er mich vor den Culpeppers verteidigt hat. Ich hätte schon vor Tagen zurückreiten sollen.«

»Bleib«, sagte Willow schnell. »Whip hat... dir gegenüber sehr warme Gefühle. Er wird sich vielleicht...«

»Niederlassen wollen?« flüsterte Shannon, schüttelte den Kopf und lächelte traurig. »Nur die Liebe könnte Whip halten. Und er liebt nur den Sonnenaufgang, den er noch nie gesehen hat.«

15. KAPITEL

Whip ritt bis vor das kleine Haus, das noch nicht ganz fertiggestellt war. Als er sein müdes Pferd anband, kam eine junge Frau mit goldenen Haaren und Augen aus der Küche gelaufen. Sie sprang leichtfüßig von der Veranda, die der Frontseite des Hauses vorgebaut war, und lächelte Whip zu.

»Du bist es wirklich! Was für eine nette Überraschung! Reno hat schon vermutet, dich hätte die Wanderlust wieder ans andere Ende der Welt verschlagen.«

»Noch nicht, Eve. Ich muß erst noch etwas Gold graben.«

»Du? Gold?«

Der verblüffte Ausdruck auf Eves Gesicht brachte Whip zum Lächeln, obwohl die Verzweiflung ihm wie ein Knoten in den Eingeweiden erschien. Der lange Ritt herüber von der Ranch seiner Schwester hatte seine Stimmung und seinen Schmerz nicht gebessert.

»Ich dachte, du haßt die Goldgräberei noch mehr als Caleb«, sagte Eve.

»Tue ich auch«, erwiderte Whip und wandte sich von seinem Pferd ab.

»Warum willst du –«

Eve verschlug es die Sprache, als sie sein Gesicht von nahem sah.

»Was ist los?« wollte sie besorgt wissen. »Es ist doch nichts mit Willow, oder? Oder mit dem Baby? Ist –«

»Auf der Ranch der Blacks ist alles in Ordnung«, unterbrach sie Whip.

»Warum hast du dann so einen harten Zug um den Mund?«

»Es ist nichts, was sich nicht durch etwas Gold bereinigen ließe. Wo ist Reno?«

»Direkt hinter dir«, sagte Reno.

»Ja, das dachte ich mir schon«, sagte Whip und drehte sich um. »Jemand hat mich beobachtet, seit ich durch den Fluß geritten bin.«

Reno lächelte. »Wir haben eine tolle Aussicht von unserem Haus. Ich habe dich schon lange kommen sehen.«

»Nett, daß du nicht auf mich geschossen hast.«

»Als ich die Rindlederpeitsche erkannt hatte, war ich schon sehr in Versuchung«, meinte Reno lässig. »Dann dachte ich, daß du womöglich ein paar von Willows Brötchen mitgebracht haben könntest.«

»Ich habe nichts mitgebracht als einen leeren Magen und eine Bitte an dich«, sagte Whip direkt.

»Das erklärt den Ausdruck auf deinem Gesicht. Wenn du Hunger hattest, hast du immer schon ungefähr so freundlich ausgesehen wie ein verwundeter Grizzly.«

Während Reno redete, musterte er Sugarfoot mit einem kurzen, scharfen Blick aus seinen grünen Augen. Der Zustand seines Fells deutete darauf hin, daß er mehrmals geschwitzt hatte und wieder getrocknet war, seit man ihn zuletzt gestriegelt hatte. So wie der Wallach an den Zügeln zerrte, um ein paar Grashalme abrupfen zu können, mußte er wohl ähnlich hungrig sein wie sein Reiter. Und ähnlich müde.

»Du und Sugarfoot seht beide so aus, als wäret ihr hart geritten und noch feucht wieder in den Stall gekommen«, sagte Reno.

»Ich bin gestern kurz vor dem Abendessen bei Cals Ranch losgeritten.«

Reno hob plötzlich die schwarzen Augenbrauen. »Dann mußt du ja fast die ganze Nacht geritten sein.«

Whip zuckte mit den Schultern.

»Ich helfe dir, Sugarfoot zu versorgen«, sagte Reno. »Und Eve macht dir was zu essen.«

Sobald die beiden Brüder am Gatter der Pferdekoppel standen, wandte sich Reno Whip zu.

»Also gut. Raus damit«, sagte Reno brüsk. »Was ist los?«

»Wie ich Eve schon gesagt habe – nichts, das nicht durch etwas Gold in Ordnung zu bringen wäre.«

»Einer von den spanischen Goldbarren ist direkt unter deinen Füßen vergraben. Würde der deine Stimmung verbessern?«

Whip sagte tonlos etwas Schreckliches, hob den Hut, fuhr sich mit der Hand durchs Haar, setzte den Hut wieder auf.

Wortlos löste er den Sattel, hob ihn auf den obersten Holmen des Weidezauns und legte die Satteldecke zum Trocknen darauf. Dann ließ er den Wallach auf die Weide gehen, und Sugarfoot machte sich eifrig daran, das üppige Gras am nahe gelegenen Flußufer abzuweiden.

Reno sah Whip mit aufmerksamem Blick zu, beobachtete, wie geschmeidig sich sein Bruder bewegte. Als er Whips Wendigkeit sah, entspannte sich Reno etwas; er hatte schon befürchtet, sein Bruder hätte vielleicht eine Verletzung oder Krankheit, die er zu verbergen versuchte.

»Cal und Willy und Ethan geht es gut«, sagte Reno.

Es war nicht direkt eine Frage, aber Whip nickte.

»Du bist in ausgezeichneter Form, obwohl du gerade einen mörderischen Ritt hinter dir hast«, sagte Reno.

Whip zuckte mit den Schultern.

»Du hast nicht irgendwelche schlechten Nachrichten über einen unserer Brüder?« drängte Reno.

»Nein.«

Reno wartete.

Whip sagte nichts weiter.

»Wenn das so ist«, sagte Reno mit einem kleinen Lächeln, »hast du wohl Probleme wegen einer Frau.«

»Worüber redest du, zum Teufel?« fragte Whip ärgerlich.

»Die Linien um deinen Mund und der Ausdruck in deinen Augen, die klarmachen, daß du am liebsten irgendwen umbringen würdest, und Gnade dem, der dir einen Vorwand dafür liefert.«

Whip ballte die Hände zu Fäusten. Er war gekommen, um über Gold zu reden, nicht über eine Frau, die er nicht nehmen durfte und doch nicht einfach lassen konnte.

»Willst du darüber reden?« fragte Reno milde, »oder lieber zuerst kämpfen?«

»Teufel auch«, sagte Whip voller Abscheu, »ich bin gekommen, um dich um einen Gefallen zu bitten, nicht um gegen dich zu kämpfen.«

»Manchmal kann man jemandem mit einem Kampf einen Gefallen tun.«

Whip gab ein leises Geräusch von sich, das vielleicht ein Lachen war oder auch ein Fluch oder beides zusammen. Dann sah er zum Himmel hinauf. Er war tief und blau wie Shannons Augen.

»Hast du je zwei Dinge gleichzeitig haben wollen«, sagte Whip langsam, »obwohl du für das eine das andere hättest aufgeben müssen, aber nicht aufgeben kannst, weil du sie wirklich beide willst, und deswegen ziehst du immer kleinere und kleinere Kreise wie ein Hund, der seinen eigenen Schwanz jagt, bis du schließlich überhaupt nicht mehr weißt, wo oben und unten ist?«

Renos Lächeln wirkte seltsam sanft für einen Mann, der so hart aussah wie er.

»Natürlich ist es mir schon mal so gegangen«, sagte er ruhig zu seinem Bruder. »So etwas nennt man menschlich. Dumm, aber menschlich.«

»Was hast du dann gemacht?« fragte Whip neugierig.

»Als du fertig damit warst, mir das Fell über die Ohren zu ziehen, habe ich mir überlegt, was mir wirklich wichtig war. Und dann habe ich sie geheiratet.«

Whip machte ein betroffenes Gesicht. »Ich würde einen miserablen Ehemann abgeben. Immer stände ich mit dem Blick in die Ferne am Zaun und würde voller Unruhe dahinter auf- und abgehen wie ein ungezähmter Mustang.«

»Immer noch auf der Jagd nach Sonnenaufgängen?«

»Ich kann genausowenig etwas dafür, daß ich ein Herumtreiber bin, wie du, daß du Linkshänder bist und so höllisch gut mit deinem sechsläufigen Gewehr umgehen kannst«, sagte Whip trocken.

»Wahrscheinlich, aber das kannst du nicht genau wissen.«

»Was soll das heißen?«

»Als du dein Streunerleben angefangen hast«, sagte Reno nachdenklich, »warst du kaum mehr als ein Junge. So wie ich hast du unser Heim deswegen verlassen, weil unsere älteren Brüder Herumtreiber sind und Pa immer die Hand sehr locker saß, den Gürtel zu nehmen und Prügel auszuteilen – außer daß du auch deiner eigenen Wanderlust gefolgt bist.«

»War es das?« Whip zuckte mit den Schultern. »Das ist schon so lange her, und ich habe seitdem schon so viele Reisen gemacht und so viele Dinge gesehen, daß ich mich kaum noch erinnern kann, warum ich ursprünglich mit der Herumtreiberei angefangen habe.«

»Aber du willst sie nicht aufgeben.«

»Wie gibt man seine Seele auf?« erwiderte Whip schlicht.

Reno hatte darauf keine andere Erwiderung als die kurze, kräftige Umarmung, mit der er seinem Bruder antwortete.

»Dann komm«, sagte Reno als nächstes. »Eve macht sich sicher Sorgen, was mit dir los sein könnte. Es ärgert mich, daß sie so einen schlechten Geschmack hat, aber sie mag dich fast so gern wie mich.«

Whip lächelte flüchtig. »Das bezweifle ich. Aber ich mag sie wirklich gern. Ihr Lachen und ihr echter Mut würde ich an jedem bewundern, ganz besonders an einer Frau. Eve ist Gold wert. Und ich werde nie verstehen, was sie an dir findet.«

Reno antwortete darauf mit herzlichem Gelächter und einem kräftigen Schlag auf Whips Schulter. Seite an Seite gingen die beiden Brüder mit langen Schritten zum Haus hinüber. Als sie an der Hintertür standen, betrachtete Whip zweifelnd seine Stiefel und die seines Bruders.

»Stimmt was nicht?« fragte Reno.

»Es gibt Orte auf dieser Welt, wo man seine Gastgeber damit beleidigen würde, wenn man mit Stiefeln über die Schwelle ihres Hauses tritt. Besonders bei Stiefeln wie diesen und einem neuen Haus wie eurem.«

»Eve muß auch schon an diesen Orten gewesen sein«, gab Reno zu. »Sie hält neben der Tür für mich immer ein paar Mokassins bereit, damit ich die Stiefel ausziehen kann.«

Reno lächelte voller Erfahrung. Es war Eve eine tiefe Freude gewesen, endlich ihr eigenes Heim zu besitzen.

»Was ist mit meinen Stiefeln?« fragte Whip. »Wird sie sich damit zufriedengeben, wenn ich nur auf Strümpfen hineingehe?«

»Sie wird sich etwas ausdenken. Sie beschützt das Haus wie eine Tigerin, die nur ein Junges hat.«

»Kannst du ihr das zum Vorwurf machen? Wenn man wie sie in einem Waisenhaus aufgewachsen ist, muß man sich doch immer nach einem solchen Heim gesehnt haben.«

Reno und Whip wuschen sich an einer kurzen Bank, die Reno an der Rückseite des Hauses angebracht hatte. Das Wasser, das sie dort erwartete, war warm und duftete leicht nach Flieder.

So angenehm er den Duft auch fand, so mußte Whip doch an die Frische der Balsamminze denken, die er mit Shannon verband, und auch an das kleine Ritual, mit dem sie ihm das

Handtuch gegeben und sein Gesicht so sorgfältig nach Schaumresten abgesucht hatte.

Hör auf, an diese schönen, blauen Augen und an jenen süßen Mund zu denken, der dich immer angelächelt hat, sagte sich Whip grimmig. *Das ist uns beiden gegenüber unfair.*

Tu, was du tun mußt.

Hol dir Reno zu Hilfe. Hol das Gold.

Und mach dich auf den Weg.

Der Gedanke war gar nicht mehr so verlockend, wie er erwartet hätte.

»Ihr braucht ja ganz schön lange«, sagte Eve und lächelte den Männern von der Hintertür aus zu. »Wenn ich noch länger warte, um dich in den Arm zu nehmen, brennen bestimmt die Brötchen an.«

Grinsend wischte sich Reno die Hände an einem Tuch ab und breitete die Arme aus. Eve ging ihm entgegen und drückte ihn fest an sich.

»Ist alles in Ordnung?« fragte sie leise dicht an Renos Ohr.

»Nichts, worüber wir uns Sorgen machen müßten«, antwortete Reno genauso leise.

Er spürte und hörte deutlich den erleichterten Seufzer seiner Frau.

»Es riecht nach angebrannten Brötchen«, sagte Whip trocken.

Reno ließ Eve los, die sich sofort zu Whip umdrehte und die Arme ausbreitete.

»Sie werden schon noch etwas aushalten«, sagte sie. »Denn ich bin einfach zu scharf darauf, mich von dem Mann umarmen zu lassen, den ich am zweitliebsten auf der Welt habe.«

Whip bückte sich etwas, zog Eve an sich und drückte sie.

Reno sah ihnen mit einem lässigen Lächeln und ohne jede Eifersucht zu. Er wußte, daß seine Frau und sein Bruder eine ganz besondere Beziehung zueinander entwickelt hatten, als sie beide ihr Leben eingesetzt hatten, um Reno aus der verschütteten Tiefe einer uralten, gefährlichen Goldmine zu retten.

Mit einem letzten Drücken stellte Whip Eve wieder auf die Beine.

»Kommt rein zum Essen«, sagte Eve mit einem breiten Lächeln. »Man kann eure Mägen schon von weitem knurren hören. Ich decke den Tisch, während ihr die Stiefel auszieht. Wenn du willst, kannst du die Peitsche da zu den Jacken hängen, Whip. Du kannst sie auch bei Tisch tragen, vorausgesetzt, der Hut bleibt hier bei den Stiefeln.«

Reno und Whip tauschten schweigend einen amüsierten Blick, als sie das Paar große, saubere Socken sahen, das neben Renos Mokassins lag. Aber keiner der beiden Männer hatte das Herz, sich über Eves Versuch lustig zu machen, einen Teil des wilden Westens zu zivilisieren. Eigentlich wußten beide die kleinen Rituale und die weibliche Wärme zu schätzen, die aus einem einfachen Haus ein Heim machten.

Beim Essen erklärte Whip Reno und Eve, was er seit ihrer letzten Begegnung alles getan hatte. Als er dann von Echo Basin und Holler Creek erzählte, erwähnte er die Culpeppers eher flüchtig.

Aber auch ohne genauere Schilderung verstand Eve, was in Murphys Laden passiert war. Sie hatte selbst ein paarmal in eher rauhen Städten gelebt, bevor sie Reno begegnet war. Sie wußte ganz genau, welch übles Gesindel Kerle wie die Culpeppers waren.

Was sie nicht wußte, war, wieso Silent John's Witwe bei den Blacks geblieben und nicht mit Whip gekommen war.

»Warum hast du Mrs. Smith nicht mitgebracht?« fragte sie.

»Mrs. Smith?«

Eve sah an Whips Gesichtsausdruck, daß er sie absolut nicht verstand.

»Die Frau, die du aus Echo Basin zur Ranch der Blacks gebracht hast«, sagte Eve langsam, als spräche sie mit einem zurückgebliebenen Kind. »Die Frau, die die Culpeppers beleidigt haben. Die Frau, deren Ehre du mit deiner tödlichen Peitsche verteidigt hast.«

»Ach so, du meinst Shannon.«

»Herr im Himmel, natürlich«, sagte Eve und lachte. »Bist du mit deinen Gedanken schon wieder auf der nächsten Weltreise?«

Überraschend erschienen rote Flecken auf Whips Wangen.

»Ich betrachte Shannon nicht als Mrs. Smith«, sagte Whip angespannt.

Eve blinzelte und senkte den Blick, damit Whip den plötzlichen Argwohn darin nicht bemerkte. Sie hätte schrecklich gern Reno angesehen, um zu erfahren, was er von Whip und der Frau dachte, die vielleicht Witwe war und die Whip sich lieber überhaupt nicht als verheiratet vorstellte.

»Ich verstehe«, murmelte Eve. »Also: War Shannon zu müde nach dem Ritt aus den Bergen, um auch mit hierher zu kommen?«

»Ich habe sie bei Willy und Cal gelassen. Ich habe gehofft, Shannon würde bei ihnen bleiben und Willow helfen wollen.«

»Das wäre nett«, sagte Eve. »Willow wollte doch schon lange ein Mädchen einstellen, damit –«

»Nicht als Angestellte«, unterbrach Whip sie heftig. »Nicht ausdrücklich. Eher wie eine Schwester oder unverheiratete Kusine.«

Eve räusperte sich nur, anstatt darauf hinzuweisen, daß eine Witwe wohl kaum wie eine unverheiratete Kusine sein könne. Sie kannte die Moran-Männer zu gut, um nicht den warnenden Blick in Whips klaren Augen zu verstehen. Er war gefangen wie in einem Felsloch und konnte sich nicht bewegen.

Und doch mußte er sich bewegen.

Streuner.

Eve verstand Whip und seinen Schmerz ausgesprochen gut. Aber sie konnte sich genausogut vorstellen, daß Shannon von einem ähnlichen Schmerz erfaßt war, wie Eve ihn einmal erfahren hatte, als sie sich in einen Mann verliebte, der nicht bereit war, sie zu lieben. Aber schließlich hatte Reno doch noch seine Liebe zu ihr entdeckt.

Eve fragte sich, ob Shannon auch so viel Glück haben würde.

Sie betrachtete den großen, blonden Mann, dessen Augen so klar waren wie Eis im Herbst. Whip konnte sanft und liebevoll sein, aber Gott helfe jedem, der versuchen sollte, ihn zu halten, wenn er lieber reisen wollte.

»Eher etwas Familiäres, Unterkunft und Essen und ein Taschengeld«, erklärte Whip. »Und Sicherheit. Vor allem.«

Ein Seitenblick auf Reno sagte Eve, daß er über die Worte seines Bruders sowohl erstaunt als auch amüsiert war. Und der sanfte Schwung seiner Lippen bewies sein Mitgefühl.

»Ist das auch das, was Shannon möchte?« fragte Eve neugierig. »Sicherheit und etwas Taschengeld?«

Whips Mund wurde plötzlich noch schmaler. So ausgedrückt klang sein Vorschlag nicht, als würde jemand gern so leben wollen, schon gar nicht eine junge Frau wie Shannon.

Das Schweigen wurde ungemütlich lang.

»Wenn Shannon auch nur halb so ist, wie du sie darstellst«, sagte Eve schließlich vorsichtig, »dann wirst du dir ihretwegen nicht lange Sorgen machen müssen. Dann wird nämlich irgendein kluger Mann daherkommen und ihr viel mehr bieten als Unterkunft, Essen und etwas Taschengeld.«

Whip hob schlagartig den Kopf. Seine Augen waren schmal und glitzerten grau.

»Er wird ihr seinen Namen geben und Kinder mit ihr haben und ein Heim für sie bauen«, sagte sie ruhig. »Und sie wird nicht mehr vom Wohlwollen anderer abhängig sein. Sie wird Freude an ihrem Heim haben, ihren Mann, den sie lieben, und ihre eigenen Kinder, die sie aufziehen kann. Er wird ihr Sicherheit geben, und sie wird seine Zuflucht sein.«

»*Nein.*«

Whip wußte nicht, daß er das Wort laut ausgesprochen hatte, bis er sich bewußt wurde, wie heftig er sich gegen den Gedanken wehrte, Shannon könnte das Kind eines anderen Mannes bekommen. Whips Hände umklammerten die Tischkante, bis seine Haut weiß wirkte. Er dürfte nicht so empfinden, wenn es um Shannon und einen anderen Mann ging.

Aber er konnte nun einmal nicht gegen seine Gefühle an.

Eves dunkelgoldene Augenbrauen hoben sich in einer schweigenden Frage angesichts von Whips heftiger Reaktion.

»Sie braucht nicht irgendeinen Mann zu heiraten und seine Kinder zu haben, um in Sicherheit zu sein«, sagte Whip stur. »Sie braucht nur...«

Seine Stimme verstummte.

»Ich gehe davon aus, daß du sie nicht selbst heiraten willst«, sagte Eve neutral.

»Nicht wegen Shannon«, sagte Whip mit rauher Stimme. »Meinetwegen.«

»Liebes«, sagte Reno weich, »es wäre von Whip nicht nett, Shannon zu heiraten. Da könnte sie ebensogut den Wind nehmen.«

»Weiß sie das?« fragte Eve.

»Sie weiß es«, sagte Whip knapp. »Sie hat mir erklärt, daß sie niemals einen Mann heiraten würde, der einen Sonnenaufgang, den er noch nie gesehen hat, mehr liebt als sie.«

»Kluge Frau«, sagte Eve.

»Sture Frau«, gab Whip heftig zurück. »Sie will das Hochland nicht verlassen, und dort ist es für eine Frau allein einfach nicht sicher genug.«

»Warum will sie denn nicht weggehen?«

»Dort oben ist sie niemandem für ihren Unterhalt verpflichtet.«

»*Sehr* kluge Frau«, sagte Eve.

»Verdammt *sture* Frau«, knurrte Whip. »Ich kann sie nicht

den ruppigen Goldgräbern da oben überlassen und kann auch nicht dort oben bei ihr bleiben, bis sie endlich zur Vernunft kommt.«

Eve gab einen Laut von sich, der nach Mitgefühl, Frage und Herausforderung klang.

»Der einzige Ausweg aus dem Durcheinander«, sagte Whip, »besteht darin, daß ich auf ihren verdammten Claims genügend Gold finde, um ihr ein Haus in Denver oder irgendwo sonst zu kaufen, nur damit ich weiß, daß sie in Sicherheit ist.«

»Und unverheiratet bleibt?« schlug Eve zynisch vor.

Der offene Ärger in Whips Blick machte keine andere Antwort nötig.

»Whip, um Himmels willen!« sagte sie entrüstet. »Wenn du Shannon nicht heiraten willst, warum ärgert dich der Gedanke so sehr, daß irgendein anderer Mann –«

Ein Tritt von Renos Fuß unter dem Tisch brachte Eve zum Schweigen.

»Whip weiß, daß er unvernünftig ist«, sagte Reno. »Deswegen ist er ja auch so gereizt. Wenn er einen Kampf braucht, werde ich mich dafür zur Verfügung stellen.«

»Männer«, sagte Eve leise.

Dann seufzte sie und versuchte es anders.

»Warum gibst du ihr nicht einfach etwas von deinem Gold aus der spanischen Mine?« fragte sie. »Du hast es doch sowieso bisher kaum angerührt.«

»Würdest du es annehmen, wenn du an ihrer Stelle wärst?« fragte Reno, bevor Whip etwas sagen konnte.

»Nein. Aber ich hatte mich in einen Mann verliebt, der verrückt nach der Goldgräberei war.«

»Und Shannon«, sagte Reno, »hat sich in einen Mann verliebt, der verrückt danach ist, zu streu –«

»Sie liebt mich gar nicht wirklich!« unterbrach Whip ihn heftig.

»Sagt sie das?« gab Eve zurück. »Oder ist das deine Hoffnung?«

»Sie hat nie andere Gesellschaft gehabt als einen fiesen alten Kopfgeldjäger, einen zähen, alten Einsiedler namens Cherokee und einen Haufen junger Goldgräber, die Manieren haben wie Elche in der Paarungszeit«, sagte Whip. »Natürlich muß sie den ersten Mann, der nett zu ihr ist, für etwas Besonderes halten.«

»Mit anderen Worten: Sie liebt dich«, faßte Eve zusammen.

Whip verzog das Gesicht und sagte nichts.

»Also, laß mich sehen, ob ich dich richtig verstanden habe«, sagte Eve direkt. »Du liebst Shannon nicht, sorgst dich aber um ihre Sicherheit. Sie möchte nicht bei irgend jemandem angestellt sein. Du möchtest nicht, daß sie allein in Echo Basin lebt, und du willst nicht, daß sie irgend jemanden heiratet, einschließlich dir. Also hast du dich entschlossen, auf ihren Claims so viel Gold zu finden, bis dein Gewissen beruhigt ist, bevor du das nächste Mal auf Wanderschaft gehst. Habe ich das richtig verstanden?«

Whip blinzelte.

Reno stieß den angehaltenen Atem aus. »Eve...«

Sie kümmerte sich nicht um ihn.

»Wenn du ein Mann wärst«, begann Whip mit tonloser Stimme.

»Wenn ich ein Mann wäre, würdest du mir die Hucke vollhauen«, sagte Eve. »Das ist einer der Gründe, warum Gott die Frauen erschaffen hat, damit die Männer nicht nur raufen, sondern manchmal auch denken.«

Whips Gesichtsausdruck zeigte deutlich, daß er lieber raufen würde.

Eve stand auf und ging um den Tisch herum zu Whips Platz, wo er verkrampft gegen seinen selbstgeschaffenen Käfig ankämpfte. Sie strich ihm über das sonnenhelle Haar, das so ganz anders war als das ihres Mannes.

»Ich liebe dich, Whip«, sagte Eve leise. »Dich und Caleb und Willow und Wolfe und Jessi. Ihr seid die Familie, die ich mir immer gewünscht habe. Schimpfe ruhig mit mir, wenn es dir hilft. Denn ich möchte dir gern helfen. Es tut mir weh, dich so unglücklich zu sehen.«

Whip schloß die Augen. Ein sichtbares Beben erschütterte ihn. Dann lockerte er langsam seinen Griff um die Tischkante. Er sah auf zu Eve und lächelte sie so traurig an, daß ihr Tränen in die Augen traten.

»Du bist wie Willy«, sagte Whip leise. »Lauter Sonnenschein. Ich kann euch beiden immer nur ein paar Minuten böse sein.«

Eve berührte Whips Wange und erwiderte das Lächeln.

»Was findest du nur an all jenen fremden Orten?« fragte sie sanft.

»Ich glaube, das kann ich nicht in Worte fassen.«

»Kannst du es nicht versuchen?«

Whip strich sich mit den Fingern durchs Haar, dann über die glatten Windungen der Peitsche auf seiner Schulter. Die Geste bewies, wie ruhelos er war, ebenso sein schmaler Mund und der Ausdruck von Spannung um die Augen.

»Es ist aufregend«, sagte er schließlich.

»Was?« fragte Eve. »Das neue Land? Neue Sprachen? Neue Städte? Neue Frauen?«

Mit gerunzelter Stirn zog Whip die Peitsche von der Schulter und ließ sie langsam und nachdenklich durch seine Finger gleiten.

»Die Frauen sind es nicht«, erklärte er. »Oh, sie sind schon hübsch, manche unvorstellbar exotisch. Aber Shannon finde ich viel hübscher als jede andere Frau, die ich auf der ganzen Welt gesehen habe. Sie besitzt auch nicht eine Schönheit, die irgendwann vergeht. Jedesmal wenn ich sie ansehe, scheint sie hübscher zu sein als das Mal davor.«

Renos schwarze Augenbrauen hoben sich, aber er sagte kein

Wort. Wenn er darauf hinwies, daß er Eve gegenüber gleich empfand, würde das Whip nur in Rage bringen.

»Die Sprachen sind auch irgendwie faszinierend«, fuhr Whip dann fort. »Chinesisch ist absolut höllisch, Portugiesisch nicht, und die portugiesischen Eroberer haben an vielen fernen Orten Häfen gegründet. Mit Portugiesisch und Englisch komme ich fast überall in Asien zurecht, wenn ich in der Nähe des Meeres bleibe.

Und Portugiesisch und Spanisch sind gar nicht sehr verschieden, wenn man erst begriffen hat, wie sie dieselben Worte unterschiedlich betonen. Also kann ich auch überall in Südamerika und Mexico hingehen...«

Reno wartete schweigend und sah zu, wie sein Bruder mit den Ursprüngen seiner Wanderlust kämpfte.

Eve stand neben ihm, berührte ab und zu Whips Schulter, womit sie ihn schweigend drängte, weiterzuerzählen und damit die Spannung zu lösen, die dicht unter seiner Oberfläche lag.

»Die Städte...« begann Whip.

Dann verstummte er und rückte ruhelos auf seinem Stuhl zur Seite, wobei er die ganze Zeit mit der Peitsche spielte.

»Die Städte...?« fragte Eve sanft drängend nach.

Whips Handgelenk machte eine lässige Bewegung. Die Peitsche entrollte sich auf dem Boden und klatschte leise.

»Zuerst waren es die Städte, die mich gelockt haben«, sagte Whip. »Ich konnte gar nicht genug bekommen. So viele seltsame Baustile, die exotischen Gesichter, neue Gerüche und Geräusche und Speisen. Ich habe einiges Schöne gesehen und einiges Häßliche, doch alles war irgendwie *anders.*«

Reno nickte und gab einen ermutigenden Laut von sich.

Eve wartete.

»Es ist seltsam«, sagte Whip ruhig, »aber nachdem einige Zeit vergangen ist, fühlen sich all diese Unterschiede doch irgendwie gleich an. Bis jetzt war mir das noch gar nicht aufgefallen.«

Die Peitsche blieb ruhig, dann nahm sie ihre leisen, zischelnden Bewegungen wieder auf, die Whips Gedanken unterstrichen.

»Und was das Land betrifft«, sagte Whip langsam, »das gehört ganz wesentlich dazu. Diese alte Welt hier ist absolut unglaublich, wenn man bedenkt, welche Vielfalt das Wasser und die Felsen hier haben.«

»Ja«, sagte Reno. »Deswegen bin ich wieder zurückgekehrt. Die Landschaft in Colorado hat die phantastischsten Formen. Ganz zu schweigen von dem vielen Gold, das es hier zu finden gibt.«

»Gibt es eine Landschaft, die dir am liebsten ist?« fragte Eve. »Eine, zu der du unbedingt wieder zurück möchtest?«

Whip schüttelte den Kopf. »Ich gehe nie zweimal an denselben Ort.«

»Dann hast du ja wohl noch nicht das gefunden, was du suchst, oder?« fragte Eve schlicht.

Whip öffnete den Mund, doch es kam kein Wort heraus.

Er stand auf und ging aus dem Haus in den herrlichen Tag hinaus. Bei jeder Bewegung zischte die Peitsche und knisterte wie ein Lagerfeuer.

»Was glaubst du, was er tun wird?« fragte Eve Reno leise.

»Was er immer getan hat.«

»Weiterziehen.«

»Ja«, sagte Reno.

»Arme Shannon.«

»Armer Whip. Er ist nicht unbedingt das, was ich glücklich nennen würde.«

»Das ist seine eigene Entscheidung«, sagte Eve. »Shannon ist dazu nicht gefragt worden.«

»Du hörst dich an, als würdest du meinem Bruder gern eins auf seinen Dickschädel geben.«

»Mehr als einen dickschädligen Mann auf einmal kann ich einfach nicht verkraften«, gab sie zurück.

»Und das bin ich?«

Eve lächelte, ging zu Reno und verstrubbelte sein mitternachtsschwarzes Haar mit den Fingern.

»Das bist du«, stimmte sie zu.

Lächelnd zog Reno Eve auf seinen Schoß. Eine ganze Weile lang hörte man in der Küche kein Geräusch außer leisen Worten und Küssen, die als Zärtlichkeit begannen und schnell zu glühendenVersprechungen wurden, die später eingelöst werden sollten, wenn sie allein in ihrem großen Bett lagen.

Als Whip schließlich zurück zum Haus kam, lag die lange Peitsche ruhig auf seiner Schulter. Von Shannon oder Weiterziehen war nicht mehr die Rede.

Whip ließ nur noch Gold als Gesprächsthema zu – wo man es findet, wie man es schürft. Während Reno aufmerksam zuhörte, beschrieb Whip den Claim, an dem er gearbeitet hatte, sie unterhielten sich bis in die Nacht hinein.

Bei Tagesanbruch am nächsten Tag wurde die Stille von Hufschlägen unterbrochen, die sich in großer Geschwindigkeit näherten.

Augenblicke später trat Whip aus der Hintertür, das Gewehr in der Hand, die Hose nur halb zugeknöpft. Reno stand neben dem vorderen Fenster und sah mit scharfem Blick hinaus. Eve stand mit einer Flinte in der Hand neben ihm.

Es waren zwei Pferde. Nur auf einem saß ein Reiter. Reno erkannte das Pferd sofort. Das rotgoldene Fell, die weißen Fesseln und der hoch wie eine rote Seidenfahne getragene Schweif konnte nur Willows prächtigem arabischen Hengst gehören.

»Das ist Ishmael«, sagte Reno. »Und Wolfe, der ihn reitet!«

Reno stieß einen scharfen Pfiff aus, ein Signal, das ihnen noch aus der Kindheit vertraut war. Augenblicke später erschien Whip an der Seite des Hauses, sah, wer der Besucher war, und lief hinüber, um Wolfe zu begrüßen. Whip fiel auf, daß die beiden Pferde hart geritten worden waren, woraus er entnahm, daß Wolfe eiligst hierhergekommen war und unterwegs das Pferd gewechselt hatte, damit das andere Tier sich etwas erholen konnte. Das zweite Pferd war groß und schlank und wirkte wie ein Rennpferd mit der Haltung eines Mustangs.

»Was ist passiert?« fragten Whip und Reno nachdrücklich, als Wolfe die Pferde vor dem Haus zügelte.

»Cal kam zu unserem Haus galoppiert mit Ishmael am Zügel, gab ihn mir und trug mir auf, Whip so schnell wie möglich zu finden. Dann ist er auf dem kürzesten Weg zurück zu Willow.«

Whip sah auf in Wolfes dunkles Gesicht. Blauschwarze Augen musterten ihn.

»Du hast mich gefunden«, sagte Whip. »Also, spuck's aus.«

»Hast du eine Frau, die Shannon heißt?« fragte Wolfe.

Whip war zu überrascht, um zu antworten.

»Ich will es so ausdrücken«, sagte Wolfe spöttisch. »Wenn du eine Frau *kennst*, die Shannon heißt; sie ist jetzt nicht mehr bei Willow und Cal.«

»Was? Wo ist sie?«

Wolfe nahm den Hut ab, strich sein glattes, schwarzes Haar zurück und setzte den Hut wieder auf. Whip wirkte, als säße er auf einem Pulverfaß. Wolfe vermutete, seine nächsten Worte würden seinen Freund in Bewegung bringen.

»Caleb hat nur gesagt, die Spuren führen nach Norden, und er könne Willow nicht allein lassen, um ihnen zu folgen«, sagte Wolfe. »Außerdem hat sich Shannon nicht verirrt, sondern wußte, wohin sie ging.«

Whip begann in einer Sprache zu fluchen, die die anderen noch nie gehört hatten. Trotzdem wußten sie, daß er fluchte. Whip sah nicht aus, als teilte er Segenswünsche aus.

Er rannte in Richtung Weide und fluchte bei jedem Schritt heftig weiter.

»Mach unterwegs bei uns halt«, rief Wolfe. »Jessi kann dir noch ein frisches Pferd geben.«

Whip rammte sein Gewehr in die Scheide am Sattel, griff sich Sattel und Zaumzeug vom Weidezaun und hastete hinüber zu den Pferden, die friedlich am Fluß grasten.

Reno sah Wolfe an. »Kommst du mit uns?«

»Braucht ihr noch einen Schützen?« fragte Wolfe direkt.

»Glaube ich kaum.«

»Dann bleibe ich bei Jessi.« Wolfes Lächeln blitzte, und aus dem Ausdruck des Jägers auf seinem Gesicht wurde etwas viel Sanfteres. »Seit einer Woche ist ihr morgens immer übel.«

Renos Gesicht erhellte sich in einem Lächeln. »Gratuliere! Und außer der Übelkeit – wie nimmt Jessi es auf?«

»Prima. Da sie gesehen hat, wie Ethan zur Welt kam, hat Jessi kaum noch Angst vor der Geburt. Meine größte Sorge ist, sie davon abzuhalten, daß sie vor Freude zuviel herumtanzt und sich überfordert.«

Whip schwang sich auf Sugarfoot und trabte zum Haus.

»Wo soll ich dich treffen?« fragte Reno.

»Am Avalanche Creek«, sagte Whip knapp.

»Welche Seite?«

»Die östliche Gabelung!«

Mit diesen Worten stieß Whip seinem großen Wallach die Fersen in die Seiten und galoppierte hastig davon.

16. KAPITEL

Shannon stand an der Tür zu Cherokees kleiner Hütte. Prettyface war neben ihr und sah beinah so gesund aus wie vor seinem Kampf. Am Himmel über ihnen zogen wilde Wolken in allen Farben zwischen Rosa und Schwarz dahin. Ein frischer Wind schüttelte die Baumwipfel und pfiff unheimlich durch enge Felsritzen.

»Nettes Maultier«, sagte Cherokee von der Tür aus.

Shannon sah die alte Frau an. Sie stützte sich auf den Stock, den sie sich geschnitzt hatte, um ihren Knöchel zu entlasten. Shannon vermutete, daß der Stock jetzt zum festen Bestandteil von Cherokees Leben werden würde. Bei dem Gedanken runzelte sie die Stirn. Durch Cherokees Fähigkeit, sich anzuschleichen, hatten sie beide den vergangenen Winter überlebt, als der Schnee früh gekommen und lange geblieben war.

»Es ist schon fast zwei Jahre her, seit ich ein solches Maultier gesehen habe«, sagte Cherokee, »als ich den Hut eines Culpepper aus einer Entfernung von mehr als fünfhundert Metern mit zwei Kugeln abgestaubt habe.«

»Sie haben damals geglaubt, Silent John wäre der Schütze.«

»Nicht schlecht geschätzt, schließlich habe ich mit seinem Gewehr geschossen. Feuert so treffsicher wie keine andere Waffe. Ich war froh deswegen. Schließlich wäre es schade gewesen, wenn durch einen verirrten Schuß das gute Maultier hätte dran glauben müssen.«

Shannon betrachtete das langbeinige Tier, das an einem Baum angebunden war und geduldig auf sie wartete.

»Nach dem Ritt von der Black-Ranch herüber war Razorback so müde, daß er nicht einen Schritt mehr gehen wollte«, sagte Shannon. »Ich reite ungern das Maultier eines Toten, aber ich hatte keine Wahl. Crowbait ist nicht zugeritten.«

»Teufel auch, Mädchen, du reitest doch schon seit Jahren das Maultier eines Toten. Es wird Zeit, daß du das einsiehst und dein Leben wieder weitergeht.«

Shannon zuckte zusammen. »Aber jetzt, wo die Culpeppers weg sind, glaube ich nicht, daß es schlimm ist, wenn die Leute es erfahren. Murphy ist ein Fuchs, aber mit dem komme ich schon klar.«

»Vielleicht solltest du mal Prettyface zu dem Alten mitnehmen. Ich wette, dann gewinnen seine Manieren ausgesprochen.«

Shannon lächelte, kraulte dem Hund die Ohren und warf

noch einen Blick hinauf zum wilden Himmel. Der Wind glitt frisch und kalt wie Eiswasser über ihr Gesicht.

»Ich sollte besser bald reiten«, sagte Shannon. »Es riecht nach Schnee.«

»Das wäre nicht das erste Mal, daß es im Juli geschneit hat«, stimmte ihr Cherokee zu.

»Ein wenig Schnee, in dem man Spuren erkennt,wäre nicht schlecht.«

Cherokee richtete sich auf und verlagerte vorsichtig ihr Gewicht. Obwohl sie ihren Fuß bandagiert und jedes erdenkliche Mittel eingenommen hatte, schien ihr Knöchel sturerweise nicht heilen zu wollen.

»Gehst du jagen?« fragte Cherokee.

»Klar«, sagte Shannon mit einer Fröhlichkeit, die nicht über ihr Lächeln hinauskam.

Die alte Frau knurrte, drehte sich um und humpelte zurück in ihre Hütte. Als sie zurückkam, hatte sie eine Schachtel Schrotpatronen in ihren welken Händen. Sie hielt Shannon die Schachtel hin.

»Nun nimm sie schon«, sagte Cherokee ungeduldig. »Ich werde noch eine ganze Weile nicht jagen gehen können, und warum sollten wir die günstige Jagdgelegenheit versäumen? So brauchst du nicht so nah an die Beute heranzugehen, daß du sie genausogut direkt mit einem Messer abhäuten könntest.«

»Aber ich bin dir schon verpflichtet, weil du Prettyface verarztet hast.«

»Ach Quatsch. Wir zwei haben jetzt schon fast drei Jahre lang alles miteinander geteilt, und so war es in den zehn Jahren davor auch schon bei Silent John und mir. Nimm die Patronen und bring so viel Wild mit, wie du kannst, damit wir was zum Essen haben.«

»Aber –«

»Also, jetzt bring mich nicht in Wut, Mädchen. Prettyface war überhaupt kein Problem. Der hat 'n Schädel aus Granit, und sein Körper ist genauso hart. Er ist ganz allein wieder gesund geworden. Stimmt doch, oder, du räudige Töle?«

Prettyface sah Cherokee an, wedelte mit dem Schwanz und wandte sich wieder Shannon zu. Die Schußwunden an seinem Körper waren kaum mehr als Kratzer. Damals hatten die Verletzungen vor allem wegen des vielen Bluts so häßlich ausgesehen.

Und was seinen Schädel betraf, hatte Cherokee recht. Absolut steinhart von einem Ohr bis zum anderen. Jetzt war nur noch eine Rille in seinem Fell am Kopf zu sehen von einem Schuß, der jedes andere Tier getötet hätte, das keinen so harten Schädel hatte und keiner kräuterkundigen Frau begegnete.

»Danke, daß du Prettyface so gut versorgt hast«, sagte Shannon und rieb sanft die Schnauze des Tiers. »Schließlich ist er außer dir meine einzige Familie.«

Cherokees kluger brauner Blick sah in Shannons Gesicht alles das, was sie ungesagt gelassen hatte über ihren Traum vom Lieben und Geliebtwerden, der in den Augen eines streunenden Mannes totgeboren gewesen war.

»Tja«, sagte Cherokee, »dann wirst du das hier ja wohl nicht brauchen, nachdem du wieder allein bist.«

Bei diesen Worten zog Cherokee einen mit einem Stöpsel verschlossenen kleinen Krug aus der Tasche. Am Hals des Krugs hing an einem Lederband ein kleiner Beutel.

»Was ist das?« fragte Shannon neugierig.

»Hauptsächlich Wacholder- und Balsamminzenöl. In dem Beutel sind kleine Stückchen getrockneter Schwamm.«

»Das Öl riecht bestimmt herrlich. Warum werde ich es nicht brauchen?«

»Weil Whip ein gottverdammter Narr ist, darum. Oder ist er dein Mann geworden und hat dich dann verlassen?«

Shannons Gesicht wurde rot und dann blaß.

»Whip ist nur sein eigener Mann«, stieß sie zwischen zusammengebissenen Zähnen hervor. »Aber ja, er ist fort.«

»Besteht irgendeine Möglichkeit, daß du schwanger bist?« fragte Cherokee direkt.

Shannon holte tief Luft. »Nein.«

»Todsicher?«

»Ja.«

Die alte Frau seufzte und entlastete ihren verletzten Knöchel.

»Tja, dann werde ich mir also keine Gedanken darüber zu machen brauchen, wie du deine Monatsblutung wieder bekommen kannst«, sagte Cherokee. »Und den Krug mit den Ölen und Kräutern, die verhindern, daß du ein Baby von einem verschwundenen Papa bekommst, wirst du auch kaum brauchen.«

»Ist das das Mittel, das du auch Clementine und –«

»Nein«, sagte Cherokee knapp. »Das wäre Zeitverschwendung. Wenn das Öl wirken soll, muß man es sorgfältig und im entsprechenden Augenblick anwenden. Aber wenn die armen Mädchen arbeiten, sind sie sturzbetrunken.«

Shannon dachte an die Culpeppers und ähnliche Männer und schauderte.

»Ich weiß nicht, wie sie das überleben können«, sagte Shannon.

»Die meisten überleben es nicht«, sagte Cherokee. »Wenigstens nicht lange.«

Der Wind heulte um die kleine Hütte und warnte vor rauhem Wetter.

»Ich sollte besser gehen«, sagte Shannon.

Sie drehte sich um – und sah einen großen Mann aus dem wilden Nachmittag auf sie zureiten.

»Whip!«

Bei Shannons leisem Ausruf wandte sich Cherokee zur Seite, sah den näher kommenden Mann und lachte triumphierend auf. Eilig schob sie die Patronen in die eine und das Verhütungsöl in die andere Tasche von Shannons Jacke.

Shannon bemerkte es nicht einmal. Die plötzliche Freude, die sie bei Whips Anblick empfand, verwandelte sich schnell in Ärger. Falls er sich überhaupt freute, sie zu sehen, ließ seine Miene nichts davon erkennen. Er sah aus, als wäre er so zornig, daß er Kugeln spucken könnte, wenn man ihm Blei zu essen gäbe.

»Was tust du hier?« fragte Shannon.

»Was zum Teufel glaubst du denn, was ich tue?« gab Whip bitter zurück und ließ das Pferd direkt vor Shannons Füßen stehenbleiben. »Ich bin auf der Jagd nach einem jungen Mädchen, das so unvernünftig ist, ein schönes Heim aufzugeben und zurück zu einem elenden Schuppen zu gehen, wo es wahrscheinlich im nächsten Winter verhungert – falls es nicht zuerst erfriert!«

»Sie haben die Möglichkeit ausgelassen, daß sie von einem Grizzly gefressen werden könnte«, sagte Cherokee trocken. »Aber da sie vorher schon erfroren sein wird, ist das sowieso egal, oder?«

»Das ist nicht wahr«, gab Shannon zurück. »Ich lebe hier allein schon seit –«

»Wie geht's, Whip?«, rief Cherokee fröhlich und übertönte dabei Shannons Worte. »Schönes Pferd haben Sie da. Sieht schnell aus.«

Whip wandte beim Sprechen nicht den Blick von Shannon ab. Er kraulte allerdings den Hund hinterm Ohr, der seine Vorderpfoten auf seinen Schenkel gestellt hatte und Whip erfreut anhechelte.

»Ich habe Sugarfoot unten an der verdammten Baracke zurückgelassen, die Shannon ihr Heim nennt«, sagte Whip weiter. »Das ist eines von Wolfe Lonetrees Pferden.«

»Dachte ich mir schon. Sitzen Sie ab und bleiben Sie eine Weile hier.«

»Nein, danke«, sagte Whip, immer noch den Blick fest auf Shannon gerichtet. »Wahrscheinlich wird es sowieso anfangen zu schneien, bevor wir zu Silent Johns undichter alter Bruchbude kommen.«

»Sie ist überhaupt nicht undicht«, protestierte Shannon.

»Nur, weil ich den halben Berghang in die Ritzen gestopft habe«, gab Whip scharf zurück.

Cherokee kicherte. »Also Kinder, ich werd' euch mal euch selbst überlassen. Meine Knochen vertragen den Zug nicht.«

Mit diesen Worten trat Cherokee zurück und machte die Tür ihrer Hütte zu, damit der Wind nicht hereinblies.

»Schafft Prettyface es bis zu deinem Verschlag?« fragte Whip.

»Du bist doch der Mann, der immer alles weiß. Also, was glaubst du?« gab Shannon zurück.

»Ich glaube, du bist ganz schön verrückt.«

»Öfter mal was Neues. Übrigens denkt Cherokee dasselbe von dir. Ich auch. Du bist umsonst so weit geritten, Whip Moran.« Shannon hob den Kopf und sah Whip direkt an. »Ich gehe nicht zurück zur Ranch der Blacks.«

Whip zischte zwischen den Zähnen etwas Unverständliches hervor. Erst als er den Zorn in Shannons Augen sah, wurde ihm klar, wie sehr er gehofft hatte, sie würde sich freuen, daß er zurückgekommen war.

Cherokee hat recht. Ich bin verrückt.

»Auf das Maultier mit dir«, sagte Whip kurz. Shannon drehte sich auf dem Absatz um und ging zu dem Maultier, das sie Cully getauft hatte. Sie stieg mit einer geschmeidigen Bewegung auf, ohne sich bewußt zu sein, wie anmutig sie wirkte.

Whip sah es genau. Er brauchte sie nur gehen zu sehen, und schon war in seinem Körper die Hölle los.

Mit einiger Willensanstrengung wandte er den Blick ab.

»Wenn Prettyface zu humpeln anfängt, sag Bescheid«, erklärte er barsch. »Ich nehme ihn dann zu mir auf den Sattel. Moccasin macht das nichts. Wolfe reitet seine Pferde so zu, daß sie alles mit sich machen lassen.«

Shannon ließ Cully hinter Whips Pferd hergehen, einem schlanken, muskulösen Braunen, der aussah, als hätte er einen harten Ritt hinter sich.

Genauso wie der Mann.

Als sie schließlich die Hütte erreicht hatten, war Shannon ganz steif vom kalten Wind und den Gefühlen, die hinter ihrer ausdruckslosen Mine wüteten. Sie stieg ab, stolperte und griff hilfesuchend um sich.

Whip packte sie. Obwohl er Handschuhe trug und Shannon dick angezogen war, schien es, als könne er spüren, wie ihre Hitze und Süße bis zu ihm strahlte und ihn in Flammen versetzte. Ihre Wimpern flatterten, dann öffnete sie die Augen, und er sah, daß der Hunger und die Verwirrung darin genauso groß waren wie bei ihm.

Doch in einer Beziehung gab es keine Verwirrung. Shannon gehörte ihm. Whip brauchte sie nur zu nehmen.

Mit einem harten Wort stellte Whip Shannon wieder auf die Beine und trat zurück, während sie gerade die Hände nach ihm ausstreckte.

»Nein«, sagte er kalt. »Faß mich nicht an.«

Verblüfft hielt Shannon mitten in der Bewegung inne, die Hände nach ihm ausgestreckt, die Liebe, die sie für ihn empfand, so klar in ihren Augen, daß Whip es nicht ertragen konnte, sie anzusehen. Und er konnte sich auch nicht zwingen wegzusehen.

»Whip?«

»Ich meine das wirklich so«, sagte er heftig. *»Du sollst mich nicht berühren.* Ich bin hierhergekommen, um nach Gold zu graben, nicht, um dich noch weiter zu umgarnen. Wenn Reno und ich genug Gold gefunden haben, daß du durch den Winter kommst, bin ich weg. Hast du gehört, Shannon? Ich bin weg! Du kannst mich nicht mit deinem Körper halten. Versuche es nicht einmal.«

Wogen von Schmerz und Demütigung überfluteten Shannon und ließen ihre Wangen abwechselnd bleich und tiefrot werden.

»Ja«, flüsterte sie mit zitternden Lippen. »Ich habe dich verstanden, Whip. Du brauchst es nicht noch einmal zu sagen. Nie wieder. Ich werde bis zum Tag meines Todes hören, wie du mich zurückgewiesen hast.«

Whip schloß die Augen angesichts der Demütigung, die er in Shannons Blick sah, in ihrer ganzen Körperhaltung. Er hatte sie nicht so verletzen wollen. Er hatte nur gespürt, wie sich der Käfig immer enger um ihn schloß, und hatte wild um sich geschlagen, ohne an die Folgen zu denken.

»Shannon«, flüsterte er voller Qual. *»Shannon.«*

Keine Antwort.

Whip öffnete die Augen. Er war allein mit dem kalten Wind.

Er sagte sich, daß es besser so war, für Shannon und für ihn. Besser, jetzt Schmerz zu fühlen, als dann ein Leben lang zu bereuen, daß sie die falsche Entscheidung getroffen hatten, weil sein Blut in Wallung war und sie nicht vernünftig genug sein konnte, nein zu sagen.

Es ist besser so.

Es muß besser sein.

Nichts sonst wäre den Schmerz wert, den ich in ihren Augen gesehen habe.

Shannon erwachte bei den ersten ätherischen Klängen der Panflöte. Sie hatte die Melodie noch nie zuvor gehört, aber sie wußte, daß es ein Klagelied war. Kummer schwang in den flüchtigen Mollharmonien und bebenden, jammernden Echos mit, als atme ein Mensch Schmerz ein und Trauer wieder aus.

Die geisterhafte Musik schnürte Shannon die Kehle zusammen und füllte ihre Augen mit Tränen. So fern und verzweifelt wie ein Mondaufgang in der Hölle klagte die Musik um all das Unberührbare, Unaussprechliche und Unwiederbringliche.

»Verdammter Kerl«, flüsterte Shannon in die Dunkelheit.

»Was hast du für ein Recht zu klagen? Du hast schließlich diese Entscheidung getroffen, nicht ich.«

Es gab keine Antwort außer einem tiefempfundenen Schrei des Verlusts und der Verdammnis, der in die Nacht hinausgeweht wurde.

Es dauerte lange, bis Shannon wieder einschlafen konnte, und sie weinte sogar im Schlaf noch weiter.

Als sie das nächste Mal aufwachte, war es immer noch dunkel. Sie hörte nichts als die eigentümliche Stille über dem Land, mit der frisch gefallener Schnee alles einhüllt. Schaudernd ging sie hinüber zu den schlecht schließenden Fensterläden und schaute durch einen Spalt hinaus.

Unter einem klaren Himmel und dem abnehmenden Mond lag die Landschaft in eine weiche, feuchte Schneedecke eingehüllt. Sie war zu dünn, um den nächsten Tag zu überstehen, und erwartete nur ihr unvermeidliches Ende unter der aufsteigenden Hitze der Sonne.

Doch bis dahin würde jeder Zweig, jedes Blatt und alles, was den Schnee berührte, eine deutliche Spur hinterlassen.

Besonders die Hufe der Hirsche.

Eilig zog sich Shannon an und zwang sich, nur an die bevorstehende Jagd zu denken. Wenn sie an den vergangenen Tag dachte, würden nur ihre Hände zittern und ihr Magen sich zusammenziehen. Und wenn sie überhaupt irgendein Tier erlegen wollte, brauchte sie sichere Hände und gute Nerven.

Denk nicht an Whip. Er ist fort, mag er nun hier sein oder auf der anderen Seite der Welt.

Er will mich nicht. Er hätte es kaum deutlicher ausdrücken können, wenn er es mir mit seiner Peitsche in die Haut gebrannt hätte.

Das unerwartete Gewicht ihrer Jacke ließ Shannon ihre Taschen durchsuchen. Zuerst fand sie die Patronen. Dann den kleinen Krug und den dazugehörigen Beutel.

Shannon verzog das Gesicht, als sie sich wieder an ihre

Demütigung erinnerte, und schob den Krug auf ein Brett im Schrank. Die Patronen behielt sie, denn die würde sie brauchen können. Dann zwang sie sich, an nichts anderes zu denken als an das, was sie zu tun hatte, und zog die Jacke an, über deren Wärme sie froh war. Ihr war kalt bis in die Tiefe der Seele.

Fröstelnd hob sie die Flinte von der Wand, prüfte sie und stellte fest, daß sie sauber, trocken und schußbereit war. Sie griff sich eine Handvoll getrocknetes Fleisch, trank einen Becher kaltes Wasser aus dem Eimer und glitt aus der Hütte, hinaus in die dichte, farblose Dunkelheit, die der Dämmerung vorausgeht.

Leise atmend stand sie vor der Tür und wartete, ob Prettyface sich dagegen wehren würde, allein in der Hütte zu bleiben. So gern sie ihn dabeigehabt hätte, war er doch noch nicht wieder ganz gesund. Er wurde zu schnell müde und war an den Hinterbeinen noch etwas steif, wo ihn die Schüsse getroffen hatten. Noch eine Woche, und er würde wieder ganz in Ordnung sein, aber sie konnte nicht so lange warten, um jagen zu gehen. Ein solcher Schnee war einfach zu gut zum Spurenfinden, um ihn zu versäumen.

Prettyface winselte an der Tür und begann am Holz zu kratzen, um nach draußen zu kommen.

»Nein«, flüsterte Shannon.

Hastig ging sie zur Seite des Hauses, wo der Wind nicht ihren Geruch hineintragen konnte.

Prettyfaces Winseln wurde lauter und heftiger. Das Kratzen auch.

Shannon kannte Prettyface gut genug, um voraussagen zu können, was als nächstes geschehen würde. Er würde anfangen zu jaulen. Und das würde Whip wecken, wo immer er auch lagerte, und dann würde er kommen und nachsehen.

Der Gedanke daran, Whip schon wieder gegenüberzustehen, bewirkte, daß Shannons Hände feucht wurden und ihr Magen sich zusammenzog.

Und selbst wenn sie Whips Anblick würde ertragen können, würde er doch sicher einen Wutanfall bekommen, wenn er hörte, daß sie allein auf die Jagd gehen wollte. Aber genau das mußte sie tun. Sie mußte jagen und mit Erfolg, um nicht von Cherokee abhängig zu sein. Wenn Shannon nicht dazu in der Lage war, würde sie im kommenden Winter verhungern oder sich damit abfinden müssen, ihr Leben damit zu verbringen, sich um anderer Leute Häuser und Kinder zu kümmern.

Und niemals ein eigenes zu haben.

Shannon war sich nicht sicher, was das Schlimmere war, sterben zu müssen oder vorher gar nicht erst gelebt zu haben.

»Still.«

Der leise Befehl brachte Prettyface für ein paar Augenblicke zum Schweigen. Dann begann er mit einem hohen Gewinsel, das schon bald in lautes Heulen übergehen würde.

»Verdammt«, sagte Shannon lautlos.

Sie machte die Tür auf, legte die Hände um Prettyfaces Maul und drückte es fest zu.

»Du kannst mitkommen, aber du mußt still sein.«

Prettyface zitterte vor Eifer und tat keinen Mucks. Er kannte das Jagdritual zu gut, um Lärm zu machen, jetzt, wo er auch mit dabeisein durfte.

Schweigend machten sich Shannon und der große Hund auf den Weg hinaus in die Dunkelheit. Sie wußte, daß Whip ihren Spuren genauso leicht folgen konnte, wie sie Wild zu finden hoffte, doch es würden noch ein paar Stunden vergehen bis zum Tagesanbruch.

Außerdem würde Whip darauf warten, daß sein Bruder kam, und nicht nach Shannon suchen. Whip hatte es deutlich genug zum Ausdruck gebracht, daß er nicht das Bedürfnis hatte, ihr noch weiter Gesellschaft zu leisten.

Wenn sie Glück hatte, würde Whip nicht einmal zu ihrer Hütte gehen. Dann würde er auch nicht bemerken, daß sie weg war.

Das Geräusch eines Schusses aus einer Schrotflinte weckte Whip. Er lag unter seiner Plane und einer Schicht von Neuschnee und horchte aufmerksam. Dann kam noch ein Schuß, der genauso klang wie der erste.

Ein Mann. Eine Flinte.

Kein Antwortschuß.

Ein Jäger wahrscheinlich, der den Schnee zum Spurensuchen nutzt.

Whip lag halbwach da und fühlte sich ausgelaugt und erschöpft, als hätte er die Nacht in der Hölle verbracht und nicht in einem bequemen Lager, auf das weich der Schnee fiel und eine zweite warme Decke über ihm bildete. Durch halb geöffnete Lider betrachtete er das pfirsichfarbene Licht am östlichen Himmel. Es würde noch zwei Stunden dauern, bis es richtig Tag war, denn die Sonne mußte ein Stück über den Horizont wandern, bis ihr Licht die hohen Gipfel östlich des Echo Basin überwand.

Ein dritter Schuß hallte durch den kalten Morgen, dann folgte gleich der nächste.

Whip lächelte dünn.

Muß wohl ein Goldgräber sein. Kein anderer Jäger würde vier Schüsse brauchen, um einen Hirsch zu erlegen. Es klang sogar, als würde er beide Läufe benutzen.

Whip hatte den Gedanken noch nicht zu Ende gebracht, da saß er bereits aufrecht auf seinem Lager, und der Schnee flog in alle Richtungen.

Das würde sie doch nicht tun!

Aber Whip wußte genau, daß Shannon es durchaus tun würde. Er war noch nie einer dickköpfigeren Frau begegnet.

Whip rammte seine Füße in die kalten Stiefel, legte die Peitsche auf der Schulter zurecht, griff sich sein Gewehr und rannte zu der steinigen Anhöhe, die die Lichtung überragte.

Es stieg kein Rauch aus der Hütte auf.

Sie schläft wahrscheinlich noch.

Dann sah Whip die Spuren, die sich von der Hütte entfernten. Er begann, leise zu fluchen.

Schon sehr bald darauf war Sugarfoot gesattelt, aufgezäumt und in wilden Sprüngen auf dem Weg über die Lichtung. So machte das Pferd seinem Reiter klar, wie ungern es eine kalte Decke und einen noch kälteren Sattel hatte.

Whip stand die Buckelei seines Pferdes durch, ohne es so recht zu bemerken. Er war immer noch ganz eingenommen von dem Gedanken, daß Shannon irgendwo in der grauen, eisigen Dämmerung unterwegs war und versuchte, sich ihre nächste Mahlzeit zu jagen, als habe sie keine andere Wahl.

Glaubt sie, ich bin ein solcher Schweinehund, daß ich ihr nicht noch eine Winterration Wild jage, bevor ich fortgehe? Läuft sie deshalb in abgenutzten Stiefeln und Kleidern herum, mit denen man höchstens noch eine Lumpenpuppe ausstopfen könnte?

Die Antwort lag in den Spuren. Shannon glaubte offensichtlich, daß sie sich ihren Wintervorrat selbst würde jagen müssen.

Ein rauher Wind, den die Sonne in Bewegung gebracht hatte, kam von den Gipfeln heruntergefegt. Whip schauderte fluchend und zog seinen Kragen höher, damit die eisigen Finger des Windes ihn nicht berührten.

Sie muß doch frieren.

Der Gedanke verstärkte seinen Ärger nur noch.

Warum hat sie nicht abgewartet, daß ich für sie jage? Ich bin doch nicht so ein Schuft, daß ich ihr nicht helfen würde. Das muß sie doch inzwischen wissen.

Verdammt, andere Männer hätten einfach genommen, was sie zu bieten hat, und nie mehr zurückgeschaut.

Aber Shannon hatte sich nicht irgendwelchen anderen Männern schenken wollen. Nur Whip.

Und er hatte sie hart zurückgewiesen.

Als er wieder an den Schmerz und die Demütigung in ihrem

Gesicht dachte, wußte Whip plötzlich, warum Shannon in der eisigen Dämmerung zur Jagd gegangen war. Sie würde keinen Happen Nahrung mehr von ihm annehmen, selbst wenn es bedeutete, daß sie verhungern müßte.

Grimmig folgte Whip den Spuren, so schnell es das Gelände erlaubte – sicher deutlich schneller, als Shannon vorangekommen war, denn sie war zu Fuß unterwegs.

Sie hätte doch wenigstens eins von den verfluchten Rennmaultieren reiten können. Schließlich gehören sie ihr. Die Culpeppers brauchen sie verdammt sicher nicht mehr, und Razorback kann froh sein, wenn er den Winter überlebt.

Whip wußte, daß Silent Johns altes Maultier nicht das einzige Wesen war, das froh sein konnte, wenn es den kommenden Winter überlebte. Der Gedanke daran, wie Shannon gegen Hunger und Kälte würde ankämpfen müssen, fühlte sich an wie ein Splitter, der tief unter Whips Daumennagel saß. Er schmerzte bei jedem Herzschlag, ganz gleich, wie sehr er sich bemühte, den Schmerz zu lindern.

Sie ist zu arm, um so stolz zu sein, verdammt. Es wäre absolut keine Schande für sie gewesen, wenn sie eine Stelle bei Cal und Willy angenommen hätte. Es ist ehrliche Arbeit. Und die beiden haben sie gern.

Aber Whip gab sich keiner Täuschung hin, was seine Chancen betraf, Shannon doch noch dazu zu überreden, eine solche Stelle anzunehmen. Nach dem, was er gestern zu ihr gesagt hatte, würde sie nicht einmal mehr in die Nähe seiner Verwandten gehen wollen.

Es ist doch nur zu ihrem Besten. Das muß sie doch einsehen. Wenn ich es nur etwas sanfter ausgedrückt hätte... einer jungen Frau zu sagen, daß sie dich nicht anrühren soll, besonders, wenn du eigentlich Himmel und Erde in Bewegung setzen würdest, nur um von ihr berührt zu werden?

Der Gedanke daran, wie es sich anfühlen mochte, von Shannons warmen, liebevollen Händen zärtlich berührt zu werden, machte Whips Sitz im Sattel unbehaglich. Seine plötzliche heftige Erregung verärgerte ihn, machte ihn wütend auf sich, auf sie, auf alles. Er war in seinem ganzen Leben noch nie so von einer Frau beeindruckt gewesen.

Und das gefiel ihm absolut nicht.

Mach schnell, Reno. Finde das Gold, das Shannon von diesem Ort befreien wird.

Und mich.

Die Fährte, der Whip folgte, bog plötzlich zur Seite ab. Er sah auf und wußte, warum. Rechts von ihm lag eine kleine Lichtung. Durch die Bäume konnte er die Wildspuren auf einer Seite erkennen, die von der Mitte ab plötzlich weiter auseinandergezogen waren, als wären die Tiere von etwas aufgeschreckt worden.

Whip ritt hinüber bis zur Lichtung und sah deutlich, was er schon vermutet hatte. Am Waldrand hatten ein paar Hirsche im dünnen Schnee gegrast. Der Wind mußte von Shannon weg geweht haben, denn sie hatte es offensichtlich geschafft, bis auf dreißig Meter an die Tiere heranzukommen, bevor sie sie bemerkten.

Wo Shannon gestanden hatte, war der Schnee zertreten. Verschossene Patronenhülsen lagen daneben.

Eine genauere Untersuchung der Hufspuren ergab, daß die Tiere ganz plötzlich aufgeschreckt und davongestoben waren. Es waren keine Blutspuren zu sehen.

Muß ein klarer Fehlschuß gewesen sein, dachte Whip.

Die weiteren Spuren zeigten eindeutig, daß Shannon und Prettyface ihrer Beute eilig gefolgt waren. Die tiefen, verrutschten Eindrücke erzählten von einem jungen Mädchen, das in größtem Tempo über die Wiese gerannt war, kleinere Hindernisse übersprungen und große Felsen überklettert hatte und dann im Wald verschwunden war. Die Spuren des großen Hundes verliefen immer daneben, ließen aber auch erkennen, daß Prettyface noch hinkte.

Abrupt hob Whip den Kopf, sah zum Gipfel hinauf und horchte angespannt mit jeder Faser seines Körpers.

Es herrschte völlige Stille.

Dunkles Unbehagen wuchs in ihm. Er war sich plötzlich absolut sicher, daß Shannon gerade seinen Namen gerufen hatte.

Er horchte noch einmal mit qualvoller Anspannung. Doch nur das zunehmende Rauschen des Windes war zu hören.

Grimmig konzentrierte sich Whip wieder auf die Spuren im Schnee.

Shannon hätte Prettyface nicht mitnehmen sollen. Was hat sie sich dabei nur gedacht? fragte er sich bitter.

Teufel noch mal, wenn sie sich etwas gedacht hätte, wäre sie gar nicht erst losgegangen.

Doch es war schon zu spät, als daß Whip daran etwas hätte ändern können, genauso wie es zu spät gewesen war, zu verhindern, daß Shannon sich Nahrung jagen wollte, obwohl er das für sie hätte tun können – und tun wollen.

Ein solcher Schnee kann hübsch sein wie das Lächeln des Teufels, aber auch genauso hinterlistig.

Die Spuren führten über einen mit dicken Felsbrocken durchsetzen Bach, über den hier und da Baumstämme lagen, die feucht glänzten von Schnee und Wasser. Sugarfoot war ein gutes Pferd auch für schwieriges Gelände, doch hier mußte er vorsichtig weitergehen.

Plötzlich erschienen zwischen den Spuren rote Blutflecken. Sie stammten von einem der Hirsche und waren auf jeder Art von Gelände zu erkennen.

Shannon hat also doch nicht völlig danebengeschossen. Als Whip deutliche Anzeichen dafür sah, daß Shannon ausgerutscht und gefallen war, wurde er plötzlich wütend. Eine leere, unaussprechliche Unruhe breitete sich in seinem Inneren aus und ließ ihn frösteln.

Immer wieder schien er Shannons Stimme zu hören, wie sie in Not seinen Namen rief, und das machte ihn wild, obwohl er wußte, daß das einzige Geräusch weit und breit das Heulen des Windes war.

Verdammte kleine Närrin! Sie könnte sich ein Bein brechen, wenn sie weiter so kopflos durch die Gegend rennt. Ein verwundeter Hirsch kann noch Stunden oder Tage weiterlaufen, je nachdem, wie tief die Wunde ist. Wenn sie weiterläuft, wird sie schwitzen, und wenn sie dann stehenbleibt, wird der Schweiß gefrieren.

Whip wollte lieber nicht daran denken, was danach geschehen würde. Er hatte schon mehr als einen Menschen tot und erfroren gefunden, nachdem er unvorsichtig in der Kälte herumgelaufen war. Manchmal starben sie auch nicht, sondern blieben dumm, als hätten sie soviel Hirn wie ein Eimer Sand, weil die Kälte ihre Gedanken völlig abgestumpft hatte.

Die Spur verlief auf die gleiche Art weiter, überquerte dabei immer wieder den Bach und folgte der Fährte des Hirsches. Die Blutspuren wurden deutlicher, und eines der Tiere war offensichtlich ermüdet und schien Schwierigkeiten zu haben, mit den anderen mitzuhalten.

Die von dem Bach in den Berg gegrabene Schlucht wurde immer steiler und der Weg hindurch rauher. Selbst die unverletzten Hirsche taten sich schwer. Die Spuren deuteten darauf hin, daß die Tiere auf dem rauhen verschneiten Untergrund fast genauso oft ausrutschten wie Shannon und Prettyface.

Plötzlich zeigten Shannons Spuren, daß sie stehengeblieben war, und leere Patronenhülsen lagen vielsagend herum.

Whip richtete sich in den Steigbügeln auf und sah sich um. Er entdeckte bald die Überreste des Hirsches. Shannon hatte ihn mit einem Geschick ausgenommen, das Whip bewies, wie vertraut sie mit diesem Teil des Jagens war. Das Fleisch, das sie nicht tragen konnte, hatte sie außerhalb der Reichweite von anderen Raubtieren an einem hohen Baumast festgebunden.

Also, Silent John hatte wohl doch seine guten Seiten, schätze ich. Das Fell wird nach all dem Schrot nicht mehr viel wert sein, und beim Essen muß man aufpassen, daß man sich nicht einen Zahn ausbeißt, doch das Fleisch wird einen leeren Magen prima füllen.

Shannons Spuren führten auf einen Spalt etwas weiter oben zu, eine Seitenschlucht, die aufwärts und durch den Kamm des Berges führte. Whip wußte von seinen früheren Erkundungen her, daß dieser Spalt an einem steilen, bewaldeten Hang etwa einen Kilometer abseits der Hütte endete. Man mußte, um die Strecke hinter sich zu bringen, mehrmals einen Seitenarm des Avalanche Creek überqueren, aber ansonsten war sie eine gute Abkürzung zur Hütte, wenn man zu Fuß unterwegs war.

Whip war nicht zu Fuß unterwegs.

Einen Augenblick überlegte er, ob er so weit wie möglich mit dem Pferd hinaufreiten sollte, nur um die klamme Angst in seinem Bauch zu beruhigen, daß Shannon etwas passiert sein könnte.

Mach dich nicht noch mehr zum Narren! sagte er sich energisch. *Der Weg vor ihr ist genauso, wie der hinter ihr. Es hat keinen Sinn, Sugarfoot durch Eiswasser gehen zu lassen und zu riskieren, daß er sich womöglich auf dem glatten Untergrund ein Bein bricht, nur um zu sehen, ob Shannons Spuren auch wieder aus der Spalte herausführen.*

Und doch hätte Whip genau das am liebsten getan. Das Unbehagen, das kurz nach seinem Aufbruch begonnen hatte, war inzwischen offener Angst gewichen.

Sein gesunder Menschenverstand sagte Whip, daß Shannon nichts passiert war.

Sein Instinkt flüsterte ihm etwas anderes zu, weil er ihre Stimme in der Stille immer noch nach ihm rufen hörte.

Kurzentschlossen ließ Whip Sugarfoot umdrehen und ritt die Schlucht wieder hinab. Trotz seines heftigen Unbehagens trieb er das Pferd nicht zur Eile an. Er redete sich immer wieder ein, Shannon werde schon sicher in der Hütte sein, wenn er dort ankam. Sie würde an einem fröhlich flackernden Feuer sitzen, mit nach Minze duftendem Wasser, um sich darin zu waschen, und einer Portion frischer Brötchen im Backofen.

Aber nicht für Whip.

Der Gedanke trug nicht dazu bei, daß ihm die vier Kilometer bis zur Hütte kürzer vorkamen.

Als Whip dort ankam, sah er keinen Rauch aus dem Schornstein aufsteigen, es duftete auch nicht nach Brötchen – und vor allem gab es keine Spuren, die vom Norden her kamen.

Whips Furcht steigerte sich. Er wendete Sugarfoot hastig und betrachtete prüfend den bewaldeten Hang, den Shannon herunterkommen mußte.

Es war keine Bewegung zu sehen.

Whip riß seine Satteltasche auf und zog ein Fernrohr heraus. Er zog es zu voller Länge aus und hielt es ans Auge. Der Schnee glänzte im schwachen Licht der Dämmerung weiß zwischen den Bäumen.

Doch nicht eine einzige Spur zeichnete die weiße Fläche.

17. KAPITEL

Whip hatte fast den ganzen Weg zu der Spalte zurückgelegt, als er Shannon schließlich fand. Sie stand bis über die Knie im eisigen Wasser und drückte mit aller Kraft gegen einen Stock, den sie zwischen zwei Felsbrocken im Bach geklemmt hatte.

Plötzlich ertönte ein trockenes Knacken. Der Stock brach und Shannon fiel der Länge nach in einen kleinen Teich.

Erst da sah Whip, was geschehen war. Prettyface war ausgerutscht, als er versucht hatte, den Bach zu überqueren. Irgendwie hatte er es geschafft, sich einen Hinterfuß zwischen den beiden Felsbrocken einzuklemmen. Doch die waren so schwer, daß Shannon sie nicht einmal einen Zentimeter von der Stelle bewegen konnte.

Nach den vielen zerbrochenen Stöcken am Bachrand zu schließen, hatte sie bisher nicht viel Glück gehabt bei ihrer Suche nach einem stabilen Hebel, um Prettyface zu befreien.

Als Sugarfoot neben dem Bach in einer Wolke von Pulverschnee zum Stehen kam, raffte sich Shannon gerade wieder auf, um aus dem Wasser zu steigen. Ihre Bewegungen waren so ungeschickt, als hätte sie kaum noch Gefühl in den Händen und Füßen.

Whip sprang mit einem Satz vom Pferd.

»Komm raus da, bevor du erfrierst«, befahl er knapp.

Falls Shannon Whip trotz des Plätscherns des eisigen Baches gehört hatte, so reagierte sie nicht darauf. Sie nahm nur den längsten der fortgeworfenen Äste, rammte das eine Ende unter den kleineren Felsen und drückte mit aller Kraft darauf.

Der Ast brach ab.

Nur Whips Schnelligkeit rettete Shannon vor dem nächsten Bad im Eiswasser. Er packte sie, hob sie hoch und setzte sie in den Sattel von Sugarfoot. Mit knappen Bewegungen zog er die Jacke aus und legte sie Shannon um.

»Und da bleibst du«, befahl Whip. »Hast du gehört, du Dummkopf? *Bleib sitzen.*«

»Pre-Pretty-«

»Ich hole ihn raus, aber ich schwöre, wenn du nicht sitzen bleibst, bringe ich dich zuerst zur Hütte, binde dich da ans Bett und helfe Prettyface dann. Verstanden?«

Benommen durch die Kälte und die Angst um ihren Hund nickte Shannon nur zittrig. Als Whip ihre Hände nahm und um den Sattelknauf legte, hielt sie sich instinktiv daran fest. Er sah sie einen Augenblick lang prüfend an und wandte sich dann dem Hund zu, der auf drei Beinen in dem rauschenden Wasser stand.

»Tja, Prettyface«, sagte Whip und watete in das eisige Schmelzwasser, »da hast du dich ja in eine verdammt kalte Pfütze gesetzt.«

Der große Hund wedelte zur Begrüßung mit dem Schwanz und sah Whip aus seinen klaren Wolfsaugen an. Er war nur an den Beinen naß. Falls er fror, sah man es ihm nicht an. Er zitterte nicht einmal.

Whip bückte sich und strich so weit er konnte mit der Hand an dem eingeklemmten Bein nach unten. Es gab keine Schwellung und an der Haut nur ein paar Kratzer.

»Du bist besser dran als deine Herrin, hm?«, murmelte Whip. »Jetzt müssen wir nur noch deinen Fuß da rausholen, ohne ihn noch mehr zu verletzen.«

Whip rieb dem Hund voller Mitgefühl den Kopf, während er sprach, doch sein Blick begutachtete kühl und sachlich die Situation. Er stieß prüfend gegen den einen, dann gegen den anderen Felsbrocken.

Schwer, verdammt schwer, aber nicht unmöglich, sagte er sich.

Prettyface winselte leise, als Whip noch einmal versuchte, welcher von den beiden wohl leichter zu heben war.

»Ist schon gut, Junge, ich hab' dich gehört. Ich bin jetzt vorsichtiger.«

Whip hob ein paar von den zerbrochenen Stöcken und rammte sie so tief er konnte neben der eingeklemmten Pfote des Hundes zwischen die Felsen. Dann hob er einen vom Wasser abgerundeten Stein auf und klopfte die Stöcke so tief dazwischen, bis sie sich nicht weiter bewegten.

»So dürften die Felsen deiner Pfote nichts mehr tun«, sagte Whip. »Und jetzt mach dich auf was gefaßt, Junge, es wird einiges Gestoße und Gefluche geben.«

Mit diesen Worten ging Whip in die Hocke, schob seine Hände in das Eiswasser und umfaßte den Felsbrocken, für den er sich entschieden hatte. Ein paar Kiesel mußte er noch beiseite schieben, dann bekam er ihn richtig zu fassen. Er arbeitete zügig, denn er wußte, daß seine Hände bald von der Kälte gefühllos werden würden.

»Wir haben Glück«, sagte er und begann den Felsen nach oben zu ziehen. »Da ist ein prima Rand – unten an dem Brocken – an dem ich ihn halten – kann.«

Er sprach zwischen zusammengebissenen Zähnen hervor, während er sich langsam mit dem ganzen Druck seiner muskulösen Beine aufrichtete. Stein knirschte über Stein. Whips Füße glitten leicht zur Seite, eisiges Wasser spritzte hoch, doch er gab nicht nach.

Trotz der Kälte stand Schweiß auf Whips Stirn. Der Puls an seinem Hals klopfte heftig. Er hatte die Augen fast geschlossen und die Zähne vor Anstrengung zusammengebissen, während er versuchte, den Felsbrocken so weit zu heben, daß Prettyfaces Fuß freikam.

Plötzlich machte Prettyface einen Sprung zur Seite und kletterte mit einem erfreuten Bellen aus dem Bach.

Whip ließ den Felsen los und richtete sich schwer atmend und mit einem breiten Lächeln wieder auf. Prettyface hinkte auf dem Fuß, der eingeklemmt gewesen war, ansonsten schien es ihm gutzugehen.

»Geh nach Hause, Junge«, sagte Whip und deutete den Hang hinunter.

Der große Hund sah zu Shannon, die zusammengesunken auf dem Sattel des Pferdes saß.

»*Nach Hause*«, befahl Whip und watete aus dem Wasser.

Prettyface drehte sich um und trottete hinkend den Berg hinunter in Richtung Hütte.

Whip ging zu Shannon. Er sah ihren matten Blick und ihre blauen Lippen und wußte, daß sie nur mit großer Willenskraft der Kälte widerstand.

Trotzdem versuchte sie abzusteigen.

»Was tust du da, zum Teufel?« wollte Whip wissen. »Ich hab' gesagt, du sollst sitzen bleiben!«

Shannon wollte etwas sagen, doch ihre Lippen waren zu kalt. Sie zeigte mit einer zitternden Hand auf etwas.

Jetzt fiel Whip erst der abgenutzte Rucksack auf und das große Stück Fleisch, das Shannon in ihrer Hast, Prettyface zu helfen, einfach auf den Boden geworfen hatte.

Whip war versucht, hinter Shannon aufs Pferd zu steigen und das Fleisch Fleisch sein zu lassen, aber er ging doch und holte den Rucksack. Die unglaubliche Entschlossenheit, mit der Shannon jagen gegangen war, berührte Whip in einer Weise, die er nicht zum Ausdruck bringen konnte. Das Fleisch bedeutete für sie in der ursprünglichsten Weise Überleben. Obwohl es Whip wütend machte, daß sie überhaupt aufgebrochen war, konnte er ihr nicht die Früchte ihrer Anstrengung absprechen.

»Hier«, sagte er rauh.

Whip schob ihr den Rucksack in den Schoß und schwang sich hinter Shannon aufs Pferd.

Sobald er seinen Arm um Shannon legte, wurde ihm klar, daß sie kälter war, als er gedacht hatte.

Gefährlich kalt.

Unter seiner schweren, lockeren Jacke wurde Shannons ganzer Körper von heftigem Zittern erschüttert.

»Verflucht«, knurrte er.

Er legte auch den anderen Arm um Shannon und gab dem großen Grauen die Sporen. Sugarfoot lief in einem Tempo den Berg hinunter, das schon fast kriminell war. Whip erschien es fast noch zu langsam, aber sein gesunder Menschenverstand bremste ihn.

Sie brauchten nur ein paar Minuten bis zur Hütte, aber Shannon zitterte inzwischen noch heftiger. Wenn Whip sie nicht mit seinen starken Armen im Sattel gehalten hätte, wäre sie sicherlich hinuntergestürzt.

Prettyface wartete geduldig an der Hüttentür.

Whip stieg ab, hob Shannon herunter und trug sie zur Hütte. Trotz ihres Zitterns klammerte sie sich an den Rucksack, als hinge ihr Leben davon ab.

»Ich wünschte bei Gott, du hättest soviel Grips, wie du Willen hast«, sagte Whip, als er die Tür mit einem Fußtritt öffnete.

Prettyface schoß durch die Öffnung. Shannon zitterte heftig und sagte nichts.

In der Hütte war es eiskalt. Das Holz im Ofen lag schon bereit, um angezündet zu werden und Wärme und Leben ins Zimmer zu bringen.

Prettyface störte die Kälte nicht weiter. Er ging nur in seine Ecke und legte sich mit genüßlichem Ächzen auf seine alte Satteldecke.

Whip legte Shannon auf ihr Bett, deckte sie mit der Bärenfelldecke zu und ging zum Ofen, um Feuer zu machen. Seine Hände waren so kalt, daß es ihm erst beim dritten Versuch gelang, das Streichholz anzuzünden, ohne es abzubrechen. Die Flammen flackerten sofort auf.

Doch das war Whip nicht schnell genug. Er war größer als Shannon, hatte nicht im Wasser gelegen, und trotzdem fror er ordentlich.

Beim fünften Versuch gelang es ihm, die Lampe anzuzünden. Als er sich wieder dem Bett zuwandte, fiel sein Blick auf den Vorratsschrank, der den Zugang zur heißen Quelle bildete.

Ohne weiteres Zögern ging Whip zum Bett, hob Shannon auf seine Arme, griff nach der Lampe und ging durch den Schrank in die dahinterliegende Dunkelheit. Die Wärme der Höhle war ein Segen.

Whip stellte die Lampe auf die Holzkiste, die als Tisch diente. Goldenes Licht ergoß sich auf alles, als Whip Shannon die aufgeweichten Stiefel von den Füßen zog, sie aus der Bärenfelldecke und der Jacke wickelte, in die er sie gesteckt hatte. Ohne jeden Skrupel zog er ihr die Kleider aus, zerriß dabei an einigen Stellen den morschen Stoff, um sie möglichst schnell aus den eisigen Sachen zu befreien.

Shannon sagte kein Wort und sah Whip auch nicht an,

während er sie auszog. Sie schauderte nur immer wieder heftig.

»Shannon, kannst du mich hören? Shannon!«

Langsam richtete sich ihr Blick auf ihn.

Whip seufzte erleichtert.

»Du wirst jetzt ein schönes, warmes Bad nehmen«, sagte er. »Dann hört das ganze Zittern auf, und es geht dir wieder prima. Verstehst du?«

Shannons Kopf machte eine Bewegung, die einem Nicken ähnelte. Ihre Zähne klapperten hörbar, dann biß sie sie heftig zusammen.

»So ist's gut, Honigmädchen. Kämpf gegen die Kälte an. Laß dich nicht unterkriegen.«

Während Whip sprach, zerrte er sich selbst ebenfalls die durchgeweichten Stiefel und die Kleider vom Leib. Nur Augenblicke später trug er Shannon in das Becken. Die breite Bank, die Silent John aus dem Felsen gehauen hatte, war zu flach, als daß Whip das warme Wasser weiter als bis zum Brustbein gereicht hätte, aber für Shannon war die Höhe genau richtig.

Wenn er Shannon auf seinem Schoß hielt, stieg ihr das Wasser gerade bis zum Hals. Die heiße Quelle umspülte Shannon sanft und umfing sie mit Hitze.

Whip atmete zischend aus, als er das heiße Wasser berührte. Obwohl er wußte, daß das Wasser auf dieser Seite des Beckens nicht wirklich heiß war, fühlte es sich während der ersten Momente auf seiner kalten Haut so heiß wie flüssiges Feuer an.

»Geht's dir gut?« erkundigte er sich. »Tut dir das Wasser weh?«

Shannon schüttelte den Kopf.

Eine ganze Weile lang war nur das leise Zischen der Lampe zu hören, und die weichen, warmen Strömungen entzogen ihren Körpern langsam die Kälte. Whips Arme umfaßten Shannon und hielten sie fest vor seiner Brust, während sie weiter zitterte.

Whip merkte genau, wann der Moment kam, als Shannon wieder zu einem klaren Gedanken fähig war. Obwohl sie immer noch zitterte, wurde sie steif und versuchte, sich aus seinen Armen zu befreien.

»P-Prettyface«, stotterte sie.

»Dem geht's prima. Verdammt, dem geht's deutlich besser als dir. Du brauchst nicht loszurennen und nach ihm zu sehen. Du bist immer noch so kalt, daß beim Zittern beinah Eiszapfen von dir abfallen. Bleib sitzen, bis du wieder warm bist.«

Shannon widersprach ihm nicht. Es kostete sie zuviel Kraft zu sprechen. Sie nickte nur.

Aber sie lehnte sich auch nicht wieder ganz an Whips Brust. Sie erinnerte sich nur allzu gut daran,wie er sie beim letzten Mal zurückgestoßen hatte, als sie ihm nahe gewesen war. Und in diese Situation wollte sie nicht noch einmal geraten, weil sie den Schmerz der Zurückweisung nicht noch einmal würde ertragen können.

Sie spürte ihn sogar jetzt noch.

Whips Mund wurde zu einer schmalen Linie, die mit der Kälte nichts zu tun hatte. Ihm hatte das Gefühl gefallen, wie Shannon an ihm lehnte. Der Druck ihres leichten Gewichts auf seiner Brust, ihr seidiges, duftendes Haar, das mit jeder leisen Bewegung ihres Körpers seine Schulter streifte.

Als er versuchte, sie wieder fester an sich zu ziehen, machte sie sich steif und rückte von ihm ab.

Nach einer ganzen Weile gewann die Wärme der Quelle die Oberhand über die Kälte des eisigen Schmelzwassers. Shannons Zittern ließ nach, und ihr Körper entspannte sich langsam.

Whip wußte genau, wann der Augenblick kam, als Shannon soweit aufgewärmt war, um sich dessen bewußt zu werden, was er schon die ganze Zeit gewußt hatte, seit er mit ihr ins Wasser gestiegen war – daß sie beide nackt waren.

»Laß mich l–los«, sagte Shannon steif.

»Du zitterst immer noch.«

Ein Schaudern durchlief sie, das nichts mit der Kälte zu tun hatte.

»Mir geht's p-prima«, flüsterte sie.

»Gut«, sagte Whip kühl. »Dann kannst du mir ja vielleicht jetzt erklären, was zum Teufel du draußen in der Landschaft gemacht hast, anstatt gemütlich, warm und *sicher* in deinem Bett zu liegen.«

»Ich war jagen.«

»Das ist mir auch schon aufgefallen. Aber ich begreife immer noch nicht, warum.«

Shannon hob den Kopf. Zum ersten Mal blickte sie in Whips Augen. Trotz seiner äußerlichen Ruhe kochte er vor Wut. *Aber das ist ja nichts Neues,* sagte sich Shannon. *Er scheint wütend auf mich zu sein, seit ich ihm gestanden habe, daß ich ihn liebe.*

»Warum gehen Leute denn wohl auf die Jagd?« fragte sie.

»Glaubst du, ich bin ein solcher Schuft, daß ich nicht für dich jagen gehen würde?«

Shannons Überraschung war deutlich im klaren Blau ihrer Augen zu erkennen.

»Natürlich nicht«, sagte sie.

»Und wenn ich für dich jagen würde, würdest du das Fleisch annehmen?«

»Ja.«

»Warum in Gottes Namen warst du dann jagen?« wollte Whip wissen.

»Du wirst nicht immer hier sein, um für mich zu jagen, also muß ich lernen, mich selbst zu versorgen.«

»Du wirst dich viel besser selbst versorgen, wenn du bei Cal und Willy bist.«

»Deiner Einschätzung nach, ja.«

»Aber nicht nach deiner«, gab er zurück.

»Nein, stimmte sie zu. »Außerdem kann ich ja Cherokee und Prettyface nicht einfach im Stich lassen.«

»Prettyface würde sich an die Ranch gewöhnen.«

»Cherokee nicht.«

»Woher weißt du das?«

»Das habe ich gefragt, gleich nachdem ich wieder hier war.«

Diesmal war die Überraschung auf Whips Seite. »Wirklich?«

Shannon nickte.

»Ich hatte eine Menge Zeit, darüber nachzudenken, wie traurig und verärgert du ausgesehen hast, bevor du fortgeritten bist«, sagte Shannon schlicht. »Und dann bin ich zu der Überzeugung gekommen, daß ich zurückkehren und versuchen könnte, jemand anderes Leben zu leben.«

Whip blinzelte, als er den Schmerz hörte, der in ihrer Stimme mitschwang.

»Wenn – wenn es dann nicht klappen würde, wäre die Hütte ja immer noch hier«, sagte Shannon. »Aber ich könnte nicht gehen, bevor ich nicht sicher bin, daß Cherokee versorgt ist.«

Whip spürte eine deutliche Erleichterung. Sein Griff um Shannon entspannte sich. Er strich mit den Lippen sacht über ihr Haar, so sacht, daß sie die Zärtlichkeit nicht spürte.

»Der zähe alte Kerl hat sich jetzt schon doppelt so lange durchgeschlagen, wie du am Leben bist«, sagte er. »Er wird hier oben prima allein zurechtkommen. Du nicht.«

»Falsch«, sagte Shannon entschieden. »*Sie* hat sich schon lange hier selbst versorgt. *Ihr* gefällt es so. Und so wird es auch bleiben.«

»*Sie?*«

»Sie«, bestätigte Shannon. »Cherokee ist eine Frau.«

»O Herr im Himmel.« Whip schüttelte ungläubig den Kopf. »Bist du da sicher?«

»Ja. Also hör auf, dir meinetwegen Sorgen zu machen, Herumtreiber«, sagte sie leise. »Eine Frau kann es durchaus allein schaffen, selbst ganz oben am Avalanche Creek.«

»Nein. Du wirst den Winter hier allein nicht überleben.«

Whips Stimme klang bestimmt, brachte eine solche Sicherheit zum Ausdruck, daß er damit mehr sagte, als mit jeder lautstarken Tirade.

»Ich habe den letzten Winter auch überlebt«, erwiderte Shannon. »Und den davor, und den davor auch.«

»Was meinst du damit?« fragte er verwirrt.

»Silent John ist vor drei Wintern verschwunden.«

Einen Augenblick blieb Whip bewegungslos. Dann schüttelte er sich, als hätte ihm jemand ein Brett über den Kopf gehauen.

Er fühlte sich wirklich so.

»Du hast hier schon drei Winter allein verbracht?« fragte er rauh.

»Ja.«

Whip hätte am liebsten geglaubt, daß Shannon log, aber er wußte bis ins Innerste seiner Seele, daß sie die Wahrheit sagte.

»Dann muß Silent John tatsächlich tot sein«, sagte er.

Shannon nickte und schloß die Augen. »Er ist unter einem Bergrutsch oben am Avalanche Creek begraben.«

»Wie lange weißt du das schon?« erkundigte er sich verärgert.

»Während des zweiten Winters kam mir zum ersten Mal der Verdacht, daß er tot ist. Aber bis vor kurzem war ich mir noch immer nicht ganz sicher. Dann hat mir Cherokee erzählt, daß sie damals Razorbacks Spuren bis zu einem Erdrutsch zurückverfolgt hat, als Silent John nicht von seinen Goldfeldern zurückkam. Seine Spuren führten hinein, aber nicht wieder heraus.«

»Dann hält dich hier also nichts als deine eigene Sturheit«, sagte Whip.

»Niemand wird von etwas anderem als reiner Sturheit am Leben erhalten«, sagte Shannon müde.

»Du hast die Absicht hierzubleiben.«

Shannon nickte.

»Verdammt!« sagte Whip rauh. »Du versuchst, mich anzubinden!«

»Nein! Ich sage dir nur –«

»Wie kann ich dich allein und hilflos hier oben lassen?« fragte er mit hartem Blick und harter Stimme. »Ich kann es nicht, das weißt du! Du rechnest damit, daß ich –«

»Ich bin nicht hilflos!« unterbrach ihn Shannon. »Ich rechne überhaupt nicht mit dir. Ich brauche dich nicht!«

Ein wilder Aufruhr von Gefühlen erfüllte Whip, legte sich mit drückender Enge um seine Kehle. Die Kälte im eisigen Bach war nichts gewesen gegen die frostige Leere, die er empfand, wenn er daran dachte, wie Shannon tot irgendwo im Hochland lag, ihr Grab so unbekannt wie das von Silent John.

»Von wegen, du brauchst mich nicht«, knurrte er wütend.

»Du wärst heute da draußen beinah umgekommen.«

Für die Dauer von zwei langen Atemzügen sah Shannon den Mann an, der ihr so nah und doch gleichzeitig so fern war. Im Licht der Lampe leuchtete sein Haar wie die Sonne und verwandelte die eisige Klarheit seiner Augen in ein quecksilbriges Geheimnis. Nichts und niemand hatte Shannon je so angezogen wie Whip. Sie hätte alles dafür gegeben, sich in seinen Augen, seinem Herzen, seiner Seele gespiegelt zu sehen.

Sie hätte ihre Seele verkauft, um ein ferner Sonnenaufgang sein zu können, der seinen Namen rief... und ihn darauf antworten zu hören.

»Ja«, sagte sie ruhig. »Ich hätte sterben können. Na und? Heute nacht hätten die Sterne am Himmel gestanden, und morgen früh wäre die Sonne wieder aufgegangen. Der einzige Unterschied wäre gewesen, daß ich es nicht hätte sehen können.« Sie lächelte seltsam. »Was macht das schon für einen Unterschied? Ungefähr so viel.«

Shannon hob die Hand aus dem Wasser. Es wirbelte flüchtig und glättete sich wieder, als wäre ihre Hand nie dagewesen, hätte die Wärme des Beckens nie gekannt.

Whip betrachtete das dunkle Wasser und spürte einen dumpfen Schmerz, wie von einem Messer, das durch seine Seele schnitt und ihn in zwei Teile teilte.

»Siehst du?« fragte sie leise. »Kein Unterschied. Und jetzt tu das, was das Wasser getan hat, Whip. Laß mich los.«

»Du zitterst immer noch.«

»Es hört sicher auf, sobald ich mich anziehe.«

»Das Wasser ist wärmer als die Lumpen, die du trägst.«

Der schützende Halt von Whips Armen um Shannon sagte sehr viel mehr als seine Worte. Er liebte sie nicht, aber er war besorgt um ihre Sicherheit.

Es war ein schönes Gefühl, so umsorgt zu sein, zu wissen, daß sie nicht allein war, und sei es auch nur für kurze Zeit.

Die Versuchung, aufzugeben und den Kopf an Whips Brust zu legen, untergrub Shannos Entschlossenheit, sich allein zu behaupten. Sie sehnte sich danach, sich an Whips Wärme und Kraft zu lehnen, ihn um sich herumzuziehen wie eine lebendige Decke, sich an der Fülle seiner Hitze zu wärmen

Und dann erinnerte sie sich daran, was Whip gesagt hatte, als sie das letzte Mal die Hände nach ihm ausgestreckt hatte.

Berühre mich nicht.

Ein Nachhall der Scham und Demütigung überrollte Shannon in Wellen. Plötzlich stieß sie gegen Whips Arme und versuchte, sich von ihm zu befreien.

»Was zum Teufel machst du?« fragte er. »Warum wehrst du dich gegen mich? Du tust ja gerade so, als wenn ich dich vergewaltigen wollte!«

Shannon gab ein Geräusch von sich, das beinah ein Lachen war und nicht ganz ein Schluchzen.

»Du würdest mich nicht zu vergewaltigen brauchen, und das weißt du ganz genau«, sagte sie bitter.

Ein sinnlicher Schauer überlief Whip.

»Das sind gefährliche Worte, Honigmädchen.«

»Warum? Du willst mich doch nicht. Du kannst es nicht einmal ertragen, wenn ich dich berühre.«

Der Schmerz und die Scham in Shannons Stimme machten Whips Selbstbeherrschung zunichte. Er bewegte sich blitzschnell, spritzte Wasser in alle Richtungen, als er nach einer ihrer Hände griff. Er zerrte ihre Hand unter die warme Wasseroberfläche und drückte ihre Finger um den harten, eindeutigen Beweis seines Hungers nach ihr, und ein rauhes Stöhnen kam über seine Lippen, als er ihre Berührung fühlte.

»So«, stieß Whip zwischen zusammengebissenen Zähnen hervor. »Jetzt sag mir noch einmal, daß ich nicht von dir berührt werden will. *Ich würde einen Mord begehen, um dich zu bekommen, und das weißt du verdammt gut.*«

Erschrockene saphirblaue Augen betrachteten ihn.

»Warum stößt du mich dann immer wieder zurück?« fragte Shannon rauh. »Ich verlange nicht von dir, daß du mich liebst. Ich flehe dich nicht an, bei mir zu bleiben. Ich will nur … ich will nur leben, wirklich *lebendig sein,* bevor ich sterbe. Ich bin jetzt Witwe und war noch nie eine Braut, und wenn du mich nicht nimmst, werde ich irgendwann sterben, ohne zu wissen, wie es ist, wenn ich mich dem Mann hingebe, den ich liebe.«

Plötzlich zog Whip Shannons Hand mit einem Ruck von seiner drängenden Männlichkeit und ließ sie los.

»Ich kann nicht«, sagte er.

Shannon lachte unsicher und strich erneut mit der Hand an Whips Körper hinunter.

»Du kannst ganz sicher«, sagte sie.

Whip schnappte nach Luft, als Shannon den harten Beweis seiner Fähigkeit erforschte.

»Du bist Jungfrau«, knurrte er.

»Ich bin Witwe.«

»Ich könnte dich schwanger machen.«

»Ich würde gern ein Kind von dir bekommen.«

»Ich könnte nicht fortgehen, wenn du schwanger wärst«, erwiderte er. »Ist es das, was du willst? Mich zwingen zu bleiben?«

»Nein. Du würdest mich hassen.«

»Ich würde *mich selbst* hassen. O Gott … hör auf.«

Sanft, aber entschlossen nahm Whip Shannons Hand und hob sie zu seinen Lippen. Der Kuß, den er in ihre Handfläche drückte, war leidenschaftlich, und er entfachte flammendes Verlangen in Shannon.

»Was hast du denn mit deinen anderen Witwen gemacht?« fragte sie mit rauher Stimme.

Eine Spur von Rot erschien auf Whips Wangen.

»Honigmädchen, du stellst ausgesprochen unangenehme Fragen.«

»Waren sie alle schon zu alt, um schwanger zu werden?« hakte sie nach.

Erst jetzt wurde Whip klar, daß sie keine Einzelheiten darüber wissen wollte, wie er mit anderen Frauen geschlafen hatte. Er stieß einen Seufzer aus, der halb ein Lachen war und voller Verlangen angesichts von Shannons Art, in der sich Unschuld und atemberaubende Ehrlichkeit so reizvoll verbanden.

»Nein, sie waren nicht zu alt, um schwanger zu werden«, sagte Whip. »Sie waren alt genug, um zu wissen, wie man *nicht* schwanger wird.«

»Durch Enthaltsamkeit.«

Die Enttäuschung in Shannons Stimme erfüllte Whip mit Lachen und einer so intensiven Leidenschaft, wie er sie noch nie erfahren hatte, bevor er ihr begegnet war.

»Es gibt auch andere Wege«, sagte er.

»Wirklich? Wie?«

»Den eigentlichen Liebesakt nicht zu vollziehen.«

»Hört sich wie Enthaltsamkeit an, finde ich.«

Whips Mund verzog sich zu einem Lächeln. »Nicht ganz, Honigmädchen. Eher so, wie nur die Hälfte vom Ganzen. Wie du unter dem Segeltuch, auf das der Hagel hämmerte.«

Ein erregender Schauer voller Erinnerung und Erwartung überlief Shannon.

»Ist es das, was du willst?« fragte sie.

»Das ist schon verteufelt besser als gar nichts.«

»Aber...«

»Aber?« fragte Whip und zog Shannon enger an sich.

»Ich will dich auch berühren. Ich will dich ebenfalls dazu bringen, daß die Welt um dich her in Flammen steht«, flüsterte Shannon in Erinnerung daran, wie sie sich gefühlt hatte. »Ich will dich brennen sehen. Ich will dir Lust bereiten, bis du aufschreist und die Welt sich in ein heißes Schwarz verwandelt, das von allen Regenbogenfarben durchzogen ist.«

Whips Herz machte einen heftigen Sprung, und Blut schoß durch seine Adern. Er konnte kaum noch Worte an dem schweren Druck der Leidenschaft vorbeizwingen, der ihm die Kehle verschloß.

»Habe ich dir ein solches Gefühl verschafft, Honigmädchen?«

»Ja«, sagte sie leise. »Nur noch besser. Ich habe keine Worte, dir das zu erklären. Nur...«

Whip preßte seine Lippen auf Shannons Haar und gab einen fragenden Laut von sich.

»Ich wollte noch mehr«, gab sie zu. »Ich wollte von deinem ganzen Körper heiß und stark umfangen werden. Ich wollte...« Ihre Stimme verstummte. »Ich weiß nicht, was ich wollte. Ich wußte nur, daß mir etwas Wichtiges fehlte.«

Jeder Muskel in Whips Körper spannte sich bei Shannons Worten an. Sein Atem stockte, kam dann mit einem Zischen zwischen seinen Zähnen hervor.

Er wußte genau, was ihr gefehlt hatte.

»Ist das unrecht von mir?« fragte Shannon, als Whip nichts sagte.

»Nein, es ist nicht unrecht«, sagte er mit belegter Stimme. »Es ist einfach herrlich. Manche Frauen sind zufrieden damit, wenn sie nur ab und zu einmal gestreichelt werden, aber Männer wollen mehr.«

»Nur ein wenig streicheln? Und das war alles, was die Frauen wollten?«

Whip stimmte mit einem Brummen zu.

Shannon runzelte die Stirn. »Jedesmal?«

Whip schloß die Zähne zärtlich um Shannons Ohrläppchen. Er genoß das Schaudern, das daraufhin ihren Körper durchlief.

»Nun, das ist bestimmt besser als nichts«, sagte sie schließlich. »Aber wenn man, äh, auch das Ganze haben kann, warum sollte man sich mit weniger zufriedengeben?«

Whip lachte leise und fragte sich, ob ein Mann wohl vor lauter Begehren sterben konnte, während er nackt mit einer jungfräulichen Witwe, die so neugierig war wie ein Kätzchen, in einer heißen Quelle saß.

Und so unvorsichtig.

»Frauen werden zu manchen Zeiten des Monats leichter schwanger«, sagte Whip lachend. »Dann sollte man, äh, die Sache lieber lassen.«

»Du lachst mich aus.«

»Nein, Honigmädchen, ich lache, Punkt.«

»Warum?«

»Du entzückst mich«, sagte er dicht an Shannons Ohr. »Ich möchte dich vom Kopf bis zu den Füßen und wieder zurück küssen, aber ich traue mich nicht, weil ich mich dann sicher nicht mehr beherrschen kann und dich womöglich doch plötzlich nehmen will.«

Shannon erschauerte und sah in Whips silberne Augen. Die

Hitze und die Anerkennung, die sie darin sah, ließen ihren Herzschlag stocken.

»Ich würde dich gern genauso küssen«, flüsterte sie, »überall, von oben bis unten. »Du hast so einen schönen Körper. Schlank und kraftvoll und –«

Warme, feuchte Finger verschlossen Shannon den Mund, brachten ihren verliebten Wortschwall zum Verstummen.

»Nicht noch mehr, Honigmädchen. Du verbrennst mich bei lebendigem Leibe.«

Langsam zog Whip seine Finger zurück und streichelte dabei jede Linie von Shannons Lippen.

»Ich will dich nicht verbrennen«, flüsterte sie. »Ich weiß nicht einmal, wie. Willst du es mir zeigen, Whip? Willst du mir zeigen, wie ich die Welt für dich in einen glitzernden schwarzen Regenbogen verwandeln kann?«

»Nein«, sagte Whip rauh. »Verstehst du mich denn nicht? *Ich kann nicht.*«

18. KAPITEL

Whip schloß die Augen, weil das Verlangen in ihm so heftig war, ihn quälte mit dem, was er sich mehr als alles auf der Welt wünschte – *und nicht haben durfte.*

Als er die Augen öffnete, sah er Shannons Schmerz und Verwirrung.

»Ich begehre dich zu sehr, als daß ich mir trauen kann«, gab Whip mit rauher Stimme zu. »Und das ist mir noch nie passiert. Ich habe bisher noch nie Schwierigkeiten gehabt, eine Frau zu beschützen.«

Shannon holte tief und schaudernd Atem. »Ich verstehe nicht.«

»Ich kann eine Frau nehmen, ohne daß sie schwanger wird«,

sagte Whip trocken. »Ich brauche nichts anderes zu tun, als meine eigene Lust zu beherrschen, bis ich nicht mehr in ihr bin.«

»Oh.« Shannon runzelte nachdenklich die Stirn. »Ich verstehe. Glaube ich.«

Whip wußte nicht, ob er über den ernsten, unschuldigen Ausdruck seiner jungen Witwe lachen oder fluchen sollte.

»Das ist allerdings keine narrensichere Methode«, fügte er noch hinzu. »Wenn eine Frau in ihren fruchtbaren Tagen ist, riskiere ich es lieber nicht.«

»Und was sind ihre fruchtbaren Tage?«

Whip schloß halb die Lider, so daß seine Augen vor der leichten Rötung seiner Wangen ein rauchiges Silbergrau bekamen. Seine dichten Wimpern hatten den gleichen Goldton wie das Licht der Lampe.

»Hat deine Mama dir denn gar nichts erklärt?« fragte er, als er wieder sicher war, seiner Stimme trauen zu können.

»Zum Beispiel, was?«

»Zum Beispiel, daß Fauen ungefähr in der Mitte ihres Monatszyklus am leichtesten schwanger werden können.«

Eine Röte, die nichts mit der Wärme der Quelle zu tun hatte, kroch über Shannons Körper.

»Oh. Äh, nein«, murmelte sie. »Darüber hat sie nie etwas gesagt.«

Whip wartete ab.

Shannon sagte nichts.

»Wann hast du deine letzte Blutung gehabt?« fragte er direkt.

Sie schluckte und schloß die Augen.

»Erst habe ich einen schweigsamen John und jetzt einen redseligen Whip«, murmelte sie.

»Wann hast du deine letzte Blutung gehabt?« wiederholte er mit forschendem Blick und sicherer Stimme.

»Sie – sie hat gestern abend aufgehört«, sagte Shannon hastig.

Begierde durchströmte Whip heißer als jede heiße Quelle, spannte seinen Körper noch mehr. Allein der Gedanke daran, wie er sich in Shannons engem feuchten Schoß vergraben könnte, reichte schon, um ihn bis an den Rand seiner Selbstkontrolle zu bringen.

»Gestern abend, hm?« sagte er.

Sie nickte und fragte sich, ob ihr Gesicht wohl wirklich so dunkelrot war, wie sie glaubte.

Whip lächelte und spielte mit seiner Zunge an ihrem Ohr.

»Ich wußte nicht, daß eine Frau auch von den Brüsten bis zur Stirn rot werden kann«, sagte er leise.

»Das kommt von dem heißen Wasser«, murmelte Shannon.

Whip lachte ganz leise.

Als sie beschämt etwas zur Seite rückte, berührte sie versehentlich seine heftige Erregung. Sie hielt sofort still, und er stöhnte unterdrückt.

»Es tut mir leid«, sagte sie hastig. »Ich wollte dir nicht weh tun.«

»Hast du auch nicht.«

»Hat sich aber so angehört.«

»Du hast unter dem Segeltuch auch solche Geräusche gemacht. Habe ich dir damals weh getan?«

Das sinnliche Erschauern in Shannons Körper bei dieser Erinnerung konnte auch er spüren.

»Nein«, flüsterte sie. »Du hast mir nicht weh getan. Ich wußte nicht einmal, daß ein solcher Genuß überhaupt möglich ist. Kann ich bei dir wirklich auch solche Gefühle wecken?«

»Ja«, sagte Whip einfach.

»Wie?«

Er schloß die Augen und holte tief Luft... und versuchte, seinen unbezähmbaren Hunger zu beherrschen.

»Wir können mit einem Kuß anfangen«, sagte er. »Würde dir das gefallen?«

»Oh ja. Dir auch?«

»Für den Anfang«, sagte Whip angespannt und senkte den Kopf.

Einen Augenblick später spürte Shannon das samtige Eindringen seiner Zunge. Die Hitze und das Gefühl von Whips Kuß durchströmten sie, bis ihr schwindlig wurde.

Mit einem leisen Wimmern hob sie das Gesicht und öffnete ihre Lippen weiter, um Whip so nahe wie nur irgend möglich zu kommen. Ihre Arme legten sich um seinen Hals, und ihre Finger strichen durch sein Haar, drückten ihn fest auf ihren Mund, um ihn noch intensiver zu schmecken.

Mit einem rauhen, gepreßten Laut erwiderte Whip den Kuß, drängte sich in ihren Mund, stieß gegen ihre Zunge, verschlang sie regelrecht. Schließlich riß er sich schaudernd los.

»Whip?« fragte sie mit belegter Stimme. »Stimmt etwas nicht? Warum hast du aufgehört?«

»Du machst mich einfach zu heiß, verdammt.«

Shannon sah sich außerhalb des leise dampfenden Beckens um. »Vielleicht sollten wir aus dem Wasser gehen?«

Er lachte, obwohl ihn sein heftiges, unverschämtes, unerfülltes Begehren quälte.

»Es hat nichts mit demWasser zu tun«, sagte Whip, »sondern mit dir. Ich fühle mich, als hätte ich dich immer schon begehrt. Selbst in meinen Träumen verbrennst du mich.»

Der Ausdruck in Whips Augen ließ Shannon das Atmen vergessen.

»Soll das heißen, daß ich dich streicheln darf?« flüsterte sie.

»Jederzeit. Überall. Wie auch immer du willst.«

Und ich bin ein Narr, das auch nur vorzuschlagen, sagte er sich im stillen.

Doch er sprach es nicht aus. Er sehnte sich zu schmerzlich danach, Shannons Hände auf sich zu spüren, um noch vernünftig zu sein.

Sie blickte in sein Gesicht und strich dabei mit den Händen über seine Schultern und seine Brust, genoß die Kraft und

Festigkeit seines Körpers. Schlanke Finger kneteten, entdeckten und erfreuten sich an jedem Unterschied ihrer beider Körper, von seiner rauhen, haarigen Brust bis zu den flachen, erstaunlich glatten, männlichen Brustwarzen.

Whip senkte die Lider, als Wellen der Lust ihn sichtbar durchströmten.

Lächelnd streichelte Shannon Whip von der Stirn bis hinunter zu seinen kraftvollen Oberschenkeln, beobachtete voller Zärtlichkeit, wie sich seine Haut unter ihrer Liebkosung leise rötete. Nach einer Weile wandte sie den Kopf und berührte seinen Halsansatz mit der Zunge. Die Zärtlichkeit war sanft und voller Neugier wie bei einer Katze.

Ein Schauer der Leidenschaft überlief Whips gesamten Körper. Shannon murmelte und ließ die Spitze ihrer Zunge über die festen Sehnen seines Halses streichen. Dann gab sie einem Verlangen nach, das sie nicht verstand, und kostete ihn gründlich, genoß seine Haut mit den empfindlichen Oberflächen von Zunge und Lippen.

»Du schmeckst salzig«, murmelte Shannon dicht an seiner Haut. »Das mag ich. Ich möchte am liebsten noch mehr von dir ablecken. Ist das in Ordnung?«

Whip atmete heftig aus. Er hob eine Hand zu Shannos Kopf, ermutigte sie mit sanftem Streicheln, seinen Körper weiter zu erforschen.

»Whip?«

»Deine Zähne«, sagte er heiser. »Laß mich ihre scharfen kleinen Kanten spüren.«

Ein paar Minuten zuvor hätte Shannon noch gezögert, jetzt tat sie es nicht mehr. Jetzt wollte sie ihm die primitive Liebkosung ebensosehr zuteil werden lassen, wie Whip sie empfangen wollte. Sie senkte den Kopf, bis er gerade noch über dem dampfenden Wasserspiegel war. Langsam öffnete sie die Lippen. Ihre Zähne prüften den Muskelstrang an einer seiner Brustwarzen.

Ein gepreßter, hungriger Laut entrang sich Whips Kehle.

»Whip?«

»Mach das noch mal, Honigmädchen. Fester.«

»Bist du sicher?«

Whip lachte, beugte den Kopf und hob dabei Shannon zu sich empor. Ohne Vorwarnung drückte er seinen Mund an ihren Halsansatz. Dann prüften seine Zähne ihr seidenweiches Fleisch mit gerade so viel Kraft, daß es nicht schmerzte.

Hitze explodierte in Shannon. Sie schloß die Augen und hob sich Whips Mund entgegen. Sie wand sich langsam, verstärkte dadurch den Druck seiner wilden Zärtlichkeit. Whip lachte in der Tiefe seiner Kehle und gab ihr, was sie wollte, zeichnete sie mit seinem Mund, bis sie leise aufschrie.

Sofort ließ er sie los.

»Entschuldige«, sagte er. »Ich wollte dir nicht weh tun.«

Shannon öffnete die Augen, die feurig glänzten.

»Mir weh tun?« Sie schüttelte den Kopf und lachte. »Nein, nein.«

Ihre Lippen preßten sich auf seine Brust und erwiderten das wilde Liebesspiel, und sie leckte und biß ihn sanft in die Brustwarzen, bis er lustvoll stöhnte. Langsam hob sie den Kopf.

»Tue ich dir weh?« fragte Shannon.

Aber ihren Augen war anzusehen, daß sie die Antwort schon kannte.

»Du bringst mich um«, sagte Whip heiser, »aber du tust mir absolut nicht weh. Oder sagen wir: dem größten Teil von mir. Ein spezieller Teil quält mich derart, daß ich daran sterben könnte.«

»Wo?«

»Rate«, sagte er bestimmt.

»Oh. Da.«

»Ja. Da.«

Shannons Hand glitt unter die Wasseroberfläche und strich über Whips feste Bauchmuskeln abwärts. Ihre Finger trafen auf ein dichtes Kissen von Haar und hartes, pralles männliches Fleisch.

»Hier?« fragte sie.

Whip atmete zischend aus.

»Wird es schlimmer, wenn ich dich berühre?« fragte Shannon besorgt.

»Hängt davon ab.«

»Wovon?«

»Wo du mich berührst und wie.«

Sie biß sich auf die Lippen und hielt zögernd inne.

»Ich weiß nicht, wie«, sagte sie.

»Erforsche mich weiter, Honigmädchen. Ich werde es überleben.«

»Aber –«

»Außer, es ist dir unangenehm, mich zu berühren?«

Shannon hob überrascht den Kopf. »Wie könnte mir das unangenehm sein? Du fühlst dich wunderbar an.«

Whip zuckte mit den Schultern. »Manche Frauen mögen es nicht, einen Mann anzufassen, schon gar nicht dort, wo er am männlichsten ist.«

»Wirklich? Ich habe mir schon so oft gewünscht, ich könnte dich berühren, selbst … dort.«

»Dein Wunsch wird erfüllt.«

Sie lächelte, auch wenn ihre Wangen sich wieder röteten.

»Sag's mir, wenn ich dir weh tue«, sagte sie mit rauchiger Stimme. »Obwohl ich mir kaum vorstellen kann, wie ich dir weh tun sollte an einer Stelle, die so hart ist.«

Whip gab ein Geräusch von sich, das halb Lachen, halb Ächzen war. Das Gefühl von Shannons Fingern, die ihn unter der Oberfläche des heißen Quellwassers erforschten, war ein so köstlicher Genuß, daß es schon fast an Schmerz grenzte. Als sie seine ganze Länge mehrmals von der stumpfen Spitze bis zur harten Wurzel gestreichelt hatte, hämmerte das Blut so heftig in ihm, daß er fürchtete, er würde explodieren.

»Shannon.«

Ihre Hand erstarrte. »Berühre ich dich zu fest?«

»Nicht fest genug.«

»Ich hab' dir doch gesagt, ich weiß nicht, wie«, sagte sie unglücklich.

Whip stieß langsam den angehaltenen Atem aus. Als Shannon ihre Hand zurückziehen wollte, schloß er seine Finger um ihre.

»So«, sagte er heiser.

Shannon spürte, wie ihre Hand langsam über seine harte, seidige Länge geschoben wurde, spürte das heftige Pochen seines Pulses in ihrer Handfläche und genoß die wunderbare Verbindung von Satinglätte und Stahlhärte, die so einzigartig männlich war. Sie lächelte und seufzte vor Genuß, weil Whip ihr erlaubte, seinen Körper so ungeniert zu erforschen.

Das Wissen darum, daß Shannon tatsächlich Lust empfand bei der Berührung seines Gliedes, brachte Whip fast um den Verstand. Während ihre Finger sich fest um ihn schlossen, ihn gleichzeitig maßen und ihm unendliche Lust bereiteten, machte sein Herz wilde Sprünge. Er schnappte heftig nach Luft, bemühte sich um Selbstkontrolle – ohne Erfolg. Plötzlich kam die Erleichterung, überraschte ihn, denn er war noch nie so schnell auf dem Höhepunkt der Verzückung angelangt.

Doch schließlich hatte ihn auch noch nie eine jungfräuliche Witwe dabei angesehen, tief in seine Augen geblickt und seine Männlichkeit genossen, hingerissen wie ein Kater, der zum ersten Mal Baldrian riecht.

»Du schauderst ja«, sagte Shannon nach einer Weile. »Geht's dir auch gut?«

»Schon viel besser.«

Sie lächelte und streichelte zärtlich Whips ganzen Körper, denn sie spürte, daß ein Teil der Spannung verschwunden war. Dabei sah sie auf die sprudelnde, goldenes Lampenlicht spiegelnde schwarze Oberfläche des Wassers hinab.

»Ich wünschte, ich könnte auch soviel von dir sehen, wie ich fühle«, sagte Shannon und strich mit den Fingerspitzen über Whips Brust und Bauch. »Ich würde gern sehen, wie du dich veränderst, wenn du mich begehrst.«

Whips Herzschlag beschleunigte sich, als ihn erneut wilder Hunger packte.

»Honigmädchen, du wirst noch mein Tod sein.«

Sie sah ihn erschreckt an. »Was meinst du damit?«

»Ich bin nicht sicher, ob ich dir das erklären kann, aber ganz sicher, daß ich es dir zeigen kann.«

Mit diesen Worten hob Whip Shannons Hand zu seinem Hals. Dann neigte er den Kopf und nahm ihren Mund, verschlang ihn, ergriff völlig Besitz von ihm.

Während er sie küßte, streichelten seine Fingerspitzen sie vom Hals bis zu den Knien. Er neckte ihre Brüste, entlockte ihnen samtig-feste Spitzen. Als er an der einen Brustwarze zupfte, sie ganz vorsichtig zwirbelte, bog Shannon den Rücken durch und stieß einen Schrei aus.

Ihr Lustschrei verlor sich in Whips Mund, aber Shannon bemerkte es nicht. Eine strahlende Dunkelheit umfing sie, glitzernd von der Möglichkeit der Ekstase, die in allen Regenbogenfarben nach ihr rief.

Eine von Whips Händen glitt langsam aufwärts zwischen Shannons Schenkel. Lange Finger schmiegten sich um ihren Venushügel. Er fühlte sanft, spürte ein feuchtes, schwüles Willkommen, das nichts mit der heißen Quelle zu tun hatte, und drang tief zwischen ihre weichen Blütenblätter ein.

Shannon zuckte zusammen und versteifte sich, als hätte er sie mit einer Peitsche geschlagen.

»Was ist los?« murmelte Whip an ihren Lippen. »Wir haben das doch schon einmal gemacht.«

»Und dann hast du mich angeschrien und wolltest mich nicht wieder berühren.«

»Diesmal nicht. Diesmal weiß ich, daß du noch Jungfrau

bist. Diesmal werde ich dich auf jede Art berühren, die ich kenne – jede bis auf eine.«

Whips Hand bewegte sich forschend, hungrig. Ein Schauder der Anspannung durchlief Shannons ganzen Körper, machte sie unfähig, auch nur ein Wort hervorzubringen.

»Ich –« sagte sie heiser. »Ich –«

Sein Daumen umkreiste die fleischige Knospe, die er aus ihrer Weiche geweckt hatte. Shannons Arme schlossen sich fester um seinen Hals, als sie von einem weiteren heftigen sinnlichen Schauer ergriffen wurde. Sie wollte etwas sagen, brachte aber nicht mehr als einen erstickten Laut hervor.

Besorgt zog Whip die Hand zurück, wenn auch voller Widerstreben. Seine Fingerspitzen streichelten die vollen, weichen Falten mit großer Zärtlichkeit.

»Was?« murmelte Whip. »Was ist los?«

»Ich fühle mich so seltsam«, sagte sie heiser.

»Aber es gefällt dir?«

Ein langer Finger schob sich bei seinen Worten in Shannons Inneres.

»Ja«, flüsterte sie. *»Ja.«*

Sogar noch deutlicher als ihre Worte sagte ihm ihr Körper, wie sehr sie die intime Zärtlichkeit genoß. Noch heißer als das Wasser ergoß sich die flüssige Glut ihrer Lust auf seine Fingerspitzen. Langsam zog er sich aus ihr zurück. Sein Körper war voller Spannung, denn er wußte jetzt, daß sie ihn mit nicht mehr als einem kurzen Schmerz würde aufnehmen können, wenn er ihre Jungfräulichkeit durchdrang. Sie war feucht und bereit und wie dafür geschaffen, ihn mit ihrer liebevollen Hitze zu umfangen.

Nein, sagte sich Whip wild. *Das kann ich nicht riskieren.*

Was denn riskieren? kam sofort die innere Antwort. *Es wird nie einen sichereren Zeitpunkt für sie geben als jetzt. Es wird mir nie leichter fallen, meine eigene Lust zu beherrschen als jetzt, wo sie mir gerade so süße Erleichterung verschafft hat.*

Seine innere Stimme nannte ihm noch mehr Gründe, die dagegensprachen, daß er Shannon nahm, aber er wollte sie nicht hören. Er hörte lieber, wie Shannons Atem heftiger wurde, als er ihre Weichheit noch einmal streichelte und tief mit der Fingerspitze zwischen ihre Blütenblätter drang.

»Hast du das wirklich so gemeint?« fragte Whip.

»Was?« fragte sie benommen.

»Daß du mich sehen willst?«

»Ja.«

»Das ist gut. Weil ich dich auch sehen will, bei allen Teufeln. Ich habe davon geträumt, dich noch einmal betrachten zu können, ganz Honig, Sahne und Feuer. Und ein paar andere Sachen habe ich mir auch dabei erträumt.«

»Was?«

»Wenn ich dir das zeige, wirst du am ganzen Körper rot werden.« Er lachte leise. »Aber du wirst es herrlich finden.«

Whip stand auf und stieg mit Shannon auf den Armen aus dem Becken. Gleich bei der schweren Bärenfelldecke blieb er wieder stehen und blickte auf das junge Mädchen hinab, das so vertrauensvoll in seinen Armen lag und zu ihm aufsah.

Dampf hob sich in zarten, silbrigen Schleiern von Shannons Haut. Wasser glitzerte auf ihren Schultern und glitt in goldenen Rinnsalen zwischen ihre Brüste. Gespannte Brustwarzen glänzten wie mit flüssigen Diamanten bestreut. Der heftige Wunsch, jeden kleinen, glänzenden Tropfen aufzulecken, ließ Whip beinah in die Knie gehen.

»In der Hütte ist es kalt«, sagte er rauchig. »Und sie ist zu weit weg.«

»Es sind doch nur ein paar Schritte.«

»Sage ich doch, zu weit.«

Shannon lächelte und sah zu, wie der Dampf in Schwaden von Whips Körper aufstieg, die Breite seiner Schultern erst deutlicher machte und dann verhüllte. Silberne Wasserlinien verfingen sich in dem dichten, goldenen Haar auf seiner Brust.

Einzelne Tropfen glitzerten verführerisch, als wüßten sie, wie gern sie sie von seiner Haut lecken würde.

»Shannon?«

»Was immer du willst«, sagte sie leise. »Und wie du willst.«

Whip ließ den Blick von Shannons Mund zu ihren Brüsten schweifen, dann weiter hinunter zu dem feuchten, dunklen Pelzchen, das ihre weichste Stelle verbarg.

»Führ mich nicht in Versuchung, Honigmädchen. Ich begehre dich auf eine Art, bei der du sicher rot wirst bis zu deinen hübschen Fußsohlen.«

Shannon hob den Blick ruhig von Whips Brust zu seinen brennenden, silbernen Augen.

»Ach wirklich?« fragte sie. »Wie sieht das aus?«

Whip öffnete den Mund. Ihm fehlten die Worte. Er legte Shannon vorsichtig auf das dichte Fell. Dann ging er in die Hocke und betrachtete sie einfach nur, bis sie zitterte.

Denn sie betrachtete ihn auch. Die harte, schwere Männlichkeit, die sie gerade erst mit ihrer Hand erforscht hatte, sah plötzlich einschüchternd aus.

Whip legte seine Finger unter Shannons Kinn, hob ihr Gesicht, zwang sie, den Blick von dem offensichtlichen Beweis für seine erneute Erregung abzuwenden.

»Hab keine Angst«, sagte er schlicht. »Ich werde dich nicht auf diese Art nehmen.«

»Ich – aber –« Shannon schluckte und versuchte es noch einmal. »Es ist schon gut. Nur –«

Whip wartete.

»Also, verdammt«, murmelte sie. »Es fühlte sich nicht so – so beunruhigend an – wie es aussieht.«

»Dann mach deine Augen zu.«

Mit einem kleinen Laut tat Shannon, was er wollte.

»Gib mir deine Hand«, sagte er.

Sie streckte Whip ihre unsicheren Finger entgegen. Er nahm sie, küßte sie sanft und legte sie wieder um sein Fleisch, das ihn quälte, als hätte er seit Monaten keine Erleichterung erfahren, geschweige denn erst vor Minuten.

Shannon atmete langsam und rauh aus. Dann begann sie, Whip mit langsamen, vorsichtigen Bewegungen zu streicheln.

»Siehst du?« fragte er tief. »Keine Zähne.«

Hilflos lachte Shannon. Als sie die Augen öffnete, lächelte Whip auf sie herab. Seine Augen strahlten in einer seltsamen Mischung aus Zärtlichkeit und unverhülltem Begehren.

»Ich werde dich nicht so nehmen«, sagte er wieder. »Nur wenn du mich ausdrücklich dazu aufforderst, so klar wie die Sonne, die aufgeht.«

»Wird es weh tun?« fragte Shannon.

»Ein wenig. Doch nur beim ersten Mal. Du bist wie geschaffen für mich, Honigmädchen. Ich werde dich vollkommen ausfüllen, und du wirst mich genauso umfangen.«

»Bist du sicher?«

Whips Augenlider senkten sich. Den Blick auf Shannon gerichtet streichelte er das weiche Nest zwischen ihren Schenkeln und öffnete sie dann, ließ seine Finger tief hineingleiten. Sie schnappte nach Luft, als die Lust sie überschwemmte und dann auch heiß an ihm leckte.

»Ich bin sicher«, sagte Whip mit belegter Stimme. »Und dein Körper ist auch sicher. Er küßt mich auf die köstlichste Art.«

Mit einer geschmeidigen Bewegung hockte sich Whip zwischen ihre Beine, drängte sie noch weiter auseinander.

»W-Whip?«

»Keine Angst. Ich möchte mich nur revanchieren.«

»Was?«

»Ich werde deinen Körper küssen, so köstlich es geht.«

Zuerst verstand Shannon ihn nicht. Dann bückte sich Whip und knabberte an der zarten Haut auf der Innenseite ihrer Oberschenkel. Seine Zunge berührte sie flüchtig an der Stelle, wo sie am weichsten war.

Shannon hauchte atemlos Whips Namen, als sie verstand.

»Du hast gesagt, ich dürfte tun, was ich will und wie ich es will«, sagte Whip und knabberte an ihr. »Jetzt will ich es auf diese Weise. Tut dir das weh?«

»N-nein.«

»Gefällt es dir?«

Shannon holte schwer Atem, als Whip sie liebevoll streichelte. Er lächelte, wiederholte die zarte Berührung und spürte ihre heiße, feuchte Reaktion. Der Duft ihrer Lust war wie ein ursprüngliches Parfüm, das Whip verriet, was er schon wußte. Die jungfräuliche Witwe gehörte ihm – was immer er wollte und wie immer er es wollte.

Und er wollte alles.

»Es gibt noch ein paar andere Dinge, die ich an fernen Orten der Welt gelernt habe«, sagte er und biß Shannon ganz zart.

Ein heiserer Laut drang aus Shannons Kehle. Ihr Rücken spannte sich wie ein Bogen, den ein meisterhafter Schütze gespannt hat. Verzückung durchzuckte sie wie Blitze bei jeder Berührung von Whips Mund. Während er ihr so Lust bereitete, drückte er seine Hände gegen die Innenseite ihrer Schenkel, öffnete sie ganz seiner hinreißenden Zärtlichkeit.

»Es scheint, als gäbe es genauso viele Arten, sich zu lieben, wie es Kampfarten gibt«, murmelte er an ihrer samtigen Haut.

Shannon war sich nur vage bewußt, daß sie sich in einer Haltung der äußersten Verletzlichkeit und totalen Hingabe befand. Dennoch konnte sie nichts dagegen tun, denn ein Netz wilder, glitzernder Blitze hielt sie gefangen und ließ sie unter den geschickten Händen ihres Geliebten erbeben.

»Ich hatte nie Schwierigkeiten, einen Partner für Kampfübungen zu finden«, sagte Whip zwischen zarten, verlockenden Küssen. »Aber für diese Art von Spiel habe ich nie eine Partnerin gehabt. Also hab Geduld mit mir, während ich mich damit vertraut mache.«

Whips Zunge fand die fest Knospe, die die Leidenschaft aus

Shannons weichem, feuchtem Fleisch hervorgelockt hatte. Fasziniert umzüngelte er sie neckend.

Shannon schnappte nach Luft, als Spannung und Lust rasant wuchsen, sie jeden Augenblick höher und höher hinauftrugen.

»Gefällt dir das?« murmelte er. »Mir schon. Ich weiß, wie empfindlich du an dieser Stelle bist, also werde ich nur einen ganz kleinen Biß wagen.«

Ein hoher, zittriger Schrei entrang sich Shannons Kehle, als sie die Welt plötzlich in glitzerndes Schwarz getaucht sah, das dann in tausend kleine Regenbogenscherben zersprang.

Mit einem dunklen Lächeln fühlte Whip, wie Shannon von der Ekstase erfaßt wurde, die sie bis ins Innerste erschütterte. Er wußte, daß er ihren unerfahrenen Körper jetzt in Ruhe lassen sollte, konnte sich aber nicht dazu durchringen. Er streichelte sie weiter, kostete sie zart, knabberte weich an ihr, liebte sie in völliger Stille, die nur ab und an von ihren wilden Schreien durchbrochen wurde.

Schließlich erlöste Whip Shannon widerstrebend aus dem Bann seiner Sinnlichkeit. Er legte sich neben sie, streichelte ihr Haar und die Tränen der Leidenschaft auf ihren Wangen.

Blind streckte Shannon die Arme nach ihm aus, von einem brennenden Begehren getrieben, das sie nicht verstand. Als er sie an sich drückte, preßte sich seine harte Männlichkeit gegen ihren Schoß. Sie war weich, heiß, gerötet von seinen Zärtlichkeiten und ihrer heftigen Reaktion.

Die plötzliche intime Nähe dieser Position ließ Whips Herz fast stehenbleiben, dann mit doppelter Geschwindigkeit weiterklopfen. Instinktiv bewegte er die Hüften, drängte seinen harten, prallen Schaft gegen ihr feuchtweiches Nest. Seidige Hitze kam ihm entgegen, lud ihn ein, weiter vorzudringen. Whip wußte, daß er das nicht tun sollte, aber er konnte sich nicht mehr halten und streichelte sie mit langsamen Bewegungen seiner Hüften.

Instinktiv begann auch Shannon, die Hüften zu bewegen.

Dadurch wurde Whip noch enger in ihre Weiche gedrängt. Ein Schauer der Lust durchströmte ihren Körper bei seinem leichten Eindringen. Sie bewegte sich noch einmal, wurde noch einmal belohnt von dem köstlichen, unerwarteten Druck, der sie gleichzeitig streichelte und dehnte.

Whip stöhnte, als Shannons instinktive Reaktion ihn heiß benetzte, so wie es eben noch seine Zunge mit ihr getan hatte. Dann spürte er, wie sie sich enger an ihn drückte, die Hüften in Bewegung, wie ihre feuchte Mitte sich ihm öffnete, tränenreich nach ihm flehte.

»Honigmädchen«, flüsterte Whip rauh, »weißt du, was du da verlangst?«

Langsam öffnete Shannon die Augen. Sie waren vor Leidenschaft so geweitet, daß nur ein schmaler, blauer Ring um jede riesige schwarze Pupille geblieben war.

»Was?« fragte sie mit rauchiger Stimme.

»Sieh hinunter.«

Das tat sie. Und hielt plötzlich inne. Dann bewegte sie sich vorsichtig, versuchsweise, und lächelte ein Lächeln, so alt wie Eva.

»Ich dachte, du hast gesagt, es würde weh tun«, meinte sie.

»Du brauchst nur weiter deine Hüften so zu bewegen, dann wird es das auch.«

»Du meinst ...?«

»Ich meine, daß du immer noch Jungfrau bist«, sagte Whip direkt. »Aber wenn du mich weiterhin so mit deinem heißen, kleinen Mund küßt, dann werde ich so tief in dich hineingleiten, daß du nicht mehr weißt, wo ich aufhöre und du anfängst.«

Shannons Blick wanderte abwärts über Whips kraftvollen Körper bis zu der Stelle, wo sie beinahe miteinander verbunden waren. Sie bewegte sich noch einmal, prüfte ihn und sich selbst gleichzeitig.

»Ich glaube nicht«, sagte sie.

Whip wurde von Enttäuschung überschwemmt. Sein Körper spannte sich in wildem Widerstand dagegen, daß ihm versagt werden sollte, was er mehr als die Luft zum Atmen zu brauchen schien.

»Wir sind schon so nah beieinander, wie es nur möglich ist«, sagte Shannon. »Ich drücke mich an dich, und das fühlt sich gut an, aber, äh, wir kommen einander nicht mehr näher dabei.«

Whip seufzte tief, als er verstand, daß Shannon gar nicht vorgehabt hatte, sich von ihm abzuwenden. Sie wußte nur nicht, wie sie die tiefere, vollständigere Vereinigung vollziehen sollte, die ihre beiden Körper forderten.

»Willst du dich mit mir vereinigen, Shannon?« fragte Whip leise. »Möchtest du mir so nah sein, wie eine Frau einem Mann nur sein kann?«

Sie schaute auf in Whips Augen, und ihr Herz zog sich zusammen vor Liebe.

»Ja«, hauchte sie. »Das will ich. Ich will *dich*.«

Langsam drehte sich Whip zur Seite, bis er wieder zwischen ihren Beinen lag.

Sie atmete heftig aus. Jetzt spürte sie ihn noch deutlicher. Die Empfindung war köstlich. Die Lust schien in ihrem Inneren aufzusteigen wie Seifenblasen. Wenn sie platzten, umfingen sie ihn mit liebevoller Wärme.

Whip lächelte und kämpfte gegen das harte Drängen an, das ihn vorantrieb. Er hatte nicht erwartet, daß Shannon ihn noch begehren würde, nachdem er ihr eine gewisse Erfüllung verschafft hatte.

Doch sie begehrte ihn. Der honigweiche Beweis dafür beleckte ihn gerade jetzt, rief nach ihm, zeigte ihm, wie leicht es sein würde, in ihren unerprobten Körper vorzudringen.

Und wie heiß.

»Leg deine Beine um meine Hüften«, sagte er heiser.

Als Shannon das tat, stockte ihr der Atem. Sie spürte Whip

hart und fest zwischen ihren Schenkeln. Es war beunruhigend… und unglaublich erregend.

Ein Schauer der Lust und der Vorfreude erfaßte sie.

»So gut?« fragte Whip.

»Ja«, flüsterte sie.

Whip stieß in ihren Schoß, bis er spürte, daß er sie für immer verändern würde, wenn er noch weiter eindrang. Er zog sich zurück, drang wieder vor, zog sich zurück.

»Immer noch gut?« fragte er mit angespannter Stimme.

Shannon bemerkte nicht, wie rauh seine Stimme klang und wie viele Schweißperlen auf seiner Haut standen. Sie war hingerissen von Empfindungen, die sie gleichzeitig quälten und ihr Genuß bereiteten. Sie wand sich hungrig unter seinem kraftvollen Körper, versuchte den sinnlichen Druck seiner Anwesenheit in ihr noch zu verstärken.

Whip erstarrte.

»Ist das zuviel?« fragte er und zog sich zurück.

»Ich will mehr, nicht weniger«, murmelte sie keuchend. »Ich will alles, was du mir geben kannst!«

Whips Augenlider senkten sich für einen Moment, als ein Schauder seinen Körper und seine Seele erschütterte. Dann sah er Shannon direkt in die Augen und begann, sich langsam und vorsichtig vor- und zurückzubewegen. Ihre Hüften hoben sich, als forderte sie ihn auf, noch fester zuzustoßen.

»Noch nicht«, sagte Whip lachend und zog sich zurück.

»Wann…?« rief sie.

»Wenn dein Körper erschauert und du mich ganz umfängst wie heißer, wilder Honig. Dann werde ich dich nehmen, Shannon. Und wir werden beide vor Lust schreien.«

Eine von Whips Händen bewegte sich über Shannons Körper abwärts, streichelte ihre Brüste, ihren Bauch, ihre Hüften. Dann fand er die seidige Knospe ihrer Lust noch einmal. Sie war genau wie sie – heiß, schlüpfrig, hungrig. Er streichelte sie, bis Shannon aufschrie und sich noch fester an ihn drängte, und ihr Körper sich unter ihm wand, als die ersten Anzeichen vollkommener Ekstase sie erschütterten.

Whip schob eine Hand unter ihre Hüften, drückte und streichelte ihr festes Fleisch. Dann legte sich sein Arm ganz um ihr Hinterteil und er hob sie an, um sie noch weiter für sein Eindringen zu öffnen, während er sich ängstlich fragte, ob es ihr wohl so gefallen würde.

Und es gefiel ihr. Er merkte es an der Art, wie sich ihre weichen Falten pulsierend um seinen Schaft schmiegten. Die Welt wurde dunkler um ihn her, als das Begehren immer heftiger aufkochte, ihn hinabzog in die heiße Mitte von Shannons Sein.

»Shannon«, sagte Whip eindringlich. »Sieh mich an!«

Benommen öffnete Shannon die Augen. Whip war über ihr, sein Gesicht dunkel vor Leidenschaft; seine Augen, wie zwei silberne Flammen, brannten.

»Jetzt, Honigmädchen. *Jetzt.*»

Er nahm sie mit einem glatten, kraftvollen Stoß, hielt nicht mehr inne, bis ihre Körper so innig verbunden waren, wie Mann und Frau nur verbunden sein können.

Shannon versteifte sich und stieß einen hohen Schrei aus. Sofort erstarrte Whip in der Hoffnung, ihr Körper würde sich ihm anpassen, wenn er sich nicht bewegte.

Dann spürte er die geheimen, tiefen Pulse in Shannons Innerem und wußte, daß es die Lust war, die sie reglos machte, und nicht der Schmerz. Mit einem rauhen Laut begann er sich erneut zu bewegen, kämpfte nicht mehr gegen die dunkle, elementare Leidenschaft an, die ihn aus ihrem Körper rief. Er drängte sich in ihre engen, satinweichen Tiefen, spürte die honigschlüpfrigen Küsse ihres Höhepunktes an ihm lecken, und zog ihre Hüften noch fester an sich.

Whips letzter Gedanke war, daß Shannon wirklich gemeint hatte, was sie sagte, daß sie alles wollte, was er zu geben hatte, denn ihm wurde abrupt bewußt, daß es zu spät war, noch irgend etwas zurückhalten zu wollen. Das Leben hatte sich in eine einzige heiße, strahlende Dunkelheit verwandelt, die keinen Anfang und kein Ende hatte; und sein Herz klopfte im Gleichtakt mit den wilden Pulsschlägen seines Höhepunktes, als er sich in ihren bereitwilligen Körper ergoß.

19. KAPITEL

Als Reno drei Tage später bei Shannons Hütte ankam, herrschte eine sommerliche Schwüle, die den Schneesturm der vorletzten Nacht unmöglich erscheinen ließ. Perlweiße Wolkenfetzen hingen an den höchsten Gipfeln. Der Rest des Himmels war klar und blau wie Shannons Augen. Der Duft der Nadelbäume und des Grases verlieh der Luft ein ganz besonderes Aroma.

Doch was immer Wald und Wiese auch an Vogelgezwitscher erfüllen mochte, Prettyfaces wildes Gebell übertönte alles.

»Genug jetzt, Prettyface!« befahl Whip, als er aus der Hütte trat. »Reno ist ein Freund. Freund!«

Prettyface glaubte ihm nicht, doch er beschränkte sich auf Knurren und dann eine mürrische Art von Schweigen.

Renos grüne Augen betrachteten den Hund mit verräterischer Lässigkeit. Seine linke Hand lag nicht direkt auf dem Griff seines Revolvers, doch auch nicht weit entfernt.

»Wirklich ein freundlicher Bursche«, sagte Reno trocken.

»Er wird sich an dich gewöhnen«, sagte Whip.

»Daran werde ich dich erinnern.«

»Versuche nur nicht hierherzukommen, wenn ich weg bin.«

»Und wann wird das sein?« fragte Reno lässig.

Whip antwortete nicht.

Reno ließ den Blick von Prettyface zu seinem Bruder wandern und fragte sich, ob Whip der Lösung seines Problems von den widerstreitenden Leidenschaften für einen fernen Sonnenaufgang und eine hübsche Witwe schon näher gekommen war.

Dann öffnete sich die Tür der Hütte und eine Frau mit einem Gang, so schwül wie der Sommertag, kam auf Reno zu.

»Himmel noch mal«, sagte Reno tonlos, als er mit einer fließenden Bewegung vom Pferd stieg. »Kein Wunder, daß du dich fühlst wie zwischen 'nem Felsbrocken und was Hartem.«

Whip sagte nichts und betrachtete Shannon nur mit einem verschleierten, quecksilbernen Blick. Dann streckte er ihr seine Hand entgegen und lächelte sanft. Als sie ihre Finger mit seinen verschränkte, zog er sie heran und drückte sie an seinen Körper.

Reno sah das alles, das sanfte Lächeln und den beschützenden Arm seines Bruders, Shannons liebevolle blaue Augen und ebenso liebevolles Lächeln. Doch am vielsagendsten fand Reno, wie entspannt die beiden miteinander umgingen.

Shannon und Whip waren Liebende geworden. Reno hatte keinen Zweifel darüber. Wenn er es nicht an Shannons leuchtenden Augen gesehen hätte, dann an Whips samtig dunklem Blick.

Reno tippte in schweigendem Gruß an seine Hutkrempe.

»Shannon«, sagte Whip, »das ist mein Bruder Matt Moran, aber wir nennen ihn alle Reno. Reno, das ist Shannon Conner Smith.«

Meine Gefährtin.

Obwohl er diese Worte nicht aussprach, spürte sie Reno ganz genau.

Und Shannon auch. Ein paar Momente lang färbten sich ihre Wangen rosig. Sie streckte die Hand aus und blickte eindringlich in Renos grüne Augen, um daraus abzulesen, ob er sie jetzt verachten würde.

Renos schwielige Finger hoben Shannons Hand an seine Lippen. Er verbeugte sich so elegant, als befände er sich in einem Pariser Ballsaal und nicht auf einer wilden Bergwiese.

Shannon erstaunte beide Männer, indem sie in einen tiefen, anmutigen Knicks versank, als wäre sie in Meter von Seide gekleidet und nicht in abgetragene Männersachen. Dann warf sie einen kurzen Blick auf Whips dunklen, unglaublich gutaussehenden Bruder, und ihre schönen Augen waren voller Lachen und Erleichterung.

»Es ist mir ein Vergnügen, Mr. Moran«, murmelte sie und richtete sich wieder auf.

»Nennen Sie mich Reno, Mrs. Smith«, verbesserte er sanft und hielt Shannons Hand zwischen seinen beiden Händen. »Den Mr. Moran habe ich ganz lange hinter mir gelassen.«

»Dann mußt du auch Shannon zu mir sagen. Ich war eigentlich nie wirklich Mrs. Smith. Silent John war mein Großonkel.«

Einen Augenblick lang verbargen Renos dichte schwarze Wimpern seine Reaktion.

Kein Wunder, daß Whip sich so immens schwer tut mit seinem Gewissen, sagte sich Reno im stillen. *Shannon ist noch Jungfrau.*

Oder war es zumindest.

»Wie auch immer, Silent John ist tot«, sagte Shannon klar.

»Eine Menge Männer werden froh sein, das zu hören«, sagte Reno leise, indem er Shannons Hand losließ.

»Wie bitte?« fragte sie.

»Silent John war, äh, in Colorado doch sehr bekannt«, sagte Reno.

»Sein Ruf – und Prettyface – haben lange ausgereicht, um meine Sicherheit zu garantieren«, erwiderte sie.

»Prettyface«, sagte Reno und sah zu dem riesigen Hund hinüber. »Höchst interessanter Name für etwas, das so, äh...«

Taktvollerweise beendete er den Satz nicht.

»Vielleicht willst du es riskieren, ihn häßlich zu nennen«, meinte Whip und lächelte, als er daran dachte, daß Shannon einmal etwas Ähnliches zu ihm gesagt hatte.

Shannon kicherte.

»Nein, danke«, sagte Reno sofort. »Meine Mama hat keine dummen Kinder aufgezogen.«

Whip lachte laut.

»Komm ins Haus«, sagte Whip. »Wir wollten uns gerade zum Essen setzen.«

»Nur, wenn ich auch etwas dazu beitragen darf. Eve hat genug für zwei zu essen eingepackt.«

»Warum?«

»Sie wollte ursprünglich mitkommen, doch als wir bei Cal vorbeikamen, fühlten sich Ethan und Willow nicht besonders.«

»Irgendwas Schlimmes?« fragten Whip und Shannon gleichzeitig.

»Nichts Besonderes, eine kleine Sommergrippe. Ich habe Eve gesagt, daß ich mir die Claims auch allein ansehen kann. Wenn nichts gut aussieht, reite ich zurück und bringe sie her. Wenn hier Gold ist, werden wir zwei es finden.«

Was Reno nicht sagte, war, daß er nicht glaubte, oben am Avalanche Creek könnte es erwähnenswerte Mengen Gold geben, weswegen er Eve ursprünglich hatte mitnehmen wollen. Er hatte sich schon vor Jahren hier umgesehen und dabei nicht mehr als Frostbeulen und blaue Flecken davongetragen.

»Hast du die spanischen Nadeln mitgebracht?« fragte Whip.

»In meiner Satteltasche«, sagte Reno. »Ohne Eve sind sie allerdings nichts wert.«

»Was sind denn spanische Nadeln?«

»Metallene Wünschelruten«, sagte Reno. »Sie reagieren eher auf Gold und Silber als auf Wasser. Die Jesuiten haben sie vor Jahrhunderten mit in die neue Welt gebracht.«

»Funktionieren sie denn wirklich?« fragte Shannon.

»Worauf du dich verlassen kannst.«

»Aber nur bei Reno und Eve«, warf Whip ein. »Verdammt

eindrucksvoll. Wenn irgend jemand anderer die Nadeln hält, sind sie absolut nichts wert.«

»Wirklich?« fragte sie.

»Allen Ernstes. Es richten sich dir die Nackenhaare auf, wenn du siehst, wie Reno und Eve die Nadeln benutzen.«

»Also hast du schon Gold gefunden?« fragte sie Reno.

»Ja. Hoch oben in den Abjos, in einer brüchigen alten Mine, die indianische Sklaven für die Jesuitenpriester gegraben hatten. Es gab Nuggets aus reinem Gold, die so schwer waren, daß Eve kaum mehr als einen auf einmal hochheben konnte.«

»Toll«, sagte Shannon. »Diese Nadeln müssen ja phantastisch sein!«

»Sie waren ein Tor zur Hölle«, sagte Whip knapp.

Shannon sah Whip erschreckt an.

»Die Mine ist um mich her zusammengestürzt«, erklärte Reno. »Selbst Eve und Whip wären beinah dabei umgekommen, als sie mich ausgegraben haben.«

Shannon wurde blaß. Sie berührte Whips sonnengoldenes Haar mit zitternden Fingern.

»So wichtig ist mir Gold nicht«, sagte sie kurz.

»Ist schon gut, Honigmädchen«, sagte Whip und streifte mit seinen Lippen über ihre Hand.

»Einen Einsturz haben wir am Avalanche Creek nicht zu befürchten«, sagte Reno. »Da ist überall harter Felsen. Bei der alten spanischen Mine war das anders.«

»Woher weißt du, wie es am Avalanche Creek ist?« fragte Shannon.

»Silent John war nicht der einzige, der ein wenig Goldstaub im Bach gesehen hat und ihm gefolgt ist bis hinauf zum Gipfel.«

»Hast du hier auch Gold gefunden?« fragte Shannon eifrig.

Reno gab einen neutralen Laut von sich. »Etwas.«

»Und wieviel ist ›etwas‹?« wollte sie wissen.

»Nicht viel«, meinte Whip nur nachdrücklich. »Sonst hätte

Reno seinen Hintern nicht bis in die spanische Mine bewegt.«

»Ach so«, sagte sie enttäuscht.

»Aber ich habe mir nicht wirklich große Mühe gegeben«, sagte Reno freundlich.

»Diesmal wird das anders«, sagte Whip.

Reno hob die Augenbrauen angesichts des sicheren Tons in Whips Stimme. Ein Blick auf die blaßsilbernen Augen seines Bruders machte Reno klar, daß weitere Fragen unerwünscht waren.

Gold war das wichtigste Thema bei der schnellen Mahlzeit, die die drei dann einnahmen, und über Gold sprachen sie auch bei jeder weiteren Gelegenheit auf dem Weg hinauf zum Rifle Sight Claim. Schweiß glänzte auf den Pferden und Maultieren, denn Whip hatte ein recht hartes Tempo vorgelegt.

Das warme Sonnenlicht folgte ihnen so golden wie das Metall, das sie suchten. Auf der Grizzlywiese war es heiß. Überall gab es bunte Blumen und Vögel, die aus ihren Verstecken sangen. Die beiden Männer sahen sich sorgfältig um, fanden aber keinen Hinweis darauf, daß in letzter Zeit erneut ein Grizzly hier gewesen war. Erleichtert schlugen sie ihr Lager auf.

»Es scheint hier eine Menge Wild zu geben«, sagte Reno. »Wenn es noch nicht dunkel ist, nachdem du mir den Claim gezeigt hast, könntest du ja noch ein bißchen jagen gehen. Die Winter sind lang hier oben.«

Whip hörte auch das, was Reno nicht sagte: Shannon würde jedes Stück Fleisch brauchen, das sie bekommen konnte, um winterliche Stürme und Fröste zu überleben.

Während Shannon sich um das Abendessen kümmerte, gingen die zwei Männer eilig zum Claim hinauf. Der Himmel begann schon, sich der prachtvollen Färbung des Sonnenuntergangs zu nähern.

Reno brauchte nicht lange, um sich die Mine anzusehen. Es gab kaum etwas zu sehen.

»Gibt's noch andere Tunnel?« fragte er, als er mit einer Laterne in der Hand aus dem Loch im Berg zurückkam.

»Nicht daß ich wüßte«, antwortete Whip. »Und ja, ich habe sorgfältig danach gesucht.«

»Glaube ich dir. Ein Mann auf der Suche nach Freiheit ist gründlich.«

Whips Mund wurde schmal, aber er bestritt nicht, was Reno behauptet hatte.

»Das Gold ist für Shannon«, sagte er.

»Hmm. Die ist ja eine richtige kleine Goldgräberin.«

»Verdammt, Reno –«

»Reg dich ab«, unterbrach ihn sein Bruder ruhig. »Wir wissen beide, daß das Gold genauso deiner Freiheit dient wie Shannons Sicherheit. Wenn du die Wahrheit nicht ertragen kannst, solltest du dir vielleicht noch einmal genau überlegen, was du tust.«

Whip sah seinen Bruder kalt an. »Ich weiß, was ich tue.«

Reno zuckte mit den Schultern. »Dachte ich letzten Herbst auch. Dann hast du mir eine Satteltasche voller Goldbarren vor die Füße geworfen und mir erklärt, ich sei ein Idiot.«

»Und jetzt denkst du, ich wäre der Idiot, wie?«

»Ich denke, daß Shannon eine prachtvolle Frau ist, der du das Herz brechen wirst. Was für ein Jammer, daß sie Jungfrau war. Das wird es schwerer machen, wenn –«

»Das geht dich nichts an«, unterbrach ihn Whip mit gefährlich tonloser Stimme.

»Und ob mich das etwas angeht! Ich bin schließlich derjenige, der das Gold finden soll, damit du dein schlechtes Gewissen beschwichtigen und dich wieder daran machen kannst, Sonnenaufgängen nachzujagen.«

Whip nahm eine drohende Haltung an.

Renos Lächeln daraufhin war so schmal wie seine Augen.

»Los doch«, spottete Reno. »Stürz dich auf mich. Vielleicht kann ich dir ein wenig Verstand in deinen Dickschädel prügeln. Es wird höchste Zeit, daß das mal einer tut.«

»Fang an Steine zu klopfen, die sind weicher.«

»Und schlauer.«

Plötzlich wandte sich Reno ab und hinderte Whip so daran, die Erwiderung loszuwerden, die ihm auf der Zunge lag.

»Vor drei Tagen hätte ich mich noch mit dir geprügelt«, sagte er über die Schulter hinweg. »Aber im Moment fehlt mir dazu absolut die Geduld. Shannon braucht nicht auch noch einen grün und blau geprügelten streunenden Idioten, um den sie sich kümmern muß. Sie hat so auch schon genug Sorgen.«

Als Shannon aufwachte, verblaßten gerade die Sterne am Himmel. In der Ferne hörte sie Männerstimmen murmeln. Es gab kein Lagerfeuer und auch keinen Kaffeeduft, der die Luft erfüllte.

»Whip? Reno?« rief sie. »Wollt ihr Frühstück?«

»Schlaf ruhig noch weiter«, rief Whip. »Reno und ich sprechen gerade über die Claims. Ich wecke dich, wenn es Zeit ist, zurück zur Hütte zu reiten.«

Seufzend drehte sich Shannon um und zog sich die Decke über den Kopf. Im Hochland waren die Nächte immer kühl. Während der Nacht hatte sie sich ein paarmal gewünscht, Whip läge neben ihr, um sie zu wärmen. Es war ihr so leichtgefallen, sich an den Luxus seiner Nähe zu gewöhnen.

Whip hatte sein Lager auf der anderen Seite der Feuerstelle aufgeschlagen, wo auch sein Bruder schlief. Prettyface hatte Shannon Gesellschaft geleistet, aber nicht lange, denn er schlief nicht gern in der Nähe der starken Gerüche des Feuers. Er blieb eher am Rand des Lagers, etwas abseits von den Menschen, die er so sorgfältig bewachte.

Als Whip auf dem Weg zurück ins Lager an Prettyface vorbeigegangen war, hob der Hund den Kopf und wedelte ein paarmal leise mit dem Schwanz zum Gruß.

»Deine Herrin schläft noch, wie?« fragte Whip leise. »Gut. Mir würde ein wenig Ruhe auch guttun. Letzte Nacht habe ich kaum geschlafen. Bleib hier und paß auf.«

Lautlos ging Whip zu der Stelle, wo Shannon schlief. Er zog die schwere Jacke aus und legte sich neben sie unter die Decken. Shannon murmelte etwas im Schlaf und wandte sich zu ihm um, kuschelte sich seufzend in seine Wärme.

Zuerst dachte Whip, sie wäre wach geworden. Dann spürte er ihre völlige Entspannung und wußte, daß sie tief schlief. Die Erkenntnis, daß Shannon sich ihm sogar im Schlaf zuwandte, durchbohrte Whips Seele schmerzhaft wie eine silberne Nadel, obwohl er auch Freude dabei empfand.

Du sollst mich nicht lieben, Shannon. Ich will dir nicht weh tun, Honigmädchen.

Die einzige Antwort darauf war ihr Duft nach Frau und Balsamminze.

Whips Herz zog sich zusammen, und sein Schaft wurde abrupt hart vor Verlangen. Er wußte, daß er nicht mehr lange bei Shannon bleiben konnte … aber jeden Augenblick, den sie zusammen waren, konnte er zu einer kleinen Ewigkeit werden lassen.

Langsam glitt Whip weiter unter die Decken und atmete tief den Duft nach Frau ein.

Ich würde so gern ihre süßen Brüste küssen. Aber ich sollte sie nicht wecken.

Noch während Whip sich einzureden versuchte, daß Shannon den Schlaf mehr brauchte als Zärtlichkeiten, bewegten sich seine Hände über ihr altes, wie immer makellos sauberes Hemd.

Seide und Spitze lagen warm darunter, geradezu verblüffend in ihrer Weiblichkeit nach dem Männerhemd.

Was zum Teufel …! Wo hat sie das denn her?

Lange Finger öffneten eine nach der anderen die seidenen Schleifen. Doch es waren nicht Hände, sondern sein Mund, der die Seide beiseite schob und die noch weichere Seide von Shannons Haut erkundete.

Shannon murmelte und seufzte und regte sich, drängte sich seinen Küssen entgegen.

Whip zögerte und fragte ganz leise: »Shannon?«

Sie antwortete nur mit einem Seufzen. Abgesehen von ihren Brustwarzen, die sich unter seiner Liebkosung aufrichteten, war ihr Körper immer noch vollständig entspannt, vertraute ihm in einer Weise, wie es noch nie ein Mensch getan hatte.

Nicht einmal er selbst.

Honigmädchen, wie soll ich nur ohne dich leben?

Seine Zunge berührte die Spitze jeder ihrer Brüste. Die samtige Härte von Shannons Knospen neckte seine Lippen, bat im stillen um eine andere Zärtlichkeit. Er gab sie ihr weich und sanft, hielt sie fest in seiner Wärme, während er die Spitzen ihrer Brüste mit dem Mund zupfte, bis sie ganz hart waren.

Shannons Körper bewegte sich träge, gefangen zwischen der Hitze von Whips Zärtlichkeiten und der zunehmenden Hitze ihrer Träume.

Wach noch nicht auf, meine Süße, laß mich deine Träume kosten.

Lange Finger fanden und öffneten Shannons Hose, schoben den losen Stoff über ihre Beine und Füße nach unten. Sie wand sich ruhelos, wurde dann wieder friedlich, als Whip sie an sich drückte.

»Ich bin's nur, Honigmädchen«, murmelte er an ihrem Ohr.

Shannon gab einen verschlafenen Laut von sich und kuschelte sich noch enger an Whip.

Er lag ganz still, versuchte das wilde Hämmern seines Herzens zu beruhigen, das bei der Berührung ihrer seidenen Unterwäsche begonnen hatte. Er hätte Shannon gern betrachtet, wenn sie nur ein wenig weichen Stoff und Spitze trug. Er wollte es so sehr, daß ihm Schweißtropfen über den Rücken liefen.

Aber er sehnte sich noch mehr danach, ihre Träume zu berühren.

Whip wußte, wenn er die Decke zurückschlug, damit das erste Licht der Dämmerung Shannon berührte, würde sie sicher wach werden. Also hielt er sie im Arm, bis sie wieder tief und fest eingeschlafen war. Dann streckte er sich langsam an ihrem Körper entlang unter den Decken aus und sein Mund folgte der Öffnung des Hemdes, dem Rand zwischen Unterwäsche und samtiger Haut.

Shannon regte sich, als ihr Körper von Hitze überströmt wurde, einer brennenden Hitze, die Whips langsames, ausgiebiges Streicheln weckte. Sie seufzte, und ihre Hüften bewegten sich rhythmisch zu den trägen Bewegungen seiner Zärtlichkeiten.

Ihre sinnliche Reaktion verzehrte Whip so sanft und vollständig, wie er Shannon verschlang. Die Dunkelheit unter der Decke erfüllte sich mit sinnlicher Glut und dem elementaren Aroma weiblicher Lust.

Honigmädchen, seufzte Whip im stillen. *Mein Gott, es könnte mich umbringen, wenn ich versuchte, genug von dir zu bekommen.*

Ein leiser, zittriger Laut kam von Shannons Lippen. Es war Whips Name, den sie halb im Traum, halb im Erwachen seufzte.

Er antwortete mit einer seidigen Bewegung seines Mundes und ihrem Namen, den er in die sinnliche Dunkelheit unter den Decken flüsterte.

Eine Weile lang konnte Shannon keinen Unterschied bemerken zwischen ihrem Traum und dem heißen Erwachen, das ihre Haut rötete. Dann steigerte sich die Lust, ließ ihren Atem stocken. Als das süße, pulsierende Gefühl wieder nachließ, seufzte sie, verlangte nach mehr.

Whip spürte die plötzliche Anspannung ihres Körpers und wußte, daß er sie zur Ekstase geweckt hatte. Er spürte ihre Hitze um sich her, konnte die flüssige Glut schmecken. Als er sie noch einmal streichelte, spürte er das rhythmische Pulsieren tief in ihrem Schoß.

Schweiß bedeckte Whip von der Stirn bis zu den Fußsohlen. Er wünschte sich so sehr, in ihr zu sein und ihre Lust zu teilen, daß er das Gefühl hatte, vor Verlangen zerrissen zu werden.

Er wußte nicht, daß er sehnsuchtsvoll ihren Namen gesagt hatte, bis ihre Hände sich in sein Haar gruben, ihn emporzogen hinauf zu ihrem Gesicht. Sofort legten sich ihre Hände an sein Hemd und seine Hose, um sie aufzuknöpfen, lösten seine Kleidung, suchten blind nach ihm.

Whip umfaßte Shannons Hand und drückte sie an die harte Qual seiner Erregung.

»Whip ...?« murmelte sie fragend, während sie ihre Hüften bewegte und versuchte, ihn zwischen ihre Beine zu ziehen.

»Nein, Honigmädchen, nicht so.«

»Warum nicht?« murmelte sie mit geschlossenen Augen.

»Ich traue mir nicht zu aufzupassen, daß du nicht schwanger wirst.«

Shannon schauderte und schüttelte den letzten Rest ihrer schwülen Träume ab. Doch die Wirklichkeit war nicht weniger heiß. Sie spürte das heftige Schlagen von Whips Puls unter ihren Händen.

»Gestern und vorgestern –« begann sie.

»Und den Tag davor auch«, unterbrach sie Whip angespannt. »Jeden Tag rückt der Moment näher, an dem du fruchtbar bist.«

»Aber so, wie du es gesagt hast, müßten es mindestens noch fünf sichere Tage sein, wenn nicht mehr.«

Whip stieß zischend den Atem aus.

»›Müßten‹ ist nicht sicher genug«, sagte er dann knapp. »Du machst mich einfach süchtig, Honigmädchen. Jedesmal, wenn ich in dich hineingleite, begehre ich dich noch mehr als das Mal davor. Noch tiefer. Noch heißer. Noch härter. Ich traue mir nicht zu, mich so lange zurückzuhalten, um dich sicher zu schützen. Teufel auch, ich bin jetzt schon fast außer Kontrolle, wenn ich mir nur vorstelle, wie es ist, wenn wir miteinander verschmelzen.«

Shannon sah in das rauchige Silber von Whips Augen. Sie leuchteten im ersten Morgenlicht wie die einer Katze.

Sie preßte ihre Lippen auf seine, kostete ihn und sich und Leidenschaft und stieß einen langen, zittrigen Seufzer aus.

»Ich liebe es, deine Lust so tief in meinem Innern zu spüren«, sagte sie und bewegte sich langsam unter ihm. »Ich liebe es, dein Gewicht und deine Kraft zu spüren. Ich liebe es, wenn ich deinen Hunger in meinen Händen und in meinem Körper fühle.«

»Shannon«, flüsterte Whip. »Ich –«

Er brach abrupt ab, denn sie hatte sich plötzlich bewegt. Sein heißes, empfindliches Fleisch glitt näher zum schwülen Eingang ihrer Mitte.

»Ich liebe dich, Whip. Liebe mich auf die einzige Weise, wie du mich lieben kannst, solange wir noch beieinander sind.«

Mit einem gequälten Aufstöhnen ließ Whip es zu, daß Shannon ihn in sich aufnahm. Die heiße, feuchte Leichtigkeit, mit der sie zueinander fanden, hätte ihm fast die letzte Beherrschung geraubt. Er spannte seinen ganzen Körper an im Kampf um seine Selbstkontrolle.

Dann spürte Whip, wie die Schmetterlingsflügel von Shannons Ekstase ihn zärtlich berührten. Er stöhnte, als die köstlichen, sanften Kontraktionen ihn in derart schwindelerregende Verzückung stürzten, daß er sich ihr nur noch hingeben konnte, genauso wie der Frau, deren Seufzer sich mit seinen vermischten.

Als Shannon zum zweiten Mal aufwachte, betrachtete Whip sie mit gehetztem, grauem Blick. Er war vollständig angezogen und hatte ein Gewehr in der Hand. Prettyface tanzte ungeduldig um Shannons Lager herum, weil er gern jagen gehen wollte.

»Ich klettere hinauf, um zu sehen, wie Reno zurechtkommt«, sagte er knapp. »Dann reite ich mit dir zurück zur Hütte.«

»Und dann?« fragte Shannon mit Unbehagen angesichts des Ausdrucks in seinen Augen.

»Dann komme ich hierher zurück und helfe Reno.«

»Er sah nicht so aus, als würde er Hilfe brauchen.«

»Je eher er Gold findet, desto eher bist du in Sicherheit«, sagte Whip.

»In Sicherheit?«

»Je eher ich fortgehe, desto geringer ist das Risiko, daß ich dich schwanger mache«, sagte er heftig.

»Ich verstehe.«

»Ich hätte dich nicht nehmen dürfen!«

»Hast du auch nicht«, gab sie zurück. »Ich habe dich genommen.«

Whips Mund wurde schmal. »Wie auch immer, Honigmädchen, nur einer von uns beiden wird schwanger.«

»Ach, was du nicht sagst!«

»Doch, ich sage es, aber du hörst ja nicht zu! Ich kann meine Hosen einfach nicht anbehalten, wenn ich in deiner Nähe bin, und ich will verdammt sein, wenn ich mich hier anbinden lasse, also –«

»Wirst du verschwinden, sobald du kannst«, unterbrach ihn Shannon, und ihre Stimme klang so dünn, wie Whips Mund aussah. Obwohl Tränen in ihren Augen standen, wankte ihre Stimme nicht. »Das kennen wir doch schon, Whip. »Das haben wir bestimmt schon fünfzigmal besprochen. Sag mir doch mal etwas Neues.«

»Mach dich bereit zum Aufbruch, wenn die Sonne ganz aufgegangen ist«, sagte Whip.

Er drehte sich um und ging fort. Prettyface folgte ihm, wurde aber mit einem kurzen Wort zu Shannon geschickt.

Whip ging den Pfad hinauf zum Rifle Sight mit langen, möglichst anstrengenden Schritten. Er hoffte, das würde seinen gnadenlosen Hunger nach dem jungen Mädchen mit dem herbstfarbenen Haar und den Augen wie ein Himmel im Gebirge ein wenig dämpfen.

Aber gleichzeitig wußte er, daß das nicht möglich war.

Nichts war so verlockend wie Shannon, außer dem Sonnenaufgang, den er noch nicht gesehen hatte – außer der großen Ferne, die nach ihm rief und ihm die Freiheit der Welt und die Geheimnisse von tausend Gärten Eden versprach.

Und Whip war gerade in den Sinn gekommen, wie er sicher sein konnte, daß dieses Versprechen sich auch erfüllte.

Als er auf dem Goldfeld ankam, war er wieder etwas ruhiger geworden. Trotzdem warf Reno seinem Bruder einen prüfenden Blick zu, als er ihn am Eingang der Mine erscheinen sah. Der Blick in seinen Augen hätte gut zu einem gefangenen Wolf gepaßt.

»Hast du was verloren?« fragte Reno milde.

»Nein. Gefunden.«

Renos grüne Augen sahen ihn fragend an.

»Gold«, sagte Whip entschieden.

»Wo?«

»In deinem Korral.«

»Wenn ich lange genug warte, werde ich bestimmt noch etwas zu hören bekommen, was Sinn ergibt«, sagte Reno.

»Was glaubst du, wie groß die Wahrscheinlichkeit ist, auf Silent Johns Claims Gold zu finden?«

»Richtiges Gold? Mit dem man Speck und Bohnen und die Freiheit für dumme Streuner kaufen kann?«

»Ja«, sagte Whip heftig.

»Ungefähr so groß wie ein Schneeball in der Hölle.«

»So groß?« gab Whip zurück. »Ich hätte mit einer wesentlich geringeren Wahrscheinlichkeit gerechnet.«

Reno lächelte, obwohl ihn sein starrköpfiger Bruder so verärgerte.

»Ich wollte es dir schonend beibringen«, sagte er. »Die Wahrheit ist, daß in Pferdeäpfeln mehr Gold steckt als in dieser Mine.«

Whip lachte, aber sein Lachen klang eher gequält.

»Ja, das hätte ich auch gedacht«, sagte er. »Und doch hat Shannon erzählt, Silent John wäre aus den Bergen zurückgekommen und hätte Erz mitgebracht, das so goldhaltig war, daß es einem in den Händen zerfiel.«

»Dann muß Silent John irgendwo einen tollen Claim gehabt haben. Aber der ist sicher nicht am Avalanche Creek«, setzte Reno bestimmt hinzu.

»Das weiß Shannon nicht.«

»Wird sie aber erfahren, wenn ich es ihr sage.«

»Tu das nicht«, sagte Whip endgültig.

Reno wartete ab.

»Hast du immer noch irgendwo Nuggets und Goldstaub aus deinen alten Claims?« fragte Whip.

Reno nickte.

»Dann grabe einen von den Barren spanischen Goldes aus, die Eve mir gegeben hat«, sagte Whip, »und wechsle ihn gegen Nuggets und Goldstaub.«

»Warte mal, so viel loses Gold habe ich nicht.«

»Gleich die Differenz mit meinem Gold aus. Kratz es in feine Stücke oder schmilz es und gieß es zwischen den Staub oder leg Dynamit drunter und blas es zur Hölle und zurück. Aber bring das verdammte Gold in kleinen Brocken hier herauf.«

Reno hob die schwarzen Augenbrauen.

»Bring Eve mit«, fuhr Whip unerbittlich fort. »Spick diesen

nutzlosen Stollen damit. Zieht eine Schau mit den spanischen Nadeln ab. Tu, was du tun mußt, aber sorg dafür, daß *Shannon glaubt, das Gold stamme von Silent Johns Claim.*«

»Wenn ich es so mache, wie du gesagt hast, habe ich am Ende mindestens drei verschiedene Arten losen Goldes«, sagte Reno. »Darüber hinaus wird es auch noch andere Farben haben als das Gold, das man hier oben finden kann. Es enthält mehr Kupfer oder mehr Silber.«

»Ja und?«

»Darauf wird keiner hereinfallen, der das Gold aus den Minen von Echo Basin kennt«, sagte Reno ungeduldig.

»Das ist kein Problem. Shannon kann Gold nicht von Granit unterscheiden.«

Reno nahm seinen Hut ab und schlug ihn gegen seinen Schenkel. Staub wirbelte auf.

Whip wartete wachsam.

Reno staubte den Hut ab und setzte ihn wieder auf.

»Also gut«, sagte er. »Ich bin in sechs Tagen mit Eve und soviel Gold wieder hier, daß Shannon Echo Basin verlassen kann – und du sie.«

Whips Lider zuckten in stummem Schmerz, aber er sagte nichts. Mit hungrigem Blick betrachtete er die am Himmel aufsteigende Sonne.

»Sieh zu, daß du in vier Tagen wieder hier bist.«

»Herrgott, wenn du so unruhig bist, dann geh doch besser gleich. Ich kümmere mich dann hier um alles.«

Langsam schüttelte Whip den Kopf. »Das ist es nicht. Nur, je länger ich bei ihr bleibe...«

Er wandte sich schweigend ab und ging fort. Er wußte nicht, wie er erklären sollte, daß ihm jeder Tag mit Shannon den Abschied schwerer machte.

Und jeder Tag würde den Abschiedsschmerz vertiefen.

Ich wollte dir nie weh tun, Honigmädchen.

Und doch würde Whip es tun, und das wußte er.

20. KAPITEL

Hin- und hergerissen zwischen der Hoffnung, daß die Goldsuche erfolgreich sein möge, und der Sicherheit, daß jeder Erfolg das Ende ihrer Zeit mit Whip bedeutete, sah Shannon zu, wie Reno neben einer schlanken Frau mit Haaren wie Goldstaub das Tal durchschritt. Ihre Bewegungen waren geschmeidig und elegant und von vollendeter Harmonie.

Als Reno und Eve sich umdrehten, konnte Shannon sehen, daß beide eine spanische Nadel zwischen Daumen und Handfläche hielt. Die gegabelten Enden der Nadeln lagen aneinander, berührten sich leicht.

Weder Reno noch Eve übten Druck auf die Nadeln aus, um sie in Verbindung miteinander zu bringen. Eigentlich schien es überhaupt keinen sichtbaren Grund zu geben, warum die Wünschelruten beieinander blieben.

Und doch taten sie es.

»Es ist unglaublich«, sagte Shannon flüsternd, obwohl die beiden sie nicht hören konnten.

»Die Nadeln?« fragte Whip.

»Die Art, wie Reno und Eve sich zusammen bewegen. Als würden sie von den Nadeln zusammengehalten und nicht umgekehrt.

»Reno hat mir einmal erklärt, wenn Mondlicht fließendes Wasser wäre, dann müßte sich das Fließen so anfühlen wie die Nadeln, wenn er und Eve sie benutzen. Unheimlich, aber sehr wirklich.«

»Wie das Gefühl, das mich überkommt, wenn ich dran denke, wie wir...« Shannons Stimme verstummte, und sie wurde rot.

Das quecksilbrige Glitzern von Whips Blick bewies ihr, daß er wußte, was sie dachte.

»Genau so, Honigmädchen. Eng verbunden, in Bewegung,

vibrierend. Nur ist es bei uns mehr wie die Sonnenstrahlen und nicht wie das Mondlicht.«

Shannon lächelte und holte tief Atem. »Ja.«

Whip strich mit dem Handrücken sacht über ihre glühende Wange. Sein Daumen glitt tiefer, streichelte zuerst ihre Lippen und dann ihren rasenden Puls am Hals.

»Zeit zu gehen«, sagte Whip mit ungewöhnlich tiefer Stimme. »Crowbait ist beladen und bereit für den Ritt.«

Shannon drehte sich hastig zu Whip um. Vor Schmerz waren ihre Züge bleich und ihre Stimme rauh.

»Aber ich dachte, du würdest nicht fortgehen, bis sie Gold gefunden haben«, protestierte sie unsicher.

Whip zog Shannon an sich, legte seine Arme um sie und spürte ihren Schmerz, als wenn es sein eigener wäre.

»Shannon«, flüsterte er an ihrem Haar. »Ich habe nicht davon gesprochen, daß ich allein fortgehe. Ich wollte dich nur zur Hütte zurückbringen und dann auf die Jagd gehen.«

Eine Sekunde lang schloß sie ihre Arme fast zu fest um Whip. Dann zog sie sich zurück und zwang sich zu lächeln, obwohl ihre Lippen nach etwas anderem aussahen.

»Natürlich«, sagte sie und wandte den Blick von seiner allzu wissenden Miene ab. »Wie dumm von mir. Ich weiß auch nicht, woran ich gedacht habe.«

Whip blinzelte. Er wußte genau, woran Shannon gedacht hatte. Der Gedanke, daß er bald fortgehen würde, quälte ihn genauso.

Ich will ihr nicht weh tun.

Ich kann nicht bleiben.

Mein Gott, warum bin ich überhaupt nach Echo Basin gekommen? Vorher hätte ich nicht geahnt, wieviel Schmerz man empfinden kann, ohne eine Wunde zu haben.

Und auch nicht, wie sehr eine Frau weinen kann, ohne dabei einen Laut von sich zu geben. Trotzdem bricht mir der Anblick von Shannons traurigen Augen fast das Herz.

Aber laut sagte er nur: »Du hast in den vergangenen Tagen eine Menge über Spurensuchen und Anschleichen gelernt. Bis die Hirsche und Elche wieder aus den Bergen herunterkommen, wirst du eine gute Jägerin sein.«

Obwohl sie das nicht brauchte. Whip hatte genug Hirsche geschossen, um Shannon, Cherokee und obendrein noch einen verhungernden Bären durch den Winter zu bringen. Der größte Teil des Fleisches befand sich gerade in Cherokees Hütte, wo es über dem Feuer getrocknet wurde.

»Ja, natürlich. Jagen«, sagte Shannon zerstreut, und ihre Stimme klang so leer wie ihr Lächeln. »Nun, dann sollten wir uns wohl besser auf den Weg machen, nicht wahr? Soll ich mich jetzt schon von Reno und Eve verabschieden, oder kommen sie noch einmal bei meiner Hütte vorbei, bevor ihr drei endgültig aufbrecht?«

»Shannon ...« Whips Stimme verstummte.

Er schluckte schwer und versuchte, das Gefühl zu verdrängen, das ihn immer wieder plötzlich überfiel.

»Reno und Eve haben dich sehr gern«, sagte er schließlich.»Sie würden sich freuen, wenn du sie besuchst.«

»Natürlich«, sagte Shannon zum drittenmal.

Und zum drittenmal bedeuteten ihre Worte nichts.

»Wirst du das tun?« drängte er sie.

»Werde ich was?«

»Reno und Eve besuchen.«

»Mach dir keine Sorgen«, sagte Shannon mit neutraler Stimme. »Du wirst nicht über mich stolpern, wenn du von deiner Reise zurückkommst und deine Familie besuchen willst.«

»Das habe ich gar nicht gemeint!«

»Nein? Schön, aber ich habe es auf jeden Fall gemeint.«

»Und was ist mit Caleb und Willow?« wollte Whip wissen. »Willst du sie auch einfach im Stich lassen?«

Shannon sah Whip aus schmalen, blauen Augen an.

»Sie sind deine Familie, nicht meine«, sagte sie bestimmt.

»Und ich lasse sie nicht im Stich, sondern kehre nur zu meinem Zuhause zurück, Streuner.«

»Verdammt, dieser Schuppen ist doch kein Zuhause«, knurrte er.

»Für mich schon. Und nichts, was du sagst oder tust, wird daran etwas ändern. Akzeptiere es. Genauso wie ich akzeptiert habe, daß du fortgehen wirst, sobald es dein Gewissen zuläßt.«

Shannon wandte sich von Whip ab. Schweigend sah sie den beiden Menschen zu, die sich wie eine Einheit über den unwegsamen Hang bewegten. Direkt hinter ihnen gähnte dunkel wie ein schwarzes, leeres Auge der Eingang zur Mine. Sie begannen, das Gelände sorgfältig abzugehen, wobei sie den Mineneingang als Ausgangspunkt nahmen.

Whip sah ebenfalls zu. Man konnte seinen Unterkiefer mahlen sehen, als er versuchte, seinen Ärger darüber zu verdauen, daß Shannon so töricht und beharrlich darauf bestand, unbedingt an einem Ort leben zu wollen, den er nicht für sicher hielt.

Dennoch konnte er nichts daran ändern, genausowenig wie er die Dunkelheit aus Shannons Blick vertreiben konnte.

»Es wird spät«, sagte Whip schließlich.

Shannon nickte, ohne den Blick von dem faszinierenden Zusammenspiel der spanischen Nadeln abzuwenden, die Frau und Mann verband.

Und Liebe.

Shannon spürte Renos und Eves Liebe füreinander wie ein Messer, das sich in ihrer Seele umzudrehen schien. Sie würde niemals so etwas haben. Wenn Whip fortging, würde er ihre Liebe mit sich nehmen.

Und er würde nicht mehr wiederkommen.

Ich gehe nie zweimal an denselben Ort.

»Es braucht Zeit, um Gold zu finden«, sagte Whip mit ruhiger Stimme. »Wir haben Besseres zu tun, als Eve und Reno bei der Arbeit zuzusehen.«

»Wie lange brauchen sie?«

Einen Moment lang antwortete er nicht. Er war zu erschreckt von der Leere in Shannons Stimme. Wo einst Lachen und Hoffnung und Liebe gewesen waren, gab es jetzt nur noch rauhe, leblose Silben.

»Das kann Tage dauern«, sagte Whip. »Die Arbeit mit den Nadeln ist ermüdend.«

»Tage.«

Das Wort klang beinah wie ein herber Seufzer, dem Whip entnehmen konnte, daß Shannon gehofft hatte, es würde Wochen oder gar Monate dauern.

Vielleicht sogar bis der Schnee wiederkam und den Weg zu den oberen Feldern am Avalanche Creek unbegehbar machte.

»Dann hast du recht«, sagte Shannon. »Wir können keine Zeit mehr damit verschwenden, zwischen den Bäumen nach Sonnenflecken zu jagen oder Blumen zu pflücken oder mit Prettyface zu spielen oder Händchen zu halten und Sonnenuntergang oder Mondaufgang zu betrachten oder nachts zusammenzuliegen und so zu tun, als gäbe es kein Morgen.«

»Shannon –«

»Nein«, sagte sie, ohne sich um Whips Unterbrechung zu kümmern. »Du hast recht. Es ist Zeit, das Leben geht weiter.«

»Verdammt! Bei dir hört sich das an, als würde ich mich gerade verabschieden. Tue ich doch gar nicht!«

»Solltest du aber tun. So wäre es leichter.«

»Willst du das? Daß ich einfach jetzt weggehe?«

»Was ich will?« Shannon lachte seltsam. »Was um Himmels willen hat denn das, was ich will, damit zu tun?«

Tränen standen in ihren Augen.

»Shannon«, flüsterte Whip. Er streckte die Arme nach ihr aus. »Weine nicht, Honigmädchen.«

»Nein.«

Sie wich so hastig zurück, daß sie fast gestolpert wäre.

»Faß mich nicht an.«

Ihre Stimme klang heiser, weil es sie soviel Kraft kostete, ihre Gefühle in Schach zu halten.

»Aber –«

»Wenn du mich jetzt anfaßt«, fauchte sie, »dann weine ich wirklich, und davon hat keiner von uns etwas.«

Whip bewegte sich mit beunruhigender Schnelligkeit, und trotzdem waren seine Hände zärtlich, als er Shannon in seine Arme zog und ganz fest an sich drückte.

»Ich m-meine das ernst«, sagte sie stockend und weigerte sich, Whip in die Augen zu sehen.

»Das glaube ich dir.«

Er beugte sich vor und küßte ihre Wimpern, an denen schon die silbernen Tränen glitzerten.

»Weine ruhig, Honigmädchen. Weine lang und bitter. Für uns beide.«

Ein Schauder erschütterte Shannon, während sie weiter Haltung zu bewahren versuchte und nicht diesem Mann nachgeben wollte, der sie hielt, beschützte, begehrte ... und der doch nur den Sonnaufgang liebte, den er noch nicht kannte.

Dann blickte sie zu Whip auf und sah in seinen Augen ihren eigenen hilflosen Schmerz widergespiegelt, einen Kummer, der umso heftiger war, weil er nicht damit gerechnet hatte, je so etwas zu empfinden.

Weine lang und bitter. Für uns beide.

Die Anspannung in Shannons Körper löste sich. Sie drückte ihr Gesicht an Whips Hals und weinte, als wäre ihr alles im Leben genommen worden außer ihrem Schmerz.

Mit geschlossenen Augen und zusammengebissenen Zähnen hielt Whip Shannon in den Armen, wiegte sie langsam, versuchte ihren Kummer zu lindern, den er nie hatte verursachen wollen, eine Qual, die daher stammte, daß er so war, wie er war, und nicht wußte, wie er sich ändern sollte.

Ein Streuner.

Nach einer Weile trug Whip Shannon zu seinem Pferd, denn

er konnte sich nicht überwinden, sie loszulassen. Sie ritten zusammen den Berg hinunter, gefolgt von einem langbeinigen Maultier und einem Packpferd, während ein riesiger Hund neben ihnen hertrottete.

Irgendwo zwischen den Goldträumen von Rifle Sight und der einsamen Wirklichkeit der Hütte hörten Shannons Tränen auf zu fließen. Doch selbst dann hielt Whip sie weiter fest. Er drückte sie einfach an seine Brust, die Arme eng um sie geschlossen, als befürchte er, sie könne ihm ohne Vorwarnung genommen werden.

Als sie bei der Hütte ankamen, trug Whip Shannon hinein und legte sie auf ihr Bett. Trotz des heißen Tages war es kühl in der Hütte, denn es hatte seit vielen Tagen kein Feuer darin gebrannt. Er zog die dicke Bärenfelldecke über sie und deckte sie bis zum Kinn zu.

»Ich komme wieder, sobald ich die Tiere versorgt habe«, sagte er.

Shannon wollte ihm widersprechen, doch dann nickte sie nur stumm. Sie war in ihrem ganzen Leben noch nie so müde gewesen, bis ins Innere kalt. Nicht einmal damals, als sie Prettyface aus dem eisigen Bach zu befreien versucht hatte.

Als Whip zurückkam, lag Shannon zusammengerollt unter der Decke und starrte auf den dünnen Streifen Sonnenuntergang, der durch die schlecht schließenden Fensterläden hereindrang. Ein schmales Band aus rotgoldenem Licht lag auf ihren Augen und verwandelte ihre Farbe in ein Orchideenviolett, wie Whip es in all den Jahren seiner Reisen noch nie gesehen hatte. Dann wandte sie sich Whip zu, und der Kummer in ihren Augen traf ihn wie ein Schlag.

»Honigmädchen«, sagte er heiser und kniete sich an ihr Bett. »Oh Gott, ich wünschte, ich wäre ein anderer Mann!«

»Ich nicht.« Shannon berührte Whips sonnenhelles Haar mit zitternden Fingern. »Einen anderen Mann würde ich nicht lieben.«

»*Ich bleibe.*«

Einen Moment lang strahlte die Freude in Shannon auf und verbrannte die verzweifelten Schatten. Dann hoben sich Whips Wimpern, und sie sah den Metallschimmer seiner Augen. Sie hatten einen wilden, gehetzten Ausdruck, wie bei einem Wolf, den jemand zur Strecke gebracht hat.

»Das würde nicht gutgehen.« Shannon lächelte mit bebenden Lippen. »Aber vielen Dank für das Angebot.«

»Ich werde dafür sorgen, daß es gutgeht.«

»Wie denn?« fragte sie einfach. »Wirst du aufhören, im Morgengrauen Flöte zu spielen und nach dem Sonnenaufgang zu rufen, den du noch nie gesehen hast? Wirst du aufhören, mit hungrigem Blick den Sonnenuntergang zu betrachten, weil du dich nach einem anderen Leben sehnst, nach anderen Sprachen, einem anderen Land? Wirst du aufhören, dich nach etwas zu sehnen, das keinen Namen und keine Beschreibung hat und nur Ausdruck deiner tiefsten Überzeugung ist, daß es so etwas irgendwo auf der Welt gibt, wo es nur darauf wartet, daß du es entdeckst?«

Whip hielt den Atem an. Ihm war nicht klar gewesen, daß Shannon ihn so gut verstand.

Besser als er sich selbst.

»Ich begehre dich«, sagte er direkt.

»Ich weiß«, erwiderte sie. »Aber du wirst trotzdem fortgehen. Begehren ist nicht genug, um deine sehnsüchtige, wandernde Seele zu befriedigen. Das könnte nur Liebe bewirken.«

Plötzlich schloß Whip die Augen. »Ich werde wieder zu dir zurückkommen, Honigmädchen.«

»Lieber nicht«, flüsterte Shannon und streichelte die strengen Linien in Whips Gesicht. »Der Schmerz wäre zu groß, wenn du dann wieder fortgehen würdest. Für uns beide.«

»Shannon – mein Gott, es tut mir so leid –«

Seine Stimme versagte. Wilde Tränen glitzerten in seinen Augen.

»Es ist schon gut, Streuner«, flüsterte sie. »Es ist schon gut.«

»Ich hätte dich nie berühren dürfen«, sagte Whip und schauderte unter ihren sanften Zärtlichkeiten.

»Du hast mich nie belogen«, sagte Shannon und küßte ihn immer wieder sanft. »Du hast mich mehr als einmal gewarnt, daß du ein Herumtreiber bist. Ich habe es zuerst nicht verstanden. Dann habe ich es nicht geglaubt. Aber jetzt ist das anders.«

»Man müßte mich verprügeln dafür, daß ich dir deine Unschuld genommen habe«, sagte Whip rauh. »Das hätte kein anständiger Mann getan.«

»Ich habe dich begehrt. Du warst lieb und sanft mit mir, andere wären wild und grob gewesen. Ich hätte mir keinen anständigeren Mann wünschen können, um mich zu lehren, was Leidenschaft ist.«

»Ich wollte nicht, daß du mich liebst«, flüsterte Whip, denn seine Kehle war wie zugeschnürt von all den Gefühlen, die er nicht loslassen wollte. »Ich wollte dir nicht weh tun.«

Shannon lächelte traurig. »Ich bin bestimmt nicht die erste Witwe, die du mit verliebten Augen zurückgelassen hast.«

»Du bist die erste, deren Kummer mich bis ins Innerste trifft und mir einen Schmerz bereitet, der einfach nicht mehr aufhört.«

In Whips Stimme klang Schmerz mit und Vorwurf und Erstaunen.

»Du kannst genausowenig etwas daran ändern, daß ich dich liebe, wie ich etwas daran ändern kann, daß du mich nicht liebst«, sagte Shannon. »Es ist nun einmal so – wie ein Fluß, der zum Meer hinunterfließt, oder Rauch, der zum Himmel aufsteigt, oder wie die Erde, die sich dreht und dich von mir forträgt zu dem Sonnenaufgang, den du noch nie gesehen hast.«

Shannons Name kam in einem gebrochenen Laut von Whips Lippen, der fast schon ein Schrei war.

»Whip«, flüsterte sie. »Wir wollen nicht noch mehr Energie auf etwas verschwenden, was sowieso nicht zu ändern ist. Liebe mich auf die einzige Art, wie du es kannst, so lange du hier bist. Vereinige deinen Körper mit meinem und trage mich zur Sonne hinauf. Wir haben nur noch so wenig Zeit…«

Whip holte tief und heftig Atem, als Shannons Hände über seinen Körper abwärts wanderten, bis sie seine heftig erregte Männlichkeit umschlossen.

»Nein«, sagte er heiser. »Das ist zu gefährlich. Es sind schon zu viele Tage vergangen.«

»Dann laß mich dir wenigstens Erleichterung verschaffen.«

Mit einem gequälten Laut zerrte Whip Shannons Hände wieder nach oben.

»Nein«, sagte er knapp. »Verstehst du denn nicht? *Ich kann mich nicht auf mich selbst verlassen.* Am Anfang sage ich mir, daß wir uns nur ein wenig streicheln werden, sonst nichts. Nur uns gegenseitig wohltun und Zärtlichkeiten austauschen. Dann wird dein Atem heftig, und ich spüre den Honig und das Feuer zwischen deinen Beinen und will plötzlich nichts anderes mehr, als mich in dir zu vergraben.«

Shannon stockte der Atem.

»Und genau das tue ich dann auch jedesmal«, sagte Whip bitter. »Ich versinke tief in dir, und der Honig fließt, und das Feuer brennt, und nichts ist mehr wirklich. Keine Sorge, kein Schmerz, keine Gedanken, nichts als du und ich und diese weißglühende Leidenschaft, an die ich bei meinem Tod noch denken werde.«

»Ich empfinde genauso«, murmelte Shannon an Whips Mund. »Sei ein Teil von mir, Whip. Ich liebe das Gefühl, wenn du tief in mir bist.«

»Hast du mir nicht zugehört? Es ist nicht sicher! Ich bin mir nicht sicher, ob ich dich nicht schwanger mache!«

Shannon wurde von einem Schauder aus Hunger und Kummer geschüttelt.

Ein Baby.

Oh Gott, ich möchte Whips Kind haben. Aber er will nicht so viel von sich zurücklassen.

Dann fiel Shannon wieder Cherokees seltsames Geschenk ein. »Cherokee hat mir etwas gegeben, damit ich nicht schwanger werde«, sagte sie mit rauchiger Stimme.

»Was?« fragte Whip verblüfft.

»Da drüben«, Shannon zeigte auf das Regal. »Das Krügchen und der kleine Beutel.«

Whip sah sie seltsam an. Dann stand er geschmeidig auf und ging zum Regal hinüber. Sorgsam öffnete er den Beutel und hielt ihn über seine Hand. Kleine Schwammstückchen fielen darauf. Er nahm den Korken aus dem Krug und schnupperte daran. Seine Augen weiteten sich, als er die Mischung von Wacholder und Balsamminze roch, zusammen mit einer Spur von etwas Scharfem, das er nicht kannte.

»Verflixt noch mal«, knurrte er.

»Aber ich weiß nicht, was ich damit machen soll«, meinte Shannon. »Weißt du es?«

Er nickte.

»Oh, gut«, sagte sie erleichtert. »Was soll ich damit tun?«

Whip suchte einen der Schwämme aus, tränkte ihn gründlich mit dem Aromaöl und wandte sich Shannon mit einem trägen, sehr männlichen Lächeln zu.

»Ich zeig's dir«, sagte er.

Sie blinzelte, erstaunt über die Veränderung, die in Whip vorgegangen war. Die Wildheit des gehetzten Tieres war verschwunden. Sein ursprünglicher Hunger und sein sicheres Wissen um die kommende Ekstase waren spürbar.

»Ganz ruhig, Honigmädchen. Es wird dir gefallen zu lernen, wie man das hier benutzt. Und mir wird es gefallen, dir zu zeigen, wie du es machen sollst.«

»Whip?« Shannon rief von der Hüttentür aus zum Berg

hinüber. »Das Essen ist fertig. Hast du den Elch schon ganz ausgenommen?«

Prettyfaces Kopf erschien am Rand der Wiese, wo er gerade dabei war zu fressen, was Whip ihm von seiner Beute überlassen hatte. Sie hatte Prettyface vor nicht allzu langer Zeit heftig bellen hören, gefolgt von einem strengen Befehl Whips, ruhig zu sein.

»Friß nur weiter«, rief Shannon zu dem Hund hinüber. »Ich rufe nach Whip, nicht nach dir.«

Prettyface verschwand wieder im hohen Gras der Wiese.

»Whip, wo bist du?«

Keine Antwort. Auf der Wiese grasten nur drei angepflockte Maultiere. Auch an der Stelle, wo das Holz bis auf ein paar Reste gehackt war, konnte sie Whip nicht finden und auch nicht im Schuppen, wo Fleisch und Fisch im Rauch trockneten.

Plötzlich wandte sich Shannon wieder der Wiese zu, als ihr klar wurde, was fehlte.

Whips Pferde waren nicht da.

»Whip kann nicht fortgegangen sein«, flüsterte sie. »Vor vier Tagen haben wir Reno und Eve bei der Mine verlassen. Sie haben noch nichts gefunden.«

Bestimmt ist Whip noch nicht fort.

Oh Gott, noch nicht. Noch nicht!

Shannon lehnte sich an den Türrahmen, als ihre Knie plötzlich weich wurden und ihre Haut kalt. Ihre Hände krallten sich in den Saum des abgetragenen Hemdes, das sie trug. Der fadenscheinige Stoff riß lautlos auf.

»Whip, wo bist du?«

Das geisterhafte Hauchen der Panflöte erreichte Shannon, flüsterte ihr Geschichten von exotischen Geheimnissen zu, von fernen Sonnenaufgängen und der ungebundenen Seele eines Streuners.

Die gehauchte Musik ertönte hinter Shannon. Aus dem Inneren der Hütte.

Shannon holte tief Atem und drehte sich hastig um.

Es war niemand hinter ihr.

»Whip, wo bist du?«

Die bebenden Harmonien der Flöte legten sich um Shannon wie eine unsichtbare Peitsche und zogen sie auf den Vorratsschrank zu, der in die Höhle führte.

Natürlich, dachte Sie erleichtert. *Whip ist einfach hinten hereingekommen, als er mit seiner Arbeit fertig war. Wahrscheinlich wäscht er sich gerade im Becken der heißen Quelle.*

Schnell machte Shannon die Tür zu und verriegelte sie. Als sie den Schrank öffnete, leuchtete das Licht einer einzelnen Kerze ihr begrüßend entgegen. Sie machte den Schrank hinter sich zu, und die heiseren Klänge der Panflöte verblaßten zu einem geisterhaften Flüstern und verstummten.

Shannon durchsuchte die Dunkelheit, die vom Dunst der Quelle gefüllt war. Sie konnte Whip nicht sehen. Ungeduldig zog sie Stiefel und Socken von den Füßen und nahm den Ledergürtel ab, der ihre weite Männerhose zusammenhielt.

»Whip, bist du im Becken?«

Ein zischendes Flüstern ertönte, und eine lange Peitsche schlängelte sich aus der Dunkelheit. Shannon spürte ein Zupfen an ihrem Hemd und hörte ein leises Ratschen. Noch bevor sie mehr tun konnte, als erschreckt nach Luft schnappen, kam die nächste schnelle Bewegung, wieder ein Zupfen, dann noch eins und noch eins. In Windeseile verschwand ihr altes Flanellhemd, segelte in ungleichmäßig breiten Streifen zu Boden.

Shannon gab einen überraschten Laut von sich, als die bewegliche Länge der Peitsche sich über ihre Hose ringelte. Ein leises Knacken, dann ein metallisches Klingeln, als der einzige Knopf an ihrer Hose herunterfiel.

Sie sah sich um und erkannte nichts als Dampf und die dunkle Länge der Peitsche, die erneut auftauchte. Obwohl sie sie kommen sah, schnappte sie doch erschrocken nach Luft, als die Lederpeitsche begann, behutsam und präzise den Stoff von ihrem Körper zu lösen, ohne auch nur einmal ihre Haut zu berühren.

Sie schauderte, als die Überreste der Hose zu Boden sanken und sie in dem schäbigen weiten Schlüpfer zurückließen, der ihre einzige Unterwäsche darstellte.

»W-Whip?«

»Ich wollte das schon beim ersten Mal machen, als ich dich in deinen Lumpen sah, die eine solche Beleidigung deiner Schönheit sind. Aber damals hätte dir die Peitsche angst gemacht. Jetzt auch noch?«

Shannon schloß die Augen, als ein köstlicher Schauer der Erwartung sie durchlief.

»Nein«, flüsterte sie. »Nichts, was du tust, könnte mir angst machen, Whip.«

Die Peitsche ringelte sich, zupfte, und das fadenscheinige Taillenband riß, so daß nichts mehr den Schlüpfer hielt. Er sank zu Boden. Shannon stand reglos da und war nur noch bedeckt von Kerzenlicht und dem warmen Dunst der Quelle.

»Du bist wie die Sonne, Honigmädchen. Schön. Vollendet.«

Whips Stimme war so dunkel und schwül wie die Höhle.

»Ich habe mich in deinem Rasierspiegel gesehen«, sagte Shannon. »Ich bin nicht schön oder vollendet.«

»Für mich schon.«

Die Wahrheit, die aus Whips Stimme klang, war eine Zärtlichkeit, die über Shannon leckte wie der warme Dunst, so zart wie das weiche Leder, das ihre Wange küßte, ihre Schulter, die Rundung ihrer Brust, die volle Kurve ihrer Hüfte, die empfindliche Haut ihrer Kniekehle. Die kühlen, sachten Bewegungen kamen flüchtig, immer unerwartet, erregend in ihrer Zurückhaltung und Sinnlichkeit.

Shannon seufzte Whips Namen, als ihr Körper zu schimmern und Feuer zu fangen schien. Sie griff nach der neckenden, huschenden Spitze der Peitsche und zog daran, doch statt dessen wurde sie unausweichlich selbst tiefer in die dampfende

Dunkelheit hineingezogen, wo Whip wartete. Unter ihren Füßen lagen plötzlich statt kaltem Stein weiche dicke Decken, die Whip an den Rand des Beckens gelegt hatte.

Das Wasser plätscherte, und leise Tropfen fielen, als Whip aus dem heißen Becken stieg. Nur in Dampfschleier und eine glitzernde Hülle aus Nässe gekleidet stand Whip vor Shannon.

Er war schön für sie wie ein heidnischer Gott, doch die gehetzten Schatten in seinen Augen waren die eines Mannes, dessen Kräfte nur menschlich waren.

Ich wünschte, ich wäre ein anderer Mann!

Liebe mich nicht, Shannon. Bitte nicht. Es tut zu weh.

Eine unheimliche Stille legte sich um Shannons Herz, so daß es beinah stehenblieb. Sie wußte in diesem Augenblick der völligen Ruhe, daß Whip sie bald verlassen würde.

Sehr bald.

Shannons Herz begann heftig zu schlagen. Sie unterdrückte einen Aufschrei des Widerstandes gegen alles das, was hätte sein können und jetzt doch nie sein würde, gemeinsames Lachen und Leben, ein gemeinsames Heim und Kinder. Kinder mit seinen Augen und ihrem Lächeln und ihrer beider Liebe wie ein Sonnenaufgang, der Licht in die Landschaft ihres Lebens gebracht hätte...

Doch es sollte nicht sein.

Shannon hatte nicht mehr als diesen Moment, in dem sie ihren Körper und ihre Seele zum letzten Mal mit Whip teilen würde.

So anmutig wie Kerzenlicht und Dunst ging Shannon zu Whip. Und wie Kerzenlicht und Dunst berührte sie ihn, floß über ihn, kostete ihn, erforschte jeden Zentimeter seines Körpers in einer wilden Stille, die Whip erschütterte.

»Honigmädchen«, stieß er zwischen den Zähnen hindurch. *»Mein Gott.«*

Shannons Antwort war eine zarte Bewegung ihrer Zunge über das blinde Auge seiner Leidenschaft.

»Hör auf«, sagte er heiser.

»Noch nicht«, flüsterte sie und berührte ihn noch einmal zärtlich. »Ich habe mir dich noch nicht genau genug eingeprägt. Laß mich ... dich nicht vergessen.«

Whip wußte nicht, was er sagen sollte, und ihm fehlte der Atem zum Sprechen. Shannon war wie eine lebendige Wärme, die ihn einhüllte, ein Seufzen, eine Zärtlichkeit und eine zarte, suchende Flamme, die seinen Körper entzündete. Weich und wild umgab sie ihn, erkannte ihn auf eine Weise, die er nie erwartet hätte. Ihre Liebe war wie ein Sonnenaufgang, der seine Seele überschwemmte und mehr von ihm beleuchtete, als er zu sehen ertragen konnte.

Whip schauderte und kämpfte um Beherrschung, als er spürte, daß Shannon ihn liebte, als wäre es das letzte Mal.

Sie weiß es, dachte er matt. *Irgendwie spürt sie es.*

Shannons Name kam über seine Lippen, doch das Wort war nicht mehr zu erkennen. Eine plötzliche, wilde Ekstase schüttelte Whip mit Feuerklauen. Er kämpfte dagegen an, obwohl er sich danach sehnte und vor Verlangen bebte.

Als Whip nicht noch mehr ertragen konnte, legte er Shannon auf die zerwühlten Decken und stieß in ihren Schoß, versuchte, die bittersüße Qual ihrer Liebe für ihn zu lindern. Doch selbst als er sich tief in ihrer liebkosenden Hitze verströmte, konnte Whip seinen Schmerz und sein Wissen nicht vergessen. Als er in ihre Augen blickte, sah er die trostlose Zukunft; und als er sie küßte, schmeckte er ihr intimes Wissen um ihn, ein Wissen, das keine andere Frau je gewollt hatte.

Whip versuchte zu sprechen, doch Worte vermochten nicht den Kummer und die Leidenschaft zu überwinden, die ihm die Kehle zudrückten. Er beugte sich vor und begann, Shannons Haar zu küssen, ihre Stirn, ihre Augenbrauen, die Wölbung ihrer Ohren, ihre Wangenknochen, ihre bebenden Lippen. Bei seinen Küssen wiegte er sich sanft in ihrem Inneren, streichelte sie, führte sie zur Ekstase, erkannte sie in einer Stille, die erfüllt war von all dem, was gewesen war und nie wieder sein würde.

Mit einem bebenden Schrei gab sich Shannon der Verzückung hin, die Whip ihr bereitete. Er lächelte, als er das zarte Beben ihres Inneren um ihn her spürte … und wiegte sich weiter in ihr. Sanft, unausweichlich bewegte er sich in ihrem Innern wie die Ekstase, trieb sie immer höher zum Gipfel der Lust, mit jeder kraftvollen, zurückhaltenden Bewegung seines Körpers.

Shannons Augen weiteten sich, als eine unerwartete, intensive Lust sich in ihr ausbreitete. Er bewegte sich wieder und wieder, stieß in einem elementaren Rhythmus in sie hinein, und bei jeder seiner Bewegungen antwortete ihr Körper mit beängstigender Heftigkeit.

Ein heiserer Schrei entrang sich Shannons Kehle, und ihre Nägel gruben sich in die harten Muskeln von Whips Rücken. Sie bäumte sich auf und erschauerte von der Heftigkeit ihres Höhepunktes.

Whip lachte und stieß weiter rhythmisch in Shannon. Seine Bewegungen waren gleichzeitig gemessen und wild, verlangten alles von ihr, was sie als Frau zu geben hatte. Ihr ganzer Körper bäumte sich ihm noch einmal entgegen; ein scharfer, heftiger Blitz durchzuckte sie, und sie schrie auf und klammerte sich haltsuchend an Whip, als wilde Wogen der Lust über ihr zusammenschlugen.

Whip hielt sie fest, beschützte sie und nahm ihren Mund so vollständig, wie er ihren Körper genommen hatte. Als Shannon nicht mehr bei jedem Atemzug erschauerte, begann er sich wieder in ihr zu bewegen.

Und wieder durchzuckte ein Blitz ihr empfindliches Fleisch.

»Whip?« fragte sie benommen und fast angstvoll.

»Ist schon gut, Honigmädchen. Ich muß es nur wissen.«

»W-was?«

»Wie hoch du mich hinauftragen kannst. Jedes Mal höher und noch höher.«

»Ich?« lachte Shannon gebrochen. »Du bist es, der –«

Ihre Worte wurden zu einem heiseren Schrei der Lust, als Whip seine Arme hinter ihre Beine legte und erneut zwischen ihre Schenkel drang, sie der vollen Kraft seines Körpers öffnete. Dann begann er sich ganz tief in ihrem Inneren zu bewegen, wo Ekstase heiß und endlos aufwallte.

Whips Name ertönte mit jedem gebrochenen Atemzug von Shannons Lippen, mit jedem wilden Schrei, jeder erschütternden Woge der Lust, die sie überlief, und sie zu verschlingen schien.

Tief in ihr vergraben hielt Whip Shannon erschauernd und wild, ließ sie ganz in sich einsinken, durch ihn hindurch, ließ seinen Körper und seine Seele von ihr berühren; und dann erfaßte ihn ein endloser, strömender Höhepunkt, verband ihn mit ihr in einer ursprünglichen, elementaren Vereinigung, die sich mit nichts vergleichen ließ, was ihm je begegnet war.

Schließlich zog sich Whip ganz langsam aus Shannon zurück. Wortlos strich er ein Streichholz an und zündete die Laterne an, die auf einer Holzkiste neben ihm stand.

Das plötzliche Licht beleuchtete zwei schwere Satteltaschen. Eine zackige Zunge aus Gold ergoß sich aus der einen.

Shannon betrachtete sie und wußte ohne jeden Zweifel, daß sie Whip verloren hatte an den Sonnenaufgang, den er noch nicht kannte.

»Shannon, Honigmädchen, ich …«

Sie schüttelte den Kopf, berührte Whips Mund mit ihren Fingern und betrachtete ihn mit Augen, in denen keine Tränen waren. Tränen waren ein Ausdruck der Hoffnung, und Hoffnung gab es für sie nicht mehr.

»Ich werde dich immer lieben«, flüsterte Shannon. »Und jetzt reite weiter, mein geliebter Streuner. Reite … einfach fort.«

21. KAPITEL

Shannon betrat Murphys Laden mit Cherokees sechsschüssigem Gewehr in ihrem Gürtel und einem irritierten Prettyface neben sich. Sie wußte nicht, wieviel Zeit vergangen war, seit Whip sie verlassen hatte. Sie wußte nur, daß die Pappeln von einem leuchtenden, lebendigen Grün gewesen waren, als er noch da war, und sich seitdem in ein mattes, unlebendiges Gold verwandelt hatten.

Sie fühlte sich genauso wie die Blätter. Es hatte eine Zeit des wärmenden Sonnenscheins gegeben, des Wachstums und der Schönheit; dann hatte sich die Welt gedreht, und alles war anders geworden.

Ein Jammer, daß ich nicht so bin wie diese leuchtenden, leblosen Blätter, um mich dem Wind hinzugeben und auf immer davongewirbelt zu werden.

Aber ich bin eine Frau, kein Blatt, und Cherokee braucht mich. Ihr Knöchel wird nie wieder richtig heilen.

Vielleicht werde ich mich eines Tages an den Verlust von Whip gewöhnen, wie sie sich an ihren schmerzenden Knöchel gewöhnt. Vielleicht wird mich der Schmerz eines Tages nicht mehr überraschen und mir das Gefühl geben, als wäre es gerade eben zum ersten Mal passiert.

Während sich Shannon schweigend im Laden umsah, begann ein Goldgräber, den sie noch nie gesehen hatte, mit Murphy über das Gewicht des Stücks Speck zu streiten, das dieser auf die Waage gelegt hatte.

»Fünf Pfund?« schimpfte er. »Hölle und Teufel, Mann, bei mir zu Hause habe ich einen Hund, der wirft Welpen, die wesentlich größer sind als das lächerliche Stück Speck da.«

»Dann solltest du vielleicht nach Hause geh'n und einen von den Welpen räuchern, damit du ihn zu deinen Bohnen essen kannst, anstatt hier meine Zeit zu verschwenden und –«

Murphy verstummte plötzlich, als Prettyface hinter einem Stapel von Waren neben der Tür hervorkam. Der Ladenbesitzer trat so hastig einen Schritt zurück, daß die Waage einen Ruck machte, schwankte und dann ein anderes Gewicht anzeigte.

»Etwas über drei Pfund, das kann stimmen«, sagte der Bergmann zufrieden. »In Canyon City habe ich gehört, daß du ein wirkliches Schlitzohr bist, aber ich schätze, da haben sie einen anderen Murphy gemeint.«

Der Ladenbesitzer grunzte unzufrieden, nahm das Geld des Goldgräbers und packte die restlichen Vorräte für ihn wortlos ein. Als der Mann sich dann umdrehte, sah er Shannon.

»Du meine Güte, das ist aber eine hübsche Kleine«, sagte er und trat auf Shannon zu. »Bist du Clementine oder Betsy?«

»Keine von beiden«, sagte sie hart. »Ich bin Silent Johns... Witwe.«

Murphy hob die Augenbrauen, sagte aber nichts.

Der Bergmann blieb stehen. Er wirkte bekümmert wegen seines Irrtums, war jedoch nicht weniger begierig, sich mit Shannon zu unterhalten.

»Verzeihung, Ma'am«, sagte er. »Ich hab's nicht böse gemeint. Mir hat niemand gesagt, daß es in Echo Basin mehr als zwei Frauen gibt. Kann ich meinen Fehler vielleicht durch eine Einladung zum Dinner wiedergutmachen?«

»Nein, danke.«

»Kann ich Sie irgendwann einmal besuchen?« fragte er und machte noch einen Schritt vor.

Prettyface hob mit einem leisen Knurren die Lefzen und entblößte seine Fangzähne.

Der Bergmann blieb wie angewurzelt stehen.

»Es hätte keinen Sinn, mich zu besuchen«, sagte Shannon neutral. »Ich werde nie für die Art von Gesellschaft zur Verfügung stehen, nach der Sie suchen.«

»Und solltest du die Absicht haben, dich einfach selbst zu

bedienen«, sagte Murphy hinter seinem Tresen, »dieses Mädchen gehört einem Mann namens Whip Moran. Das hat er mir höchstpersönlich gesagt, kurz bevor er sich auf die Goldsuche machte. Er ist einen Monat oder zwei weg, wird aber bald wiederkommen, und wenn dann einer seine Frau belästigt hat, dann kann sich derjenige die Feuer der Hölle von nahem anseh'n.«

Shannon wollte widersprechen und erklären, daß sie nicht mehr zu Whip gehörte, daß er nicht auf Goldsuche war und auch nicht wiederkommen würde. Aber sie schwieg. Zumindest eine Zeitlang würde Whips Ruf sie so beschützen, wie ihr früher Silent Johns Ruf Schutz gewährt hatte.

»Whip?« fragte der Bergmann unglücklich. »War das etwa der, der die vier Culpeppers zur Hölle geschickt hat?«

»Ja, genau«, sagte Murphy mit Schadenfreude. »Und falls das noch nicht reicht, um deinem Pimmel den Saft abzugraben: Whips Bruder ist ein Revolverheld namens Reno.«

Der Bergmann wirkte sogar noch unglücklicher.

»Und Whip hat mir ausdrücklich erklärt«, fuhr Murphy fort, »daß Caleb Black und Wolfe Lonetree dieses junge Mädchen als zur Familie gehörig betrachten. Wer immer sie belästigt, muß ihnen Rechenschaft ablegen. Und ihr Hund ist auch kein Schoßhündchen.«

Shannon warf Murphy einen kurzen Blick zu und fragte sich, wie »ausdrücklich« Whip seine Argumente dem Ladenbesitzer wohl vorgetragen hatte. Doch wie auch immer, das Ergebnis war bemerkenswert. Es war klar, daß Murphy sich Shannon gegenüber respektvoll benehmen würde.

Der Gedanke daran, daß Whip versuchte, auch aus der Ferne für Shannons Wohlbefinden zu sorgen, schmerzte wie ein Messer, das sich tief in Shannons Seele umdrehte. Whip hatte den Vorratsschrank und Cherokees Räucherhaus mit Wild und Fisch und Geflügel gefüllt und beide Hütten rundum von Feuerholz umgeben zurückgelassen. Und Reno hatte so viel Gold gefunden, daß Shannon jederzeit Echo Basin verlassen und bequem leben konnte, wo immer sie wollte.

Es gab keinen Zweifel, daß Whip sie sehr geschätzt hatte.

Doch nicht genug, um zu bleiben.

Möge Gott dich beschützen, Streuner, betete Shannon im stillen, wie sie es schon so viele Male getan hatte, seit Whip fort war. *Mögest du eines Tages finden, was du suchst.*

»Entschuldigen Sie, Ma'am«, sagte der Bergmann höflich. »Ich werde jetzt gehen.«

Shannon riß ihre Gedanken los von Whip und sah den Mann an, der dastand, die Arme voller Vorräte, und Prettyface mißtrauisch betrachtete.

»Der Hund steht zwischen mir und der Tür«, erklärte der Fremde.

»Prettyface«, sagte Shannon und trat zur Seite. »Komm her und sei ruhig.«

Prettyface knurrte noch einmal leise und gehorchte dann. Als Shannon zur Theke ging, folgte ihr der Hund. Doch sein Blick verließ den Goldsucher keinen Augenblick.

Die Tür knallte hinter dem Mann zu, von einem kalten Septemberwind zugestoßen.

Shannon spürte den eisigen Hauch und zog ihre abgetragene Jacke enger um sich. Der September hatte viele Gewitter und wilde, eisige Winde gebracht. Elche und Hirsche hatten das Hochland schon verlassen, denn sie spürten, daß jetzt jederzeit der erste Schnee fallen konnte.

Das hatte auch Shannon gezwungen, in die Stadt zu kommen. Sie brauchte noch warme Kleider für sich und Vorräte für Cherokee. Die alte Frau war nicht in der Lage, selbst so weit zu gehen... obwohl Shannon den Verdacht hatte, daß Cherokee irgendwo oben am Weg im Hinterhalt lag, wie Silent John es oft gemacht hatte, um sicherzugehen, daß Shannon von niemandem verfolgt wurde.

»Guten Tag, Mr. Murphy«, sagte Shannon, als sie an der

Theke stand. »Würden Sie bitte meine Vorräte für mich bereitstellen, während ich ein paar wärmere Kleider aussuche?«

Murphy grunzte.

»Und, Mr. Murphy?«

Er grunzte noch einmal.

»Lassen Sie den Daumen von der Waage«, sagte Shannon scharf. Der Ladenbesitzer grinste. »Das hat Whip Ihnen erzählt.«

»Das war gar nicht nötig. Ich wußte schon seit Jahren, daß Sie mich betrogen haben. Silent John hat es hingenommen. Ich tue es nicht. Wenn das bedeutet, daß ich von jetzt an meine Vorräte in Canyon City kaufen muß, werde ich das eben tun.«

»Nur keine Aufregung, Miss. Ich werde mich hüten, mich bei Whip unbeliebt zu machen.«

»Und bei mir?«

»Und bei Ihnen auch nicht«, stimmte Murphy zu. »Leute, die schlau genug sind, ihr Schäfchen richtig ins Trockene zu bringen, haben keine Schwierigkeiten mit mir.«

»Gut. Mein Maultier ist draußen. Bitte laden Sie die Sachen auf, wenn Sie fertig sind.«

»Das kostet drei Dollar extra.«

»Einen.«

»Zwei.«

»Einen Dollar zwanzig.«

»Sie handeln ja wirklich hart, Miss.«

»Eigentlich nicht. Für Betsy und Clementine laden Sie auch umsonst auf.«

»Sie, äh, revanchieren sich anderweitig dafür.«

Murphy grinste breit.

»Ein Dollar zwanzig«, sagte Shannon kühl. »Abgemacht?«

Murphy seufzte und nickte.

Shannon gab ihm die Liste und ging hinüber zu den Stapeln mit Kleidern, die auf dem Boden des Ladens verteilt waren. Als sie schließlich zwei warme Jacken, vier warme Hemden, zwei Paar wollene Hosen und all die anderen Sachen zusammengestellt hatte, die sie brauchte, um den eisigen Winterwinden zu trotzen, hatte Murphy die Vorräte eingepackt und auf ihr Packmaultier geladen.

»Bitte rechnen Sie diese Sachen noch dazu«, sagte Shannon und ließ die Kleider auf die Theke fallen.

»Hmm. Ich werde wohl mal ein paar weiblichere Sachen bestellen müssen. Ein Mann wird's doch irgendwann müde, sein Mädchen immer in Männerkleidern zu seh'n.«

Shannons Lippen wurden schmal, aber sie sagte kein Wort, während Murphy rechnete. Der Betrag ließ sie die Augen aufreißen.

»Darf ich bitte mal die Rechnung sehen?« fragte sie mit ausgestreckter Hand.

»Weswegen?«

»Um sie nachzuprüfen.«

Murphy gab ihr den Zettel und sah nervös zu, wie Shannon seine Rechnung prüfte.

»Sie haben sich um einunddreißig Dollar und zwölf Cent zu Ihren Gunsten verrechnet«, sagte sie kurze Zeit später.

Murrend zog Murphy einunddreißig Dollar von der Summe ab. Shannon gab ihm einen dicken Beutel mit Gold.

»Ich habe Silent Johns Goldwaage in meiner Hütte«, sagte Shannon. »Ich weiß genau, wieviel Gold in dem Beutel ist. Und wenn ich nach Hause komme, wiege ich den Rest nach.«

Murphy warf Shannon einen halb ärgerlichen, halb bewundernden Blick zu.

»Whip hat Sie ganz schön hart gemacht«, sagte Murphy.

Shannon lächelte dünn.

Murphy nahm den Beutel, öffnete ihn und schüttete etwas davon aus. Eine Mischung aus Staub, Nuggets und Spänen fiel auf die eine Seite der Waage.

»Da soll mich doch dieser und jener«, sagte Murphy überrascht. »Whip hat 'ne neue Mine gefunden, wie?«

»Was meinen Sie damit?«

»Das Gold hier stammt garantiert nicht von Silent Johns alten Claims.«

Shannon machte ein überraschtes Gesicht. »Wie bitte?«

»Die Farbe und die Zusammensetzung stimmen nicht«, erklärte Murphy ungeduldig. »In Silent Johns Claims gab es keine kupferfarbenen Späne. Auch keinen blassen Goldstaub. Und diese hier...«

Mit entschiedenen Bewegungen sortierte Murphy ein paar Nuggets mit sattem Goldton heraus. Er drückte mit einem Daumennagel fest auf eines der Nuggets und hinterließ einen sichtbaren Eindruck darin.

»Diese hübschen Kleinen sind zu weich für Flußgold, aber zu rein, um etwas anderes zu sein«, sagte Murphy voller Verehrung. »So was habe ich nicht mehr gesehen, seit ein Stadtjunge mit schneller Zunge versucht hat, mir in Colorado einen Claim zu verkaufen, den er mit Gold aus Dakota präpariert hatte. Das war rötliches Gold. Diese hier erinnern mich eher an welche, die ich mal unten in Las Cruces auf einem Pokertisch gesehen habe. Das Gold kam aus den Abajo-Bergen. Spanisches Gold, rein wie die Träume eines Babys.«

Kälte kroch Shannon unter die Haut, als sie daran dachte, wie Whip und Reno sich über Barren aus reinem spanischem Gold unterhalten hatten.

Nein, sagte sie sich schnell. *Das hätte mir Whip nicht angetan! Murphy muß sich irren.*

Der Ladenbesitzer sah Shannon an und bemerkte ihren schockierten Blick.

»Gehe ich recht in der Annahme, daß Sie mir nicht sagen werden, wo Whip das Gold hier gefunden hat?«

Shannon schluckte und sagte fest: »Auf Silent Johns Claims.«

Murphy lachte. »Ich mache Ihnen keine Vorwürfe, wenn Sie's nicht sagen. Wenn ich 'n so reichen Claim hätte, würde ich's auch keinem verraten.«

»Whip hat mir gesagt, das Gold stamme von Silent Johns Claims«, sagte Shannon tonlos.

»Kluger Mann, der Whip. Was man nicht weiß, kann man auch keinem Fremden verraten. Aber ich habe schon alle Arten von Gold aus Echo Basin gesehen, Miss. Und ich schwöre bei Gott, daß nicht ein Stäubchen von diesem Gold hier aus Echo Basin stammt.«

Renos Worte hallten in Shannons Erinnerung wider: *Hoch oben in den Abajo-Bergen, in einer alten, spanischenMine... Goldbarren, so schwer, daß Eve kaum mehr als einen heben konnte.*

Sie hätte am liebsten laut geschrien, daß es unmöglich war, daß Whip sie so schäbig behandelt hatte, aber sie gab keinen Laut von sich.

In eisigem Schwiegen überlegte Shannon, was jetzt zu tun war. Erst mußte sie Cherokee ihre Vorräte bringen. Dann mußte sie Clementine und Betsy finden. Und dann mußte Shannon zur Black-Ranch reiten und wieder nach Hause, bevor der erste schwere Schnee fiel und die Pässe für den Winter schloß.

Zum erstenmal war Shannon dankbar, daß sie von den Culpeppers die beiden Rennmaultiere geerbt hatte. Sowohl Cully als auch Pepper würden in den nächsten Tagen schwer zu tragen haben.

Knapp einen Tag später ritt Shannon mit dem anderen Maultier am Zügel vor das Haus von Caleb und Willow. Caleb kam gerade von der Nordweide herein, als Willow auf die Veranda heraustrat.

»Shannon?« fragte Willow und hielt eine Hand über die Augen, weil die Sonne sie blendete, die gerade hinter einer hohen Gewitterwolke hervorschaute. »Bist du es wirklich?«

»Ich bin's«, sagte Shannon und stieg ab.

»Was für eine nette Überraschung! Komm doch herein, ich mache Tee.«

»Nein, danke. Prettyface, wenn du noch mal knurrst, verfüttere ich dich an die Krähen.«

Prettyface verstummte und stand ruhig neben Shannon, als Caleb herbeiritt.

»Schwierigkeiten?« fragte er.

»Nichts, was sich nicht regeln ließe«, sagte Shannon mit knappen Worten. »Würden Sie bitte die Satteltaschen für mich losbinden?«

Caleb sah sie mit einem langen Blick an. Dann stieg er vom Pferd, ging zu den Maultieren und stieß einen bewundernden Laut aus. »Nettes Paar Maultiere. Aus Virginia, würde ich schätzen.«

»Die Culpeppers mochten am liebsten Maultiere aus Virginia«, sagte Shannon abwesend.

»Die haben Ausdauer.«

»Werden sie auch brauchen«, antwortete Shannon nur.

Caleb wollte etwas fragen und ächzte dann nur verblüfft, als er die Satteltaschen herunterhob.

»Himmelherrgott«, murmelte er. »Was ist denn da drin, Blei?«

»Whips Gold«, sagte Shannon heftig und zerrte an dem Gurt von Cullys Sattel.

Willow und Caleb tauschten einen kurzen Blick.

»Ich hatte es so verstanden«, sagte Caleb vorsichtig, »daß Whip sogar lieber für einen Lohn hätte arbeiten wollen als für einen Teil von Ihrem Gold.«

»Ich hatte das auch so verstanden«, sagte Shannon.

Sie riß Sattel und Satteldecke mit einem energischen Handgriff herunter. Mit ein paar schnellen Bewegungen sattelte sie das andere Maultier.

»Aber ich habe mich getäuscht«, sagte Shannon und stieg auf das Maultier. »Murphy hat gesagt, bei dem Gold hätte ich mich ebenfalls getäuscht.«

»Könnten Sie mir das genauer erklären«, fragte Caleb verwirrt. Shannon wandte sich Caleb zu, ohne den Zorn zu verbergen, der sie erfüllte, seit sie wußte, wie wenig Whip wirklich von ihr gehalten hatte.

»Dieses Gold stammt nicht aus Echo Basin«, erwiderte sie scharf. »Whip hat mich mit seinem eigenen spanischen Gold ausbezahlt und sich dann aufgemacht zur anderen Seite des Horizonts. Aber dabei hat er sich leider verrechnet.«

»Ach, wirklich?« fragte Caleb vorsichtig.

»Als ich dahintergekommen bin, was geschehen ist, hatte ich schon den Verdacht, Whip hätte mir zuviel bezahlt, aber ich kannte die augenblicklichen Kurse nicht, also habe ich Betsy und Clementine ausfindig gemacht und sie gefragt.«

Caleb maß den harten Zorn in Shannons Augen und beschloß, besser nicht zu fragen, wer Clementine und Betsy wären und was sie mit der ganzen Sache zu tun hatten.

»Ich hatte recht«, fuhr Shannon fort.»Whip hat entschieden zuviel für das bezahlt, was er von mir bekommen hat. Also habe ich den Rest zurückgebracht. Jedes Gramm.«

»Halt!« rief Willow, als Shannon die Zügel aufnahm. »Du hast einen langen Ritt hinter dir. Komm doch wenigstens rein und ruhe dich etwas aus, bevor du wieder aufbrichst.«

»Nein, danke«, sagte Shannon. »Der Paß könnte jederzeit zuschneien.«

»Aber –« begann Willow.

»Außerdem«, fuhr Shannon mit eisigem Stolz fort, »habe ich zuviel Respekt vor euch, um die Hure deines Bruders in euer Heim zu bringen.«

Mit diesen Worten wendete Shannon das Maultier und ließ es losgaloppieren. Das andere Maultier und Prettyface folgten eilig.

Eine Weile lang sagten weder Willow noch Caleb etwas. Dann seufzte Willow tief.

»Ich wünschte, ich wüßte, wo mein lieber Bruder steckt«, sagte sie, »den würde ich gern mal wieder sehen.«

»Shannon auch«, sagte Caleb trocken. »Vorzugsweise mit abgezogener Haut und an die Wand ihrer Hütte genagelt.«

Es war eines eisigen Abends, als Whip bei Willows und Calebs Haus ankam, den Kragen hochgeklappt gegen den Wind. Schneeflocken wirbelten um ihn her.

»Hallo, Fremder«, sagte Caleb und trat von der Veranda herunter. »Wir dachten, du wolltest nach San Francisco und Übersee. Ich hätte nicht erwartet, dich in den nächsten ein, zwei Jahren hier zu sehen.«

Calebs Worte beinhalteten eine Frage, aber Whip wußte nicht, wie er sie beantworten sollte. Er war genauso verwirrt darüber wie die anderen, sich auf dieser Seite des Sonnenaufgangs wiederzufinden.

»Ich auch nicht«, sagte Whip. »Aber hier bin ich.«

»Und hier wirst du auch bleiben. Alle Pässe bis auf den nach Süden sind zu.«

»Ich weiß. Von da bin ich gekommen. Verdammt kalt jetzt in der Wüste.«

Whip stieg ab und schüttelte Caleb die Hand.

»Wo warst du in den letzten drei Monaten?« fragte Caleb.

»Hier und da«, sagte Whip und zuckte mit den Schultern. »Ich bin im Westen bis zu dem großen Canyon gekommen, in dem der Rio Colorado wie eine silberne Schlange liegt.«

»Muß eine phantastische Gegend sein, habe ich von Wolfe gehört.«

»Ja, nicht schlecht«, stimmte ihm Whip zu. »Überall um den Canyon herum habe ich den Sonnenaufgang gesucht, bis ich plötzlich wieder da stand, von wo ich aufgebrochen war. Wilde, einsame Gegend, jeder Meter.«

»Komm rein«, sagte Caleb. »Willow hat Ethan bestimmt inzwischen ins Bett gebracht.«

Whip zögerte.

»Solltest du die Absicht haben, jetzt weiter ins Hochland zu reiten«, sagte Caleb, »würde ich mir das lieber noch mal überlegen. Die Pässe sind seit Wochen zu. Und werden es noch monatelang bleiben.«

»Ich weiß. Deswegen… « Whips Stimme verstummte.

»Deswegen bist du zurückgekommen? Weißt du, daß du nicht zu ihr gehen kannst?«

Whip verzog das Gesicht. »Ja.«

»Um so besser«, sagte Caleb. »Als wir Shannon das letzte Mal gesehen haben, ist sie –«

»Ihr habt sie gesehen?« unterbrach ihn Whip. »Wann?«

»Kurz bevor die Pässe zugeschneit sind.«

»Ist sie endlich klüger geworden und bei euch geblieben?«

»Nein. Sie wollte nicht einmal eine Tasse Kaffee trinken.«

Whip runzelte die Stirn. »Hat sie nach mir gesucht?«

»Gewissermaßen«, sagte Caleb spöttisch.

»Was zum Teufel soll das bedeuten?«

»Ich sag's ihm«, sagte Willow von der Tür her. »Komm rein, Whip. Shannon hat eine Nachricht für dich hinterlassen.«

»Ist sie –« Whips Stimme verstummte wieder. Er schluckte sichtbar. »Geht es ihr, äh, gut?«

»Gut im Sinne von ›nicht schwanger‹?« fragte Willow mit vorgetäuschter Liebenswürdigkeit.

Eine Röte, die nichts mit dem kalten Wind zu tun hatte, erschien auf Whips Wangen.

Caleb nahm Whip die Zügel ab und ging in Richtung Stall.

»Reiß ihm nicht zu viele Fetzen aus dem Fell«, sagte Caleb über die Schulter zu Willow.

»Warum nicht?« gab Willow zurück.

»Shannon wird noch ein Stück haben wollen, das sie an die Wand ihrer Hütte nageln kann.«

»Keine Sorge.« Willows Lächeln zeigte zu viele Zähne und war sehr wenig tröstlich, als sie sich abwandte. »Whip ist ein großer Junge. Es wird noch eine Menge von seinem Fell übrigbleiben. Komm doch rein, lieber Bruder.«

Whip betrachtete Calebs verschwindenden Rücken, dann Willows. Mit schnellen, kurzen Schritten folgte er seiner Schwester. Als sie im Haus waren, machte er die Tür zu und griff nach ihrem Arm.

»Nun sag's schon, Willy«, meinte er tonlos. »Ist Shannon schwanger?«

»Falls ja, hat sie nichts davon erwähnt.«

Whip atmete heftig aus.

»Ich hätte nicht gedacht, daß Shannon hierherkommen würde, außer wenn sie schwanger wäre«, gab er zu.

»Bist du deswegen noch nicht unterwegs nach China? Du hattest Sorge, daß Shannon vielleicht dein Kind erwartet?«

»Ich weiß nicht, warum ich noch nicht auf dem Weg nach China bin«, sagte Whip mit leerem, gehetztem Blick. »Ich weiß nur, daß ich es nicht bin.«

Willows Gesichtsausdruck wurde durch ihr Mitleid etwas besänftigt. Sie spürte das Unbehagen ihres geliebten Bruders, als wäre es ihr eigenes. Voller Mitgefühl für Whips ungezähmte, ruhelose Seele berührte sie sanft seinen Ärmel.

»Komm in die Küche«, sagte sie. »Ich gebe dir einen Kaffee. Und mache eine Portion Brötchen dazu. Du siehst aus, als könntest du was zu essen vertragen.«

»Ich bin auch mit Brot zufrieden, wenn du welches hast. Irgendwie habe ich keinen Appetit mehr auf Brötchen. Sie erinnern mich zu sehr an …«

Whips Stimme verklang. Mit einem müden Fluch hob er seinen Hut, strich sich mit den Fingern durch sein helles Haar und warf den Hut auf den Küchentisch. Automatisch zog er die Peitsche von der Schulter, hängte seine Jacke an die Hintertür, legte die Peitsche wieder über die Schulter und setzte sich.

Mit Augen, in denen zu viele Erinnerungen standen, sah er seiner Schwester zu, wie sie den heimischen Ritualen des Feuermachens, Kaffeekochens und Brotschneidens nachging.

Wenn er seine Augen fest zumachte, konnte er so tun, als wenn es Shannon wäre, die sich durch die Küche bewegte, Abendessen machte und ihm Wärme und Nahrung gab.

Aber es war nicht Shannon, und Whip wußte es bis ins Innerste seiner schmerzenden, gequälten Seele.

Es ertönte ein Rascheln und Rumpeln an der Hintertür, als hätte jemand Feuerholz gebracht und davor aufgestapelt. Dann ging die Tür auf, und Caleb kam mit einem Paar Satteltaschen über der Schulter herein.

Whip sah nicht einmal von seiner Kaffeetasse auf.

Caleb schloß die Tür und warf einen Blick auf seine Frau. Willow schüttelte leicht den Kopf. Caleb lächelte beinah. Er hatte sich schon gedacht, daß Willow zu gutmütig war, um Whip an sein dickes Fell zu gehen.

Caleb war das allerdings nicht.

»Du hast gesagt, Shannon hätte eine Nachricht für mich hinterlassen«, sagte Whip. »Was für eine?«

Willow sah Caleb an.

»Du hast dein restliches Gold vergessen«, sagte Caleb beißend.

Zwei Satteltaschen fielen schwer auf den Küchentisch.

Whip betrachtete sie desinteressiert. Dann schärfte sich sein Blick, und eine Hand schoß hervor. Muskeln spannten sich in seinem Arm, als er die Satteltaschen hochhob, um ihr Gewicht zu prüfen.

Er zischte ein Wort, bei dem Willow zusammenzuckte.

»Das schlägt doch alles«, knurrte Whip und ließ die Taschen los. »Von allen dummen –«

»Stammt das Gold aus Shannons Claims?« unterbrach ihn Caleb.

»Was hat das denn schon zu sagen, verdammt?«

»Für mich nichts«, gab Caleb zurück. »Für Shannon allerdings eine Menge. Den Unterschied, eine Witwe oder eine Hure zu sein.«

Whip kam mit einem Ruck aus dem Stuhl hoch und stürzte sich auf Caleb, den er in einer einzigen, heftigen Bewegung an die Küchenwand drückte.

»Verdammt noch mal, sie ist keine Hure.«

»Whip! Hör auf!« schrie Willow und packte einen der Arme ihres Bruders.

Caleb starrte in die quecksilberne Wildheit von Whips Augen und lächelte fast sanft.

»Teufel auch, ich weiß das«, sagte Caleb. »Aber wenn du dich wohler fühlst, wenn du das aus mir herausprügeln kannst, können wir draußen im Hinterhof weitermachen.«

Whip starrte in Calebs mitfühlende Augen, holte tief Atem und trat zurück.

»Entschuldige«, sagte er und blickte auf seine Hände, als hätte er sie noch nie gesehen. »Ich bin in letzter Zeit etwas reizbar.«

»Dann solltest du dich in den nächsten paar Minuten lieber auf deine Hände setzen«, schlug Caleb trocken vor. »Ich möchte nicht gern, daß meine Küchenmöbel von deiner verdammten Peitsche zerteilt werden.«

Langsam setzte sich Whip.

»Der langen Rede kurzer Sinn«, sagte Caleb, »ist, daß Shannon eines Tages hier auf einem schönen Rennmaultier ankam und noch ein zweites dabei hatte. Und einen Höllenhund, so groß wie ein Pony.«

»Prettyface«, sagte Whip.

»Wenn du meinst. Aber hübsch fand ich den gerade nicht«, murmelte Caleb. »Sah in meinen Augen mehr aus wie das Nordende eines nach Süden gehenden Esels. Also, sie stieg ab und sagte, ich solle die Satteltaschen nehmen. Sobald ich sie abgeladen hatte, legte sie den Sattel auf das andere Maultier.«

Whip runzelte die Stirn. »Hört sich an, als hätte sie es mächtig eilig gehabt. Irgendwas muß da wirklich nicht in Ordnung gewesen sein.«

»Auf den Gedanken bin ich auch gekommen«, sagte Caleb. Er zögerte. »Kennst du irgendwelche Frauen, die Clementine und Betsy heißen?«

Whip warf einen Blick in Richtung Willow, die sich mit dem Eintopf beschäftige, den sie für ihn machte.

»Ich *kenne* sie nicht direkt«, sagte Whip so leise, daß nur Caleb es hören konnte. »Ich bin ihnen nicht einmal persönlich begegnet. Sie leben in Holler Creek. Sie sind, äh, Saloonmädchen, wenn du mich richtig verstehst.«

»Ja, so was hatte ich mir schon gedacht.«

»Wie hast du denn von ihnen gehört?« fragte Whip.

»Shannon erwähnte sie.«

»Was?«

Caleb holte tief Luft und hoffte, daß Whip jetzt sein Temperament gut im Griff hatte. Wenn sie in der Küche eine Prügelei anfangen würden, würde zum Frühstückmachen kaum noch etwas übrigbleiben.

»Sieht so aus, als hätte jemand namens Murphy Shannon erklärt, daß ihr Gold nicht aus den Claims von Silent John stammen konnte«, sagte Caleb.

»Murphy! Verdammter Kerl! Ich dachte, er würde das Gold einfach nehmen und weiter nichts.«

»Shannon hat gesagt, du hättest bei etwas anderem auch falsch gedacht«, sagte Caleb.

Bei diesen Worten trat Caleb wie zufällig hinter Whips Stuhl.

»Und zwar was?« fragte Whip.

»Du, äh, hättest sie überbezahlt«, sagte Caleb.

»Wovon redest du, zum Teufel?«

Caleb holte unauffällig tief Luft und sammelte sich für die Auseinandersetzung, die er kommen sah.

»Als Shannon erfuhr, daß das Gold nicht ihr gehörte«, erklärte er, »ging sie zu Clementine und Betsy und fragte sie, was man zur Zeit bei ihnen für ihre Dienste bezahlen müsse.«

»Was?«

Whip wollte gerade wieder heftig aufspringen, aber Calebs große Hände lagen auf seinen Schultern und drückten ihn fest auf seinen Stuhl.

»Bleib sitzen und hör zu«, sagte Caleb grimmig. »Shannon hat nach dem, was die Mädchen ihr gesagt haben, ausgerechnet, um wieviel du sie überbezahlt hast, und kam dann wie ein Blizzard von den Bergen herunter, um dir den Rest zu bringen.«

Als Whip verstand, was Caleb da gesagt hatte, ließ sein Widerstand nach.

Oh Gott, Honigmädchen, ich habe dich niemals so gesehen. Du warst so unschuldig wie der Sonnenaufgang....

»Hat sie das wirklich gesagt?« konnte Whip schließlich fragen.

Caleb nickte.

»Sie dachte, ich hätte sie ausbezahlt wie eine Hure, die mir für eine Nacht gefällig war?« flüsterte Whip.

Caleb nickte vorsichtig.

»Das glaube ich nicht«, sagte Whip heftig.

Willow schlug den Kochlöffel an den Rand des Topfes, um die Fleischreste davon zu lösen.

»Glaube es ruhig«, sagte sie bestimmt. »Shannon wollte nicht ins Haus kommen, nicht einmal auf eine Tasse Tee.«

»Warum?«

»Sie sagte, sie hätte zuviel Respekt vor mir, um die Hure meines Bruders in mein Heim zu bringen.«

Whip gab einen gequälten Laut von sich und ließ krachend seine Faust auf den Tisch fallen. Seine Kaffeetasse kippte um und begoß ihn mit einem Schwall heißen Kaffees. Er spürte es kaum. Der Schmerz, der seine Seele zu zerreißen schien, ließ keinen Raum für irgend etwas anderes.

Plötzlich drehte Whip sich zur Seite und stand auf, wobei er Calebs Hände abschüttelte.

»Ich hab's mir anders überlegt mit den Brötchen, Willy«, sagte Whip angespannt. »Mach mir eine Portion, die groß genug ist, daß ich damit über den Berg komme.«

»Aber der Paß ist zu«, protestierte Willow.

Whip wandte sich an Caleb. »Hast du immer noch deine Schneeschuhe in der Scheune?«

»Nein. Sie stehen draußen an der Hintertür. Ich komme mit dir, soweit uns meine Pferde tragen können. Danach mußt du dich allein durchschlagen.«

»Danke.«

»Aber wenn du ankommst«, sagte Caleb, »sei lieber mächtig vorsichtig.«

»Warum?«

»Sie war so wütend, daß sie dir womöglich den Hund an den Hals hetzt.«

Whip betrachtete die Narben an seinen Händen und lächelte. »Das wäre nicht unsere erste Auseinandersetzung.«

Er griff sich seine Jacke und seinen Hut und ging zur Hintertür.

»Was ist mit Vorräten?« fragte Caleb, als Whip die Tür aufmachte. »Werdet ihr zwei genug für den Winter haben?«

»Ich habe dafür gesorgt, daß Shannon genug hat, daß es für zwei reicht.«

»Es hat nur etwas lange gedauert, bis du draufgekommen bist, wer der zweite ist, wie?« fragte Willow trocken.

Die Hintertür knallte zu und schnitt Calebs Lachen ab.

»Was ist, wenn er's nicht bis zu ihrer Hütte schafft?« fragte Willow.

»Er wird es schaffen. Viel schwieriger wird es für ihn sein, von Shannon wieder angenommen zu werden. Die Frau war verdammt sauer, als sie hier weggeritten ist.«

»Er wird den ganzen Winter Zeit haben.«

»Den wird er auch brauchen«, sagte Caleb.

»Das bezweifele ich. Er hat einen unfairen Vorteil.«

»Nämlich?«

»Sie liebt ihn«, erwiderte Willow schlicht.

Als der Morgen graute und Sterne und Dunkelheit vom Himmel verbannte, zog Whip noch einmal die Schnüre an seinem Rucksack zurecht und eilte über die Lichtung auf Shannons Hütte zu. Die Gipfel hoben sich langsam aus der erdgebundenen Dunkelheit und badeten ihre rauhen Gesichter im ersten Licht des Morgens.

Die Luft um ihn her war absolut still, so kalt und scharf wie frischgebrochenes Eis. Sein Atem umgab sein Gesicht wie eine schimmernde Wolke. Bei jedem Schritt knirschte der trockene, eisige Schnee unter seinen Füßen.

Whip bemerkte die Geräusche nicht, denn ihm war, als erlebte er einen Wachtraum.

Ich war schon einmal hier, im Winter, und ringsherum überall Sonnenaufgang.

Aber er war noch nie im Winter hiergewesen – außer in seinem Traum von einer Hütte und einer Frau, die dort auf ihn wartete.

Als Whip über die Wiese ging, stahl sich die Morgenröte über die Berge abwärts und berührte die Nadelbäume mit den ersten zarten Feuerzungen. Das dunkle Viereck der Hütte ließ plötzlich dünne Lichtstreifen zwischen den Ritzen der Fensterläden erkennen. Als er näherkam, öffnete sich die Tür.

Wärme und goldenes Licht strömten heraus und ihm entgegen. Shannon stand mittendarin und wartete auf Whip, wußte, daß nur *ein* Mann Prettyface dazu bringen konnte, derart freudig zu winseln.

»Falls du das Gold zurückbringst«, sagte Shannon eisig, »dann kannst du es gleich wieder mitnehmen und –«

Die Worte endeten in einem gedämpften Laut, als Whip Shannon in seine Arme zog und sie mit jenem aus tiefster Seele kommenden Verlangen küßte, das ihn jeden Schritt seines

Weges verfolgt hatte, seit er von hier fortgegangen war. Als er schließlich den Kopf hob, hielt sie ihn genauso fest an sich gedrückt wie er sie, und die Morgenröte umgab ihre Schultern wie ein goldener Umhang.

»Ich bleibe«, sagte Whip. »Du kannst mich anschreien und mir das Fell abziehen, weil ich so verdammt dumm bin, aber ich gehe nie wieder fort von dir, niemals, ich –«

Ihre Finger berührten Whips Mund und brachten seine sich überschlagenden Worte zum Schweigen.

»Mach keine Versprechungen, die zu halten dich umbringen würden«, sagte Shannon mit unsicherer Stimme. »Denn das will ich nicht. Das wollte ich nie, als ich erst einmal verstanden hatte, was es mit diesen Sonnenaufgängen auf sich hat, die du noch nie gesehen hast.«

Whip sah die Morgenröte, die sich in Shannons Augen spiegelte, und lächelte seltsam.

»Das versuche ich dir doch gerade zu erklären«, sagte er. »Der Sonnenaufgang, den ich auf der ganzen Welt gesucht habe, ist der, den mir nur die Liebe geben konnte. Nichts auf dieser Erde ruft mich so, wie du es tust. Ich habe nur eine Weile gebraucht, um mich an den Gedanken zu gewöhnen.«

Shannon verstummte, voller Angst, noch einmal zu hoffen und noch einmal enttäuscht zu werden.

»Ich war nicht auf der Suche nach Sonnenaufgängen«, sagte Whip leise. »Ich war auf der Suche nach etwas, das ich nicht benennen konnte, etwas unbeschreiblich Schönem, etwas unsagbar Vollendetem, das darauf wartete, daß ich es entdecke.«

Whip beugte sich herab und küßte Shannon mit einer Zärtlichkeit, die ihr die Tränen in die Augen steigen ließ.

»Ich habe es in dir gefunden«, sagte er einfach. »Ich liebe dich, Honigmädchen. Du bist der einzige Sonnenaufgang, den ich je brauchen werde.«

EPILOG

Shannon und Whip verbrachten den Winter in der kleinen Hütte, lachten und liebten sich, während eisige Stürme über das Land hinwegfegten. Als die Pässe wieder offen waren, gingen sie nach Canyon City und brachten einen Pfarrer mit über die Berge.

Sie heirateten in Willows und Calebs Haus, mit Reno als Trauzeugen und Eves reiner Altstimme, die von ewigwährender Liebe sang. Ethan krabbelte zwischen den Beinen der Erwachsenen herum, und Baby Rebecca Black sah von Willows Armen aus mit ernsten, haselnußbraunen Augen zu. Jessi und Wolfe brachten der Braut einen Schal aus feiner irischer Spitze als Geschenk mit und einen Mustang, dessen Farbe genau ihren Haaren entsprach.

Whip und Shannon siedelten sich in einem versteckten Tal einen halben Tagesritt entfernt von der Black-Ranch an, von wo aus es auch nicht viel weiter zu Renos und Eves Heim war. Die Männer bauten miteinander ein Haus, und die Frauen arbeiteten zusammen, um es mit den Dingen auszustatten, die es zu einem richtigen Heim machten.

Am Ende des Sommers ritten Whip und Shannon zum Avalanche Creek und überredeten Cherokee, mit ihnen den Berg hinunterzukommen und ihr reiches Wissen über Kräuter und Heilkräfte und das Leben in ihr Haus zu bringen.

Jedes Jahr versammelten sich die Familien zu Festen und Zusammenkünften, um Arbeit und Spiel miteinander zu teilen. Und jede dieser Zusammenkünfte war größer und lebhafter mit Babys, die geboren wurden, und Kindern, die unglaublich schnell heranwuchsen, während die Erwachsenen lachend darüber sprachen, wie alles begonnen hatte und wie unerwartet die Geschenke des Lebens sein konnten.

Baby Rebecca bekam bald einen Spielgefährten in Catherine Wolfe. Innerhalb des folgenden Jahres wurde John Rafael Moran geboren. Whips Sohn hatte seine Kraft und seine Wanderlust von seinem Vater geerbt, doch es waren die saphirblauen Augens seiner Mutter, die mit vorsichtiger Neugier die Welt betrachteten. Schwestern und Brüder, die folgten, hatten andere Augen, andere Gesichter, andere Träume.

Und all die Jahre hindurch, die über das Land dahingingen wie Wolkenschatten, blieb nur eines immer unverändert und sicher. Ob Whip nur eine Stunde oder eine ganze Woche fort war – Shannon erwartete ihn, streckte die Arme nach ihm aus, um ihn an sich zu ziehen, und in ihren Augen leuchtete ein Licht, das nur Liebe entzünden konnte.